与美同回

初夏 Chuxia

纪念海子诞生 30 周年

海子抒情诗全集

评注典藏版

海子 著

陈可抒 评注

四川人民出版社

图书在版编目（CIP）数据

海子抒情诗全集：评注典藏版 / 海子著；陈可抒评注 . —成都：四川人民出版社，2019.3
ISBN 978-7-220-11269-0

Ⅰ . ①海… Ⅱ . ①海… ②陈… Ⅲ . ①抒情诗—诗集—中国—当代 Ⅳ . ① I227

中国版本图书馆 CIP 数据核字（2019）第 009079 号

HAIZI SHUQINGSHI QUANJI: PINGZHU DIANCANGBAN
海子抒情诗全集：评注典藏版
海子　著　　陈可抒　评注

责任编辑	张春晓　李京京
特约编辑	雷　格　张慧君
封面设计	新艺书文化
版式设计	冉　冉
责任印制	张　辉
出版发行	四川人民出版社　（成都槐树街2号）
网　址	http://www.scpph.com
E-mail	scrmcbs@sina.com
新浪微博	@四川人民出版社
微信公众号	四川人民出版社
发行部业务电话	（028）86259624　86259453
防盗版举报电话	（028）86259624
照　排	冉　冉
印　刷	北京旭丰源印刷技术有限公司
成品尺寸	145mm×210mm
印　张	26
字　数	579千字
版　次	2019年3月第1版
印　次	2019年3月第1次印刷
书　号	ISBN 978-7-220-11269-0
定　价	128.00元

■版权所有·侵权必究
本书若出现印装质量问题，请与我社发行部联系调换
电话：（028）86259453

目录

解梦的冒险（代序） ... 01

1983 年 ... 001

期待 ... 003
新月 ... 004
纸鸢 ... 006
黄昏 ... 008
念小城 ... 010
门 ... 012
栽枣树 ... 015
红喜事 ... 018
烟叶 ... 020
远山风景（组诗） ... 022
小站 ... 027
小叙事 ... 030
东方山脉 ... 033
小山素描·上山的孩子 ... 039

小山素描·恋歌	042
年轻的山群	044
丘陵之歌	048
高原节奏	053
农耕民族	058

1984 年　　061

村庄	063
自画像	065
女孩子	066
阿尔的太阳	068
我，以及其他的证人	072
海上	075
海上婚礼	077
新娘	079
坛子	081
单翅鸟	084
龙	087
亚洲铜	089
春天的夜晚和早晨	092

秋天	095
河伯	098
中国器乐	101
历史	104
印度之夜	107
煤堆	110
木鱼儿	112
民间艺人	114
爱情故事	116
跳跃者	119
不要问我那绿色是什么	122
黑风	124

1985 年 127

夏天的太阳	129
主人	132
为了美丽	134
活在珍贵的人间	136
熟了麦子	138
中午	140

你的手	143
北方门前	145
我请求：雨	146
早祷与枭	148
写给脖子上的菩萨	156
打钟	159
蓝姬的巢	163
莲界慈航	166
明天醒来我会在哪一只鞋子里	169
麦地	173
孤独的东方人	179
夜月	181
月	183
哑脊背	185
日光	188
思念前生	189
船尾之梦	192
燕子和蛇（组诗）	195
浑曲	207
房屋	209
得不到你	211
妻子和鱼	213

粮食	216
城里	218
街道	220

1986年 223

琴	225
给母亲（组诗）	227
九盏灯（组诗）	233
村庄	239
坐在纸箱上想起疯了的朋友们	240
我坐在一棵木头中	242
无题	243
春天	245
歌：阳光打在地上	247
马（断片）	250
春天（断片）	255
歌或哭	262
光着头的哥哥噢哥哥	264
岁月	266
门关户闭	268

幸福（或我的女儿叫波兰）	271
抱着白虎走过海洋	273
青年医生梦中的处方：木桶	276
宇宙猎冰人	278
这时就应该我来解释	279
在昌平的孤独	280
诗经中的两个儿子及其他	283
海滩上为女士算命	286
果园	288
让我把脚丫搁在黄昏中一位木匠的工具箱上	290
给卡夫卡	293
从六月到十月	295
黎明	297
自杀者之歌	299
我的窗户里埋着一只为你祝福的杯子	301
感动	303
肉体（之一）	305
肉体（之二）	308
死亡之诗（之一）	313
死亡之诗（之二：采摘葵花）	315
大自然	319
莫扎特在《安魂曲》中说	321

天鹅	323
黄金草原	325
怅望祁连（之一）	327
怅望祁连（之二）	329
七月不远	331
敦煌	334
北斗七星　七座村庄	336
海水没顶	338
七月的大海	341
海子小夜曲	344
给你（组诗）	346
谣曲	351
梭罗这人有脑子	355
八月尾	362
葡萄园之西的话语	365
给B的生日	367
我感到魅惑	369
九月	372
九月的云	374
不幸	376
泪水	378
给1986	381

云朵	383
喜马拉雅	385
半截的诗	389
爱情诗集	390
诗集	391
哭泣	393
给托尔斯泰	395
给萨福	398
给安徒生（组诗）	401

1987 年 ... 403

冬天的雨	405
雨	409
雨鞋	412
病少女	414
献诗	416
夜	418
给安庆	420
马雅可夫斯基自传	422
诗人叶赛宁（组诗）	425

长发飞舞的姑娘（五月之歌）	443
美丽白杨树	445
北方的树林	448
盲目	450
月光	451
灯	454
灯诗	457
黎明：一首小诗	461
两座村庄	463
五月的麦地	466
麦地（或遥远）	469
麦地与诗人	473
在家乡	476
粮食两节	479
光棍	481
生殖	483
汉俳	485
重建家园	489
夜晚 亲爱的朋友	491
晨雨时光	493
为什么你不生活在沙漠上	496
吊半坡并给擅入都市的农民	499

盲目	503
土地·忧郁·死亡	507
马、火、灰——鼎	510
十四行：夜晚的月亮	513
十四行：王冠	515
十四行：玫瑰花	517
十四行：玫瑰花园	519
九首诗的村庄	521
秋	523
八月之杯	525
八月　黑色的火把	527
日出	529
生日颂（或生日祝酒词）	531
秋天	540
秋日想起春天的痛苦　也想起雷锋	543
幸福的一日	545
秋日黄昏	547
黎明和黄昏	549
秋	558
秋日山谷	560
秋天的祖国	562
祖国（或以梦为马）	566

水抱屈原	**570**
但丁来到此时此地	**573**
献给韩波：诗歌的烈士	**576**
给伦敦	**579**
石头的病（或八七年）	**581**
九寨之星	**584**
野花	**585**
公爵的私生女	**587**
夜丁香	**590**
昌平柿子树	**592**
枫	**594**
尼采，你使我想起悲伤的热带	**597**
不幸	**601**
耶稣（圣之羔羊）	**612**

1988 年 615

大风	617
桃花	619
一滴水中的黑夜	621
野鸽子	623

夜色	626
眺望北方	629
乳房	632
跳伞塔	633
星	636
太阳和野花	639
生日	647
在一个阿拉伯沙漠的村镇上	650
山楂树	657
黑翅膀	659
绿松石	661
青海湖	663
日记	666
西藏	669
雪	671
我飞遍草原的天空	673
冬天	677
七百年前	680
远方	682
远方	684
酒杯：情诗一束	687
两行诗	691

四行诗	694
海底卧室	698
无名的野花	701
大草原 大雪封山	704
在大草原上预感到海的降临	706
花儿为什么这样红	710

1989年 … 713

遥远的路程	715
面朝大海,春暖花开	718
酒杯	722
叙事诗	724
遥远的路程	733
最后一夜和第一日的献诗	735
黑夜的献诗	737
太平洋的献诗	741
折梅	744
献给太平洋	746
太平洋上的贾宝玉	748
献诗	750

献诗	752
神秘的二月的时光	753
黎明（之一）	755
黎明（之二）	759
四姐妹	762
拂晓	766
黎明（之三）	770
月全食	773
日落时分的部落	779
春天	781
春天，十个海子	787
桃花开放	790
你和桃花	792
桃花时节	795
桃树林	799
桃花	801

跋 803

解梦的冒险（代序）

| 陈可抒 |

1

解诗是冒险的。

解诗就像解梦，诗人可以在自创的梦境中天马行空地任意遨游，解诗的人却必须老老实实地坐在现实的椅子上，拿出纸和笔，绞尽脑汁地抽丝剥茧，一层一层地将潜在的感受和美呈现出来。

我们往往看到这样的情形：诗人凭借自己的激情和灵感在纸张上奋笔疾书，一部作品完成以后，他可以潇洒地起身离去、掉头不顾，读者却必须要挖空心思地加以研究，探寻其中的奥秘。

"蒹葭苍苍，白露为霜"，到底是描写普通的爱情，还是惋惜贤人不可得？"锦瑟无端五十弦"，是在悼亡还是感慨年华？应当作何解释?"连鸽哨也发出成熟的音调"(杜运燮《秋》),这样的诗句应当如何把握?为什么会有人因其朦胧而感到"气闷"?"毫无疑问/我做的馅饼/是全天下/最好吃的"(赵丽华《一个人来到田纳西》),究竟是普通的废话,还是对某种文化意义的消解?……凡此种种,从诗歌这种文体出现以来,如何解读诗而产生的争议就从来未曾断绝。

诗人扮演着英雄的角色,大可以顺从自己的心意,在任意领域里披荆斩棘,勇往直前。有些时候,他所感到的痛苦,不过是缺少追随者或者真心人这么一点点孤独罢了。解诗人所扮演的角色,却必须是一个技艺高超的"补丁高手",同时兼有多重身份——能与作者交谈的知心密友、能与诗歌对话的江湖百晓生、能讲公开课的解剖学大夫……

解诗人完全为了读者而工作,要命的是,却很难获得读者的认同。

解读诗歌这件事情是如此地复杂,以至于很多人会给诗歌强行蒙上一层不可知的论调,或者避而不谈,将解读的责任推给一条看不见的金线,只是暗暗推度出某一首诗的高低好坏。但实际上,复杂的工作并不代表它不能被完成。心理学家弗洛伊德在《梦的解析》一书中提到梦境的美妙,梦引得无数人想要通透地去解读它,而通常的手段,有"象征法"和"密码法"两种。前者指的是整个事件的象征,比如,"七只瘦弱的牛"便预示着埃及的七个饥荒年;后者指的是单一词汇的隐喻,比如,"信件"代表着"懊悔","丧礼"代表着"订婚"等。弗洛伊德又提出了他所采用的方式——将梦分割,从每一个细节中推断其代表的含义,然后将形形色色的含义总结起来,得出做梦者的真实意图。以上种种,恰好能为诗歌的解读提供一些具体的帮助。"象征法",是对诗歌讽喻的主旨的把握;"密码法",是用来解读诗歌意象语言的能指和所指;弗洛伊德采用的细致入微的推断法,无非是提醒读者解读每一首诗歌都应该像解梦一样,具有细微的洞察力和无比的耐心。

如果你想真正走入一首诗歌,那么,诗歌解读是一条必经之路。它通向宝藏,正如梦境不止给你带来绵长的回味,其中更是藏着一个潜伏的世界,它比眼前的世界还要丰富百倍,正如被海平线掩盖的冰山,它有八分之七的内容始终未曾呈现,等待着高阶的读者们去耐心地探寻。

诗歌是可知的。付出成倍的智慧和感受去接近诗歌,本身就是一种极大的享用。一旦破解了其中高阶的密码,读者也会获取高阶的愉悦。

诗歌是可知的,唯有敢于冒险的人才能知晓诗歌全部的秘密。

诗歌是可知的,通过足够的努力,我们能弄清每一个句子、每一个词语的来历,分别说出它们的美感、内涵和蕴含其中的潜意识。

中国是诗歌之国,流淌着一条由《诗经》《楚辞》等作品组成的伟大的诗歌之河。各种注疏、评析等诗歌解读,正是其中最重要的组成部分。和古诗有所不同,新诗意象繁复、体式多变、指向复杂、文本量大,很难对某一位诗人的作品逐篇进行系统的注解和评析——像古诗的通注那样。

本书便作出了这样冒险的尝试——对海子所有的短诗进行了逐字逐句的破译,并附有逐篇的评析,一如先贤们对古诗所做的工作。

新诗是很难评注的,尤其是通注某一位诗人的全部作品。好在海子是为数不多的奉行"大诗"写作的诗人,将他的人生和所有作品放在一起，便天然地组成了一部"大诗"，这使人可以集中有限的力气在一块麦田中进行探求，从而勾勒出全貌，阐释其中的细节。

2

海子，原名查海生，1964年出生于安徽省安庆市怀宁县高河镇查湾村，1979年十五岁时考入北京大学法律系，1981年十七岁时开始写诗，1983年被分配到中国政法大学工作，1989年3月26日在河北省秦皇岛市山海关龙家营卧轨自杀，年仅二十五岁。海子一共进行了九年诗歌创作，其中有六年是较为成熟的时期。在如此短暂的写作时间里，海子表现出了惊人的爆发力，完成了大量脍炙人口的优秀作品。海子的诗歌具有极高的辨识度，充满独特的魅力。

海子的诗，向来以意象明朗使人印象深刻。不过，读者一定要认识到，他秉承的核心写作理念是"大诗"。"大诗"才是海子诗歌的内核，一切意象、节奏、结构等特点全部由此而生。

"大诗"之大，在于"主体人类在某一瞬间突入自身的宏伟"（海子《伟大的诗歌》），在于体系的秩序和容量。其他诗人的诗歌往往注重抓取片段的微妙性，但海子的诗歌绝不停留在此，他写得极为贯通。海子喜爱组诗、长诗和诗剧，他有一种天然的体系感和秩序感，偏爱对诗歌的结构进行精心的安排；不仅如此，他不同的诗歌作品之间也互有呼应和构建，它们组合在一起，形成了更精妙的整体。换言之，海子所有的诗歌放在一起，像是一首更加宏伟的诗。

海子的诗在语言层面上具有惊人的体系性和贯通性，但这仍然不是他诗歌的终点；海子追求的是更高一级的创造性的诗歌，是

"伟大的人类精神"（海子《伟大的诗歌》）。他看到，"诗歌是一场烈火，而不是修辞练习"（海子《我热爱的诗人——荷尔德林》）。他对生命的热爱和诗歌融为一体，交相辉映地形成了一首"大诗"。概言之，海子的生命与他所有的诗歌放在一起，才是他全部的创作，才是一首真正的"大诗"。

海子的诗歌体系自1983年起便逐渐形成了，随后的六年时间里，他笔耕不辍，持续而坚定地朝一个方向行进，将生命的进退起伏全部以诗歌来一一诠释，直至1989年他有计划地告别这个世界，写作才宣告终止。这样特别的写作经历和专一的写作理念，使海子的诗歌具有十分难得的整体性。

对海子而言，生活即诗，诗即生活，他的生活也有凝聚的内核。短诗《夜色》便是他生活和写作的主要纲领：

在夜色中
我有三次受难：流浪、爱情、生存
我有三种幸福：诗歌、王位、太阳
　　——《夜色》

从海子的诗歌和生活中我们能够感受到，诗中所写的"三次受难"是一直困扰着海子的三个维度的痛苦："流浪"，指海子没有安身的家园，他缺乏故乡的支持，也从未到达真正的远方；"爱情"，指海子缺乏志同道合的伴侣，曾有的几段感情都不能长久地支持他追逐理想；"生存"，指海子困惑于自己存在的形式和价值，总是因自己没有理想的收获而焦虑不安。诗中的"三种幸福"则与"三次受难"——对应:"诗歌"即家园,"王位"即伴侣,"太阳"即价值。

每个人在这个世界上都像是一棵树,由根须、茎叶和花果组成。根须埋藏在看不见的地下,汲取养分,渴求的是家园;茎叶在世间不断生长,渴求的是爱情和伴侣;花果是人生精华的展示,渴求的是价值体现。海子不断追逐诗歌、王位和太阳,便是在抗衡流浪、爱情和生存的受难,使他的根须、茎叶和花果有所依托,这便是海子生活的全部,也是他诗歌的全部。海子的诗歌几乎全部围绕着这三组二元对立的主题而展开:"流浪—诗歌"的家园主题、"爱情—王位"的伴侣主题、"生存—太阳"的价值主题。所有的作品互相交错、蔓连,它们共同组成了海子这棵树的生长,展示出奇异的力量。

海子目前一共留给我们270首短诗,它们彼此呼应,虽然独立成篇,却俨然一体。它们像一个宏伟广袤又繁密细致的梦,等待着我们去一一探寻其中美妙的秘密。

1983 年

—

让孩子们有一本自己的历史画

让我去拥抱世界

期待

靠着古城墙
就像倚着一个坚实世界

追随鸽哨
让自己消融于渐渐蔚蓝的天空

穿过绵长的林带
把眼神系上一株普通的白桦

草丛中一条小溪
一旦被发现,就是河流

➡ **评析**

在"渐渐蔚蓝"的清晨时光中,鸽子也在放飞。在早读时光,海子靠着古城墙。他在感受世界的过程中,也不断发现着世界的美好。

绵长林带中一株普通的白桦,若是能把人"眼神系上",使人久久注视,它就不再普通。草丛中一条细小的溪流,若是"一旦被发现",它就变成了有名字的河流。

愿每一个生命都能被发现,这就是诗题《期待》的意义。

新月

只是一弯。在孩子的手臂上
升起
关于巉岩的经历
关于画布的柔和
关于少年心坎的春汛
我的新月摇过所有的风景线

夏天到了
你的眼睛[1]公开
在三叶草上
让早起的人们看见并记住

你秀气的弧线穿过星星的沙滩[2]
赤足,在沁凉的夜潮边上[3]
接着就是黎明

---

1 指露珠,就像是月亮的眼睛。
2 指月亮在夜空中穿行时划出秀气的弧线,而夜空中有很多星星,就好像是个大沙滩。
3 指弯弯的新月就像是夜潮边上一只光着的脚。

➡ **评析**

新月初生,便是宣告夜晚的光明又回来了。这正是孩子们所关切的。而且,新月还带来无数的故事:爬上艰险的巉岩,被柔和的画笔描画,打开少年心坎的春汛……夏天,它又化身为一颗颗露珠,给早起的人带来喜悦。

新月初生,带着富有朝气的精神。它照耀着的,是孩子、少年、早起的人。它穿过长夜的沙滩,给人间带来黎明。

纸鸢

你不是真的
因此很高。很飘逸
比流浪客还要飘逸

你自由的程度
等于线的长度
挣脱了，也有一条未蜕化的尾巴

你以为是在放牧白云
谁知是风放牧你

总有一天
你不能拒绝土地的邀请[1]

➜ 评析

"不是真的／因此很高"，一语道破世间万物的本质。

看似飘逸的、高高在上的风筝，其实并没有真正的自由，它也是被风放牧着。

---

[1] 指风筝跌落到地面上。

总有一天，风停了，一切都会被打回原形。风筝也无力反抗命运的安排，会重重地跌落在地。

黄昏

是有黄昏
是有溜云下汲水的村姑
是有一朵朵开在原野上小树淡紫的微笑[1]
只要举起你的视线
还会有雀语的秀气
还会有炊烟散后暮色的横阔。匆忙的
是天色和晚星
灯光全部兴高采烈
你也兴高采烈
往往还采取爽朗的一种姿势
伸出胳膊去[2]

➡ **评析**

　　黄昏中的一切都是美丽的：村姑在汲水，淡紫的小树在微笑，鸟雀的谈话也很秀气，暮色很横阔……一切景象都是生机勃勃的。

　　接替黄昏的天色、晚星、灯光是匆忙的、兴高采烈的。黄昏也十分爽朗，丝毫不为自己的落幕感到不快。

---

1 "淡紫的微笑"，指小树在黄昏中呈现出淡紫的颜色。
2 指黄昏为黑夜所代替，它依然很爽朗地接受了。

在海子的诗歌中,黄昏往往象征着好时光的结束,从而具有悲伤和紧迫的色调。而本诗中的黄昏却是豁达而美丽的。因为海子此时正年轻,他才能拥有这样无忧无惧的心态。

念小城

长方形是最动情的一篇短文[1]
画在外地
我的指尖
流过你细细瘦瘦一座长方城

总是写着
不论旱季雨季。我这里
总有细流抱你[2]
总有潮湿的心情默读每一片鱼鳞瓦
不,我是在背诵
第一段是童年和鸢尾筝
一块儿在你的墙下搁浅
第二段是少年和小白鸽
汛水一样逼近你的塔尖
还有风景描写呢
城里的黄梅雨一家一家染青了方砖平房
城郊的蜜蜂一年一度放出收藏的油菜花
结尾照例简约

---

1 指长方形的小城是最令作者动情的一篇作品。
2 指我对你总有流水般的思念。

小城的人出门都会写
相思诗

➜ 评析

  细细瘦瘦的一座小城，指的是海子的家乡。它像一幅图画，使人忍不住用手指抚摩；它像一篇短文，使人忍不住默读，甚至可以通篇背诵各种往事：城墙、塔、方砖平房、油菜花……

  海子身在外地漂泊，此时，小城却成了他的外地。

  "小城的人出门都会写 / 相思诗"，漂泊的海子自然也不例外。它既是小城这篇短文的结尾，也是海子这首诗的结尾。

门

1

一块白布
自负地挂着
等着夜晚
等得穿红小褂的男孩
发现了墙上的彩色玻璃碴[1]

2

他只能在墙外。

看着
镇上的同学
高举花花绿绿的纸条[2]
进去

他只能在墙外

---

1 指墙头上的玻璃碴,为了防止人翻墙而入,此时受到彩色灯光的照耀而显得很好看。
2 "花花绿绿的纸条",指观看演出的门票。

3

沿着一条灰白的路
成熟的黄麦秸
收藏起他
另一端是种地的妈妈
那健康的眼神

4

我是见过
有一个稚气的粉笔字
"门"
陌生地和墙摩擦[1]
产生能量

➡ 评析

这首诗讲了一个很有趣的小故事。

第一部分,看演出而不成。小男孩很想去看演出,但是门上挂着"自负"的白布门帘,此路不通;墙上也布满了防人进入的玻璃碴,也是无路可想。玻璃碴是彩色的,可以想见墙里的灯光是多么

---

[1] 指粉笔在墙上写下字迹。

漂亮。

第二部分，与同学的差距。镇上的同学，高举着"花花绿绿"的票，可以进入；而不属于镇上的小男孩，只能在墙外。一道墙隔出两个世界。

第三部分，家的包容。既然小男孩不属于"镇上"，不能进入墙里，那就回家，让成熟的黄麦秸"收藏"起他，包容他全部的委屈和辛酸。种地的妈妈也告诉他，此处的生活是健康的、美好的。

第四部分，倔强的决心。小男孩在墙上留下了一个稚嫩的"门"字，仿佛要在此处开一扇门。如果有了门，墙的隔阂就会被打破。写字的时候，粉笔在墙上摩擦，仿佛其中包含着小男孩的强烈的心愿，仿佛它能产生出能量。

这是海子留下的最早的组诗作品之一，从中可以看出两个特点：其一，善用蒙太奇手法，无论是意象、内容、叙述视角，都有很强的跳跃感；其二，逻辑清晰，无论着力点上如何跳跃，其主题的推进是环环相扣的。

手法跳跃，结构严谨，这使得海子的组诗往往将内在的联系埋藏在结构里，阅读起来往往会带给人解谜的感受。

栽枣树

1

三婆婆没有孩子
她栽下枣树

2

老人栽枣树
能占有一小块安眠的地方
这是习俗
效力在人们的相信中
和这个村子一样
古老得不会死亡

(远方也可能有片枣林
是关于青春的
目前这儿没有)

三婆婆默默地栽下枣树
不要人帮忙,没有人帮忙

3

栽下枣树

这个瘦弱的故事就这样栽下了
纺车是中心
旁枝不多[1]
顶多牵连一个瘸男人

她端出灶灰
端出整个一生[2]
撒下枣树周围

栽下了枣树

4

什么时辰
什么人来收枣[3]
善良的枣

---

1 指三婆婆的一生主要都在用纺车做活,没有太多别的故事。
2 指她在端出的灶灰中注入了一生的寄托。种枣树时撒下灶灰,可以消毒,是枣树成活的关键。
3 "收枣",暗指三婆婆被死神收走。

➡ **评析**

　　三婆婆栽下枣树，便占有了一块供她"安眠"的墓地。她没有子嗣，一生也十分简单，大部分时间都在纺线，顶多曾经和一个"瘸男人"有过较为亲密的交往。她现在上了年纪，就要自己考虑这些后事。

　　世间有很多这样的善良的人，一个人默默地扛着所有的命运。

　　海子作为旁观者，他的笔下透出了淡淡的悲悯。

红喜事

1. 起点

乡亲们一阵忙乱
土墙脸上贴满红纸条
公鸡被脱下羽衣 [1]
都不在意
屋角抽泣的母鸡

2. 途中

小伙子抬着猩红家具
大大咧咧
上道
酒精很兴奋地流出 [2]
成为男的的汗水
把夏天带来
因而在每一个必经的村口
孩子开始出现

1　指公鸡被拔毛、宰杀。
2　指小伙子们喝酒之后,干活流出汗水,仿佛是酒精的转化。

没有恶意地扔土块
并得到暗示
拦住人群
并得到糖果
这些经历
足以使他们不久以后
抬起家具
这不用想象

3. 终点

"来了"
鞭炮们纷纷撕碎自己的胸膛

➡ 评析

本诗描述了红喜事中从旧家搬到新家的三个过程。

起点是繁忙的。大家忙于宰杀公鸡，在墙上贴满红红的喜字。

途中是有序的。途中出现的孩子们已经告别了不懂事的年纪，他们并没有扔石块，而是很懂规矩地索要糖果，使红喜事变得更热闹，而不是慌乱。用不了几年，他们也将成为红喜事的主力参与者。

终点是喜庆的。看到热闹的人群，一声"来了"，一个触发，鞭炮们仿佛自己迫不及待地点燃了自己。起点繁忙，途中有序，终点喜庆。无论什么事，若是能达成这样的过程，也都是喜事。

烟叶

年轻的时候
一定以为自己是蔬菜
和一些阳光生活在小块自留地上

成熟的季节
主妇没来
老祖父却持刀而来

接着是在几排粗草绳上示众[1]的时日
一滴滴水珠打在脸上
便发黄[2]
于是不喜欢晴天

堕落的机会终于来到了
通过旱烟杆和无聊者亲吻
谄媚时一袋一袋完了[3]
最可气的事还在街那头

---

1 指烟叶在粗草绳上晾晒干燥。
2 指烟叶在晾晒时水分蒸发出来,就好像水珠打在脸上,烟叶便慢慢变黄。
3 "完了",根据上下文语义,此处应该是"完不了",疑似有误。

精瘦的小贩在叫卖

一包一块二

➡ 评析

海子以烟叶的视角写成此诗,使它充满了趣味。

自命不凡的烟叶,一度认定自己是蔬菜,直至老祖父"持刀而来"加以采摘,才意识到自己是烟叶。

自命不凡的烟叶,将晾晒看成是令人羞愧的"示众",又因为晾晒时脸上会有一滴滴水珠,而从此讨厌晴天。

自命不凡的烟叶,本就应该在旱烟杆里工作,它却认为这是"堕落",只好和无聊者亲吻,而对方会对它没完没了地"谄媚"。

自命不凡的烟叶,听到自己高贵的身躯竟然有着如此低廉的定价,顿时气愤不已。

这样的幽默诗,是海子很少尝试的风格。

远山风景（组诗）

1. 一开始

一开始山神这独身的穷汉就一味种植寺庙和苦艾兄弟俩掩盖着什么。等老和尚敲钟时袈裟与清风却没有告诉我为何山中结满男人的孤独，为何夜晚在谷地只繁殖很少的灯粒，光明的卵在黑潮中浮着。

要说小询问也有大询问也有[1]，沿途长成明年的酸杏。

一开始。

2. 路与小松

路在村口攒足气力
一头向悬崖撞去
撞出裂缝

并播进沿途的松籽
从容地长成小松
它们的血缘关系就这样结下

---

[1] "小询问也有大询问也有"，指既有偏重生活艰苦的小询问，也有偏重生活意义的大询问。

3. 速写

在一些主要的峰顶
我都住石缝里
夹一支铅笔
让山画画自己的速写

4. 火柴

在最荒凉的山沟我埋下一盒火柴
也许等的时间不长
它就要发火

5. 太阳帽

山谷能收藏很多很多事情
却容纳不下两顶太阳帽
追逐产生的情感[1]

6. 小锤

你很诧异我带一把小锤

---

[1] 指一对恋人在追逐嬉戏,其情感感染了孤独的山谷,使它"容纳不下"。

到处敲敲

我是要证实

隆起的地平线下都是实心

7. 小树林

坐那儿你在手帕上画了几株树

铺在这里

压上几个小石子

要过行军水壶

你往周围浇了点水

你相信

下山时我们

就可以在这片小林子里野炊

8. 红蜻蜓

散开的小牛是一朵朵小黄花

在草滩上盛开

十一岁的牧童给瞎妹妹戴玫瑰

我的纸上顿时飞过一只红蜻蜓

➡ 评析

这一组诗,记叙了海子去往远山时所见的沿途风景。

第一部分,一开始。山神是"独身的穷汉",山中除了植物很少再有别的东西。寺庙是修行之处,苦艾是味苦性寒之物,这"兄弟俩"代表着山中的艰苦,但它们似乎避而不谈,"掩盖着"苦味。敲钟本应是小和尚的分内事,而老和尚的亲力亲为,能使人感到他的孤独,但袈裟与清风也并无倾诉之意。黑夜降临,谷地里只有很少的光,犹如微弱的光卵漂浮在黑色的浪潮之中。

山神的孤独、老和尚的孤独、谷地的孤独,如此种种,全部放在一段之中,如此使人喘不过气来的描写,极力渲染着远山的艰苦。

此时便有了"小询问"和"大询问",艰苦的意义在于"沿途长成明年的酸杏"。杏可能很难变甜,明年也很遥远,但坚持下去总会有所收获。这是这一组诗所体现的精神气质,也是海子一直具有的韧性。

第二部分,路与小松。悬崖挡住了村庄,而路却勇敢地"撞去",还在如此恶劣的环境下长出小松。这里体现的依然是生命的韧性,这也是路与小松的"血缘关系"。

第三部分,速写。给山峰一支笔,让它画画自己,是艰苦生活中自寻乐趣的一个善意的玩笑。乐观,也是生命的韧性。

第四部分,火柴。在荒凉之处埋下火种,抱着对未来的期望。坚定和期望,便是生命的韧性。

第五部分,太阳帽。爱情的力量可以改变山谷的深沉。

第六部分,小锤。地平线有起伏,正如人生的境遇有高有低,

"我"坚信其中的踏实与真实。

第七部分,小树林。望梅止渴、画饼充饥,也是一种人生的乐观与豁达。

第八部分,红蜻蜓。年幼的牧童不仅要在放牧时照顾妹妹,还给了她美丽和浪漫。生计艰难,但要时刻持有一颗轻盈美好的心,那便是人生美丽的红蜻蜓。

无论多么艰难,总要保持美好的品质;无论乐观还是坚定,豁达还是浪漫,它们都是值得歌颂的生命的韧性。这就是最好的风景。

小站
——毕业歌

我年纪很小[1]
不用向谁告别
有点感伤
我让自己静静地坐了一会儿

然后我出发
背上黄挎包
装有一本本薄薄的诗集
书名是一个僻静的小站名

小站到了
一盏灯淡得亲切
大家在熟睡
这样,我是唯一的人
拥有这声车鸣[2]
它在深山散开
唤醒一两位敏感的山民

---

1 海子十五岁读大学,十九岁大学毕业,比同年级的人小三四岁。
2 指火车进站时的鸣笛。

并得到隐约的回声

不用问
我们已相识
对话中成为真挚的朋友
向你们诉愿
是自自然然的事

我要到草原去
去晒黑自己
晒黑日记蓝色的封皮

去吧，朋友
那片美丽的牧场属于你
朋友，去吧

➡ 评析

  1983 年，海子在毕业之际，印制了诗集《小站》，其中便有这一首同题之作《小站》。

  《小站》一诗是海子的毕业歌，更是他新的启程点。

  他的年纪比别人小，他所感知的世界也很不相同。大家正在熟睡，他却看到"一盏灯淡得亲切"，还独自听着小站的鸣笛，想象着深山的回声。

他渴望找到"真挚的朋友",但这位朋友并不在身边的众人之中,可能存在于深山里。他对知己的渴求太久、太强烈了,有无限的话语想要倾诉,"向你们诉愿/是自自然然的事"。

毕业是个"小站",它激起了海子这列火车诉说的鸣笛,他便印制了《小站》这本诗集,希望它能够"在深山散开/唤醒一两位敏感的山民/并得到隐约的回声"。海子也告诉这位朋友,他准备去往草原寻找美丽的牧场。

小叙事

在这个
小小的人世上
我向许多陌生的人
打听过你
和许多动植物
和象形文字
讨论过你[1]

夏夜
我加入天真的
萤虫小分队
凭那么一点点
微热的光亮
竟找到你的村头
伙伴们
被一把又一把蒲扇
扇落
孩子们可爱的愿望
和透明的小瓶

---

1 指作者在诗中以许多动植物的意象来描述知己（你）。

是她们平平淡淡的归宿[1]

是时候了
我调动所有的阅历
辨认着门窗
果然
那个篱笆很有才气地
编在那里[2]

我是要告诉你
一些心思
要不然
我怎会摇着后园的竹叶
和你商量
但你的窗口
灯总也没亮起来

无论如何
我要留一个形象给你
于是我头戴
各色野花

---

1 指孩子们出于好奇而用透明的小瓶捕捉萤火虫,却使萤火虫不甘心地死去。
2 指小院的篱笆很特别,昭示着院内之人便是作者要寻找的对象。

跑进你梦中

我的踌躇
铺成你清晨起来
不曾留意的那条小道
很自然地
你顺着它走下去
写些激动人心的故事

➜ 评析

  海子在不同的诗中一遍遍地呼唤着知己,也向陌生人不住地打听,而寻找知己的过程是艰难的,就像微小的萤火虫不经意间就被好奇的孩子们扼制。

  历尽千辛万苦,通过种种线索辨认出对方,对方却不能感受到。海子"摇着后园的竹叶",对方的窗口"灯总也没亮起来"。

  不过,海子仍然有决心走入对方的梦里。总有一个清晨,两人能够相见,并且发生一些"激动人心的故事"。

  在诗集《小站》中,这首《小叙事》和《小站》一诗编在同一辑里,它也是《小站》一诗的延续,抒写了海子对知己的寻找和渴望。

东方山脉

三角洲和碎花的笑[1]
一起甩到脑后
一块大陆在愤怒地骚动[2]
北方平原上红高粱
已酿成新生的青春期鲜血[3]
养育火红的山冈成群
像浪
倾斜着地平线和远岸的大陆架[4]
将东方螺的传说雕成圆锥形[5]
这里,道道山梁架住了天空[6]

让大川从胸中涌出

---

1 指河边和海边发展起来的小块土地上的文明,和下文的大陆文明形成对比。
2 指中国代表的东方文明正在猛烈地崛起。
3 "红高粱",象征东方文明,正在产生新的力量。成熟的红高粱像是平原上洒满了鲜血,所以有此比喻。
4 指东方文明正在推翻此处的旧格局(地平线),也影响着远方的其他文明(远岸的大陆架)。
5 喻指东方文明正在完美地呈现,就像圆锥那样完美。"东方螺",象征东方文明,圆锥形是它最完美的呈现形状。
6 象征这里有无数栋梁支撑出雄伟坚固的世界。

让头顶长满密林和喷火口[1]

为了光明

我生出一对又一对

深黑的眼睛和穴居的人群[2]

用雪水在石壁上画了许多匹野牛[3]

他们赶着羊就出发了

手中的火种发芽

和麦粒一道支起窝棚[4]

后来情歌在平坦的地方

绘出语法规则[5]

绘成村落

敲击着旷野[6]

即使脚下布满深谷

即使洪水淹没了我的兄弟

即使姐妹们的哭泣

---

1 指胸中涌出大川一样的激情,头顶长满密林一样的智慧和喷火口一样的力量。
2 指东方文明孕育出东方人的祖先。东方人以黑眼睛为标志,东方人祖先是穴居的。
3 "野牛",指东方人祖先的图腾,象征坚定的信念。
4 指东方人祖先走出洞穴,开始建造初级的房屋(窝棚),进行文化升级。"火种"和"麦粒"分别象征着精神基础和物质基础。
5 指物质条件比较好的平坦地方的人们逐渐发明出语言。"情歌",指发明语言的过程就像唱情歌一样美妙。
6 指东方人形成文字、村落,又向旷野上传播。"敲击",形容这种文化传播给当时的世界带来像敲击旷野一样的震撼。

升到天上结成一个又一个响雷

即使东方的部落群没有写进书本

因而只在孩子琥珀色眼球里丛生[1]

根连着根

像野草一样布满荒原

即使旗帜迟迟没有

从那方草坪上升起[2]

因而文字仿佛艰涩

历史仿佛漫长[3]

我捞起岛屿

和星星般隐逸的情感[4]

我亲吻着每一座坟头

让它们吐出桑叶[5]

在所有的河岸上排成行

划分着大江流向

划分着领土

我把最东方留给一片高原

---

1. 指文化最原始的发展没有书本可以记录,只能通过口头向孩子代代相传。
2. 指东方文化此时还没有建设成为国家。"旗帜",指国旗。
3. 指东方文明当时还不够强大,其发展显得艰难而漫长。
4. 指一些建设者在文明进化的历史中像岛屿一样散落,像群星一样微弱地发着光。
5. 指我向这些无名者致敬,让他们的贡献得以呈现。桑叶是在吐丝过程中被贡献、被牺牲的,此处使他们以桑叶的形态呈现,意为还原他们本身的价值。

留给龙族人

让他们开始治水

让他们射下多余的太阳 [1]

让他们插上毛羽

就在那面东亚铜鼓上出发 [2]

会有的，会的

会有鹭鸶和青草鱼一样的龙舟

会有创造的季节 [3]

请放出鸥群

和关在沼地里的绿植被 [4]

把伏向小河的家乡丘陵拉直 [5]

列队，由北压向南

由西压向东

把我的岩石和汉子的三角肌

一同描在族徽上吧

把我的松涛连成火把吧

---

1 指大禹和后羿的故事，代表东方文明曾有的贡献。这一段，即是上文所提到的"吐出桑叶"。
2 指东方文明开始发出声音。"毛羽"是信仰的外显，而"东亚铜鼓"是文明的发声。
3 指屈原所造就的文化，代表东方文明的创造。
4 指东方文明生机盎然。
5 指东方文明使世界变得平直广阔。

把我的诗篇

在哭泣后反抗的夜里[1]

传往远方吧

让孩子们有一本自己的历史画

让我去拥抱世界

1983

➜ 评析

全诗是对东方文明的一次回顾。

海子在全诗中使用了上帝视角叙述,又用了个人视角抒情。

本诗细致地抒发了海子对东方文化的情感,与《亚洲铜》互为表里。

海子写了多次民族起源、繁衍子息这个主题,还会把理想的情感加入进去。本诗中即提到"情歌在平坦的地方 / 绘出语法规则",而在长诗《河流》中,海子也曾写道,"在一片空地之上 / 诞生了语言和红润的花草,溪水流连 / 也有第一对有情有义的人儿 / 长饮之后 / 去远方"。

本诗中,他以龙舟的意象作为龙族人的代表之一;在《亚洲铜》中,他更是直接歌颂了屈原;在长诗《但是水,水》中,也以屈原和龙舟作为东方人的代表;另外还有一些诗歌中出现了楚国的意象。这都是一脉相承的:东方人—龙族人—龙舟—屈原—楚国。

---

[1] 指东方文明遭受落后的屈辱之后的崛起。

海子在诗中还自我呈现为东方文明代言人的角色,"我捞起岛屿/和星星般隐逸的情感/我亲吻着每一座坟头/让它们吐出桑叶"。他无比热爱着东方文明,并为之自豪、努力、传播、呼喊。

小山素描·上山的孩子

1

野草和碎石
在我诞生之前
就在这里布置了几道山梁
让鲜花枯萎
把庄稼和村子远远推开
只让人们从远处看
在远处称赞自己[1]

一个男孩
因为自己的年龄和一个故事[2]
来到山口
他要用脚去测量群山的坡度和距离
因而他在一个晚上长大
那时他使一群狼
认识到什么是人
什么是男子汉

---

1 指山梁没有生存的环境,不能形成村庄,只让人们远远地看着。
2 指因为年轻的心和对传说的向往。

我就是男子汉

累了,我靠着群山

看着太阳升起又落下

看着主峰放出一只只小雀在天空打旋

留下的声音安慰着不平的山路

和山路上的虫子

我的愿望是在最高的峰顶

放一块石头

我要参加山的创造

2

我喜爱山冈

山冈就是山冈

总要窒息道路的伸展

但不使人胆怯

我向着青山就是向着母亲

弓着腰

让地母的支撑

对抗惯性和风的力量[1]

就这样

兜满黄昏的风

1　指紧紧蹬着地,使自己不被风吹倒、在惯性中滑下山。

裤管正奋力托举一枚太阳[1]
在山腰上升
是我年轻的脸
于是,我把呼吸呼成光芒
向周围扩散热气

一道细泉朝我跑来
我把清凉的旋律糅进我的思索
我更加深信
有水的地方
就有青草和果实
就应该有村庄
中午,我成了这村庄的主人[2]

→ 评析

男孩有着年轻的心,越是荒山,他就越要征服,至少也要在峰顶放上一块石头,仿佛自己"参加山的创造",使山又高了一点。

他要征服群狼,也要征服太阳。这座"鲜花枯萎"的荒山,不能耕种,人无法生存,别人只能远远地看着、称赞它的险峻,男孩却找到了"一道细泉",并且建起了一座小小的村庄。

---

1 指登山越高,越能延缓太阳的落山,这个举动仿佛是努力使太阳不落下去。
2 指我在荒山上建了一座小小的村庄。

小山素描 · 恋歌

你们年轻
小伙子，姑娘
在高度挽留你们的地方
你们却用热恋中的目光
在荆丛中描出一条路[1]
你们还用情歌
将我的寂寞静默
解开，从胸前滑下去
我于是开朗起来

我是站着的
生下来就这样
因而高大
线条是粗犷的
你们却把它和细腻的少年情爱
系在一起
你们摇着对方的肩膀
不在乎我的年纪和僵硬的面孔
在我身上笑着闹着

---

1 指热恋的人去往荒僻之地，辟出一条小路。

你们勇敢

是一种献身的勇敢

我的沉重的呼吸和黄沙

未能阻止你们的嬉笑

却使你们越挨越近

我感到我的脉搏和着你们的两颗年轻的心

一起激荡，越来越响

➜ 评析

  本诗中，海子化身为寂寞的山，受到恋人们爱情的激荡，变得年轻而富有朝气。

  爱情激发出恋人们的勇气，使他们勇敢地开拓无人之地，这份热恋也解开了荒山的寂寞。爱情的细腻、乐观和热烈，也感染了高大粗犷的荒山，使它打破了自己的苍老和僵硬。

  恋人们越挨越近，使荒山的心离他们越来越近，直至最后，一起激荡着同样年轻的脉搏。

年轻的山群

群峰在传说中成长，靠着几株树[1]
白带子一般迷茫的山路纠结在我心尖，尽管中间是深谷
水总也没流出来
泪却流出来不少

     等着炊烟和村庄一个个瘦弱地升在树丛里
   预言被远方的黄风吹灭，山上并没有涌出清泉一样的草
           因而就没有

纯洁的羊群和歌声
        我哭了，
什么时刻泪水能攒成湖泊
  让山洗清贫困的倒影

一个穷孩子天亮前翻过山冈，每天和你年轻的山对话
  爷爷告诉他山外望不到边的大平原和红高粱
    踩水车的男人，割庄稼的女人
      人群中总有欢乐的歌

---

[1] 指这座山谷与世隔绝，对于外界而言，只存在于传说里，此处的景色也少得可怜，只有几株树而已。

孩子向你年轻的山诉说愿望
　　　　　　　让那从山外飞回
的鸟捎回几支歌
　　　洗洗这里的天空，让他能在一块空旷平展的土地上
　　放手放脚地奔跑

他说，那儿即使有野兽也不像山里的凶恶
　　　　　他还说，明年他将成为一名猎人
　　　　　　　　和爷爷一道进深山，除尽恶兽

　　　　　你们总想象着他眯起双眼神气地举着箭，可再
　　　　也没有见着他从那个深谷里出来
也许，深山处隆起一座小土包[1]。他永不会躺在平坦的地方

年轻的山开始挽起手臂。[2] 父辈告诉过他们许多故事
许多正直的灵魂。有些伙伴甚至能数清英雄的世系

终于一位带画夹的少女，把我们画得跟他一样
　　　　　纯洁、善良，带着隐隐的久的期望
她用手帕束起黑发，也要我们用光明放逐阴影
　　　　　　　　　　　　即使黑夜来临

1　指孩子的坟墓。
2　指山谷里的年轻人开始齐心协力，一同努力。

就在黄昏借夕阳把它焚毁

我们的少女很美。她带给我们的故事也很美
她来自一条河流的近旁,那儿有房子的森林
层层叠叠。我们的脸上永远挂着笑容和朝霞
　　　　她要把我们带给年轻的朋友去赞美

于是,我们呐喊、我们和着莽野的节奏上升
　下沉
　　我们成熟了,脸上长出了丛林的胡子,
　　　我们把胸膛
　　挺起来,不仅因为祖先留下的性格,
还因为心中的
　　　金属和热流。[1]我们是男人、我
　　　们是不曾扭曲的力、我们是
　　　大地的脊梁。一些人去摸
　　　摸去,一些人开始喷出
　　　清泉和矿苗

　　　　　　山外又升起许
　　　　　　　　　　　多星星和
　　　　　　　　　　　城市

---

[1] 指更先进的工具和更大的热情。

　　　　　　　滚滚而来

光明的姊妹群就会降临这山谷

➡ 评析

　　这一座山谷是与世隔绝的，就好像是一个传说。山中没有水，只有无尽的泪，这里的村庄很瘦弱，没有"纯洁的羊群和歌声"。

　　一个穷孩子，就像所有山中人一样，他的心中装满了对"空旷平展"的山外的向往，他的心中有冲破现实枷锁的无限渴望，然而，他却过早地死在了深山里的一次狩猎行动中。

　　这样的悲剧反而激发了更多年轻人的斗志，他们开始"挽起手臂"，并终于等来了一位山外的使者——带画夹、束黑发的少女。少女给大家带来了希望，带来了无数的干劲儿，她使年轻人变成了男人，变成了"大地的脊梁"。

　　至此，"年轻的山"变成熟了，他们也坚信，"光明的姊妹群就会降临这山谷"。

　　整首诗写得非常有朝气，尤其诗中有一句"即使黑夜来临／就在黄昏借夕阳把它焚毁"。在本诗中，黄昏中的夕阳也依然还有无穷的力量，这是年轻的海子才有的状态。

丘陵之歌

过去的年代在山里埋成富矿[1]
丘陵是少年
是石榴花,在故乡的五月
红喇叭吹散清明坟头的白花
阳光下晒成苦涩的盐[2]
  我很想知道咸海滩漫过来的故事
  水晶王子怎样成为移民
  在这里指示贫瘠。[3] 白茫茫的贫瘠
  为此从饥民的眼瞳
  我不止一次阅读过丘陵史
所以我要说
今天本身就是一条不可更易的真理
带来创造的激情。既然
去征服盐碱滩的贝壳花已含笑启程
既然灰种狼在祖父粗糙的
抚摸中成为家犬。[4] 守护着正义和善良

---

1 指大山的历史是它的财富。
2 指红色的花朵化解了坟头白花的悲哀苦涩,而这些悲哀苦涩在阳光下变成了微小的盐粒。
3 指本来高贵的盐(水晶王子)却成为此处贫瘠的源头(盐碱滩)。
4 指家犬是由野狼驯化而来。

既然我继承的唯一预言是种植[1]
就让风在这儿时刻晴朗吧
晴朗得像重新集合的人群,永远蔚蓝的生命
就让兰叶汛水一样涌上每条小径吧
她梦一样的芬芳开在黎明
舒展开陶罐上萎缩的花纹[2]
舒展开丘陵曾被囚禁的微笑
那就笑吧

荒滩上农神已诞生。我的情人
是稻谷这谷类的贵族
饱满地
召唤开阔地
召唤青春欲望和盛夏的汗水
召唤战胜死亡的一代代新婴[3]

  我的工匠和铁农具一块儿在炉火前黑起来了啊
  我的耕地和村舍手挽着手翠绿地蔓延

  而我的黄牛是丘陵的先知

---

1 指在这片盐碱滩上种植是我所继承的唯一责任和使命。
2 象征传统文明得到舒展。
3 指人类以繁衍后代来战胜死亡。

她的箴言只撒向水田[1]

撒向青年人的季节和犁

她的乳汁注入地平线[2]

星星点点的草湖便不再像泪滴

只有祖先生命积攒起的田野

只有一圈又一圈丘陵宽阔的浪

在她日日膨胀的创造欲中[3]

快活得紧张起来

我敢肯定

是麦子一根又一根

弯腰拾起她的黄毛作为王冠

(即使我不清楚太阳和麦子

谁先戴上这芒状的王冠)

于是成熟

金黄地迎接收割人

迎接山冈般伸过来喂养村庄的黑壮臂膀

这时,吹的丰收号就是她的椎角

她的思想的隆起果。她大脑的消息树[4]

啊!兄弟们

---

1 指黄牛的信念便是在水田劳作,与上文"我继承的唯一预言是种植"相呼应。
2 指黄牛将辛勤奉献给地平线的太阳,即日出而作、日落而息。
3 即上文的"乳汁"。海子此处将奶牛的品格与黄牛混写在一起。
4 概指松果体、树状神经一类大脑信息控制者,意为黄牛的大脑中只有全力获取丰收的指令。

擂响黄牛母亲留下的牛皮山鼓吧
有未曾忘怀的嘱咐
有充盈的英雄气
倒进海碗
让我对丘陵许下征服的愿酒精的愿生命的愿
世世代代的愿

总有一天
以丘陵的名义
我要娶一位美丽的新娘
让年轻的云们[1]挤在一起看我狂喜
看房梁在祈愿中思索着架起[2]
（一朵爱幻想的小云
很可能认为这是小船扬帆呢）
看我劳作中这股男子汉精神
怎样鼓舞即将诞生的儿孙
长大后他们仍以丘陵地带为房基
热情地垒石头。镇子和小城
骄傲地拨开贫穷
人类拥抱家园就像拥抱春天

---

1 "年轻的云们"，指年轻的孩子们。他们这一代不必束缚在此，可以飘游四方了，所以称为"云"。
2 指在祝福中设计、建造新的房屋。

➜ 评析

这片丘陵蕴含着年轻的力量,能改变生活的苦涩,改变盐碱滩的贫瘠。

他坚定,他相信种植就是自己唯一的使命;他热情,他要"带来创造的激情";他浪漫,他相信盐的本质是"水晶王子",贫瘠的移民只是暂时的身份;他有号召力,他召集了晴朗的风、汛水一样的兰叶、欲望、汗水和新婴,共同投入丘陵的建设。

黄牛是丘陵中一个伟大又朴实的形象,被称作"黄牛母亲"。她默默地劳作着,她的黄毛孕育了太阳和麦子的王冠,她的心中只有丰收,甚至在她死后,她也贡献出牛皮做成山鼓,激励起充盈的英雄气。

丘陵有了年轻的力量,再加上黄牛母亲们伟大的付出,便一定会改变现状,实现"世世代代的愿"。到那时,年轻一代们像云一样自由而幸福,贫穷已经被消灭,丘陵地带生长出美好的镇子和小城,家园里有永远的春天。

高原节奏

雪山绵长地守护着你的地平线
你的视野和林带一起延亘[1]
酣睡的神话在这儿开始辽阔,富有感染力的节奏
和温泉一道喷出,一个挽着一个组成高原湖的系谱
最年轻的一代是湖面驶过的天鹅和歌声[2]
在这些纯洁的眸子面前
朝圣者被匆匆翻过[3]
留下的遗嘱全是关于沼泽地的[4]
都说那片草滩上的光环是恐怖的前奏[5]
即便这样,寺庙照样闪闪发光
像金碧辉煌的安息果锁住大山的喉结[6]
而民间流传的传说随着马奶子香,傍晚时分
开始在每一个火坑旁集结正义的力量[7]
强大得和黑夜抗衡

---

1 指高原的可视范围内全是林带。
2 指当下高原上的年轻人像湖面上的天鹅一样轻盈而快乐。
3 指年轻的一代对朝圣者只是匆匆看上一眼,并不感兴趣。
4 指年轻的一代认为朝圣者的思想遗产像沼泽地一样没有用处。
5 指年轻的一代带来的光环可能是他们将要推翻传统的前奏。
6 指传统的寺庙文化对于高原仍然具有扼喉一般的重要性。
7 指夜晚来临,人们在火堆旁讲起民间传说。

守候着孩子的鼾声和平地到达黎明蓝色港湾

这是一个早晨
高原挽留了这片从黑页岩围中突围的土地
挽留了一片热带鸟般卧在这儿的丛林
挽留了首次涌入这铺满落叶湿地的
几行簇新的脚印
当有人用弯刀戳穿土地的蛮荒也划破心灵的惰性[1]
以烈焰联系所有献身的丛林[2]
当洪水季节的祖先从地层托起湖泊和黎明
苦难和夜色一起被疏通
喧哗的人群朝我涌来[3]
这是早晨
高原的心坎充满豪情,生生不息的诞生和创造
一遍又一遍揭示出这个蓝色星球的质量和魄力
使我的灵魂骚动着,生命之鹿在向森林深处奔跑
我的呼吸和晨光一起飘扬,早晨的风中
露珠像灿烂的星座落满我的手臂
落满我的思绪
啊!太阳升起来了

---

1 指有人侵略此地,打破心灵的平静。
2 指纵火烧林。
3 指苦难的历史涌入我脑海。

我狂喜地抛出一次又一次深鞠躬

我是远方的孩子，给你带来远方的祝福
祝福你朝霞
祝福你残酷的天葬[1]
让无用的躯体去填充狂暴的生命
撕裂声是对死亡和过去最好的祈祷
祝福你带咸味的湖泊[2]
让她继续怀念三叶虫时代的海洋[3]
在今天的胸膛掀起涛声
祝福你父亲般深沉的高原性格，缄默地
向客人敞开每一道清泉旁的竹楼，牧羊人的帐篷
伸出小道像伸出手臂，挽住善良的兄弟姐妹
草莓是一群微笑的眼睛
祝福你莽林祝福你马帮祝福你青稞

你那么自信
所以胸膛从诞生起一直饱满地挺着[4]
壁画五彩缤纷

---

1 "残酷的天葬"，藏族特有的丧葬方式。
2 咸水湖众多是西藏的特点。
3 青藏高原在远古时期曾是海洋，现在可见到三叶虫的化石。
4 指青藏高原是世界上平均海拔最高、最"饱满"的高原。

野牛和弓箭手一块在岩石上构成创造最高的倩影
即使含蓄，悄悄地放出两条浅蓝的河流[1]往东去
她们也要在远方的原野上洪亮地嚷着
洗刷着经幡年代如悬棺石峡
并把高原的气息带给海洋，让他们一起爽朗起来
你自信，日光也充满自信
因而你的子女都健康地黝黑着
线条很野阔，适宜于舞蹈狂放的时刻
当洁白哈达捧出的时刻，歌声也更嘹亮
尖锐地刺激着赭红色土地的上空
鲜艳的人群是地上怒放的彩霞，一束束热气
朝天喷去，云层越来越薄
从你的村寨我掬起情歌
掬起这块大地上一切纯洁的感情
撒向干渴的旅途季节和沙漠海
撒向所有需要纯洁的地点，让他们生出花来
接着我就向你的长子学会追山兽
哼杀生旋律，一动不动地凝视岩鹰
我们全是兄弟
当我的眼神被高原同化，便强悍地掏出岩蕊[2]
插满我全身就像插满高原的节奏

---

1 "两条浅蓝的河流"，指长江与黄河。
2 "岩蕊"，岩石之蕊，指青藏高原的玉石。

抖落所有的平庸软弱
我也去巡视天空

➡ 评析

本诗是对青藏高原的一曲赞歌。

第一节，写传统的高原文化受到年轻一代的挑战，但仍然根基雄厚，生生不息。

第二节，写高原文化曾经受到外来的侵略，却生命顽强，使太阳再一次升起。

第三节，写我对高原文化的热爱和祝福。

第四节，写高原文化的宏伟与自信也深深地感染了我。

诗歌的主题简洁鲜明，情绪饱满，有明显的早期朦胧诗的风格。

农耕民族

在发蓝的河水里[1]
洗洗双手
洗洗参加过古代战争的双手
围猎已是很遥远的事[2]
不再适合
我的血
把我的宝剑
盔甲
以至王冠
都埋进四周高高的山上
北方马车
在黄土的情意中住了下来[3]

而以后世代相传的土地
正睡在种子袋里[4]

1983

1　指河水极度清澈，绿得发蓝，暗示当前的世界一片和平。
2　指战争不再是当前的主题。
3　指荣耀归于过去，如今只有黄土和农耕。
4　暗示以农耕为主的家族正要在此地繁衍生息。

➜ 评析

　　旧事已远,新世界方兴未艾。关乎生存和死亡的战争已经结束了,整个民族要以农耕生活来孕育文化、繁衍子嗣。
　　海子在这一阶段偏爱写一些以民族、文明为主题的作品。和平的农耕时代,是文化发展的起源。

1984 年

—

亚洲铜,亚洲铜

击鼓之后,我们把在黑暗中跳舞的心脏叫做月亮

村庄

村庄里住着
母亲和儿子
儿子静静地长大
母亲静静地注视

芦花丛中
村庄是一只白色的船
我妹妹叫芦花[1]
我妹妹很美丽

1984

> **评析**

本诗的两个诗节,分别指现实世界和理想世界,而且互相比对。

第一节,写现实世界。村庄是包容的家园,而儿子和母亲拥有平静和谐的关系。

第二节,写理想世界。村庄整个都化为一条船,为我所用;而且我还有美丽的妹妹芦花,这才是最亲近的对象。

现实世界中,我是被村庄保护的弱者;理想世界中,我是驾

---

1 指我以芦花为妹妹。

驭整个村庄的强者。现实世界中,我受母亲的关怀,只需要静静长大;理想世界中,我有美丽的伙伴,有美丽的梦想。

  诗虽然很短、很简单,却能微妙地体现出海子与村庄之间复杂的情感:现实中受它的庇护,心中却想要尽快成长。

自画像

镜子是摆在桌上的
一只碗
我的脸
是碗中的土豆[1]
嘿,从地里长出了
这些温暖的骨头[2]

1984

→ 评析

吃饭时,在土豆身上看到了自己的特质,彼此很相像,所以海子称这只碗是镜子,似乎是映出了自己的影子。

或者说,土豆就是海子的自画像。

---

1 其实是指吃饭的碗像一面镜子,因为碗中的土豆就像是我的脸在镜中的倒影。
2 "温暖的骨头",指土豆像骨头一样有坚硬的特质,而我看见了同类,心生温暖。

女孩子

她走来
断断续续地走来 [1]
洁净的脚印
沾满清凉的露水

她有些忧郁
望望用泥草筑起的房屋
望望父亲
她用双手分开黑发
一枝野樱花斜插着默默无语
另一枝送给了谁
却从没人问起

春天是风
秋天是月亮 [2]
在我感觉到时 [3]
她已去了另一个地方

---

1 指走来的女孩子断断续续地进入我的视线。因诗人不时地偷偷抬头看,所以画面是断断续续的。
2 指女孩子给我的感受像是春风秋月。
3 指以前一直是朦朦胧胧的美感,而现在是深切地感到了"她"的重要性。

那里雨后的篱笆像一条蓝色的
小溪

➡ 评析

第一节表面在写女孩子，其实写出了海子低微的形象：只能低着头，断断续续地偷看对方，视野中也全是对方"洁净的脚印"，足见海子视角之低。这"偷瞧"的视角，在《为了美丽》一诗中也有类似体现。

在海子的猜测中，她是忧郁的：她只有简陋的生活条件（"泥草筑起的房屋"），还有父亲对她的控制（"望望父亲"显示出她处在父亲管控之下，要十分顾及父亲的反应），而她显然还有别的心思。

她的黑发上斜插着默默无语的野樱花，象征她自己；另一枝野樱花不知送给了谁，也"没人问起"，表明她还有另一个精神寄托，却无人问津。

女孩子如此美好，就像海子的春风秋月，而当她远去的时候，海子才更深刻地体会到这一点。

只能在想象中祝福她：她住的房子会有漂亮的蓝色篱笆，而雨后的它们似乎又像小溪一样，伴随着人的思绪流向远方。

女孩子为现实所束缚，默默无语，因忧郁而美，不知另一枝野樱花在何处……凡此种种，皆是海子的理想化身。海子对她的祝福，其实也是在祝福自己。

阿尔的太阳[1]
——给我的瘦哥哥

"一切我所向着自然创作的，是栗子，从火中取出来的。啊，那不信仰太阳的人是背弃了神的人。"[2]

到南方去

到南方去

你的血液里没有情人和春天[3]

没有月亮[4]

面包甚至都不够

朋友更少

只有一群苦痛的孩子，吞噬一切[5]

瘦哥哥凡·高[6]，凡·高啊

从地下强劲喷出的

---

1 阿尔系法国南部一小镇，凡·高在此创作了七八十幅画，这是他的黄金时期。——海子自注。

2 这一段引文摘自凡·高给弟弟提奥的书信。

3 "情人和春天"，象征爱情和温情。

4 "月亮"，象征宁静的生活。

5 指痛苦的创作的欲望就是一切。"孩子"，象征作品。

6 凡·高（1853—1890），荷兰后印象派画家。代表作有《星月夜》、自画像系列、向日葵系列等。

火山一样不计后果的

是丝杉和麦田[1]

还是你自己

喷出多余的活命的时间[2]

其实,你的一只眼睛就可以照亮世界

但你还要使用第三只眼,阿尔的太阳

把星空烧成粗糙的河流

把土地烧得旋转

举起黄色的痉挛的手,向日葵[3]

邀请一切火中取栗的人

不要再画基督的橄榄园[4]

要画就画橄榄收获

画强暴的一团火[5]

代替天上的老爷子

洗净生命[6]

红头发的哥哥[7],喝完苦艾酒

---

1 指凡·高的绘画风格,丝杉和麦田都画得像喷发的火山一样。

2 指凡·高在用生命进行创作。

3 指的是凡·高几幅名画的内容,包括《向日葵》《星月夜》《加歇医生肖像》等。

4 象征宁静的生活。

5 即上文"橄榄收获",指内心的激情。以上内容指凡·高《橄榄园中的祈祷》这幅画。

6 指凡·高代为上帝净化人们的心灵。"天上的老爷子",指上帝。

7 指凡·高。在自画像中,他有着像火一样的红头发。

你就开始点这把火吧

烧吧

1984.4

➡ 评析

  凡·高是海子十分喜爱的画家，他进行创作的时候，往往会进入激情的忘我状态：没有情人和春天般的温情，没有月亮带给他宁静，甚至没有维持生活的面包，没有几个朋友，他所有的，只是一群亟待他完成的作品，就像一群嚷嚷着要出生的孩子一样，不断地催促着他，也吞噬着他的生命。

  凡·高来到法国南部小镇阿尔之后，这里热烈的阳光极大地激发了他的创作热情，使他笔下的丝杉和麦田像"火山一样不计后果"地喷发出来，但同时，也对他自己的身体造成了极大的损耗。

  这首诗写于1984年4月，海子的成熟风格刚刚开始形成，他也急于在创作中为自己找到更为正确的方向。海子十分赞同凡·高这种燃烧生命的创作方式，他称凡·高为"瘦哥哥"，替凡·高作主张："不要再画基督的橄榄园"，"要画就画橄榄收获／画强暴的一团火"，唯其如此，才能成为上帝之子，才能"代替天上的老爷子／洗净生命"。

  在诗的最后，海子对凡·高寄语说：

红头发的哥哥，喝完苦艾酒

你就开始点这把火吧

烧吧

　　这一段话颇有谶行的意味。不过,凡·高早已逝去,他不需要海子的鼓励,海子说的这番话的对象,其实是他自己,或者他自己身体里需要唤醒的那个凡·高。而事实上,他做到了。

我,以及其他的证人[1]

故乡的星和羊群
像一支支白色美丽的流水
跑过
小鹿跑过
夜晚的目光紧紧追着[2]

在空旷的野地上,发现第一枝植物
脚插进土地
再也拔不出[3]
那些寂寞的花朵
是春天遗失的嘴唇[4]

为自己的日子
在自己的脸上留下伤口[5]
因为没有别的一切为我们作证

---

1 "证人",指见证我追逐梦想的人。
2 指我在黑暗中,用目光紧紧追着它们,羡慕它们的美丽和自由。
3 指这棵植物已经生根于此,不能像我一样逃离。
4 指花朵不能亲吻春天了,为春天所遗弃,因而寂寞。"花朵"象征同样葆有梦想的人,虽然被"遗失",但仍然希望能亲吻春天、接近理想。
5 指因为不甘心无声无息地离开,故而在脸上留下伤口和记号,互相作证。

我和过去

隔着黑色的土地[1]

我和未来

隔着无声的空气[2]

我打算卖掉一切

有人出价就行

除了火种、取火的工具

除了眼睛

被你们打得出血的眼睛[3]

一只眼睛留给纷纷的花朵[4]

一只眼睛永不走出铁铸的城门

　　黑井[5]

1984.6

1　意为逃离过去为黑土地所束缚的生活。

2　意为没有什么可以阻挡我奔向未来的新生活。"隔着无声的空气",即是接近于毫无屏障。这种写法,也见于海子的另一首诗《跳跃者》:"从一口空气／跳进另一口空气"。

3　指对理想的渴望被扼杀,就像眼睛被打得出血。

4　指我将继续关注那些葆有梦想的人。"花朵",代表为梦想而开花的人。

5　意思是,与非我同类之人,以后将建起一道铁铸的屏障,而自己也像一口黑井一样沉默、内观,不再关注他们,也不再走出去与之有任何交流。

➡ 评析

在追逐梦想的道路上,每个人都很孤独,都希望能有同伴,互相扶持、互为见证。这就是本诗"证人"的来历。"我,以及其他的证人",其实就是整个追梦者大军;这首诗,便是为追梦者们集体发表的宣言。

星和羊群如此美丽,小鹿如此美丽,它们是幸运的,能够自由追逐梦想;我虽然只能置身于黑夜之中,但我用目光紧紧地"追着"它们,希望能够获得同样的力量。

而野地上的植物就没有那么幸运了,它们只能扎根于此,"脚插进土地/再也拔不出",寂寞的它们为春天所遗弃。

星、羊群、小鹿、花朵,与我都是同类,都葆有梦想,不想被束缚在这块黑色的土地上。

而我,则已经下定决心,摆脱植物的命运,追随星和羊群的步伐。我与未来,只"隔着无声的空气",我需要做的,只是轻轻一跃。

我要与过去决裂,我要放弃一切,除了火种和记录一切的一双眼睛。一只眼睛要留给被迫留守的花朵——我的同伴;一只眼睛要留给自己,看着前方,永远与身后的历史告别。

我已经作出了如此选择,而我的同伴们,有的在我身前,有的在我身后,我们始终都在同一条理想之路上,彼此鼓励,彼此见证。

海上

所有的日子都是海上的日子
穷苦的渔夫
肉疙瘩像一卷笨拙的绳索[1]
在波浪上展开
想抓住远方
闪闪发亮的东西
其实那只是太阳的假笑[2]
他抓住的只是几块会腐烂的木板:
房屋、船和棺材[3]

成群游来鱼的脊背
无始无终[4]
只有关于青春的说法

---

1 指肌肉在外形上像绳索,也能像绳索一样把人缚紧在船上、不掉进水里。"笨拙",指渔夫只有一些比较"笨"的力气。
2 指太阳在海浪上泛的光,好像理想或者珍珠那般耀眼,但离近了就没有了,所以称之为"假笑"。
3 渔夫能抓住的身边的"木板",既是他住宿的房屋,又是他航行的船,也是他死后的棺材,分别喻示着起点、旅程、终点,象征着渔夫的一生。
4 指渔夫在船上,只能看到鱼的脊背,暗示着鱼群对他的疏离。

一触即断[1]

1984.6

➜ 评析

渔夫所拥有的生活，只能是笨拙朴实的生活，不能用巧劲，也没有巧劲可以借助。

单调的生活，无休无止，却涵盖了从出生到死亡的全部过程，单调的木板就是全部的"房屋、船和棺材"。

没有真正的远方，所看到的远方闪闪发亮的东西，也只是太阳的假笑。

也会有成群的鱼游过来，但是却只能看到脊背，只能看到世界的疏离。

渔夫的生活，就是海子所惧怕的生活，所以他告诫自己：青春"一触即断"，万万不可任其流逝。

---

1 指青春消逝在不知不觉中，偶尔提及的时候才猛然发觉。

海上婚礼

海湾
蓝色的手掌[1]
睡满了沉船和岛屿
一对对桅杆
在风上相爱
或者分开

风吹起你的
头发
一张棕色的小网
撒满我的面颊
我一生也不想挣脱

或者如传说那样
我们就是最早的
两个人[2]
住在遥远的阿拉伯山崖后面[3]

1　指海湾蓝色的水像手掌一样又宽厚又平稳。
2　指亚当和夏娃。
3　指伊甸园。

苹果园里
蛇和阳光同时落入美丽的小河[1]
你来了
一只绿色的月亮
掉进我年轻的船舱[2]

➜ 评析

  海湾是最适合举行海上婚礼之处：既有如同手掌一样宽厚的海水的托举，又有风作为热心的媒介，"桅杆"们都在自由相爱。

  海亦平稳，情亦牢固，月亮（你）亦有活力，船舱（我）亦年轻。别无他求，亚当夏娃不过如此。

1　意为没有人打扰我们。在《圣经故事》里，亚当和夏娃受了蛇的诱惑，吃了智慧树上的果子，被上帝赶出伊甸园。

2　指你进入我的怀抱。"绿色的月亮"，象征着你对我是极有活力的精神照耀。

新娘

故乡的小木屋、筷子、一缸清水
和以后许许多多日子
许许多多告别[1]
被你照耀

今天
我什么也不说
让别人去说
让遥远的江上船夫去说[2]
有一盏灯
是河流幽幽的眼睛
闪亮着
这盏灯今天睡在我的屋子里[3]

过完了这个月,我们打开门
一些花开在高高的树上

---

1 指丈夫每天出门劳作时与妻子的告别。
2 指我们结婚的喜讯并不需要告诉别人,便已经自动传播,传到远方。
3 指新娘,像一盏照耀四方的灯。灯是生活的眼睛,生活像河流一样绵延不绝。

一些果结在深深的地下 [1]

1984.7

➡ 评析

有了新娘,生活就有了全新的变化。

就算只拥有"小木屋、筷子、一缸清水"这样简陋的环境,每天的日子也仿佛是光芒四射的。尤其是每一天丈夫出门,向守家的妻子进行"许许多多告别",两人各有分工,"你耕田来我织布,我挑水来你浇园",日子便非常充实有望。

新娘就像灯,照亮漫长的生活的河流。

蜜月中是这样,蜜月后也是这样。

"一些花开在高高的树上 / 一些果结在深深的地下",这句话非常令人动容。生活要有花,要有别人看得到的荣耀;生活也要有果,要有别人看不到的收获。

踏实而有秩序的生活,才是幸福真正的本源。而这一切,都是新娘带来的。

---

[1] 指小家庭度过蜜月以后,有花有果,有别人能看到的荣耀(花),有只有自己知道的收获(果),各安其位,开始幸福而稳定的生活。

坛子

这就是我张开手指所要叙说的事[1]
那洞窟[2]不会在今夜关闭。明天夜晚也不会关闭
额头披满钟声的
土地[3]
一只坛子

我头一次也是最后一次进入这坛子[4]
因为我知道只有一次
脖颈围着野兽的线条[5]
水流拥抱的[6]
坛子
长出朴实的肉体[7]

这就是我所要叙说的事

---

1 指拿起笔写诗。
2 指故乡。
3 指（坛子的）额头上披满了故乡的呼唤声。
4 指决心，一种追逐理想的封闭的状态。
5 指坛子的颈部画着野兽图纹的装饰，隐喻力量与决心。
6 指将坛子沉入河水中。
7 暗指坛子不是实物，它是对灵魂的理想状态的一种形容。

我对你这黑色盛水的身体[1]并非没有话说

敬意由此开始,接触由此开始

这一只坛子,我的土地之上

从野兽演变而出的

秘密的脚[2],在我自己尝试的锁链之中[3]

正好我把嘴唇埋在坛子里,河流[4]

糊住四壁,一棵又一棵[5]

栗树像伤疤在周围隐隐出现[6]

而女人似的故乡,双双从水底浮上,询问生育之事

➡ **评析**

这首诗写于海子诗歌创作早期,意象的使用还比较粗糙、随意,但此时海子重要的创作主题之一已经形成:诗人为了追逐理想下决心要摆脱故乡,而故乡对诗人却始终有着深深的羁绊。

诗人决心追逐理想、不再理睬其他事情,这种封闭的状态,就是"坛子",也是诗中"自己尝试的锁链"。

---

1 "黑色盛水的身体",指坛子。
2 指秘密的追逐理想的行动,也具有野兽般的力量。与上文"野兽的线条"相呼应。
3 "锁链"即是坛子。诗人为自己带上封闭的、不闻他事的锁链,使自己钻进这个坛子,所以是"自己尝试的"。
4 指诗人不再与别人交流,只对坛子里的自己倾诉。
5 指将坛子沉入水中。与上文"水流拥抱"是一个意思。
6 "栗树",代表故乡的影子。

"洞窟"指故乡。海子曾多次使用"洞窟"这个词形容内部的幽暗,如:

> 一只月亮在荒野上行走
> 蓝色幽暗的洞窟
> ——《太阳·土地篇》

在本诗中,洞窟即代表着故乡的形象,流水则代表着理想的形象,它们是相对立的。诗人愿意钻进坛子里,而再将坛子浸没在流水之中,这都是对洞窟的排斥和逃避。

不过,洞窟的幽暗却很难摆脱——故乡的栗树在诗人的心中挥之不去,像一道道伤疤;故乡的整个影子,仍然能够从水中浮起,问询生育之事;甚至,坛子的额头上,本身就披满了来自故乡的呼唤的钟声。

坛子,是海子下决心要达到的一种理想状态,他希望坛子有野兽的力量、能全面浸没在水流之中、能有秘密的脚、能长出新的朴实的肉体……

最后,仍然是失败了。

单翅鸟

单翅鸟为什么要飞呢

为什么

头朝着天地[1]

躺着许多束朴素的光线[2]

菩提,菩提想起[3]

石头

那么多被天空磨平的面孔[4]

都很陌生

堆积着世界的一半[5]

摸摸周围

你就会拣起一块

砸碎另一块[6]

---

1 "头朝着天地",既朝着天,也朝着地,是侧卧的姿态。
2 指很多智慧之光只是躺着,没有"飞"起来。
3 "菩提",梵文 Bodhi 的音译,指智慧、醍醐灌顶一般的顿悟。此处指智慧者。
4 "被天空磨平的面孔",比喻被理想磨平了勇气的愚者。
5 指我们占据世界的一半,而"石头"们占据世界的另一半,我们与"石头"彼此分属于世界的两个部分,并不是同类。
6 指周围全都是这种无法交流、无法被唤醒的石头,使人感到失望,只想拿起一块去砸碎另一块。

单翅鸟为什么要飞呢

我为什么

喝下自己的影子[1]

揪着头发作为翅膀[2]

离开

也不知天黑了没有

穿过自己的手掌比穿过别人的墙壁还难[3]

单翅鸟

为什么要飞呢

肥胖的花朵

喷出水[4]

我眯着眼睛离开

居住了很久的心和世界

你们都不醒来

我为什么

为什么要飞呢

1984.9

---

1 指因为孤单没有同类,只能与影子合二为一、深深相伴。
2 指单翅鸟缺少一只翅膀,只好勉强用自己的头发补上。
3 指突破自己的束缚比突破别人的束缚更难。
4 喻指庸俗而没有理想的人。

➜ 评析

海子的孤独，就像少了一只翅膀的鸟。

热爱自由、飞翔、智慧，这就是鸟的宿命。而世界上却全是石头，无知无觉的石头，没有同伴，这也是鸟的宿命。无比渴望另一半的鸟，只能依依不舍地离开这个世界，这还是鸟的宿命。

一切都可以下决心去做，比如"揪着头发作为翅膀"，比如打破自己的束缚，狠心"穿过自己的手掌"，比如"眯着眼睛离开/居住了很久的心和世界"……只是，巨大的孤独，是无论如何也解决不了的。

对于飞，对于离开，海子早就已经想好了，只是，巨大的孤独怎么办？

他只能一遍一遍地问："我为什么要飞呢？"

诗中的几个细节很形象："头朝着天地"，这是单翅鸟侧躺着的样子；"揪着头发作为翅膀"，既考虑了单翅鸟缺乏一只翅膀就不能飞翔的情况，又表现了单翅鸟急切的决心。

龙

黄色的月光
奇怪又空荡[1]

远方就是你一无所有的地方[2]

风吹来的方向
庄稼
音乐
船
龙听着
火光
在高原上
云朵
家乡
原来的地方[3]

---

1 指照耀自己的理想暗昧不明,没有足够的力量。
2 暗指到达远方要付出自己的全部。
3 这一节写龙在高原上,听着风声中夹杂的种种熟悉的声音,便不免想到了家乡的一切。本节故意用较短促的换行节奏营造出风声断断续续的感觉。

草原蒙水[1]

罐[2]

天下龙听着[3]
水流汩汩[4]

➡ 评析

本诗在修辞上很特别,先是在第三节,用很短的换行,表现出风声断断续续的感觉,接着又在后面用"草原蒙水"和"罐"这两个名词,表现出意识流的感觉。这都是在描述躺在高原上的龙,听着风声断断续续地送来家乡的声音,若有所思的样子。

本诗疑似海子第一次去草原时写下的。当他听到风声中传来一些声音,如庄稼的摩擦声、农家的音乐声、船的划行声等,他便想到自己的家乡,又感到家乡对他深深的牵挂和羁绊,于是便感到,即使到了草原蒙水,依然还是在命运的罐子里难以摆脱束缚。

---

1 "蒙水",内蒙古草原的湖水。
2 指龙感觉草原蒙水像是个让它无处施展的小罐子。
3 龙仍然是天下万物之一,并不特别,仍然摆脱不了天道和命运,所以称为"天下龙"。
4 指龙汩汩地流下泪水。

亚洲铜

亚洲铜,亚洲铜[1]
祖父死在这里,父亲死在这里,我也将死在这里
你是唯一的一块埋人的地方

亚洲铜,亚洲铜
爱怀疑和爱飞翔的是鸟,淹没一切的是海水
你的主人却是青草,住在自己细小的腰上,守住野花的手掌和秘密[2]

亚洲铜,亚洲铜
看见了吗?那两只白鸽子,它是屈原遗落在沙滩上的白鞋子[3]
让我们——我们和河流一起,穿上它吧[4]

---

1 指亚洲铜色的土地,代表亚洲文化。铜,具有大地一样质朴无华却又包容博大的特质,类似的表述还有古铜色的皮肤、黄土地、青铜时代等。铜即亚洲,亚洲即铜,故有此称。
2 指亚洲真正的主人不是飞鸟所代表的自由精神,也不是海水所代表的力量,而是青草所代表的朴实卑微的韧性。"住在自己细小的腰上",指青草的腰虽然细小、柔弱,但自食其力。"守住野花的手掌和秘密",指青草们会秘密地孕育出自己的梦想。"野花的手掌",指野花的形状像手掌,象征着梦想。
3 "白鸽子",即指屈原的精神。白鸽子的形状很像白鞋子,所以有此比喻。
4 指我们要继承屈原的精神,并和河流一样久长地向远方进发。

亚洲铜,亚洲铜
击鼓之后,我们把在黑暗中跳舞的心脏叫做月亮[1]
这月亮主要由你构成[2]

1984.10

→ 评析

在东方文化面前,海子一直以继承人自居。整首诗写的就是对亚洲文化的继承和尊奉,四个诗节分别写的是:命运、我们、传承、祭祀。

第一节:命运。亚洲文化是我们的命运。

第二节:我们。我们有青草一样的韧性,我们也是亚洲文化的主人。

第三节:传承。我们愿意传承亚洲文化(以屈原为代表)。

第四节:祭祀。我们给亚洲文化以最高地位,像月亮一样。

这四节在逻辑上是递进关系,亚洲文化之于我们,依次是被动强加的、默默忍受的、主动继承的、尊奉崇拜的,其感情愈来愈深。

全诗节奏感很强,语言上也十分新奇有趣。比如,诗中说"祖父死在这里,父亲死在这里,我也将死在这里",所以"你是唯一的一块埋人的地方"。在乐府诗中有"鱼戏莲叶东,鱼戏莲叶西,鱼戏莲叶南,鱼戏莲叶北"之句,即为"鱼戏虽南北,终还荷叶边"之

---

1 指在祭祀仪式中,月亮是我们的心脏,是最高的神。"击鼓""黑暗中跳舞",指祭祀仪式。
2 指亚洲铜像月亮一样具有崇高的地位。

意。海子诗句与此类似,但充满了现代感。

又如,青草"住在自己细小的腰上",便是"自凭微力,不必劳人"之意,却表述得更加生动。

又如,将白鸽子比喻成白鞋子,不仅因为它们形状相似,也因为它们气质相通。屈原的白鞋子自然是高洁的、雅致的、一尘不染的,而白鸽子素来也是纯洁、温婉、和平的象征,将二者相类比十分妥当。而且,以鸽子为鞋,也显得屈原颇有"仙气"。海子在授课时还曾作过一个比喻,"海鸥就是上帝的游泳裤",与此属同一机杼。

又如,"击鼓之后,我们把在黑暗中跳舞的心脏叫做月亮",写的是一个祭祀的场景,其中用"黑暗中跳舞的心脏"来形容月亮,实在是太准确了。漆黑的夜里,月光会照耀大地,无论怎样,月亮总是高悬在那里,像心脏一样鼓舞着黑暗中的众人。心脏是人体的重要器官,是生命的根本所在,它总在"黑暗中""跳舞",是生命所有热情的来源。这样一来,便将月亮恒持、可信任、光明等特点写活了。

这首诗抒写了海子对亚洲文化的种种感情:寻根、依附和献身。而这种感情,又绝非一两句简单的口号。海子在诗中对语言的巧妙运用,对古典文化和现代文化的结合、突破,都为本诗增添了感染力。

春天的夜晚和早晨

夜里
我把古老的根
背到地里去 [1]
青蛙绿色的小腿月亮绿色的眼窝 [2]
还有一枚绿色的子弹壳,绿色的 [3]
在我脊背上
纷纷开花 [4]

早晨
我回到村里
轻轻敲门 [5]
一只饮水的蜜蜂
落在我的脖子上
她想

---

1 意即"我"在田地里种下种子(古老的根),使之发芽。"我"是春天的自称。
2 指春天到来,月亮周围的天空仿佛也是绿色的。月亮像一只眼睛,它周围的天空便仿佛眼窝。
3 指绿色的嫩芽,像子弹一样有力量地发芽出壳。
4 指春天仿佛钻进了地里,嫩芽们便在春天的脊背上成长、开花。
5 指春风带来春的讯息。

我可能是一口高出地面的水井[1]

妈妈打开门

隔着水井[2]

看见一排湿漉漉的树林[3]

对着原野和她

整齐地跪下

妈妈——他们嚷着——

妈妈

1984.10

➡ 评析

春天在夜晚悄悄地对万物潜移默化,这一切的结果都在早晨呈现,所以诗题为《春天的夜晚和早晨》,歌颂春天润物细无声的精神。

春天将绿色的生机带给青蛙、月亮、种子,带给全世界。

而一切都是在夜晚暗中进行的。早晨,一切都发生了新的变化,春天也只是"轻轻敲门",告诉大家春的讯息。

诗的结尾很有意思:被春雨滋润的树林——作为万物的代表——心怀感恩之心,大声地呼唤母亲。

---

1 指春天就像是一口水井,携带着充足的雨水,并把它们播洒人间。"高出地面的水井",形容春天将雨露向大地播洒。

2 指隔着春雨。

3 指树林受到春雨的滋润。

虽然春天并没有出现在这个画面里,但谁都知道:劳动者是树林的妈妈,春天也是树林的妈妈。

秋天

秋天红色的膝盖
跪在地上 [1]
小花死在回家的路上
泪水打湿
鸽子的后脑勺 [2]

一位少年去摘苹果树上的灯 [3]

植物没有眼睛
挂着冬天的身份牌 [4]
一条干涸的河
是动物的最后情感 [5]

一位少年人去摘苹果树上的灯

---

1 指秋天仿佛跪在血泊里,为这次事故哀悼。
2 指小花在回家的路上遭遇车祸,围观者的泪水仿佛都滴在她的后脑勺上。"鸽子",指小花,形容她像鸽子一样乖巧、熟悉回家的路,更加显示出这是一场悲剧。
3 指树上成熟的苹果很像是红彤彤的灯。
4 指此时是秋天,植物却已经呈现出冬天的样子,失去了生机,也不想看清前方的道路,就像没有眼睛一样,任凭岁月摆布。
5 指河流已经干涸,动物的情感无处投放。

我的眼睛

黑玻璃，白玻璃

证明不了什么[1]

秋天一定在努力地忘记着

嘴唇吹灭很少的云朵[2]

一位少年去摘苹果树上的灯

1984.11

➡ 评析

秋天的三个场景，都是极度萧条的。

第一个场景：离别。小花死在一摊血泊里，她本来像鸽子一样熟知自己回家的路，也像鸽子一样乖巧，却发生如此意外，围观者忍不住为其落泪，秋天都为之跪下哀悼。

第二个场景：无情。眼下才是秋天，植物却已经麻木地进入冬天状态，没有眼睛，没有想法；而河水也已经干涸，动物们也不知还有何处可去。

第三个场景：忘记。我的眼睛虽然有眼白，有黑瞳孔，却像是玻璃做的，看不见任何生机；更令人感到萧索的是，秋天在吹灭仅剩的云朵，仿佛要消除掉一切记忆。

---

1 指我的眼睛就像是由毫无生命的黑玻璃和白玻璃组成的一样，毫无神采，也看不到生机。

2 指秋天赶走了本来就很少的云朵，万里无云，就像一个人在努力消除记忆一样。

无论哪个场景，都令人不安，却依然有一位少年，试图在苹果树上摘取理想的灯。

河伯

蛇翼，农业之翼 [1]
他披满农妇之手 [2]
稻种来自
所有野兔的嗉囊 [3]

蛇翼，渔民之翼
桦皮裤子
桦皮船 [4]
鹿血养好了渔业月亮 [5]

蛇翼，采掘之翼
一杆根

---

1 "蛇翼"，即蛇的翅膀。河伯在本诗中，是身子像蛇而又有翅膀的形象。中国传统文化中河伯的形象是"鱼尾人身"，海子在本诗里给河伯塑造了一个新的形象，比较接近于《山海经》中所记载的"鸣蛇"——"大体如蛇，但有四翼，发磐磐之音。见则其邑大旱"。
2 "农妇之手"，指鳞片。河伯的鳞片中夹带着稻种，再播撒下去，鳞片就等同于农妇之手。
3 指河伯捕捉野兔，野兔嗉囊中的稻种便撒落到河伯的鳞片上，从而被他播种。此处是以蛇的习性来写河伯。
4 用传统的桦皮工艺制造的一系列物品，为生活在大小兴安岭的鄂伦春人所独有。
5 指猎鹿是重要的生存手段，它确保了渔业的发展。饮鹿血是鄂伦春人的特色文化，渔业是鄂伦春人的重要产业。本节写的是蛇翼保佑着使用桦皮工艺的渔民，以蛇翼来猎鹿也间接支持着渔业，所以蛇翼也可称为"渔民之翼"。

一杆笛子
在牛脚下痛过，呜呜一片小雏[1]

蛇翼，疾病之翼
八月之东水
是匹匹白布[2]
人们拔木为棺[3]

蛇翼，情郎之翼
风中采莲做张你的身子[4]
一株泥丸[5]，两叶手
男人是没有河流的河伯[6]

→ 评析

这首诗赋予了河伯一个新的形象——蛇翼，与传统的河伯"鱼尾人身"的形象很不相同。

---

1 似指笛子在牛脚下吹出的呜呜声，像是疼痛的鸣叫，又像是小鸟（小雏）的鸣叫。
2 一语双关，既指水面像白布的样子，又指大水给人们带来了疾病，带来了裹尸的白布。
3 拔出树木，做成棺材。
4 河伯原有的蛇身不够好看，所以用莲叶给他做一张身子。
5 "泥丸"，即大脑。道家将脑称为泥丸。
6 意思是，男人没有女人，就好像河伯没有河流。

全诗一共阐述了五个方面的形象：农业、渔民、采掘、疾病、情郎。整体的逻辑比较发散，大致意思是——河伯有成事的力量（农业、渔民），也有破坏的力量（疾病），但仍然缺乏爱情的对象。

蛇翼作为农业之翼，写得比较生动；作为渔民之翼，其内在联系并不十分紧凑；作为采掘之翼，大概借助的是蛇身的细长和根与笛子在外型上的相似。

中国器乐

锣鼓声

锵锵

音乐的墙壁上所有的影子集合[1]

去寻找一个人

一个善良的主人

锵锵

去寻找中国老百姓

泪水锵锵

中国器乐用泪水寻找中国老百姓

秦腔

今夜的闪电

一条条

跳入我怀中,跳入河中[2]

蛇皮二胡[3]拉起。

南瓜地里沾满红土的

---

1 指所有乐器在墙壁上投下影子,仿佛是集合在一起。
2 指器乐的锵锵声好像闪电,它们跳到主人(我)的怀中,就像鱼群跳入河中。
3 二胡发音的琴膜为蛇皮所制,故名"蛇皮二胡"。

孩子思乳的哭声[1]

夜空漫漫长长

哭吧

鱼含芦苇

爬上岸来准备安慰[2]

但是

哭吧

瞎子阿炳[3]站在泉边说

月亮今夜也哭得厉害[4]

断断续续的口弦[5]声钻入港口的外国船舱

第一水手呆了

第二水手呆了

那些歌曲钉在黄发水手的脑袋上[6]

1984.11

---

1 指孩子只能被放养在南瓜地里，浑身沾满红土，他想念母乳而吃不到。红土地是酸性土壤，适合种南瓜。此处暗指南瓜有红土的养分，孩子却缺乏母亲的喂养。

2 指好心的鱼爬上岸，将自己的食物（芦苇）送给孩子，用以安慰。

3 阿炳（1893—1950），又称瞎子阿炳，原名华彦钧，出生于江苏省无锡市，著名民间音乐家，因患眼疾而双目失明，代表作为二胡曲《二泉映月》。

4 暗指阿炳的名曲《二泉映月》，乐曲十分悲怆，仿佛月亮为了人间的悲伤而哭泣。

5 "口弦"，又称口弦琴、响篾、吹篾或弹篾，小巧而简单的民间传统乐器。

6 指最简单的中国音乐也使外国水手感到震惊，仿佛钉在他们脑海中，挥之不去。

➡ 评析

　　锣鼓、秦腔、二胡、口弦……这些中国音乐，都有着共同的特质——善良和苦难，因为，它们的主人是中国百姓。

　　中国百姓的孩子生来苦难，只能被放养在南瓜地里，他们的成长，完全靠的是善良人的互相帮助，连河里的鱼也含着芦苇，前来予以安慰。这也是所有中国百姓的成长历程。

　　瞎子阿炳是中国百姓的化身，他将感情充分地融入音乐，用中国器乐演奏出来，连月亮都为之感动，"哭得厉害"。

　　中国器乐就是如此动人，因为它们有着中国百姓这样善良和苦难的主人。它们投入中国百姓的怀抱，就像鱼群投入了河水。

　　中国器乐就是如此动人，就连最简单的口弦，断断续续的声音，也会使黄头发的外国人惊讶不已。

历史

我们的嘴唇第一次拥有

蓝色的水[1]

盛满陶罐

还有十几只南方的星辰[2]

火种

最初忧伤的别离[3]

岁月呵

你是穿黑色衣服的人

在野地里发现第一枝植物

脚插进土地

再也拔不出

那些寂寞的花朵

是春天遗失的嘴唇[4]

---

1 指极度清澈、绿得发蓝的水。这个意象也在《农耕民族》一诗中出现，象征着一切和平。

2 十几只南方的星星都在一只陶罐的水中留下倒影，象征十几个南方的部落文明统一在一起。

3 指一部分人为了"火种"而离开，去探路。

4 这一节和《我，以及其他的证人》一诗的第二节高度重合。本诗中以此来写探寻的过程。

岁月呵,岁月

公元前我们太小
公元后我们又太老
没有人见到那一次真正美丽的微笑[1]
那我还是举手敲门
带来的象形文字
撒落一地[2]

岁月呵
岁月

到家了
我缓缓摘下帽子
靠着爱我的人
合上眼睛[3]
一座古老的铜像坐在墙壁中间
青铜浸透了泪水[4]

---

1 指没有人能见证公元纪年的开始,因为它是以西方宗教文化为基础的纪年方式。"真正美丽的微笑",指公元纪年。
2 意思是,虽然现在世界的纪年都以西方文化为基础,我们还是叩开世界之门,带来中国文化。
3 指我幸福地死去。这个画面象征中华文化的开创者和建设者们耗尽了一生。
4 指后来者为铜像流下泪水,意即先贤的事迹会在泪水中被后辈铭记。

岁月呵

1984

➜ 评析

全诗用四个诗节写了中华文化发展的四个方面：第一节写中华文化最早的出现，第二节写中华文化进行探索的过程，第三节写中华文化的现状，第四节以回顾的视角写中华文化的传承。

本诗的诗眼是第三节的"象形文字"和"公元"，以此便知海子写的还是中华文化。

印度之夜

月亮神秘地西渡[1]
恒河，佛洞里摆满了别人的牙齿[2]

星星和菜豆
天地间一串紫色的连线，真正的连线[3]

黑色疯长八丈
大风隐隐[4]

城市，最近才出现的小东西
跟沙漠一样爱吃植物和小鱼[5]

---

1 象征海子的精神（月亮）漂洋过海西去印度。
2 佛教有保留牙齿、供奉牙齿的惯例，此处指代佛教的文化。因海子化身月亮来探究异域的文化，所以称为"别人的牙齿"。恒河，印度文明的发源地，佛教文化兴起之处。
3 指自己与印度的文化在此时真正地相通了。海子自谦为菜豆，将印度的文化比作星星。
4 指黑色想要将星光淹没，而大风想要吹断菜豆和星星的连线。"黑色"和"大风"，象征着压制这场心灵交流的力量。
5 "植物和小鱼"，指代自然的生命力，它们在城市和沙漠中都将被"吃掉"、无法存活。"沙漠"喻指强硬压制文化的力量，"城市"喻指异化文化的力量。这一节是海子的反思，表明自己在文化上要保护弱小的生命力，既要避免被压制，也要警惕被异化。

月光下一群群乌鸦[1]

自己以为是黑衣新嫁娘[2]

没有人向她们求婚

只好边叫边梳理头发[3]

睡在仓库的老人[4]

影子在手掌上漫游,影子是劳动[5]

面壁,面壁,出现思想者自己[6]

祈求小麦花永远美丽[7]

1984.11

---

1 指在海子的身边(月光下)出现了很多黑色的、不正当的思想(一群群乌鸦)。
2 指乌鸦自以为像新娘一样很有诱惑力,可以引诱海子。
3 即无人理睬她们,她们只能自讨没趣。"梳理头发"即梳理羽毛,因为上文将乌鸦比作新嫁娘,所以此处又将乌鸦的黑羽毛比喻成新娘的黑头发,与之呼应。
4 象征一生辛勤、很有收获的劳动者。仓库是囤积物品之处,睡在仓库表明老人的辛劳,又暗示他通过劳动收获很多。
5 指老人在睡梦中,手掌仿佛依然在劳动。
6 指海子(思想者自己)经历了如上的心路历程(城市、乌鸦、老人等)之后,提醒自己面壁思考。
7 指海子祈愿自己永远不忘初心、美丽成长。"小麦花"代表海子的心灵。

➜ 评析

本诗前两节写的是面向印度文化的心灵之旅,作为总纲。

第三节到第七节,写具体的感受。第三节,黑夜和大风,"承上"而写,写自己的处境;第四节,城市和沙漠,"启下"而写,写对心灵的压制和异化。这两节写环境的压力。第五、六节写引诱和拒绝。第七节写劳动的形象。

最后一节(第八节)结题,写自己的反思和祈愿。

整首诗在结构和意象上略为松散,但仍然表现了海子一贯的"不畏压制、坚定信心"的主题,以及"开拓—反思"、"压制—反压制"的内容。

煤堆

煤堆
闯进冬天的
黑色主人[1]
拉着大家的手
径直走进房屋

火
闪着光[2]

把病牛牵进来!
它像一片又瘦又长的树叶
落上稻草:唉,这没有泥土的日子[3]
但是煤说:
火
闪着光

1984.11

---

1 仿佛是有了煤的生火,大家才愿意走进温暖的房屋,就像被邀请的客人一般,所以称煤堆为"主人"。
2 暗指煤的生火不仅温暖,还是精神上的鼓励。
3 指这些日子(冬天)病牛没有泥土可以耕耘。

➡ **评析**

  煤堆仿佛是冬天的主人。有了它的"邀请",大家才愿意走进温暖的房屋,并且,病牛也能看见希望。

  病牛,不一定是真的病了,可能因为没有泥土可以耕耘,它有了心灵上的疾病。病牛浑身无力,"像一片又瘦又长的树叶",脚下发虚,仿佛踩着稻草。如果烤烤火,再有了光,一切就都会好起来。

  此刻的煤堆不仅是冬天的主人,更是生命的主人,它点燃了大家和病牛的生命之火。

木鱼儿

八千年三万里
问你何在？[1]

猫的笑声
穿过生锈的铁羽毛[2]

青年人
暴晒土地[3]

宝塔回到城市[4]
车祸丛生[5]

宝塔摸摸脖子
脖子莫非是别人的通道？[6]

---

1 此句是青年人对木鱼儿所代表的乡村生活的质问。
2 指聪明者的笑声嘲讽着青年人生锈的理想。"猫"，代表灵巧而聪明的引诱者。青年人想飞的愿望就像铁羽毛一样笨拙，而且还生锈了，所以被灵活的猫嘲笑。
3 指青年人以决绝的方式，任由土地荒芜，离开乡村来到城市。
4 "宝塔"，指青年人，因他完全习惯于乡村生活，在城市中就像宝塔那样笨重。
5 指笨拙的青年人在城市里犯了很多错误，就像是丛生的车祸。
6 指生命受人支配，不能自主。"脖子"，暗指生命的支柱。

木鱼儿，木鱼儿
大劫后的鼻音[1]

1984.11

➡ 评析

本诗叙述了一个青年人对于乡村生活的纠葛，以质问开始，以呼唤结束。这其中，必然有海子自己的影子。

青年人是进过城的，有了一定的见识，便质疑起乡村生活了："八千年三万里/问你何在？"仿佛这里的生活都像木鱼儿一样微不足道、一文不值。

尤其是，还有些聪明人发出嘲笑的声音，"猫的笑声"，使青年人想到自己的理想，它们像是铁做的羽毛，根本飞不起来，还生锈了。这一切，都是"木鱼儿"所带来的束缚枷锁。

于是青年人下定决心，干脆放弃耕作，舍弃家业，"暴晒土地"，重新"回到城市"，打算投奔新的生活。不过，在新的城市生活里，他却像宝塔一样笨拙，"车祸丛生"。

青年人开始认真地审视自己、怀疑自己，并且对"木鱼儿"发出了微弱的呼唤的声音。

本诗写得很跳跃，所以才能用最轻的笔墨勾勒出一个曲折的故事。

---

1 指在城市生活的失败经历（大劫）之后，青年人开始轻声唤起（鼻音）木鱼儿所代表的乡村生活。

民间艺人

平原上有三个瞎子
要出远门

红色的手鼓在半夜[1]
突然敲响

并没有死人
并没有埋下枣木拐杖[2]

敲响，敲响
心在最远的地方沉睡[3]

平原上有三个瞎子
要出远门

1　指瞎子感觉到手鼓在激烈地召唤，是红色的。
2　"枣木拐杖"，暗指逝者是尊贵的人物，也暗指红色的手鼓以往只在尊贵的人逝世时才会响，衬托这一次召唤的严肃性。
3　指瞎子们沉睡的远方之心已经被唤醒。

那天夜里
摸黑吃下高粱饼

1984.11

➡ 评析

  海子常用红和黑相对应。在本诗中,"红色的手鼓"和"摸黑",一个是远方的召唤,一个是此处的现实,对比强烈。

  "平原上有三个瞎子/要出远门",前后出现了两次,引领了全诗的两部分。第一部分写"红色",写远方的强烈的召唤;第二部分写"黑色",写此处的坚定的行动。

爱情故事

两个陌生人[1]
朝你的城市走来

今天夜晚
语言秘密前进
直到完全沉默[2]

完全沉默的是土地
传出民歌沥沥[3]
淋湿了
此心长得郁郁葱葱[4]

两个猎人[5]
向这座城市走来

---

1 指我的两道目光。因你并不知晓,所以是"陌生人"。
2 指倾诉着直至诉尽心曲。和"陌生人"(即眼睛)一起前进的语言,指目光中蕴藏着无限诉说,并非是真正的讲话。
3 指下雨,就像是沉默的土地特意为爱情所唱的沥沥的民歌。
4 指这颗心在小雨的浇淋之下,就像是植物一样在生长。
5 指我的两道目光。暗示你是猎物,而我志在必得。

向王后[1]走来
身后哒姆哒姆
迎亲的鼓
代表无数的栖息与抚摸[2]

两个陌生人
从不说话
向你的城市走来
是我的两只眼睛

1984.12

→ 评析

  眺望恋人的两道目光,就像是向恋人的城市走去的两个人。目光中蕴藏着无限诉说,仿佛要一直诉尽才能罢休。

  眺望的目光是秘密的,诉说也是秘密的,而土地仿佛能感应得到,为此下了小雨,就仿佛唱起了祝福的民歌。

  这目光如此热烈,他们就像两个猎人,面对王后,面对这个高贵的猎物,坚定地迈着迎亲的步伐,而且畅想后续的栖息和抚摸……

  整首诗的描述十分动人。只是,两道目光已经出发,你却丝毫

---

1 "王后",指你。暗示自己是王。
2 指迎亲成功之后,我就在你的住处栖息,并且用抚摸来爱恋你。

不知它们的存在,对你而言它们只是"陌生人";并且,"向你的城市走来"的,只是我的目光,并不是我本人……

跳跃者

老鼻子橡树[1]
夹住了我的蓝鞋子
我却是跳跃的
跳过榆钱儿
跳过鹅和麦子
一年跳过
十二间空屋子和一些花穗[2]
从一口空气
跳进另一口空气[3]
我是深刻的生命[4]

我走过许多条路
我的袜子里装满了错误[5]
日记本是红色的

---

1 指老橡树像人一样长着鼻子,象征童年的梦幻世界。
2 象征一年十二个月和一些美丽的记忆片段。
3 指不断地在生活中转换,而生活还是像空气一样"空"。
4 指我意识到现实生活之"空",而我深刻的生命不该在此浪费。
5 指人生路途上的错误经验都被我随身携带着。双脚从路途上获得的经验,自然要"装"在袜子里。

是红色的流浪汉[1]

脖子上写满了遗忘的姓名,跳吧[2]

跳够了我就站住[3]

站在山顶上沉默

沉默是山洞

沉默是山洞里一大桶黄金

沉默是因为爱情

1984.12

➡ 评析

这首诗可以看成是海子的一篇小小的自述。

从少年时代开始,海子就试图跳出"空空的"生活。虽然那梦幻般的童话世界,比如"老鼻子橡树",对少年是很有诱惑力的,很能够"夹住"他们的"蓝鞋子",但海子却跳走了,"跳过榆钱儿","跳过鹅和麦子",甚至跳过"一些花穗",跳过所有少年时代单纯美好的生活。虽然他暂时一无所获,所有的努力不过是"从一口空气/跳进另一口空气",但海子始终清晰地意识到:他是"深刻的生命",断不可胡乱荒废。

后来,海子"走过许多条路",收获了很多错误的经验,他充满

---

[1] 指像红色一样热情、却像流浪汉一样无可寄托的心声。

[2] 指曾经的伙伴都已经是被遗忘的记录。在脖子上写满姓名,暗指它们不再进入大脑。

[3] 指任由思绪翻腾,直至精疲力竭。

热情的心声也无人可诉,就像是孤独的"红色的流浪汉",而他的思绪也往往不能平静。

精疲力竭的最后,海子还是会站在山顶上,他始终相信:追逐理想就要学会隐忍和沉默,只要坚持下去,总会收获黄金一样的梦想,总会收获爱情。

不要问我那绿色是什么

头发

灌满阳光和大沙[1]

我是荒野上第一根被晒坏的石柱[2]

耕种黑麦

不要问我那绿色是什么

小鸟像几管颜料

粘住我的面颊[3]

树下有一些穿着服装的陌生人[4]

那时我已走过青海湖，影子滑过钢蓝的冰大坂[5]

不要问我那绿色是什么

木筐挑着土

1　指烈日曝晒，耕种者满头沙土。

2　喻指我是冲锋在前的劳动标兵。"石柱"，喻指我专注劳作，像柱子一般。

3　指汗水在我的脸上冲出一道道痕迹，就像一道道涂抹的颜料。"小鸟"，指汗水，海子常用鸟和水滴互为比喻。

4　暗示自己劳动时赤膊上阵。"我"已经历了千辛万苦并且开始艰苦劳作，"陌生人"却避在树下围观，这两种状态形成了鲜明的对比。

5　大坂，又称达坂，维吾尔语"垭口"之意。在新疆，常把积雪常年不化的高山垭口称之为冰大坂或者冰达坂。本诗中的"钢蓝"色，是形容它积雪成冰，又硬又厚。

一步迈上秦岭

秦岭，最初的山

仍然在回忆我们，一窝黄黑的小脑袋——孩子啊

不要问我那绿色是什么

我避开所有的道路 [1]

最后长成

站在风熏寓言的石墓上 [2]

长成

不要问我那绿色是什么

1984.12

> 评析

绿色，即"我"心中对于未来勾画出的远景。"不要问我那绿色是什么"，即是宣告：埋头去做，不必轻易谈论理想。

本诗中将汗珠比作小鸟的比喻十分巧妙，但也非常隐蔽。海子经常将水滴比作鸟，如在《为了美丽》一诗中。

前两节写当前，写埋头耕作的过程；后两节写未来，写成功以后的结果。其实，全是关于理想的狂想曲。

---

1 指我没有走任何一条现成的道路，而是从零开始进行开拓。
2 指风久久地吹着，像是寄寓了很多语言。

黑风

掠过田野的那黑风[1]
那第四次的
口粮和旗帜[2]
就要来了!

聚拢的马群将被劫走
星星将被吹散[3]
他在所有的脚印上覆盖
一种新的草药[4]
遗忘的就要永远被遗忘了
窗子忧伤地关上了[5]
有一两盏橘黄朴素的灯也要熄灭[6]
他们来了
他们是黑色的风

---

1 "黑风",指猛烈而前所未有的思想、一场激荡的大革命。
2 指精神的养分(口粮)和引领(旗帜)。
3 象征一切已经形成的固有思想都将被打破。
4 指这股思潮将会对所有人行走的路线(脚印)都进行修正、治疗(草药)。
5 指不适应的人将永远被遗忘、被淘汰,而抗拒者只能忧伤地关上窗子、躲藏起来。
6 指革命不允许置身事外,安分守己但不能努力赶上的人(橘黄朴素的灯)也将无法生存。

后来他们表达了一种失败的东西
他们留下苦苦创生的胚芽 [1]
他们哭了
把所有的人哭醒之后
又走了
走得奇怪
以后所有的早晨都非常奇怪
马儿长久地奔跑,太阳不灭,物质不灭
　　苹果突然熟了
还有一些我们熟悉的将要死去
我们不熟悉的慢慢生根 [2]

人们啊,所有交给你的
都异常沉重
你要把泥沙握得紧紧
在收获时应该微笑
没必要痛苦地提起他们
没必要忧伤地记住他们 [3]

1984.12

---

1 指革命未成功,留下了火种。
2 指新世界的画面非常不同于以往,而且在人们心中渐渐发酵、生根。
3 指革命成功后,不必在意为此付出牺牲的先行者。

➡ 评析

　　这一股革命之风猛烈而不留情面，所以是"黑风"，是黑面无情的一股风潮。不仅"聚拢的马群将被劫走""星星将被吹散"，所有人的行走路线都要重新修正、治疗，都要加上"新的草药"。这股风是如此之猛，所有跟不上节奏的人都要被淘汰，就连"橘黄朴素的灯"也要熄灭，虽然它毫无害处。

　　海子称黑风为"第四次革命"，可能是针对我国的三次国内革命战争（北伐战争、土地革命战争、解放战争）而言。

　　既然是革命，自然也有失败的可能。海子作为拥戴革命的一分子，他很清楚，如果失败了，个人就将被时代淹没、遗忘。而海子的心中只有革命，没有自己，所以他对后来者的寄语是："在收获时应该微笑 / 没必要痛苦地提起他们 / 没必要忧伤地记住他们"。他主张将失败者遗忘干净，愿意把自己彻底投入到革命之中。

　　海子对革命始终有着十分彻底的狂热之心，于本诗可见一斑。

1985 年

活在这珍贵的人间

人类和植物一样幸福

爱情和雨水一样幸福

夏天的太阳

夏天
如果这条街没有鞋匠

我就打赤脚[1]
站到太阳下看太阳[2]

我想到在白天出生的孩子
一定是出于故意[3]

你来人间一趟
你要看看太阳[4]

和你的心上人
一起走在街上

了解她

---

1 指如果没有做鞋的人,没有鞋,也要赤脚出门。暗指如果没有好的物质条件,也要追随太阳。
2 强调是直接地、热烈地直面追随太阳,而不是站在阴影里。
3 指这些孩子都热切地追随太阳,所以才"故意"在太阳照耀之下出生。
4 此处是模仿神父的口吻,对每一个人进行劝诫。

也要了解太阳[1]

(一组健康的工人
正午抽着纸烟)[2]

夏天的太阳
太阳

当年基督入世
他也在这阳光下长大

1985.1

→ 评析

　　这首诗反复咏叹对理想的追随。"你要看看太阳",就是全诗的主旨。就像第欧根尼对亚历山大说:"不要挡住我的阳光。"
　　全诗在内容安排上略显零散,但在情绪控制上非常集中统一。一共是五个内容点,将情绪层层推进。
　　第一、二节,表露自己的决心。
　　第三节,推及他人。
　　第四、五、六节,既要爱情,也要理想。

---

[1] 指既要收获爱情,也要收获理想。
[2] 指工人在太阳下"点起了火",象征健康的追随太阳者的形象。

第七节,健康的、理想的形象。

第八、九节,树立基督为榜样。

"了解她/也要了解太阳",即爱情和理想的双双收获,这个二元关系也一直是海子诗歌中的主旨。

主人

你在渔市上
寻找下弦月 [1]
我在月光下
经过小河流

你在婚礼上
使用红筷子 [2]
我在向阳坡
栽下两行竹 [3]

你的夜晚
主人美丽 [4]
我的白天
客人笨拙 [5]

1985.1

---

1 指你在渔市上寻找像下弦月一样弯弯而美丽的银色的鱼。
2 "红筷子",象征着喜庆而张扬的世俗生活。
3 "两行竹",象征含蓄、隐逸的谦谦君子。
4 指你是美丽的主角,这是属于你的夜晚。
5 指我没有等到夜晚,只是在白天时匆匆参加了宴会,而且表现得十分笨拙、无法融入。

➜ 评析

  主人在渔市上寻找像下弦月那么美丽的鱼,客人却走在真正的月亮下面,享受着月光如水。

  主人在宴会上使用张扬而世俗的红筷子,客人却由筷子想到君子一样的翠竹。

  主人的欢宴一直持续到很晚,而且光彩照人,客人却笨拙无比、匆匆离开。

  一种是世俗,一种是隐逸。海子是世间的匆匆过客,他选择了隐逸的生活、客人的身份。

为了美丽

为了美丽
我砸了一个坑
也是为了下雨[1]

清亮的积水上
高一只
低一只
小雨儿如鸟

羽毛湿湿
掀动你的红头巾[2]
都是为了美丽

摸着裤带的小男孩[3]
那时刻
戴一只黑帽子[4]

1985.1

---

1 指诗人不敢正眼看对方的美丽,只能偷看积水中的影像。
2 指雨水滴在积水中的影像上,就好像在掀动红头巾一般。
3 指诗人自己,暗示他认为自己不够成熟,没有自信。
4 暗指诗人躲在黑帽子下面偷看。

➡ 评析

雨滴如鸟，很妙。雨是细密的，鸟是灵活的而意欲鸣叫，雨儿如鸟，每一滴都鸣叫着诗人的心声。这是十分形象的爱慕之心。

红头巾是飘扬的美丽，黑帽子是遮蔽的爱慕，一正一反，正是双方的形象。

为了美丽，黑帽子偷看积水中的红头巾。这个隐蔽的动作，在诗中表达得更加隐蔽。

第一节，我砸坑，为了下雨之后的积水。

第二节，积水上，有小雨滴不停落下。

第三节，小雨滴落在水上，搅乱了红头巾的影像，仿佛是将它"掀动"。

第四节，我躲在黑帽子底下，偷看。

第二节的"积水"是解诗之眼，有了它，前一段的"砸坑"和后一段的"掀动"，就一下子被串联起来了。

海子还写过一首《女孩子》，也涉及偷看的画面，同样很生动。

活在珍贵的人间

活在这珍贵的人间
太阳强烈
水波温柔
一层层白云覆盖着
我
踩在青草上
感到自己是彻底干净的黑土块[1]

活在这珍贵的人间
泥土高溅
扑打面颊[2]
活在这珍贵的人间
人类和植物一样幸福
爱情和雨水一样幸福[3]

1985.1.12

---

1 一般而言，干净是不能用来形容黑土块的，此处是指黑土块的内在的灵魂很纯粹、很干净。
2 指人们面朝土地背朝天地劳作，溅起的泥土打在脸上。
3 指爱情对人类的滋养，就像雨水对植物的滋润。

➡ **评析**

  我们都是卑微而渺小的黑土块,活在人间,便是一段珍贵的旅程。太阳、水波、白云、青草……美丽的自然,都是赐予人类的珍宝。

  只要劳动就足够了,"泥土高溅/扑打面颊",像植物一样单纯而幸福地活着,雨水就是我们的爱情。

熟了麦子

那一年
兰州一带的新麦
熟了

在水面上
混了三十多年的父亲
回家来

坐着羊皮筏子
回家来了

有人背着粮食
夜里推门进来

油灯下
认清是三叔

老哥俩
一宵无言

只有水烟锅

咕噜咕噜

谁的心思也是
半尺厚的黄土
熟了麦子呀!

1985.1.20

➜ 评析

父亲在水面上混了三十多年,回来时也是坐羊皮筏子,他是不种麦的。

但是,父亲却离不开粮食的供养,三叔此行,便是给他送粮。

送粮的人在夜里进来,还不能认清是谁,可见送粮之人不止一个,父亲缺的粮也不是一星半点。

两人一宵无言,只是抽着水烟。

半尺厚的黄土,就可以熟了麦子。混了三十多年的水面,最后还是要回家。

不必再多谈,父亲的心思已经全在麦子上了。

中午

中午是一丛美丽的树枝
中午是一丛眼睛画成的树枝
看着你[1]

看着你从门前走过
或是走进我的门

走进门
你在[2]

你在一生的情义中
来到[3]
落下布帆[4]
仿佛水面上我握住你的手指[5]

（手指

---

1 指中午，我把注视你的目光隐蔽在树枝后面。
2 指你早已在此、在我心里，所以当你走进我的门，我不由感慨地说"你在"。
3 指我对你付出了一生的情义，你在这样的情义中来到这里。
4 指门帘落下。
5 指我握住你的手指，仿佛来到了（船要起航的）水面上。

是船）
心上人
爱着，第一次
都很累，船
泊在整个清澈的中午 [1]

"你喝水吧
我给你倒了
一碗水"

写字间里
中午是一丛眼睛画成的
看着你

1985.1.26 半夜

→ 评析

这首诗描写的是一个恋爱的中午，海子紧紧看着女孩子走来走去，直到最后走进了他的房门，然后便是一阵心灵的激荡。

"你喝水吧 / 我给你倒了 / 一碗水"，这一节的安排很妙，它将上面营造的狂热的恋爱的气氛一下子拉回现实，既从恋爱的情绪中跳出来，又不失关心。

1　象征心灵经过激烈碰撞之后的安静。

最后一节和第一节很类似,只是经过了一番心灵的贴近,树枝没了,目光也不必再掩饰。初恋正是如此,在没有得到鼓励之前,往往会有莫名的羞怯。

诗的最后特意标注了写于半夜,可见这美丽的一个中午使他回味了许久。

你的手

北方
拉着你的手[1]
手
摘下手套
她们就是两盏小灯

我的肩膀
是两座旧房子[2]
容纳了那么多
甚至容纳过夜晚
你的手
在他上面
把他们照亮[3]

于是有了别后的早上
在晨光中
我端起一碗粥[4]

---

1 似乎是北方拉住了你的手,才使你不能回到我身旁。北方是诗人的假想敌。
2 指你的手曾经在我的肩膀"住"过。
3 指你的手搭在我双肩,一切就充满幸福,就如同灯把房子照亮。
4 象征平常的生活。暗指因为你不在,一切如此稀松平常,毫无光亮。

想起隔山隔水的

北方

有两盏灯

只能远远地抚摸[1]

1985.2

➡ 评析

当你把双手放在我的双肩上,我就像一所旧房子被你照亮。

当你的双手离开我的双肩,它们就像两盏灯,柔光令人心旌摇曳而又遥不可及,而我的生活就像一碗粥一样稀松平常。

将手比喻为灯,很妙,既写出手的光芒,又暗示我无法拉起你的手,因为灯是可欣赏却不能抚摸之物。

---

[1] 指远远地用想象抚摩灯光。

北方门前

北方门前
一个小女人
在摇铃

我愿意
愿意像一座宝塔
在夜里悄悄建成

晨光中她突然发现我
她眺起眼睛[1]
她看得我浑身美丽

1985.2

> **评析**

　　看到女子摇铃，场景很美，便想要一直看下去，便想要偷偷变成一座宝塔，可以大大方方地看，而不显得突兀。
　　偏偏女子也发现了我，"看得我浑身美丽"，颇有"我见青山多妩媚，料青山见我应如是"之神韵。

---

[1] 眺的本意是远望，而且也没有"眺起"的用法，后面也不能接眼睛作为宾语。疑为"眯"起眼睛或"挑"起眼睛。

我请求:雨

我请求熄灭
生铁的光、爱人的光和阳光[1]
我请求下雨
我请求
在夜里死去

我请求在早上
你碰见
埋我的人

岁月的尘埃无边
秋天[2]
我请求:
下一场雨
洗清我的骨头

我的眼睛合上
我请求:

---

1 "生铁的光""爱人的光""阳光",分别象征追逐、爱情、理想。
2 "秋天",象征人生的尽头,并不是指具体的秋天。

雨

雨是一生过错

雨是悲欢离合

1985.3

➡ 评析

海子所不断请求的雨，熄灭一切光芒的雨，既像是一只摧毁一切的手，又像是神父在诗人死前进行的施洗。在本诗中，海子以弥留之际的姿态呼唤着理解。

"雨是一生过错"，是诗人的忏悔；"雨是悲欢离合"，是未了之事，是诗人放心不下之事。这两句完全是临死者留下遗言的口吻。

"洗清我的骨头"，自然是将死之人心中的愿望之一；而"我请求在早上／你碰见／埋我的人"，则是诗人另一个另类的愿望——既然我不能见到你最后一眼，便让"埋我的人"代我完成心愿。

整首诗结构简单，中间两节即是两条内容线：一，忏悔、一生过错、洗清骨头；二，心愿未了、悲欢离合、最后一眼。

两条内容又汇合在最后一节中。

本诗写于1985年3月，诗中的"秋天"并非实指，是海子以此象征生命的尽头。海子一向将秋天看作是"盖棺定论"的季节，它考验着人们的收获或者失败。

早祷与枭[1]

1

早祷时刻
请你接住我,枭[2]
用胸脯接住我
你要忍痛带走我
　　我是赠给你的爱情
　　我是赠给你的子弹[3]

2

钟声,钟声响了
眼睛全部打开[4]
我变成一只船
死在沙漠的枭[5]

---

1 "枭",专在黑暗中活动的猛禽,喻指诗人自己,象征诗人仿佛是在黑暗中艰难地飞翔。
2 此处是在早晨的祷告时诗人对自己的叮嘱,他担心自己"接不住"自己的理想。
3 指诗人对爱情十分执着,但它又像子弹一样使人倍感压力,使人痛苦。
4 指诗人进行了全面的回顾和反思,看清楚了一切。
5 指诗人有着远航大海的理想,却遇到了沙漠之舟的困境,理想也消失殆尽。

其实也足以死在
二十丈桅杆上 [1]

一匹意外的骆驼带水而来 [2]

3

哭声从船的那一头传到
这一头
装满了新娘 [3]
她们搓手而坐
焦黄的脸
留下居住的只有瞳仁 [4]
放光的瞳仁 [5]

河岸上
几个小偷走过来

---

1 指诗人虽然理想已经破灭,仍然坚持身在高处。
2 指诗人在困境之中意外地遇到了拯救者。"水",既是船的必需之物,又是沙漠中赖以生存的必备之物,为诗人所急需。"骆驼"耐力好,有储备,象征着拯救者的坚实、耐心。
3 指诗人所有的理想已经陷入绝境,仿佛在哀哭。"船",指诗人。"新娘",指诗人的理想。
4 指新娘(理想)已经手足无措,只剩下眼中的渴望。
5 指新娘(理想)因得到骆驼的"搭救"而眼中放光。

几个小偷是树[1]

月亮被枭泪洗过又洗[2]

4

岁月吹落了四季之帽
一一埋下[3]
淡色的花朵盛开
只为小痛小苦[4]

在土地上
傻张着嘴
他不言又不语[5]
枭,枭又不能怎样?

"呀,谁愿意与我
一前一后走过沼泽

---

1 指诗人看到自己无力追逐的理想正在被别人实现,仿佛是被"偷"走了一样。
2 指枭对着月亮反复流泪。
3 指在岁月的流逝中,四季进行着更迭。
4 暗指诗人所忍受的痛苦是巨大的,并不是一般的"小痛小苦"。"淡色的花朵",代表岁月流逝中那些一般的、平凡的人。
5 指诗人在四季变换中无计可施,索性沉默。

派一个人先死
另一位完成埋葬的义务"[1]

5

在这个时刻
永远分别是唯一的理由[2]

6

死后
风抬起你
火速前进
十指
在风中
张开如枭住的小巢[3]

死后
几只枭

1　指两人白头到老的情景。
2　指眼下只能一死了之。
3　暗示枭死得其所。

分吃了你[1]
小南风细细如笛地吹在下午
所有的小蜻蜓
都找不到你的坟墓

7

太阳太远了
否则我要埋在那里

8

早祷,早祷三遍
黎明是一条亮丽之虹
吃下了无数灯[2]
他变得更加明亮
他一头一尾[3]
沉落在四方
沉落在你的肩膀上
你揉揉眼睛

---

1 指其他追逐理想的同类人会掩盖住诗人存在的痕迹,又暗示诗人的精神不死,会伴随着其他人而去。
2 指黎明时灯光都熄灭了,仿佛是被黎明"吃下"。
3 指自黎明而起到傍晚结束。

一只小枭
爬出窗户
获得天空

9

早祷，早祷四遍
要想着爱情的黄昏、黄昏[1]
牧羊人的绝壁上
太阳
一葬就是千里[2]

枭，飞过来，飞过来
这时辰已属于你
结巢，结缘
已黑的天空坐满了头顶[3]
多少次
人间的寻找
其实是防止丢失[4]

---

1 指诗人告诫自己，爱情已经死亡。
2 指傍晚时太阳的照射有千里之远。
3 指枭的聚集仿佛使头顶的天空都变黑了，象征作者的灵魂聚集在此。
4 暗指我终于找到了我自己的灵魂（枭），从此不会再丢失了。

10

杂乱之翅尚未长成[1]
也好
我苦坐苦等
我的身体是一家院子[2]
你进入时不必声张

11

早祷时刻
七个未婚的老头[3]
躺在床上
眉毛挂霜地
梦到了枭[4]

1985.4

→ **评析**

枭鸟惯于夜间出行，夜枭和早祷是对立的关系，清晨中对它的

---

1 指作者的理想和实际处境都还很杂乱，还不能独当一面。
2 指我永远对你（爱人）开放。
3 指诗人的同类，暗示诗人会因为得不到爱情而单身到老。
4 指梦到了一直都很艰难的自己。

祷告，显得理想遥远难及。这便是诗题《早祷与枭》的含义：海子虽然在进行清晨的祷告，心中却认定自己是一只夜枭，无法在阳光下自由地追逐梦想。

诗中的早祷一共有四次。

第一次早祷，第一部分，写早祷时的绝望。仿佛世界上只有自己（枭）能够理解自己，能够懂得自己的爱情和子弹。

第二次早祷，第二部分至第七部分，写绝望之后的畅想。此时，仿佛什么都想开了，"眼睛全部打开"，能够心明眼亮地看清一切。这几个部分里，海子的内心活动很多。第二部分写绝望死去却又意外遇到拯救者；第三部分写仍然不能达成理想的痛苦；第四部分写不能获得爱情的痛苦；第五部分写与世界分别的决定；第六部分写死后与自己的相会；第七部分写对理想的念念不忘。以上种种内容，从整体上构成了对自己心路历程的回顾，它们和第一次早祷时的想法是相同的，只是诗人更加耐心而细致地进行了更深的剖析。

第三次早祷，第八部分，写死亡之后的明亮。"一只小枭/爬出窗户/获得天空"，死亡能够获得新生，这是海子一直持有的信念。

第四次早祷，第九部分至第十一部分，写诗人的思绪还是被拉回现实，又想了很多。第九部分，写爱情已死而夜枭才是自己的灵魂；第十部分，写仍然愿意苦苦地等待着爱情；第十一部分，以"七个未婚的老头"来表明自己很有可能一直等待不到爱情的结果。

全诗的情绪转变很多，时而坚定，时而怀疑。四次早祷，心境便有四次变化，尤其是最后一次早祷，此前的冲动的想法又全部改变了，而且最后仍然回到毫无自信的状态，充分体现了海子犹疑的心情。

写给脖子上的菩萨

呼吸,呼吸
我们是装满热气的
两只小瓶
被菩萨放在一起

菩萨是一位很愿意
帮忙的
东方女人
一生只帮你一次

这也足够了
通过她
也通过我自己
双手碰到了你,你的

呼吸

两片抖动的小红帆

含在我的唇间 [1]

菩萨知道

菩萨住在竹林里

她什么都知道

知道今晚

知道一切恩情

知道海水是我

洗着你的眉 [2]

知道你就在我身上呼吸

，呼吸

菩萨愿意

菩萨心里非常愿意

就让我出生 [3]

让我长成的身体上

挂着潮湿的你 [4]

1985.4

---

1 指两人接吻，"小红帆"指对方的两片红嘴唇。"小红帆"是远行的象征，暗示着亲吻只是爱情的一个形式，而海子还想获得更远的追求。
2 指我呼吸在你眉宇间，其中的爱意像海水一样。
3 指让我获得新生，生出一个新的形象。
4 指你因我爱情的潮水而变得潮湿。

➡ 评析

挂在脖子上的菩萨像，比心中的菩萨要显得更加实在。

写菩萨就显得远，写东方女人就显得亲近；写菩萨总在身边就显得虚，写菩萨一生只帮忙一次就显得生动可信。

写菩萨愿意，可能是客气，再加一句"菩萨心里非常愿意"，就显得十分真诚有力。

这都是本诗中细节十分生动的地方。

把人比作装满热气的小瓶，很妙，仿佛热恋的呼吸便是生命的全部。类似的比喻还有杨键在《哀诉》中把青蛙比作发出哀诉的绿色小坛子。

亲吻中有红帆的意象，体现了海子对于爱情和理想相结合的执念。

打钟

打钟的声音里皇帝在恋爱[1]
一枝火焰里
皇帝在恋爱[2]

恋爱,印满了红铜兵器的
神秘山谷[3]
又有大鸟扑钟[4]
三丈三尺翅膀
三丈三尺火焰[5]

打钟的声音里皇帝在恋爱
打钟的黄脸汉子
吐了一口鲜血[6]

---

1 指皇帝在潜心恋爱,像是把自己关在一口钟里,而有人在打这口钟进行干扰。
2 指皇帝对于恋爱有着极大的热情和决心,仿佛坐在火焰里。
3 指恋爱的气场就像是一个神秘山谷,又像是一口钟,内壁上印满了红铜兵器。
4 "大鸟扑钟",指大鸟通过扑钟来干扰恋爱,这是打钟的方式之一。
5 指三丈三尺翅膀的大鸟来打钟,皇帝的火焰也随之升到三丈三尺那么高。亦即"道高一尺,魔高一丈"的意思。
6 指黄脸汉子也和大鸟一样无法攻破钟对皇帝的保护,只能白白地"吐了一口鲜血"。此处是另外一种打钟的方式。

打钟,打钟
一只神秘生物
头举黄金王冠
走于大野中央[1]

"我是你爱人
我是你敌人的女儿[2]
我是义军的女首领[3]
对着铜镜
反复梦见火焰"[4]

钟声就是这枝火焰[5]
在众人的包围中
苦心的皇帝在恋爱[6]

1985.5

---

1 指皇帝对恋爱对象的想象,她也要像皇帝一样"头举黄金王冠",并且很有气度地"走于大野中央"。
2 "敌人的女儿",指皇帝心中的爱人从他的反对者中诞生。
3 "义军的女首领",指皇帝的反对者中有很多人最终会理解他,并在反对者中"起义",而皇帝的爱人是最坚决的领头人、女首领。
4 指爱人希望她自己成为火焰,即也像皇帝一样对于恋爱保持极高的热情和决心。
5 指干扰的钟声越大,热情的火焰也越高。
6 皇帝的恋爱无人支持,获得的都是反对,所以是"苦心的皇帝"。

➡ 评析

想象一下，皇帝坐在一口钟里，而他的全身散发着火焰。

钟和火焰都是他对外界的屏障。

钟外是一群不理解的反对者，极力打钟，极力劝说他放弃。

有三丈三尺翅膀的大鸟来扑钟，但它被挡在外面，皇帝也随之生出了三丈三尺的火焰。

有黄脸汉子来打钟，他累得"吐了一口鲜血"，也毫无作用。

皇帝当然就是海子。他自称皇帝，他坚信自己是这条道路上最高贵的人。

但他没有任何臣民，也没有任何人理解他，他听到的都是打钟这样的反对之声。

他的恋爱是理想之恋。

在他的信念中，也应该有这样一个人，像他一样"头举黄金王冠"，而且很有气度地"走于大野中央"，还应该像他一样能够散放出火焰的热情和决心。

这便是他应有的爱人。

他的敌人们、他的反对者们总会慢慢地理解他，从他的反对阵营中"起义"。他的爱人便应当由此而诞生。

"打钟，打钟"。

越是遇到这样的反对，海子越是坚定信念，畅想着自己的恋爱。

钟声有多大，火焰就有多高。"钟声就是这枝火焰"。

这首诗表明了海子"苦心"而坚决的态度：就算没有任何臣民，他也把自己当成皇帝；就算反对的人再多，他也坚信会出现他理想的恋爱。

钟和火焰，是海子的两种屏障。外在的钟是无法被打破的，而心中的火焰更是愈战愈勇、愈烧愈旺。

第二、三节，大鸟和黄脸汉子，是他的敌人，全部遭到挫败。

愈是打钟，海子愈是坚定，第三、四节的"神秘生物"，便是他在坚定信念中生出的幻想。

幻想中的爱人也有着和海子一样的火焰，于是，从彼火焰又想到此火焰，第五节，"钟声就是这枝火焰"，便是海子从幻想中回归时心中更加强烈的信念。

"信念—幻想—信念"，构成了正反馈的回环。

蓝姬的巢

木塔那儿
一共有两个人
蓝姬她是一张小圆脸
蓝姬的丈夫是一位卖高粱的皇帝[1]

卖高粱的人民币
买来了一面小鼓
围着小巢[2]敲击
鼓点声大
雨点声小[3]
蓝姬如一只雪雁
今夜又栖
爱人的嘴唇

巢
如果我公开
我自己秘密的小巢

---

1 "卖高粱"是现实的身份,"皇帝"是在蓝姬心中的身份。虽然丈夫很平凡,但蓝姬认为他很伟大。
2 "小巢",指蓝姬的心巢。
3 指很大的鼓声中有动人心扉的爱情的雨点声。

一定会有许多耳朵凑上来
散布消息

水中一对鱼夫妻
手捉手
走过桥洞去 [1]

挂巢之树
结梨三只 [2]……
蓝姬指着前后左右
十字星是自己的丈夫 [3]

1985.5

➤ 评析

蓝姬的爱情，既忠贞又美丽，虽然平凡，却显得高贵。

虽然丈夫是一位卖高粱的，但在蓝姬心中，他就是自己的真命天子；虽然丈夫只是买了一面小鼓敲给她听，蓝姬却从鼓声中听到了爱情的雨点声。在爱人的亲吻下，蓝姬再一次变得像一只雪雁，

---

1 指水中有一对鱼夫妻游过桥洞。
2 "结梨三只"，暗指过去、现在和将来。心有了巢，过去、现在和将来的一切也就都有了意义。
3 指蓝姬对丈夫一心一意。"十字星"是瞄准的准星，无论前后左右，蓝姬的准星总是丈夫。

美丽无比。

　　海子看到了这个场景,便受到了感染,不由得想到自己。此刻,海子也已经秘密构筑了一座爱情小巢,如果公布给大家,也必然会得到大家的关怀、羡慕和祝福。

　　海子又看到水中有一对"鱼夫妻"比鳍而游,一切都是如此美好。

　　此刻的海子应当是在恋爱,看到了别人的爱情,也觉得美好,想到了自己的爱情,也觉得甜蜜。

莲界慈航[1]

七叶树下[2]
九根香[3]
照见菩萨的
第一次失恋[4]

你盘坐莲花

女友像鱼
游过钟的身边[5]
我警告你
要假设一个情人[6]

---

1 "莲界",莲花世界;"慈航",普度众生。本诗描写了诗人意欲脱离失恋的苦海奔向莲花世界的心路历程。

2 "七叶树",即娑罗树,因其树叶似手掌且多为七个叶片而得名,相传释迦牟尼即涅槃于两棵娑罗树之间。

3 佛教中燃九根香是十分尊敬的做法。此时诗人烦恼众多,因此坐在七叶树下,并且点燃九根香。

4 指诗人自己原有菩萨的境界,此时只欠在爱情上有所觉悟。

5 指女友像鱼,是无知无觉的引诱,诗人像钟,有不为所动的磐石般的稳恒。钟是不断向前走的,钟的意象比石头更妙。

6 指诗人告诫自己不要为现实中的女友心动,不妨用想象(假设)中更完美的女友来替代她。

莲花轻轻摇动

你不需要香火
你知道合掌无用[1]
没有一位好心肠的男青年
偷偷送来鞋子[2]

你盘坐莲花

对面墙壁上[3]
爱情是两只老虎[4]
如果你愿意
爱情确实是老虎[5]

莲花轻轻摇动

1985.5

---

1 指在对待爱情上，种种办法都没用。"香火"和"合掌"都代表种种法门。
2 指对待爱情也无法得到外力的帮助。因海子要远离女人，所以此处施以援手的是"男青年"。"鞋子"指脱离此处、助力远行的帮助。
3 "对面墙壁"，指对面画有佛教画像的墙壁，是作者想象出来的场景。
4 指两人之间的爱情是互相毁灭的力量。
5 指的是可将爱情转化为对理想的追逐，毁灭的力量便可转化为动力。

➡ 评析

两次"你盘坐莲花",是身入困境。一次是"菩萨的失恋",一次是"合掌无用"。

两次"莲花轻轻摇动",是心有所悟。一次是应当"假设一个情人",一次是"如果你愿意 / 爱情确实是老虎"。

这四句点评,是解诗的关键所在。

力量源自内心。老虎依然是老虎,但因为心境的不同,老虎便从毁灭变成了动力。

明天醒来我会在哪一只鞋子里 [1]

我想我已经够小心翼翼的
我的脚趾正好十个
我的手指正好十个
我生下来时哭几声
我死去时别人又哭
我不声不响地
带来自己这个包袱 [2]
尽管我不喜爱自己
但我还是悄悄打开

我在黄昏时坐在地球上
我这样说并不表明晚上
我就不在地球上　早上同样
地球在你屁股下
结结实实
老不死的地球你好 [3]

1　指明天一早我会穿哪双鞋出门,意即明天我会用哪一种方式生活。
2　"包袱",社会的负担。
3　表明作者身在地球,无处可去,无法可想,只能无奈地苦中作乐。

或者我干脆就是树枝[1]

我以前睡在黑暗的壳里[2]

我的脑袋就是我的边疆[3]

就是一颗梨

在我成形之前

我是知冷知热的白花[4]

或者我的脑袋是一只猫

安放在肩膀上[5]

造我的女主人荷月远去[6]

成群的阳光照着大猫小猫[7]

我的呼吸

一直在证明

树叶飘飘[8]

---

1 既然没有办法逃离地球,没有办法采取什么行动,那就干脆让自己成为不动的树枝,专心孕育大脑和思想。

2 暗示自己是一颗种子。

3 生命的边界就是脑袋,指自己充满了思想,却没有任何行动力。

4 在果实形成之前,花朵也是有思想的。指作者一直充满想法。

5 我的思想是不安分的,和肉体的结合也只是暂时的,会随时像一只灵活的猫一样脱离肩膀而去。

6 女主人带着月亮走了,暗指我失去了精神导师,也失去了目标和方向。月亮代表照耀着我的精神支柱。"荷月",扛着月亮。

7 "大猫小猫",代表和我处境一样的同人。

8 指树枝不停生长,孕育白花、梨、脑袋,和前文相呼应。

我不能放弃幸福
或相反
我以痛苦为生
埋葬半截[1]
来到村口或山上
我盯住人们死看:
呀,生硬的黄土,人丁兴旺

1985.6.6

➜ 评析

这首诗写得很"轻",表达的状态却很沉重。全诗叙述了海子无奈的心路历程:无力改变现状,只好"以痛苦为生",至少投身"半截"在世俗的生活中。

鞋子是人与地球之间的媒介,穿什么样的鞋,就代表着采用什么样的生活方式。"明天醒来我会在哪一只鞋子里",这个题目很妙,它表达的是海子的迷惘,也隐隐地体现出海子的选择是被动的,是被安排好的。

海子的鞋子,其实一共只有两双,一双是理想的生活,另一双是世俗的生活。

海子当然希望选择理想的生活,但是,他的生命却是从世俗生活开始:他被给予了健康的身体(十个手指和十个脚趾),他被给予

---

[1] 指将自己的生命在世俗的生活中埋掉一半,也即上文的"以痛苦为生"。

了生活的安排和照顾（生下来时哭几声、死去时别人又哭），他也无法脱离地球……这些都是世俗生活给他的恩养，同时又是给他的负担。

他索性希望自己干脆就是树枝，不需要行动，只需要思想。他的思想和肉体是分开的，并且思想随时准备远去，像一只猫。但是，女主人却带着月亮离开了，他变得无依无靠，他的同伴们，"大猫小猫"，也都变得无依无靠。尽管阳光在照耀着，万物在生长，代表精神支柱的月亮却不见了。（在《歌：阳光打在地上》一诗中，也表达了同样的意思。）

既然不能穿上幸福的理想生活之鞋，那就只好"以痛苦为生"。"埋葬半截"，就是将自己的肉体无奈地埋在世俗的生活中。

世俗生活，便是生存、繁衍高于一切。在《坛子》一诗中，使海子心神不宁的便是：

栗树像伤疤在周围隐隐出现
而女人似的故乡，双双从水底浮上，询问生育之事

"生硬的黄土，人丁兴旺"，看上去是多么顽强。但这恰恰也显示了，这是多么固执而无法改变的世俗生活啊！

麦地

吃麦子长大的
在月亮下端着大碗[1]
碗内的月亮[2]
和麦子
一直没有声响

和你俩不一样[3]
在歌颂麦地时
我要歌颂月亮

月亮下
连夜种麦的父亲
身上像流动金子

月亮下
有十二只鸟

---

1 此处诗人以定语替代了主语,正常语序应当是"吃麦子长大的(人)在月亮下端着大碗"。
2 指月光。
3 按此句意,还应当有两个人写诗歌颂麦地。本诗可能是海子所计划的长诗的一部分,所以有这样对话的语气出现。

飞过麦田

有的衔起一颗麦粒

有的则迎风起舞，矢口否认

看麦子时我睡在地里

月亮照我如照一口井

家乡的风

家乡的云

收聚翅膀

睡在我的双肩 [1]

麦浪——

天堂的桌子 [2]

摆在田野上

一块麦地

收割季节

麦浪和月光

洗着快镰刀 [3]

---

[1] 指家乡的风和云跟随着我、守护着我。

[2] 指一块四四方方的麦地就像是大地上的桌子一样。"天堂"，则指生长麦子之处仿佛人间天堂。

[3] 指夜晚收麦时，割麦的镰刀仿佛越用越快，麦浪和月光仿佛像磨刀石和水一样在"洗"着镰刀。磨刀的时候，需要把刀放在磨刀石上摩擦，同时不断地加水防止升温。麦浪就像是磨刀石，月光就像是水。

月亮知道我
有时比泥土还要累[1]
而羞涩的情人[2]
眼前晃动着
麦秸

我们是麦地的心上人
收麦这天我和仇人
握手言和[3]
我们一起干完活
合上眼睛,命中注定的一切
此刻我们心满意足地接受

妻子们兴奋地
不停用白围裙
擦手[4]

这时正当月光普照大地。
我们各自领着

---

1 指在地里干活很投入,一身都是泥,成了泥人,这已经很累了,而诗人还要更累。
2 指麦地。
3 指收麦使人消弭了一切的隔阂。
4 指做饭。

尼罗河、巴比伦或黄河
的孩子　在河流两岸
在群蜂飞舞的岛屿或平原[1]
洗了手
准备吃饭

就让我这样把你们包括进来吧
让我这样说
月亮并不忧伤
月亮下
一共有两个人
穷人和富人
纽约和耶路撒冷[2]
还有我
我们三个人
一同梦到了城市外面的麦地
白杨树围住的
健康的麦地
健康的麦子
养我性命的妻子！

1985.6

---

1 "群蜂飞舞"，象征辛勤劳动。
2 "纽约"即代表富人，"耶路撒冷"即代表穷人。

→ 评析

全诗以麦地为主线，歌颂的是劳动与收获。

在劳动与收获面前，仇人是可以握手言和的，不同的文化（尼罗河、巴比伦或黄河）也是可以融合在一起的。

麦地的重要性不言而喻。在全诗的中段，海子称麦地为"羞涩的情人"，在全诗的结尾，又称麦地为"养我性命的妻子"。这是一条暗线：当劳动转化为收获，麦地也实现了从情人到妻子的升华——情人是给人鼓励的，妻子则是养人性命的，其重要性再次上升。

月亮，是全诗的一条副线。月亮代表精神的照耀。在全诗的开头，诗人便写道：

　　和你俩不一样

　　在歌颂麦地时

　　我要歌颂月亮

有了精神的照耀，劳动才有了意义。种麦的父亲"身上像流动金子"，月亮照着看麦子的我"如照一口井"，收割时月光"洗着快镰刀"，收获而准备吃饭时"月光普照大地"……种麦、看麦、收麦、吃麦，所有这一系列的行为都是和月亮不可分开的，虽然海子并没有很直白地歌颂月亮，但月亮的作用贯穿于劳动与收获的始终。

这也就解释了诗歌的最后一节：

月亮下

一共有两个人

穷人和富人

纽约和耶路撒冷

还有我

我们三个人

一同梦到了城市外面的麦地

在此时,世界上有三种人:穷人、富人、海子。海子无所谓穷,也无所谓富,他是懂得月亮、心中装着月亮的精神导师。

穷人有穷人歌颂麦地的方式,富人有富人歌颂麦地的方式,唯有海子,他歌颂麦地时也要歌颂月亮。

诗的开头也出现了两个人:"和你俩不一样……"本诗很可能是海子所写的某首长诗中的一部分,在长诗的其他部分中还有两个人,一个是穷人的代表,一个是富人的代表,他们都用自己的方式歌颂了麦地,然后便有了这首作为回应的诗。

海子并没有用很多笔墨直接歌颂月亮,整篇下来,主角还是麦地。这正是因为在海子心中,月亮的照耀是长久的,是永恒的,是润物细无声的,无论你做什么,只要心中装着月亮,它就一直在。

月亮是"没有声响"的,月亮是磨刀石的水,月亮"照我""知道我",月亮并不介意对麦地的赞美,她"并不忧伤"。

因为月亮始终在海子心中,不须说明,这就是海子对月亮独特的赞美方式。

孤独的东方人

孤独的东方人[1]第一次感到月光遍地
月亮如轻盈的野兽
踩入林中
孤独的东方人第一次随我这月亮爬行

(爱人像一片叶子完整地藏在树上
正是她只身随我进入河流)[2]

爬行中
不能没有
一路思念
让我谢谢你,几番追逐之后
爱情远遁心中
让我在树下和夜晚对面而坐[3]

(爱人说孩子

---

1 "东方人",指诗人自己。海子的一些作品经常使用"东方"一词作为修饰,如《东方山脉》、长诗《但是水、水》等,塑造出整个民族的文化使者的形象。
2 指爱人像树叶藏于树上一样藏身于众人之中,她也会从人群中跳出来,随诗人一同追逐理想。本节像是一段画外音式的解释说明,独立于全诗的陈述脉络而存在,所以使用了括号。下面的括号用意相同。
3 指诗人在追逐理想的过程中和爱人分手了,身边只剩下夜晚。

孩子是

落入怀中的阳光 [1]

哇哇大哭）

于是

孤独的东方人开口闭口之间

太阳已出 [2]

我爬行 [3] 只求：

孩子平安 [4]

我爬行只求：人爱我心 [5]

1985.6.14

➡ 评析

本诗是海子在追逐理想的路上的一次畅想，也是一次倾诉。

海子不仅畅想了爱情，还畅想了爱情中止的情形，这样才更加符合"孤独"的形象。

孩子和"太阳已出"也都是畅想。从本诗整体所体现出的轻松的风格来看，这应该只是海子在头脑中设定的一个人物和情景，并没有具体的事情相对应。

---

1 指爱情孕育出了更有力量的未来。阳光比月光更加有力量。
2 指在倾诉与坚持之间获得了未来。
3 "我爬行"，象征诗人对理想的苦苦追求。
4 指能够获得未来。
5 指人们都能理解我的内心。

夜月

一扇又一扇门
推开树林 [1]
太阳把血
放入灯盏 [2]

河静静卧在
人的村庄
人居住的地方
人的门环上 [3]

鸟巢挂在
离人间八尺
的树上
我仿佛离人间二丈 [4]

---

1 指太阳从树林中钻出来，一家一家地进入屋门。
2 黑夜降临，而太阳设法将一点光的种子放入灯盏，使之可以延续。"血"，指傍晚时分的太阳光。
3 指河水的水声覆盖着村庄里的处处。
4 指月亮离人间很远。鸟巢离人间八尺，人们尚且无法够到，月亮离人间二丈，就更远了。

一切都原模原样[1]

一切都存入

人的

世世代代的脸，一切不幸

我仿佛

一口祖先们

向后代挖掘的井

一切不幸都源于，我幽深的水[2]

1985.6.19

➡ 评析

太阳亲自将血放入一只只灯盏，使它的光得到延续，大河的气息也静静地笼罩着村庄，而月亮呢？却离人间二丈，比鸟巢还要遥不可及。

对人类而言，月亮里蕴藏的水实在是太幽深、太遥远，无法获得，人类的一切也都没有变化。

月亮就像一口幽深的井，装满了理想，却无处施展。

海子在1987年又删改了这首诗，重新取名为《十四行：夜晚的月亮》，其内容比这首诗稍微少一些。本诗最能呈现海子真正的想法。

---

1 指一切都没有改变。月亮本希望人间有所改变。

2 隐喻智慧不能得到，就像很深的井水一样。月亮中的智慧高高在上，引领着精神世界，却遥远难及，所以是"不幸"。

月

炊烟上下 [1]
月亮是掘井的白猿 [2]
月亮是惨笑的河流上的白猿 [3]

多少回天上的伤口淌血
白猿流过钟楼 [4]
流过南方老人的头顶

掘井的白猿
村庄喂养的白猿
月亮是惨笑的白猿
月亮自己心碎
月亮早已心碎 [5]

1　炊烟一次次飘起又落下,指时间一天天过去。
2　月亮像一口井,里面储存着象征理想和智慧的水,所以是"掘井"。该意象可参见《夜月》。
3　河流也象征着人类的理想,和月亮是同类,都因难以触及而使人苦恼,所以是"惨笑"。
4　指月亮始终在天上照耀着。"天上的伤口"和"白猿",都指月亮。
5　指月亮因没有人可以获取它里面的智慧而感到心碎。

➡ **评析**

　　这首诗的意象和陈述方式都显得比较片段化，很可能是海子为了某首长诗而预先写的一个小段。

　　海子的长诗有很多只有题目，内容还没来得及完成。已有的长诗中，《太阳·诗剧》和本诗的关联较大。在《太阳·诗剧》中，猿是一个主要人物，象征着智慧而勇敢的先知，和本诗中的白猿在精神上比较契合。

　　另外，《太阳·诗剧》中的猿"出生在很远的南方"，而且其中的太阳王也倾诉说："我为什么突然厌弃这全部北方　全部文明的生存？！"这样的设定，和本诗中的"南方老人"也很有相通之处。"南方老人"代表着追逐智慧的人，但他无法抵达月亮，只能听任月亮一遍一遍流过他的头顶，这正是月亮感到心碎的原因。

　　海子作为追月人，在诗中想象并写出月亮的心碎，其实那是他自己的焦虑。

哑脊背

一个穿雨衣的陌生人[1]
来到这座干旱已久的城

（阳光下
他水国的口音很重）[2]

这里的日头直射
人们的脊背[3]

只有夜晚
月亮吸住面孔[4]

月亮也是古诗中
一座旧矿山[5]

只有一个穿雨衣的陌生人

---

1 暗指陌生人很自信，他会给这座干旱的城带来大雨。
2 暗指此处的干旱也无法改变陌生人水国的气质。
3 暗指人们在日光的照耀下，弯着腰，抬不起头，只能以脊背相对。
4 指只有在夜晚，人们才能使用仰头的姿态望着天空，并为月亮所吸引。
5 指月亮是传统的文化源泉，仍然值得挖掘。

来到这座干旱已久的城

在众人的脊背上
看出了水涨潮，看到了黄河波浪[1]

只有解缆者[2]
又咸又腥[3]

1985

➜ 评析

在此诗中，水代表了理想，代表了人类应当追求的目标，是海子的意象系统中最重要的要素之一。

城中的干旱由来已久，这象征着思想上的贫瘠和束缚。不过，思想的根芽却并未绝种，陌生人在城中众人的脊背上发现了汗水，并将之发扬光大，将水的信念带给这一座城。

这首诗将太阳和月亮的对立体系建立起来了。太阳代表劳作，它也必然会带来现实中的干旱与思想上的干旱——阳光下只有低头的劳作，人们只能呈现出脊背，并没有时间去思考。月亮则代表水，代表理想，它给人带来休息和思考，只有在这时，众人才能从繁重

---

1 指陌生人看到众人背上的汗水中隐藏着黄河波浪一样的力量。
2 "解缆者"，喻指传道者，即带来了水的陌生人，仿佛他正在帮众人解下绳索（干旱）的束缚。
3 暗指众人得到了海水，而传道者"又咸又腥"，背负了应有的责任和牺牲。

的劳动中脱身，仰起头看着天空。

太阳—劳作、月亮—理想，这个互为排斥的二元体系也一直贯穿在海子的其他诗里，如《黑夜的献诗》《太平洋的献诗》等。

月亮是一座"旧矿山"，也是一口井（见《夜月》等诗），其中蕴藏着人类所需要的理想和智慧。月亮使者将"水"化为月光，洒向人间。

日光

梨花
在土墙上滑动[1]
牛铎声声[2]

大婶拉过两位小堂弟
站在我面前
像两截黑炭

日光其实很强
一种万物生长的鞭子和血![3]

➜ 评析

"梨花 / 在土墙上滑动",很有画面感,那必是两位小堂弟的顽皮的结果。拿着梨花的两位小堂弟,"像两截黑炭",也像是梨花的树干。这也是日光催生下的万物生长。

在日光的不断作用下,他们会像梨花一样开放。

---

1 指行驶的牛车上有人拿着梨花,当从院子里往外看,土墙遮住了牛车和人,就像是梨花在土墙上滑动。
2 "牛铎",牛铃。
3 "鞭子和血",象征催生剂和营养。

思念前生

庄子在水中洗手
洗完了手,手掌上一片寂静
庄子在水中洗身
身子是一匹布
那布上沾满了
水面上漂来漂去的声音

庄子想混入
凝望月亮的野兽[1]
骨头一寸一寸
在肚脐上下
像树枝一样长着[2]

也许庄子是我[3]
摸一摸树皮[4]
开始对自己的身子
亲切

---

1 喻指守望理想的人。"野兽"代表质朴、单纯而又充满力量的形象。
2 暗指婴儿在母腹中成型的过程。
3 意思是"也许庄子就是我的前生"。
4 "树皮",喻指新生的身体的新皮肤。

亲切又苦恼[1]
月亮触到我[2]

仿佛我是光着身子
光着身子
进出[3]

母亲如门,对我轻轻开着[4]

➡ 评析

本诗写的是转世投胎。其诗眼在于题目《思念前生》,其实指的是想象前生,想象出一个令人向往的前生然后再思念它。如此便知,全诗以庄子为理想中的形象,勾勒出海子所向往的"前生"。

第一节是庄子在洗手、洗身。洗手洗得很彻底,手掌上一片寂静;洗身洗得也很彻底,反复冲刷,只听到水的声音。整个沐浴的过程庄重又神圣。

第四节与第一节相互呼应,写我"光着身子/进出"。恰如《红楼梦》中《葬花吟》所写,"质本洁来还洁去","进出",便是进入到母腹之中,转世了。

---

1 亲切的是有了追逐理想的身体,苦恼的是追逐理想的过程会十分艰辛。
2 指理想在感召我,带给我压力。
3 指前生到今生一身干净、了无牵绊。
4 指投胎母腹。

第二节中也有一部分写"骨头一寸一寸"地生长。肚脐是胎儿和母亲的能量联结处，胎儿的生长以肚脐为中心，这一节写的是孕育的过程。

这三节拼在一起，便是一个完整的转世投胎过程：前生的庄子彻底洁净了身体，变成今生的我，我光着身子、了无牵挂地被孕育。

"凝望月亮的野兽"，是海子笔下一贯的守望理想的形象，是全诗的主脉络。因为要"凝望月亮"，庄子才转世成我；因为要"凝望月亮"，才长出树枝一样的骨头；因为要"凝望月亮"，才会感到"亲切又苦恼"。

从庄子的前世投胎为海子的今世，在身体刚刚形成的转世之时，是不会感到"凝望月亮"的苦恼的。对苦恼的感受，来源于海子当下守望理想的艰辛，他便片刻地脱离这残酷的现实世界，去想象出一个理想的庄子的前生，并"思念前生"。

庄子在《大宗师》中讲述了抛弃生死、一心入道的道理，这种彻悟的理念，很符合海子的想法，正因为如此，海子选择庄子作为自己的前生。

船尾之梦

上游祖先吹灯后死去[1]
只留下
河水[2]
有一根桨
像黄狗守在我的船尾[3]

船尾
月亮升了,升过婴儿头顶[4]
做梦人
脚趾一动不动
踩出没人看见的足迹[5]

做梦人脊背冒汗[6]

而婴儿睡在母亲怀里

---

1 指前辈们未曾留下指引,前面的道路一片漆黑。
2 即宿命,指后辈们只能沿河而行。
3 "桨"象征祖先留下的智慧,像黄狗一样长随、可靠。
4 指智慧和信念(月亮)照耀着婴儿。"婴儿",指毫无经验的后辈。
5 指我(做梦人)虽然看上去没有在走路,却在梦中暗暗前行。
6 象征我(做梦人)暗暗作出了努力,承受着压力。

睡在一只大鞋里[1]
我的鞋子更大
我睡在船尾[2]
月亮升了

月亮打树,无风自动[3]
生物潜入河流或身体
梦见人类,无风自动[4]

1985.7.12

➜ 评析

  船尾是民族之船的舵位所在。

  海子肩负着民族的使命,故此常以"龙"自居。在《东方山脉》《龙》《祖国(或以梦为马)》等诗中都直接或间接地表达了这一点。

  海子在《但是水、水》中第一篇的第二幕中写道,"龙护于尾"。"龙"作为使命担负者,便应当守护住船尾这个重要的位置。

  本诗中,海子虽然没有明写自己"龙"的身份,但通过"我的

---

1 母亲之怀像是大鞋,既安稳可靠,又象征着远行,为婴儿提出未来的远行的期望。
2 指我有更重要的任务,也占据着更重要的位置。我是使命担负者,所以象征着远行的鞋子更大,而且睡在重要的、掌管舵位的船尾。
3 月亮的照耀使树也有了活力、动了起来。"打树",形容月光很有力量,对树的照耀仿佛是在击打。
4 指在月亮的照耀下,命运和人类自身都获得了新的活力。此处之梦,与前文相对应。"生物",代表着活力。

鞋子更大 / 我睡在船尾"等诗句,也俨然以"龙"自居。

  祖先既留下了河水的宿命,也留下了桨的力量、智慧和勇气。

  海子是上游祖先的后继者,而婴儿又是他的接班人。

燕子和蛇（组诗）

1. 离合

美丽在春天
疼成草叶[1]

一种三节的草
爱你成病[2]

美丽在天上
鸟是拖鞋[3]

长草的拖鞋[4]
嘴埋在水里[5]

---

1 指忍住疼痛长成的草叶，是春天的美丽。
2 追求美丽、爱美丽，成了一种"病"。"你"，指美丽。
3 意思是，鸟像拖鞋一样飞，是天上的美丽。
4 指鸟。鸟身上的羽毛就好像长草。
5 指鸟在饮水。

美丽在水里
鱼是草的棺材[1]

一种草
一种心尖上的草

美丽在草原上
枕着鹿头[2]

> 评析

题目是《离合》，写的是"美丽"的离合：春天的、天上的、水里的、草原的。不同的地方有不同的美丽。

而我属于哪里呢？诗中没有提及，但隐隐地以诗题点出了主题：我与这些美丽是离是合？与谁相离？与谁相合？

不过，这个问题既不明显，也不需要回答。就把这首简单而美丽的小诗，当成是燕子的畅想吧。

这一首诗像一道开胃小菜，拉开了组诗的序幕。

---

1 意思是，鱼将草吃进肚里，是水里的美丽。"棺材"，指鱼的肚子。
2 意思是，鹿头上的风景，就是草原的美丽。"枕着鹿头"，指美丽常驻于鹿头。

2. 三位姑娘
　　——写给莱蒙托夫[1]不幸的爱情

我看见
莱蒙托夫的旧报纸上
三只燕子
三只肉体的燕子[2]
使我的灯光
受伤[3]

用手指推推
不醒的
你自己
扶着自己
像扶着一匹笨马
用手指推推身边的燕子：我不是

灯，我是火灾

燕子交叉地

1　莱蒙托夫（1814—1841），俄国著名诗人，恋爱史很出名，曾经为了女人而决斗。
2　即莱蒙托夫喜欢上的三个姑娘。海子具体写的是谁，已经无法考证。
3　指莱蒙托夫的爱情故事使作者感到羞愧。此处既指实际的灯光，又指作者心中的灯。

穿过
诗人的胳膊[1]
落入家具的间间新房[2]
只当诗人就是笨马
过早地死在□上[3]

➜ 评析

莱蒙托夫的爱情的不幸,是因为他的选择太多了,不知谁是真爱。

而这爱情故事也使海子受伤,因为海子也没有找到真爱,找到真正的那盏灯。

与莱蒙托夫在恋爱中的灵巧相比,海子就像是一匹笨马。并且,他身边的燕子也不是灯,而是无法控制的火灾。

第一首诗《离合》,写的是对于理想(美丽)的选择的困惑;这一首诗,写的则是对爱情的困惑。

3. 包谷地

丑女人脊背上有条条花蛇[4]

---

[1] 指姑娘们交替地和莱蒙托夫恋爱。

[2] 指一次次成亲。

[3] 此处原稿中有脱字。

[4] "花蛇",指绳索。

花蛇滑下,她就坐在那儿繁殖包谷[1]
幸福又痛苦[2]
我要说
没有男人能配得上她

丑女人脊背上有种种命运
命运降临,她只坐在那儿繁殖包谷
河水泛滥[3]流过无数美丽的女人
我要说
没有女人能比得上她

➡ **评析**

理想必然十分美丽,但现实往往不那么美,可能只有丑女人和包谷。

前两首诗中的美丽、爱情,都是理想世界的追求,是"燕子";从这一首诗开始,海子写现实世界的生活,写的是"蛇"。

---

1 "繁殖包谷",即种植包谷。"繁殖",指的是自身延续后代的生理方式。此处用繁殖,突出了丑女人的专心和用心,种植包谷就像繁殖自己的子女一样。
2 因热爱劳作而幸福,但劳作的付出却是痛苦的。
3 "河水泛滥",指命运的大河。

4. 母亲的姻缘

一碗泥
一碗水
半截木梳插在地上 [1]
母亲的姻缘
真是好姻缘

村庄，村庄
木桶中女婴摇晃 [2]
村庄，村庄
母亲的姻缘
真是好姻缘

鱼尾 [3] 之上
灯盏敲门 [4]
一团泥巴 [5] 走进屋来
母亲的姻缘

---

1 写离家之前的梳妆，简陋的生活环境。
2 指成亲的路上坐轿子或者坐车的样子，经过一个又一个村庄。此处暗指新娘就像女婴一样对未来一无所知，而此时的世界像木桶一样对她封闭着。
3 "鱼尾"，指婚礼宴席上吃剩的鱼。
4 指新郎拿着灯盏敲门。
5 "一团泥巴"，指新郎，因操劳而一身泥土。

真是好姻缘

白鱼流过
桃树树根
嘴唇碰破在桃花上[1]
母亲的姻缘
真是好姻缘

秤杆上天空的星星压住
半两土
半两雪[2]
母亲的姻缘
真是好姻缘

她沉在何方
谁也不清楚
村庄中一枚痛苦的小戒指[3]
母亲的姻缘
真是好姻缘

---

1 指新郎新娘的结合。"白鱼""桃树树根"指生殖器官,"桃花"指嘴唇。
2 指新郎新娘的人生都很卑微。"星星"指秤杆上的准星,因为是命运之秤,所以称作天空的星星。"半两土"指新郎,"半两雪"指新娘。
3 指这场痛苦的婚姻只不过是村庄中很小的一桩事情。"小戒指",指结婚戒指,代表婚姻。

→ **评析**

诗中一共写了六个内容：离家、结婚途中、婚礼后、新婚夜、结婚后、评语。每一个内容都用"母亲的婚姻/真是好婚姻"这样的感慨来结束，但实际上，除了新婚夜写出了一点美好，其余的五个场景全部都是贫穷、卑微的，"好婚姻"是一句反语。

这样的婚姻，也是一生命运的缩影：糊里糊涂地嫁人、活着，所图的仅仅是吃上饱饭。

不过，作为一个卑微的生命，这样的婚姻虽然谈不上好，却也属于极正常的人生亮点。作为旁观者，除了赞叹一句"好婚姻"，还能做些什么呢？

这就是现实。

5. 手

离开劳动
和爱情，我的手
变成自我安慰的狗[1]
这两只狗
一样的
孤独
在我脸上摸索

---

[1] "自我安慰的狗"，指忠诚但一无是处。

擦掉眼泪
这是不是我的狗
是不是我最后的家乡的狗？ [1]

> **评析**

前面四首诗中，两首写理想，两首写现实，这一首写诗人的思考。

究竟应当选择哪一条道路？还是无法选择其中任何一条？如果离开劳动，也离开爱情，那么，诗人将一无是处。

两条路都是如此艰难，诗人不由得开始想念故乡。

6. 鱼

村民像牛一样撞进屋子，亲他的妻子
又数着
十二粒麦种 [2]
内陆深处 [3]
我跪在一条鱼身上
整个村庄是我的儿子 [4]

---

1 意思是，我是不是最后还是要归于家乡？
2 喻指十二个月的粮食。
3 指远离外界之处。
4 指我告诉鱼，我要在此地一直繁衍子嗣，不再离开。"鱼"是游向远方的象征。

再长的爱情也不算久

噢你刚好被我想起

我在鱼身上写下少女的名字

一边询问一边自己回答

女巫的嘴唇一开一合[1]

真诚的爱情

真诚的爱情错误百出[2]

整个村庄是你的儿子[3]

河流噢河

再美的爱情也不像花朵

人类的泪水养家糊口[4]

人类的泪水中

鱼群像草一样生长[5]

泪水噢河

整个村庄是我们的儿子[6]

村民像牛一样撞进屋子，亲他的妻子

---

1 "女巫"，指鱼。它仿佛在对我进行命运的占卜，所以称为女巫。
2 指真诚的爱情在现实中四处碰壁，错误百出。
3 指少女可以在此地一直繁衍子嗣，暗指少女不必考虑我。
4 指人类的生存就是靠痛苦的付出来获得的。
5 指痛苦的付出中，也孕育了对理想的追逐。
6 指我和少女结合到一起了。

→ **评析**

在上一首诗中，因为两条路都很艰难，诗人不由得想念故乡；这一首诗，描写的就是故乡之事。

诗一共有三节，刻画了诗人的三个状态，反映了诗人最终的升华。

第一节写我深入地加入了村庄生活。"村民像牛一样撞进屋子，亲他的妻子"，略显粗犷、野蛮。村民生活在内陆深处，不闻他事，每日只是计算着每天的口粮，这都是故乡村民的日常状态，我现在也成为其中一员了。于是，我便自然地对一条鱼说"整个村庄是我的儿子"。

鱼象征游向远方的梦想，我却决意要在此处繁衍子嗣，明确地拒绝了鱼的邀约。

第二节写我的动摇。面对爱情，我仍然是不愿错过这个话题，但我的心中其实早有人选，只是迫于现实生活的压力，"真正的爱情错误百出"，即便再心动，最终也拒绝了爱情——"整个村庄是你的儿子"，放弃我吧。

第三节写思想的升华。我已经意识到，痛苦是不可逃避的，痛苦既会带来生存，也会带来对理想的追逐。既然如此，我便继续在乡村生活，但不是逃避，而是一边努力生存，一边接受爱情，并在内心保持着草一样生长的鱼群。

于是，"整个村庄是我们的儿子"，我们在此繁衍追逐理想的后代，我也学着村民"像牛一样撞进屋子，亲他的妻子"。

➡ **总评析：**

  这一组诗的标题是《燕子和蛇》。燕子代表高飞的理想，从第二首诗《三位姑娘》中得来；而蛇代表现实的束缚，从第三首诗《包谷地》中得来。

  组诗一共分为六首：前两首写理想的困惑，即"燕子"；随后两首写现实的苦难，即"蛇"；随后一首写我的无从选择，只好逃避回故乡；最后一首写我在故乡的升华，燕子和蛇此时已经统一起来。

  组诗的内容呈现虽然比较片面化，互相之间关联并不大，但在结构上却十分严谨，每首诗和每首诗之间的逻辑转换非常平滑。这是一篇构思巧妙的作品。

浑曲

妹呀

竹子胎中的儿子
木头胎中的儿子
就是你满头秀发的新郎[1]

妹呀

晴天的儿子
雨天的儿子
就是滚遍你身体的新娘[2]

妹呀

吐出香鱼[3]的嘴唇
航海人花园[4]一样的嘴唇
就是咬住你的嘴唇

1　指清秀的植物孕育了我。
2　在变幻不同的情绪中,我都要"滚遍你身体"。
3　"香鱼",舌头。
4　"航海人花园",使航海的人觉得很舒适的花园,邀请你的"香鱼"在其中任意遨游。

➜ 评析

  浑曲,与清曲相对应,力主偏俗的内容。而浑曲比荤曲的程度要轻些,并不是为俗而俗。

  此诗的三部分,美貌、拥抱、接吻,所写都是俗事,写作风格却不俗,所以起名为"浑曲",而不能称之为"荤曲"。

  第二部分中的"新娘",按照句子本身的逻辑,应该是"新郎",此处可能有笔误。不过,若是第一部分和第二部分都以新郎来结尾,就显得重复了,有一处是新娘,就平衡多了。民歌中为了表现力,也常有这种不按道理而行的文法,海子此处也许是故意为之。

房屋

你在早上
碰落的第一滴露水
肯定和你的爱人有关
你在中午饮马
在一枝青丫下稍立片刻
也和她有关
你在暮色中
坐在屋子里,不动
还是与她有关
你不要不承认

巨日消隐,泥沙相合,狂风奔起
那兩天兩地哭得有情有意[1]
而爱情房屋温情地坐着
遮蔽母亲也遮蔽儿子[2]

遮蔽你也遮蔽我

1985

---

1 象征整个世界"有情有意"地劝我放弃你。
2 指爱情帮我抵挡了来自世界的压力,那压力像母亲对待儿子一样。

➡ **评析**

　　早晨、中午、晚上，在所有的时间里，我想到的都是你。露水、青丫、暮色，这都是美好的景色。

　　但这个世界并不认可这样的相思，世界就像无处不在的母亲，苦口婆心地劝我放弃。我有早晨的露水、中午的青丫、暮色的思念，世界母亲也纷纷拿出巨日消隐、泥沙相合、狂风奔起，企图摧毁这份美好，甚至"雨天雨地""有情有意"地哭着劝我。

　　真正的爱情，就像一栋坚固的房屋，能够抵挡母亲的压力，能够把你我保护在坚实的怀抱里。

　　诗中一共有四个形象：世界（母亲）、爱情、我、我的爱人。其中，世界和爱情构成了主要的冲突。

　　世界不喜欢我和爱人的这段感情。一开始的三个场景描述，其实是以世界的口吻来讲的，就像是温和的"案情"描述，而最后一句，"你不要不承认"，隐隐有质问之意，就像是对"案情"进行了最终定义。

　　然后，世界便开始"巨日消隐，泥沙相合，狂风奔起"了。"那雨天雨地哭得有情有意"，这是母亲规劝子女时能经常见到的场景。

　　最后，爱情房屋保护了一切，遮蔽了使人倍感压力的母子关系，也将爱情中的两个主角保护起来。至此，冲突完全消弭。

　　诗中，爱人只是一个叙述中的形象，并没有真正出场。这激烈的一切，都是海子心中的想象。

　　世界，仿佛压迫着他的一切，而海子相信，真正的爱情最终会保护他。

得不到你

得不到你
我用河水做成的妻子[1]
得不到你
我的有弱点的妇女

得不到你
妻子滑动河水
情意泥沙俱下[2]

其余的家庭成员俯伏在锅勺上[3]
得不到你
有弱点的爱情

我们确实被太阳烤焦[4]，秋天内外
我不能再保护自己
我不能再

---

1 指理想的妻子。海子常用河水象征理想。
2 情意中有水也有泥沙，并不纯粹，即上文中的"有弱点"。
3 其余的人死死盯着世俗的生活，不顾精神追求，即上文中的"泥沙俱下"和"有弱点"。
4 指被现实折磨得已经疲倦。

让爱情随便受伤

得不到你
但我同时又在秋天成亲[1]
歌声四起

1985.11.11

➜ 评析

海子与恋人是精神相恋，恋人的家庭成员却只盯着现实，"俯伏在锅勺上"，这便是"弱点"，便是"泥沙俱下"。

而这个弱点却是致命的，它烤焦了海子和恋人，也终止了这段感情。

分手的决定发生在秋天，也因为秋天是收获的季节，但海子却两手空空，这样的刺激促使他决心放弃这段没有结果的感情，投身写作之中。

---

[1] 指海子决心放弃这段感情，投身写作，与写作"成亲"。

妻子和鱼

我怀抱妻子
就像水儿抱鱼
我一边伸出手去
试着摸到小雨水,并且嘴唇开花[1]

而鱼是哑女人
睡在河水下面[2]
常常在做梦中
独自一人死去

我看不见的水[3]
痛苦新鲜的水
流过手掌和鱼
流入我的嘴唇[4]

水将合拢[5]

---

1 指我试图摸到妻子的眼泪(小雨水),并且亲吻她(嘴唇开花)。
2 指妻子(鱼)什么也不说,只是不停地哭泣。
3 指无形的泪。
4 指我用手掌抚摩着妻子(鱼),而我在暗暗流泪。
5 指泪水将要把我自己淹没。

爱我的妻子
小雨[1]后失踪
水将合拢

没有人明白她水上
是妻子水下是鱼[2]
或者水上是鱼
水下是妻子[3]

离开妻子我
自己是一只
装满淡水的口袋
在陆地上行走[4]

➜ 评析

我"怀抱妻子","伸出手去",却只是摸到妻子的泪水。

而妻子的孤独,我是了解的。本诗的第二节写得很深入:哑女

---

1 "小雨",指妻子的泪水。
2 指妻子在她不流泪的时候(水上)看起来是伴侣,在她流泪的时候(水下)却是孤独而拒绝的鱼。
3 指我知道妻子的本质是鱼,我也暗暗为妻子流泪(水下)。
4 指诗人变成一副空空的皮囊,心中装着妻子,不再为任何人流泪。"淡水",即上文"水将合拢"之水,因妻子而生成的眼泪,将永远藏在心中(口袋),不再为任何人而流淌,不会变成咸咸的眼泪。

人是不说话的孤独，睡在河水下面是不交流的孤独，梦中是内心最深处的孤独。此三重孤独，越来越深。

妻子的孤独，也是我的痛苦，也是我"痛苦新鲜"的泪水，虽然它们是"看不见的"。

我了解妻子的孤独，我也为之而痛苦，然而，爱情的和谐一致，往往并不由努力而获得，爱情往往会有天生的错位。

水上是妻子，水下是鱼。妻子的水上，正是我的水下，妻子的水下，正是我的水上。这些错位，终究是无法解决的。

我是水，妻子是鱼，我从鱼身上寻找到她的水（眼泪），但鱼拒绝了我的水（眼泪）。

人们都说：鱼水和谐。但在这首诗里，鱼和水终于还是两种不同的人。

鱼有鱼的孤独，水有水的痛苦。

鱼只能离开，水只能合拢，合成一个装满淡水的口袋，不再流下咸咸的眼泪。

粮食

埋着猎人的山冈
是猎人生前唯一的粮食[1]

粮食
是图画中的妻子[2]

西边山上
九只母狼
东边山上
一轮月亮[3]

反复抱过的妻子是枪
枪是沉睡爱情的村庄[4]

---

1 指山冈是猎人的全部寄托,是他生前唯一的粮食(即猎物)产地,又是他死后的埋骨之地。
2 指山冈是猎人的精神寄托。
3 概指山冈上既有温情的猎物,也有美丽的月亮。
4 指枪是最贴身的伴侣,里面藏有猎人全部的爱。"村庄",象征猎人可以永远与枪相伴。

➡ 评析

  猎人即是诗人。诗人追求的既是山冈，也是粮食，也是妻子，也是枪，也是爱情，也是村庄。所有这些都是一体的，构成了精神的全部。
  这就是海子一直想要得到的单纯而理想的生活。

城里

面对棵棵绿树

坐着

一动不动

汽车声音响起在

脊背上[1]

我这就想把我这

盖满落叶的旧外套

寄给这城里

任何一个人

这城里

有我的一份工资

有我的一份水[2]

这城里

我爱着一个人

我爱着两只手

我爱着十只小鱼

跳进我的头发[3]

---

1 指汽车的声音在身后响起,作者此刻面对着绿树,背对着城市(汽车)。
2 指我是城里的一分子。"工资"代表我创造的价值,"水"代表我应有的消耗。
3 指爱人用手指梳理我的头发。"小鱼",比喻灵活的手指。

我最爱煮熟的麦子[1]
谁在这城里快活地走着
我就爱谁

1985

➡ 评析

城里的生活是美好的,有适合的劳动的收获(工资和水),有恋爱的人,有很多人在"快活地走着",他们都惹人喜爱。

而此刻的海子却并不在城里,他正"面对棵棵绿树",他的"一动不动"是陷入了某种沉思(也许是关于城里的生活),而背后有汽车的声音响起,将他的思绪一直带到城里,便有了如此热烈的一首赞美诗。

---

[1] "煮熟的麦子",指煮熟的面食。暗指自己为城市所改变,像麦子被煮熟了。

街道

街道虽窄
仍然容得下
这么多售货员、护士长
和男秘书
他们出出进进
他们向左向右
没有人停住
听一听
其实也没有歌声
歌手已被小小的运粪的马车娶走
在乡下
在众鱼之间
生儿育女

➡ 评析

歌手本应属于此处,整条街道却无人关心。街道很窄,却能容得下形形色色的人,"这么多售货员、护士长 / 和男秘书",但容不下一个歌唱内心的歌手,以至于歌手只能"被小小的运粪的马车娶走",到乡下扎根繁衍。

海子便是这个歌手,他自然想留在街道上继续放声歌唱。

海子想要脱离庸碌的乡村生活。这首诗所表达的感情，和《城里》一诗互为呼应。

1986 年

一

阳光打在地上

并不见得

我的胸口在疼

琴

古木头
在操刀的手下
成琴

或者出自兽皮
兽皮本是蓝色雪水的一弦一脉[1]

琴是我的病床[2]
或者是新婚之床
但我没有新娘

风中少女[3]，像装着水果的篮子
一年一度躺在琴上，生病[4]
一年一度李子打头
一直平常的我

---

1 指野兽本是大自然的脉搏，是大自然的琴弦。"蓝色雪水"，指由雪水融化而成的湖泊绿得发蓝，极其纯净。在《农耕民族》一诗中也有类似的表述。
2 指我以琴为心病，无人将我弹响。
3 "风中少女"，指少女像风一样来来往往，不作停留。
4 指少女在我偶尔生病时才拿着装着水果的篮子前来探视。

如今更平常[1]

➜ 评析

木头"在操刀的手下"才会变成美妙的琴,海子希望少女就是这位操刀者,能将自己这块木头加工成琴。这是他的心病。

而"一年一度"才来一次的少女,并不符合海子的期盼。她很少露面,像风一样来去,她探视时拿了一些平常的李子,这使海子意识到,自己在她心里不过是一个很平常很平常的人,蜕变成琴更是奢望。

---

[1] 指篮子中都是像李子一样稀松平常的水果,少女的毫不重视,显得我也更加平常。

给母亲（组诗）

1. 风

风很美　果实也美
小小的风很美
自然界的乳房也美[1]

水很美　水啊
无人和你
说话的时刻很美[2]

你家中破旧的门
遮住的贫穷很美[3]

风　吹遍草原
马的骨头　绿了[4]

---

1 指风催生了自然界的生育。充满汁液的果实，即是自然界的"乳房"。
2 指理想在安静的状态下很美。"水"，象征理想。
3 指生活艰难，但贫穷被门遮掩着，显得很有法度，有一丝不苟之美。
4 指马也受到春风的吹拂，和青草一样生长起来。"马的骨头"，象征马的精神。

2. 泉水

泉水　泉水
生物的嘴唇[1]
蓝色的母亲[2]
用肉体[3]
用野花的琴[4]
盖住岩石
盖住骨头和酒杯[5]

3. 云

母亲
老了，垂下白发
母亲你去休息吧
山坡上伏着安静的儿子
就像山腰安静的水

1　指泉水喂养了生物的嘴唇。
2　指地球之水。可理解为蓝色的海洋是泉水的母亲。
3　即泉水。泉水是蓝色的海洋的肉体。
4　即泉水。泉水能够滋养野花，就像一把琴把野花催生开放，所以把泉水比喻为"野花的琴"。
5　指泉水滋生万物，既滋养了坚硬的岩石一样的理想，也滋养了人的品格（骨头）和热爱（酒杯）。

流着天空 ¹

我歌唱云朵
雨水的姐妹 ²
美丽的求婚
我知道自己颂扬情侣的诗歌没有了用场 ³

我歌唱云朵
我知道自己终究会幸福
和一切圣洁的人
相聚在天堂

4. 雪

妈妈又坐在家乡的矮凳子上想我
那一只凳子仿佛是我积雪的屋顶 ⁴

妈妈的屋顶

---

1 指水面倒映着天空。象征着儿子身上流淌着母亲的生命。
2 云朵会下雨,所以是"雨水的姐妹"。
3 意思是,因为我要向云朵求婚,要与云朵一起生活,所以写给人类的情诗便没有用处了。
4 指矮凳子上的妈妈有着大雪一样的思念,压得我喘不过气来。这一处比喻利用了凳子和屋顶的相似之处,又顺势把凳子放大成屋顶的尺寸,把妈妈的思念放大。

明天早上
霞光万道
我要看到你
妈妈，妈妈
你面朝谷仓
脚踩黄昏
我知道你日见衰老

5. 语言和井[1]

语言的本身
像母亲
总有话说，在河畔[2]
在经验之河的两岸
在现象之河的两岸
花朵像柔美的妻子
倾听的耳朵和诗歌
长满一地[3]
倾听受难的水[4]

1　指理想（语言）和无处施展的困惑（井）。"井"代表困惑，类似的用法可参见《十四行：夜晚的月亮》。
2　指语言和母亲对我同等重要，都能引起我无休无止的倾诉。
3　指满地的花朵像妻子一样耐心地倾听着我诗歌的倾诉。
4　指追逐理想之苦。

水落在远方[1]

1984；1985 改；1986 再改

→ 评析

这一组诗倾诉的对象是母亲和理想。

水，象征着海子的理想，作为核心的意象贯穿始终。

海子分别用风、泉、云、雪来形容母亲和他的关系，最后用井来形容自己的理想状态。

第一部分，风象征着母亲现实层面的爱，引发了海子理想的滋生。风滋生着万物，守候着静静的水，风动而水静，都是最美的场景。风为母亲之爱，水为诗人之理想，风所吹动的马，是诗人追逐理想的决心。

第二部分，泉水象征着母亲理想层面的爱，它滋润了诗人的心灵。

第三部分，云是诗人所追逐的目标，为此，他决意离开母亲，让母亲去休息，自己一个人去追逐理想。

第四部分，雪象征着母亲的衰老，这又使诗人难以放下。

以上四个阶段，既是诗人逐步成熟的过程，也是母亲渐渐衰老的过程，由此，海子便有了"井"的感慨。水是诗人的理想，却困在井中，这种困境又无人可以诉说，实在是"受难"的状态。

不过，在结尾处，水仍然是要落到远方。

---

1 指理想仍然在远方，并不在井中。

这一组诗,写的是海子诗歌中十分常见的主题:母亲哺育了我,使我萌生出追逐理想的决心,但母亲的牵挂又渐渐成为我的牵绊,使我落入井中的困境。

九盏灯（组诗）

1. 少年儿子怀孕[1]

呕吐的儿子　低音的鼓[2]
伏在海水深处

而离你身体更近[3]
也就胀破了大地[4]

一片草蛾[5]
青草破了
他破在一个怀孕的花上[6]

---

1 "怀孕"，指孕育出理想。
2 指对理想发出低低的吼声。人因怀孕而有呕吐的反应，呕吐的声音像是低音的鼓。
3 "你"，指理想。"少年儿子"，即是理想之子。"你身体"，指大海。
4 指少年追逐理想的决心，形成了体内的胀破感。
5 形容青草（即少年）的梦想，就像一片草蛾在他的四周飞来飞去。
6 指少年就像青草，成为花的梦想和决心使他的躯体胀破。

2. 月亮

海底下的大火,经过山谷中的月亮[1]

经过十步以外的少女

风吹过月窟[2]

少女在木柴上

每月一次,发现鲜血[3]

海底下的大火咬着她的双腿[4]

我看见远离大海的少女

脸上大火熊熊[5]

八月的月窟同样大火熊熊[6]

背负积水的少女走进痛苦的树林[7]

那鲜血淋注的木柴排成的漆黑的树林[8]

---

1 "海底下的大火",指少年的决心,即上文中的"胀破";"山谷中的月亮",象征理想的感召。
2 "月窟",月亮的归宿之处。
3 指少女的月经,象征月亮(理想)对她每月一次的呼唤。
4 指少年的决心也在鼓舞、刺激着她。
5 指虽然离得很远,少女也感受到了少年的鼓舞。
6 指少年的决心一直传递到月亮的归宿之所。
7 指少女依然受到生活的牵绊,她必须为了生活而砍柴,不能全力去追逐理想,所以树林是痛苦的。
8 指少女面对鲜血的召唤很无助,树林都是痛苦的黑色。

3. 初恋

在月亮上我双手捂住眼睛
在水滴中我双手捂住眼睛 [1]
月亮上一个丫头昏睡不醒
月亮上一个丫头明亮的眼睛 [2]
月亮上我披衣坐起　身如水滴

4. 失恋之夜

我轻轻走过去关上窗户 [3]
我的手扶着自己　像清风扶着空空的杯子
我摸黑坐下　询问自己
杯中幸福的阳光如今何在？

我脱下破旧的袜子
想一想明天的天气 [4]

我的名字躺在我身边 [5]

---

[1] "在水滴中"，指我来到月亮上很幸福，就像是蜷在一颗小水滴里。
[2] 暗示少女已经醒了。
[3] 暗指我不再接受月光的照耀。
[4] 暗指我要放弃过去，寻求新生。
[5] 指我自己就是最好的朋友，即告别恋人。

像我重逢的朋友

我从没有像今夜这样珍惜自己

1985；1986

➡ 评析

"九盏灯"，指的是指引前路的明灯，九是虚数。在《无名的野花》一诗中也有"九盏灯"的用法：

> 我是黑夜中孤独的僧侣
> 埋下种籽在石窟中，
> 我将这九盏灯
> 嵌入我的肋骨。

本诗中，九盏灯好似一个水晶球，照出了未来的景象，呈现了一个未来的故事。

全诗共分为四个小故事，分别是：

一，少年的故事——少年儿子怀孕，写少年受到了理想的感召，他的决心开始萌发。

二，少女的故事——月亮，写少女受到了理想的感召，她却因为无法放弃生活而感到痛苦，同时也受到少年的鼓励。

三，恋爱的故事——初恋，写少年和少女一同抵达了月亮，两人相恋。

四，失恋的故事——失恋之夜，写少年接受了失恋的现实，独自面对未来。

这组诗的结构很清晰,其中一些信息比较值得玩味:

其一,少年的觉醒。

少年,就是海子自己,称为"少年儿子",指的是理想的儿子。少年的觉醒坚决而热情,面对少女的困境也没有退缩,失恋之后也没有受到过多的影响。这样始终如一的决心,在海子的诗中并不常见,这也从一个侧面印证了,这首诗是一次脱离现实的想象。

其二,少女的痛苦。

少女受到月亮的感召,她有着相同的理想,是少年的同道中人,不过,她的决心却并不如少年那样坚决,她感觉到的是很深的无力和痛苦。从这样的人物设定里,能够看出海子对于爱情的要求——恋人必须能够具有同样的理想。而只要理想相同,海子便十分自信,自信能够将决心传递给对方。

其三,恋爱的完美。

在抵达月亮时,少年是清醒的,而少女是昏睡着的,可以想象,少女对月亮的追求,无法离开少年一直的鼓励和帮助。海子确实一直希望在感情中能扮演一个主动把控的角色。

其四,失恋过程的缺失及少年的自信。

全诗只字未提少年失恋的原因,而且,在失恋中,少年表现得十分沉稳而清醒,他一步步完成自己的事情,从容不迫,仿佛没有受到任何影响。在很多诗里,海子的表现与此诗完全相反,在感情失败后,海子往往会变得绝望、低沉。

这首诗是一首想象出来的作品,所以,海子缺乏对失恋过程的描述,他对失恋原因也往往是不敏感的(从后来的很多事件上看,海子确实也往往找不到分手的原因）。

  总之，这是一首想象之诗。题为《九盏灯》，大概海子是希望本诗的想象会指引他前行。全诗写得轻松而自信，实际上，现实往往不像想象这样简单。

村庄

村庄,在五谷丰盛的村庄,我安顿下来
我顺手摸到的东西[1]越少越好!
珍惜黄昏的村庄,珍惜雨水的村庄
万里无云如同我永恒的悲伤

1986

➜ 评析

在五谷丰登的村庄,海子却偏偏要求极其简单的物质生活,"顺手摸到的东西越少越好"。

黄昏可供人享受,雨水可使万物生长,一个是精神食粮,一个是物质食粮。村庄中有这两样东西,虽然十分简单,却也已经足够了。天空中万里无云,海子直面太阳,直面宇宙,他的悲伤是永恒的,毫无遮拦,无可寄托,无法消解。安顿,更多的是面对,而不是逃避。在如此符合心意的村庄里,直接面对内心、面对自己的理想,人终究是脆弱的、渺小的,那悲伤反而更加尖锐地凸显出来。

---

[1] "顺手摸到的东西",指身边的生活用具。

坐在纸箱上想起疯了的朋友们 [1]

旧菊花安全
旧枣花安全
扪摸过的一切
都很安全

地震时天空很安全
伴侣很安全 [2]
喝醉酒时酒杯很安全 [3]
心很安全 [4]

1986.2

➡ **评析**

旧菊花和旧枣花的安全,象征着海子和朋友们过去交往的历史都很稳固,没有随着时间的流逝而被忘记。

---

1 "疯了的朋友们",这是互文的用法,指想念朋友使自己发疯,也指朋友想念自己时像发疯一样。

2 天空是大地的伴侣,地震时天空不会受到影响,所以"伴侣很安全"。此句意在影射海子和他的朋友们,一方思念到发疯,而另一方安然无恙。

3 喝醉酒和酒杯的关系,仍然是"发疯"的一方和另一方的关系。

4 "心"指的是海子之心,自己发疯似的思念,而对方一定是安然无恙的,海子就觉得放心了,所以说"心很安全"。

伴侣的安全,指的是对方安然无恙。

心很安全,指的是自己也很安心。

三个安全,叙述的却是不同的三个方面,层层推进。

我因为思念而心伤不已,但我仍然希望你一切安好,这是真正的感情深处。

题目的互文是解这首诗的诗眼,了解了海子思念欲疯的心态,便能体会到这首诗在思念以外的、祈愿的味道。

我坐在一棵木头中

我坐在一棵木头中,如同多年没有走路的瞎子
忘却了走路的声音
我的耳朵是被春天晒红的花朵和虫豸 [1]

➡ 评析

海子坐在黑暗之中,行动和视觉都退化了,听觉却更加灵敏,听到了启蒙生发的声音。花朵在春天开放,虫豸在春天苏醒,海子也于此受到感召。

行动和视觉是普通人与世界交互的方式,海子不能像这些人一样,但他却通过听觉打开了一个新的世界。这影射了他在生活上的退缩,以及在追逐理想上的进步。

---

[1] 指用耳朵感受着春天,这种亲身体验,就像是耳朵直接变成了春天里的"花朵和虫豸"。

无题

给我粮食
给我婚礼
给我星辰和马匹
给我歌曲
给我安息!

我的生日
这是位美丽的
折磨人的女俘虏
坐在故乡的打麦场上

在月光下
使村子里的二流子[1]
如痴如醉!

➡ 评析

生日,一般而言,就是一次普通的庆祝、一次仪式。海子的这次生日,却使他反思了自己的生命的意义。

---

[1] "二流子",原指游手好闲之人,本诗中指沉湎于世俗的生活而虚度光阴的人。

生命，给了海子生存（粮食）、繁衍后代（婚礼）、怀有梦想并追逐梦想（星辰和马匹）、怀着感情去生活（歌曲）等一系列权利，这是海子所感激的，但是，与之俱来的，命运还给了他平庸而死（安息）的安排，这是海子所焦虑而不能接受的。

对一般人而言，生活富足，有了粮食和婚礼，就已经很好了，这样的生活，就像美丽的女俘虏一样被人掌控。

海子的这个生日，也许很热闹，也许有很多人一起聚会聊天，也许还提到了他的工资、婚姻、未来等一系列使人羡慕的事情。月光下，打麦场上，听着这些遥远的、自己很难企及的城市生活，村里的"二流子"便"如痴如醉"了。

但是，海子清醒地意识到，这些世俗生活正像是麻醉剂一样，悄悄地将他带向庸俗和沉沦。世俗的生活，看起来是个漂亮的女俘虏，其实，是她在折磨着诗人。

春天

你迎面走来
冰消雪融
你迎面走来
大地微微颤栗[1]

大地微微颤栗
曾经饱经忧患[2]
在这个节日里
你为什么更加惆怅

野花是一夜喜筵的酒杯
野花是一夜喜筵的新娘[3]
野花是我包容新娘
的彩色屋顶[4]

白雪抱你远去[5]

1　指春风吹过草木发芽破土,所以大地颤栗。
2　指冰消雪融之前的寸草不生。
3　按照上下文的语义,此句中的新娘,似乎应当是伴娘。
4　暗示我即是大地,而喜筵的主角便是大地和春天。
5　指春意又被一场倒春寒带走。

全凭风声默默流逝
春天啊
春天是我的品质

➜ 评析

这首诗以拟人的口吻，讲述了大地与春天的结合。

春天即是"你"，大地即是"我"。你的到来，带来了生机，使我摆脱了饱经忧患的状态，使我微微颤栗，甚至使我有了一夜喜筵，有了一夜的"彩色屋顶"。而在你我结合的那一夜，你却"更加惆怅"，似乎知道自己将要离去。

果然，一场白雪"抱你远去"，剩下来的只有风声。我不由得感叹："春天啊/春天是我的品质"。——你给我带来了成长，你的精神也在感染着我。

全诗似乎是在影射现实，或许它的写作对象是一位给海子带来很多帮助的女子，经过短暂的相处，又选择离去。

歌：阳光打在地上

阳光打在地上[1]
并不见得
我的胸口在疼[2]
疼又怎样
阳光打在地上

这地上
有人埋过羊骨[3]
有人运过箱子、陶瓶和宝石[4]
有人见过牧猪人，那是长久的漂流之后[5]
阳光打在地上，阳光依然打在地上

这地上
少女们多得好像
我真有这么多女儿
真的曾经这样幸福

---

1 指地上的万物在阳光的沐浴下健康地生长，暗指阳光没有打在自己身上。
2 并没有人注意到我心中的疼痛。
3 指定居的人。
4 指商人。
5 指漂泊的人见到了定居的人。"牧猪人"，指定居的人。

用一根水勺子
用小豆、菠菜、油菜
把她们养大
阳光打在地上

1986

➜ 评析

诗题为《歌：阳光打在地上》，本诗中也一再出现"阳光打在地上"这个句子，符合叠咏体的特点，以反复歌咏的方式来突出主题。

本诗的主题就是"阳光打在地上"，不过，其暗含的意思却是——阳光没有打在我身上。

就算诗人的胸口再疼，阳光也依然打在地上。

地上有定居的人、商人、漂泊的人……这些人出现又消失，走来又离开，阳光却"依然打在地上"。阳光看似在照耀万物生长，其实是无情的，它不以万物存在而存在，也不以万物消失而消失，老子说"天地不仁，以万物为刍狗"，正是这个意思。

阳光下的少女这么多，她们的幸福都与海子无关。海子想象着那些可能的幸福，连一些细节都很细致地想到了：

用一根水勺子
用小豆、菠菜、油菜
把她们养大

水是万物之源，水勺子是生活最基本的必备品，这个词听上去就很温暖，海子在《春天（断片）》这首诗中也写过：

两个温暖的水勺子中
住着一对旧情人

只是，这些细节越细致，这种温暖越清晰，越能体现出此刻的海子是多么地缺乏温暖、缺乏阳光、缺乏幸福。

诗写成了一首歌，内容上也写出了一些阳光和幸福，本质上，却是悲咏感慨的哀叹调。

马(断片)

1

……而你无知的母亲[1]
还是生下了你
总有一天
你我相遇[2]
而那无知的马受惊的马一跃而起[3]
踏碎了我

2

太阳,吐血的母马
她一头倒在
我身上

---

1 指母亲并不真正懂得孩子的内心,是"无知的"。
2 本诗将诗人一分为二:"你"是追逐梦想的精神部分,"我"是俗世生活的肉体部分。本诗采用的是肉体的视角,所以将精神部分称为"你",构成了对立的对话关系。这一节叙述的是精神部分在不知不觉中被孕育,有一天,肉体意识到了精神部分的存在、找到了人生的意义,追逐理想的信念像一跃而起的马一样突然迸发出来,并将原有的俗世生活颠覆。
3 马的出现毫无征兆,所以是"无知的""受惊的"。"马"象征着追逐理想的源动力。

我全身起了大火 [1]

因此我四肢在空中燃烧,翻腾
碰到一匹匹受伤的马阵亡的马 [2]
你还在上面,还在上面
我的沉重的身子却早在下沉 [3]
一路碰撞
接着双手摸到的只有更低处的谷子
还有平原的谷仓
你还在上面,在上面,而平原的谷仓坍塌
匆匆把我掩埋 [4]

3

燃烧的马,拉着尸体,冲出了大地 [5]
所行的路上
大马的头颅
拖着人头

---

1 指太阳亲自将呕心沥血的大火传给我,将追逐梦想的动力传给我,使我进入生命燃烧的状态。
2 指追逐理想的路途中的牺牲者。
3 指精神部分(你)仍然高高在上,肉体部分(我)却一路下沉,逐渐退缩。
4 指肉体部分(我)为安逸的生活(平原的谷仓)所掩埋。
5 指燃烧的理想(马)强硬地拉着已经成为尸体的肉身,想要唤醒它一同前行。"尸体",指肉身,在上一节里,肉身被坍塌的谷仓掩埋,已经成了尸体。

晃动

如几株大麦

挡不住！¹

4

当另一批白色马群来到²

破门而入

倒在你室内的地上

久久昏睡不醒

久久³

要知道

她们跑过了许多路

她们——

我诗歌的女儿

就只好破门而入⁴

---

1 指其他人的失败就像小小的大麦一样，无法阻挡我的决心。"大马的头颅""人头"，代表那些追逐理想的道路上的屈服者和阵亡者，即上文中的"受伤的马阵亡的马"。
2 "白色马群"，指追逐理想的同道中人。她们耗尽心力找到我，希望结伴同行。
3 指白色马群耐心地陪伴着我一起养伤、昏睡。
4 "我诗歌的女儿"，指白色马群。暗示她们和我一样，以诗歌为父。

蒙古的城市噢
青色的城[1]

5

我就是那疯狂的、裸着身子
　　驮过死去诗人的
　　马[2]
整座城市被我的创伤照亮
斜插在我身上无数箭枝
被血浸透
就像火红的玉米

1986

> **评析**

　　本诗对于"你"和"我"的称谓的处理比较复杂——首先，本诗将诗人一分为二："你"是追逐梦想的精神部分，"我"是俗世生活的肉体部分。本诗采用的是肉体的视角，所以将精神部分称为"你"，构成了对立的对话关系。其次，在第五部分，"我"作为肉体部分已经死亡，又以马的形象重生了，"我"的含义发生了一次变化。

---

1 指呼和浩特。在蒙语中，呼和浩特的意思是"青色的城"。
2 指我的肉体已经死亡，我已经成为了新的形象——疯狂地、不顾一切地追逐理想的马。

本诗共五个部分，用了五个"断片"叙述了诗人精神和肉体的孕育、斗争和升华：

一，相遇。肉体和精神相遇，肉体决意放弃自己、跟随精神。

二，考验。精神经过了炼狱般的考验，肉体却退缩了。

三，拯救。精神返身拯救肉体，拒绝一切的阻挡。

四，呼应。同伴们和精神相互呼应。

五，新生。肉体终于获得新生，涅槃成新的马的形象。

本诗诗题是马，也是贯穿全诗的主线：一，马唤醒了诗人的肉体；二，马的精神的传承，以及马所面临的艰难险阻；三，真正的马的坚决不屈；四，马的伙伴；五，肉体涅槃成马。

诗中提到了青色的城（呼和浩特），那么本诗也许是海子在内蒙古草原上写成的。

春天（断片）

1

一匹跛了多年的
红色小马
躺在我的小篮子里 [1]
故乡晴空万里
故乡白云片片
故乡水声汩汩
我的红色小马躺在小篮子里
就像我手心的红果实 [2]
听不见窗户下面
生锈的声音 [3]

就像一把温暖的果实

2

我的头随草起伏

---

[1] 象征多年无法自由追求的梦想（红色小马）始终珍藏在心里（小篮子里）。
[2] 指梦想仿佛是唾手可得的。"手心的红果实"，象征可以期望的收获。
[3] 指依旧乐观而饱满的梦想，看不见房屋的根基正在生锈。

如同纸糊的歪灯[1]
我的胳膊是
一条运猫的小船
停在河岸
一条草[2]
看见走过来的
干净的身子[3]
不多

3

远方寂寞的母亲
也只有依靠我这
负伤的身体。母亲[4]
望着猎户消匿的北方[5]
刮断梅花

---

1 指我的头脑无法发出有力的命令,虽然有光,却很微弱。
2 指我在不断寻找美好和灵感(猫),将它们运送到大脑里。此处的画面,可以想象为我的头在水上,长满草的小路(一条草)是我的胳膊,它又像小船一样,等着猫走过来。
3 指美好的事物和灵感(干净的猫)。
4 指母亲对我依然寄予厚望。"负伤的身体",指在现实中撞得头破血流的我。
5 指众人追逐理想的方向。后文中提到,海子是受伤的猎户,没能和大家一起去追逐理想。

窗户长久地存满冰块[1]
村子中间
淘井的门前
说话的依旧在轻声说话
树林中孤独的父亲[2]
正对我的弟弟细细讲清:
你去学医
因为你哥哥
那位受伤的猎户
星星在他脸上
映出船样的伤疤[3]

4

两个温暖的水勺子中
住着一对旧情人[4]

---

1 象征母亲的愿望被冻结了。此处的"窗户"和上文生锈的窗户互相呼应。
2 父亲的两个儿子一个做了猎户,一个要去学医来医治猎户,他只能守着家乡,所以是孤独的。
3 指因为我无力追逐梦想,梦想便在我的心中投射出追梦之船的伤痕。
4 指我在家乡曾经有一场温暖的恋爱。"水勺子"是家乡之物,象征家乡。

5

突然想起旧砖头[1]很暖和
想起河里的石子
磨过森林的古鹿之唇[2]
想起青草上花朵如此美丽如此平庸
背对着短树枝
你只有泪水没有言语[3]

而我
手缠树叶
春天的阳光晒到马尾
马的屁股温暖得像一块天上落下的石头[4]

6

春天是农具所有者的春天[5]

---

1 指老房子。
2 指森林里的鹿在河中饮水时,嘴唇碰到河里的石子。"古鹿",指这是片古老的森林,鹿也是很久前就在此生息的生物。
3 指我和旧恋人分别的情景。
4 指此马像是温暖的、使人可以依靠的天马。暗指我要骑乘着马匹远行。
5 表面上是说春天是属于耕种者的,实际上暗指春天不属于我,因为我是追逐理想的猎户(诗人)。

长花短草
贴河而立

这些都是在诗人的葬礼上
隔水梦见一扇门[1]

诗人家中的丑丫头
嫁在南山上[2]

7

最后的夜雪如孩[3]
手指拨开水[4]
我就在这片乌黑的屋顶上坐下
是不是这片村庄
是不是这个夜晚
有人在头顶扔下

---

1 暗指水的另一边便是不同的新世界。"水"指梦想,"农具所有者""长花短草"这些无梦想者都在水的这一边,而诗人在水的那一边。
2 "诗人家中的丑丫头",即上文中的旧情人,她原本可以成为诗人家中的丑丫头,但是嫁走了。诗人死前对她念念不忘。
3 指雪像孩子一样任性地下着。诗人决定要离开这个世界,所以是"最后的夜雪"。
4 一语双关,既指诗人拨开一片屋顶的雪,以便于坐下,也指暂时拨开梦想,再回望一下自己将要告别的家乡和生活。

一匹蓝色大马[1]
就把我埋在
这匹蓝色大马里

8

有伤的季节
拖着尾巴
来到[2]

大家来到
我肉体的外面[3]

1986

➜ 评析

　　全诗用八个"断片"完整地构成了诗人追逐梦想的一生。这八个段落的内容分别是：一，诗人在故乡生活的内心活动；二，诗人在故乡生活的无奈状况；三，家人和同乡对诗人的态度；四，故乡

---

[1] 指可以自由追逐梦想的蓝色大马，与前文跛足多年的"红色小马"相对应。

[2] 指这个季节因为诗人的离世而有了伤痛，它很不情愿地到来了。"拖着尾巴"，形容灰心丧气的样子。

[3] 指众人祭奠诗人的场景。此时诗人的灵魂已经飞去追逐梦想了，这里只剩下肉体，所以大家来到诗人"肉体的外面"。

的旧恋人；五，和旧恋人分别的情景；六，诗人和家乡人的两种生活；七，诗人告别世界的最后一夜；八，诗人死后的祭奠。

此诗题为"春天"，因为春天是贯穿一切情感的主线：我在春天蛰伏、父母在春天对我担心和期盼、春天里恋爱、春天里和恋人分别、我在春天到来之前离开这个世界、春天到时大家对我进行祭奠，等等。

全诗的马出现了三次，隐约构成了另一条主线：跛了多年的红色小马，是我蛰伏的状态；阳光晒到马尾，是我告别恋人、告别家乡生活的状态；蓝色大马，是我不惜一死来追逐梦想的状态。

本诗写于1986年，当年11月海子曾经自杀未遂，这首诗比较系统地叙述了海子关于离世的各种想法，是当年海子的离世心态的一次全面的体现。

歌或哭

我把包袱埋在果树下[1]
我是在马厩里歌唱
是在歌唱[2]

木床上病中的亲属
我只为你歌唱
你坐在拖鞋上[3]
像一只白羊默念拖着尾巴的
另一只白羊[4]
你说你孤独
就像很久以前
长星照耀十三个州府

---

1 埋下了意味着旅行的包袱,指诗人准备停留在村庄。
2 强调自己是心甘情愿地留下来,即使是在马厩里,也并不考虑远行,而是在歌唱。"是在歌唱"这四个字作为独立的一行,作为意义上的重复,起到加重语气的作用。
3 用来行走的鞋不是穿着,而是坐着,意思是你不想行走、出门。与前面我的停留相互呼应。
4 两只白羊即是你和我。海子是白羊座,他也在其他的诗中用羊羔来形容自己和恋人,如"好像两只羊羔在途中相遇"(《给 B 的生日》)、"你我都是草中的羊"(《在大草原上预感到海的降临》)等等。"拖着尾巴",形容海子的生活中有很多拖累。

的那种孤独[1]
你在夜里哭着
像一只木头一样哭着
像花色的土散着香气

> **评析**

歌或哭，是两种不同的状态。歌，是为了彼此鼓励；哭，是因为心灵相通。

因为你"坐在拖鞋上"，拒绝行走，我便"把包袱埋在果树下"，不再远行。这是真心实意地为你歌唱。

而当你"在夜里哭着"，我会仔细地体味你的情感，"像花色的土散着香气"。

无论歌或者哭，都是我对你的情意，都是一只白羊对另一只白羊的情意。

---

[1] 指你我不曾相识、甚至不曾存在的孤独。"长星"，指巨星、发光明亮的星。"州府"，古代的行政区单位。"十三个州府"，是虚指，主要为了表明时间是在古代，东汉曾设置十三州，明清曾设置十三省，清朝时安徽省（海子的家乡）也曾设置八府五州共十三州府。

光着头的哥哥噢哥哥
——给凡·高

一个
光着头
的人
把头
插入红色的
血样的豹子[1]
活豹子。

太阳
在腹中翻滚、燃烧[2]
光着头的哥哥噢哥哥
金光闪闪的树
是刀子插在你的肚子上。[3]
不见流血
你的肚子上
挤满太阳的豹子

---

1 "豹子",指黄昏的天空。
2 黄昏时太阳在天边,犹如在天空的腹部。
3 树木在黄昏呈现出金光闪闪的颜色。

像一条滞缓充盈的河[1]
太阳
你的头
头
就是头
插入这红色的血样的豹腹

> 评析

海子曾为凡·高写了两首诗,另一首是《阿尔的太阳》。本诗写的是太阳与黄昏相搏,是凡·高精神的写照。

"太阳",凡·高的头,象征着燃烧的激情。"血样的豹子",指的是黄昏,象征生命衰败的时刻。

黄昏的降临,其气势极为强大,就像一只凶猛的豹子。此时万物滞缓,黑夜即将降临。而凡·高依然有着太阳般的激情,他不能容忍生命的停滞。黄昏的空间是狭小的,躁动的太阳仿佛已经"挤满"于此,凡·高便"翻滚、燃烧",甚至把头插入黄昏的腹部,期望可以撕开一片天地。

凡·高的画作风格也是如此:燃烧、翻滚、仿佛要撕开生命的禁锢。海子十分赞同,他视凡·高为知己,称凡·高为哥哥。

---

[1] 指万物滞缓、不再生长,而光线很充盈。

岁月

直木头上 [1]
雨水已淡

营地的马
摇动尾巴
横拿月亮拨开木叶你走来 [2]
我突然想起一具陈旧的
箩筐 [3]

如今雨水已淡
瓮中未满
千秋，我怎么记得住
已经过去的一千个秋天

➜ 评析

对于收获的压力，海子极为敏感和持久。

---

1 指营地的住处，都是用直木头简单搭建的。
2 指你横拿着灯，分开树叶。
3 指孤独的、什么也留不下的状态。参见《在昌平的孤独》一诗注释。

仅仅是雨水变淡了，仅仅是看到了走来的你，海子便突然想到"箩筐"的可怕状态。竹篮打水一场空，海子总担心自己两手空空。

"雨水已淡／瓮中未满"，也许是爱情的雨水已经淡了，而爱情之瓮却并不满足，它还远远未满。

门关户闭

门关户闭[1]
诗歌的乞讨人
一只布口袋
装满女儿的三顿剩饭
坐在树底下
洗着几代人的脏袜子
我就是那女儿
农民的女儿
中国农民的女儿
波兰农民的女儿
洗着几代人的袜子
等着冰融雪化[2]

在所有的人中
只有我粗笨
善良的只有我
熟悉这些身边的木头

---

1 象征理想的大门紧紧闭着。
2 象征艰难的状况得到改变。

瓦片和一代代 [1]
诚实的婚姻 [2]

1986

➡ **评析**

  本诗的主旨是：因为我粗笨而善良，无法脱离世俗的生活，所以理想的国度对我"门关户闭"。

  "诗歌的乞讨人"，当然是海子，是海子真正的内心；而"女儿"，也是海子，是海子面对世俗生活时的形象。二者一表一里。

  女儿要洗"几代人的脏袜子"，她要为几代人的麻木而付出。女儿是孝顺的，是逆来顺受的，是善良的。虽然她在一直等待着冰融雪化，但实际上，她粗笨而无力抵抗，她善良而无法解脱，她被迫要接受身边的木头瓦片和功利无趣的婚姻，她被迫要接受命运的安排。

  为什么婚姻是诚实的呢？因为它很直接，就是为了传宗接代，就像是一笔交易，毫无精神乐趣可言。

  为什么女儿是善良的呢？因为她很柔弱，对命运的安排无法反抗，不能做出过激的行为。

  而诗歌的乞讨人，虽然笃定地追逐理想，但还是要背负着"女儿的三顿剩饭"，还是要为了生计而屈服。所以，理想的国度对他门

---

1 "木头"和"瓦片"，指代家具和房屋，即世俗的生活。
2 指婚姻只是为了传宗接代，其功利性丝毫不加掩饰，故而是"诚实的"。

关户闭。

　　门关户闭,是海子在 1986 年发出的一声深沉的感慨,他全年的心境大抵如此。

幸福（或我的女儿叫波兰）[1]

当我俩同在草原晒黑
是否饮下这最初的幸福　最初的吻

当云朵清楚极了
听得见你我嘴唇
这两朵神秘火焰[2]

这是我母亲给我的嘴唇
这是你母亲给你的嘴唇[3]
我们合着眼睛共同啜饮
像万里洁白的羊群共同啜饮[4]

当我睁开双眼
你头发散乱

1　意思是，我如此幸福，因为已经有了儿女之约，我要和你生出一个女儿，起名叫波兰。据西川说，海子非常喜欢"波兰"这个词。

2　指这时候空气很纯净，云彩很清晰，四下很安静，仿佛能听得见我们接吻时嘴唇燃烧的声音。

3　指我们分别代表着两个家族。而题目中"我的女儿叫波兰"，也意味着我们要使家族融汇、繁衍。

4　指我们接吻、拥抱，就像两片羊群合在一处，无法区分彼此。此处象征着二人不仅嘴唇接触到一起，身体也紧紧合二为一。

乳房像黎明的两只月亮[1]

在有太阳的弯曲的木头上
晾干你美如黑夜的头发[2]

1986（？）

➡ 评析

  与心爱之人一吻定情，再谋划生儿育女，甚至名字都已经想好了，用最喜欢的词语……那确实是无比的幸福。
  第二节写初吻，空气也纯净，云朵也清晰，一切都安静，一切都很完美。
  第三节写定情，亲吻只是幸福的起点，此后还有繁衍生息。
  第四、五节写吻后的情形，你躺在我的臂弯里，头发垂下来，一切都很满足。
  后面四节写得非常美好，只不过一切都没有确定，这都还只是海子的想象。在诗的第一节，海子便问询着："是否饮下这最初的幸福　最初的吻"？"是否"两个字暴露了一切。

1　指二人闭眼接吻了很长时间，就像过了一夜那么久，再睁眼仿佛看到了黎明。
2　指女子躺在海子的臂弯里，在太阳的照射下，头发垂下来，就像是正在晾干一般。"弯曲的木头"，指海子的胳膊。

抱着白虎走过海洋

倾向于宏伟的母亲[1]
抱着白虎走过海洋[2]

陆地上有堂屋五间
一只病床卧于故乡[3]

倾向于故乡的母亲[4]
抱着白虎走过海洋

扶病而出的儿子们
开门望见了血太阳[5]

倾向于太阳的母亲[6]
抱着白虎走过海洋

---

1 指（青年的）母亲此时有雄心壮志。
2 指抱着儿子追逐理想。以"白虎"比喻怀中之子，既有希望，又有危险。"海洋"，象征想要达到的理想。
3 指"倾向于宏伟"的母亲却为故乡琐事所羁绊。
4 指（中年的）母亲此时将心血投注在故乡。
5 指赢弱多病的儿子们和母亲一起遥望着理想。"血太阳"，指对追求理想的渴望像血一样鲜红、燃烧。
6 指（壮年的）母亲受到了儿子们的鼓舞，希望继续追逐理想。

左边的侍女是生命
右边的侍女是死亡[1]

倾向于死亡的母亲
抱着白虎走过海洋[2]

1986

➜ 评析

  海子以此诗表达了对人类命运的洞悉。

  宏伟、故乡、太阳、死亡，即是青年、中年、壮年、暮年，人生的四个阶段，对追逐理想的方式的"倾向"。

  人在青年时朝气蓬勃，"倾向于宏伟"，世界也展开了无限的可能性，只是，渐渐就会受到各种琐事的牵绊，"一只病床卧于故乡"。

  人在中年时不免颓唐，"倾向于故乡"，但心中对理想总是无法放下，一经召唤立刻心潮澎湃。在诗中，病儿子们看到了"血太阳"，这给了母亲极大的鼓舞。

  人在壮年时变得成熟，"倾向于太阳"，一切似乎可以游刃有余了，只是，这样的美好时光太短暂，衰老和死亡已经出现在前方。

  人在暮年时不能服输，虽然"倾向于死亡"，但是，世界是轮回的，人生是迭代的，仍然希望自己的后代能够继续追逐理想。

---

1 指母亲此时彻悟出世间的生死。左右的侍女是寺庙中神仙塑像所特有的，象征着母亲已经无力奋进，只是流连于寺庙。

2 指（暮年的）母亲只是等待死亡，但希望自己的儿子能够继续追逐理想。

生活的挫折不能磨灭理想，就连死亡也不能。

在长诗《太阳·断头篇》中，海子也写了"心上人抱着我遍体鳞伤的身躯走过海洋"的诗句。其中的决绝，类似本诗最后一节。

青年医生梦中的处方：木桶

让诗人受伤　睡在四方
睡在家乡的木桶[1]

让你的手臂打开树枝
合上嘴唇就是合上叶子[2]

用你的文字、苍老的黑文字
做成木桶中的哑巴儿子[3]

牵你的儿子走向河岸
用你们的沉默去钓鱼

其实你一直坐在木桶中
在自己的身上钓鱼

用你的手臂扯动鱼具
用你的嘴唇上钩

---

1 指诗人漂泊无根，回到家乡过着封闭的生活。
2 指诗人变成一棵沉默的树。
3 指诗人在封闭的木桶中，只写情绪低落的诗，不说话。"苍老的黑文字"，指诗是低落的、苍老的。

而你是一只家乡漏水的木桶
你在四方汇集的水流中受伤[1]

其实是诗人受伤，睡如木桶
请来做梦的青年医生[2]

➡ 评析

这是一场自己和自己的对话。

诗中的你，其实也是诗人的一个分身，指诗人灵魂中的精神之父。精神之父使诗人受伤、漂泊、回到家乡，变成一个只会写"苍老的黑文字"并躲在木桶里的哑巴。

此时，精神之父与诗人之间是无言沉默的，他们去河边钓鱼，其实精神之父也已经是强弩之末，他只能"在自己的身上钓鱼"，寻找慰藉，他的木桶屏障也已经千疮百孔，"四方汇集的水流"使他受伤。

诗人受伤了，便求助于自己的精神，为自己诊断、疗伤。但实际上，扮演医生的精神之父也已经不能给他安慰，一切只是在做梦。

---

1 指诗人在家乡并不能完全封闭地生活，来自他人的谈论、交往还是会使他受伤。

2 指伤者是诗人自己，疗伤的医生其实也是他自己，一切都如做梦一般，没有实际效果。

宇宙猎冰人

宇宙猎冰人的使女过于悲哀,来到河畔
眼眶之内的寂寂蓝色
割破了我的二十五根琴弦 [1]

其实猎冰人并不认识自己的宇宙。
他让侍女们像肉体一样美丽。
猎冰人的侍女们确实美丽。[2]

➜ 评析

  做猎冰人的侍女是悲哀的,那种悲哀的情绪比瑟更加冰冷。其中一个主要原因是,猎冰人只知道侍女们的肉体美丽,却不理解她们美丽的灵魂。猎冰人,顾名思义,便是寻冰之人。海子常以水来象征理想,猎冰人显然是个并不懂得理想的、粗心而又残暴的对手。
  猎冰人不能懂得侍女们的灵魂之美,海子却能懂得。海子曾在一首诗中以贾宝玉自诩(《太平洋上的贾宝玉》),其实,在这首诗中已经有了这样的迹象。

---

1 指侍女们冰冷的眼神比我更加悲哀。"二十五根琴弦",指瑟,善于悲鸣的乐器。据《史记》所载,素女为太帝弹奏五十弦瑟,曲调太过于悲哀,太帝便取其一半,改五十弦为二十五弦。

2 指侍女们美的不仅仅是肉体,还有灵魂,可惜猎冰人"并不认识"。

这时就应该我来解释

这时就应该我来解释
什么叫姐妹
她们是

两头大鱼抱着水,歌曲烫着她们[1]
这时就应该让我来解释什么是歌
一万个夏天我都梦见土地[2]
被我的两朵乳房打湿[3]

→ 评析

美丽的两姐妹,自由地游弋,热情地歌唱,这便是海子所盼念的爱情。海子便这样解释了他心中的歌:整个夏天,无数个日子里,他都盼望着拥有这样的爱人。

两姐妹、两头大鱼,便是海子渴望得到的"两朵乳房"。两姐妹是爱情的象征,海子想要得到的并不是具体的某一个。

---

1 指姐妹俩就像是水中自由的大鱼,她们的歌声使她们自己情绪高涨。
2 抒发内心即是歌,我此刻内心的歌只有收获的渴望。
3 "两朵乳房"指两个收获,海子希望他能收获两姐妹这样理想的爱人。如果能收获这样的"两头大鱼",鱼身上的水自然会把地面"打湿"。

在昌平的孤独

孤独是一只鱼筐
是鱼筐中的泉水
放在泉水中

孤独是泉水中睡着的鹿王
梦见的猎鹿人
就是那用鱼筐提水的人

以及其他的孤独
是柏木之舟中的两个儿子
和所有女儿，围着诗经桑麻沅湘木叶[1]
在爱情中失败[2]
他们是鱼筐中的火苗[3]

---

1 "诗经桑麻沅湘木叶"，指《诗经》中的桑麻和《楚辞》(沅湘)中的木叶，指代传统文化。《诗经》中多处有桑麻的意象。沅湘是沅水和湘水的并称，在这里代表《楚辞》，其中有木叶的意象。海子在《寻找对实体的接触》一文中写道："《诗经》和《楚辞》像两条大河哺育了我。"

2 泛指个人在命运中的失败。"柏木之舟中的两个儿子"，指《诗经》中《国风·邶风·柏舟》这首诗，抒发了无法实现个人抱负的情感，其中有"亦有兄弟，不可以据"的句子，意为哥哥和弟弟都不能依靠。"所有女儿"，指《国风·鄘风·柏舟》这首诗，描述一个女子爱恋某男子却遭到母亲极力反对的婚姻不幸。

3 指心中希望之火。

沉到水底

拉到岸上还是一只鱼筐
孤独不可言说

1986

➜ 评析

整首诗所写的就是孤独,层层推进的孤独。

第一层孤独:鱼筐中没有鱼,只有泉水。

第二层孤独:鱼筐中的泉水也会漏回去,不属于鱼筐。

第三层孤独:鹿王在泉水中睡着,身边没有其它的鹿。

第四层孤独:鹿王的对手(猎鹿人),也只是出现在梦中,彼此不能相见。

第五层孤独:猎鹿人抓不到鹿王,仿佛是在用鱼筐提水。

第六层孤独:鱼筐心中燃起一些火苗,却又被现实之水彻底浇灭。

鱼筐是孤独的,它没有鱼,没有泉水,除了自己什么都没有。

鹿王是孤独的,它自封为王,身边却没有鹿,也没有对手,只能昏昏地睡着,除了自己什么都没有。它梦见了对手——猎鹿人,似乎也是某种渴求。

猎鹿人是孤独的,他无法猎取鹿王,只能在鹿王的梦中出现,他除了自己什么都没有。

一切都是孤独的,它们构成了孤独的世界,也就是海子在昌平所感受到的孤独。

海子的孤独就像鱼筐，没有鱼，也没有泉水，里面亲情和爱情的火苗也熄灭、"沉到水底"。

海子的孤独又像鹿王，没有臣民，没有对手。

海子的孤独还像猎鹿人，一切都没有结果，只是徒劳地"用鱼筐提水"。

翻一翻《诗经》和《楚辞》，所有的内容都是两个字：孤独。

"孤独不可言说"，因为说了也没有作用。就算说出精妙的比喻，写出精彩绝伦的诗，也没有用。

诗经中的两个儿子及其他

桑中的 [1]
两个儿子
如山如河 [2]

不会在木上
不会在水中 [3]
两个儿子
心头动了
被水害了 [4]

我像一位村长
手持玉米
坐在原野中央
雪花纷飞的原野中央 [5]

---

1 《桑中》是《诗经》中的一篇,描写了恋人约会在桑中。
2 指两个儿子像山那样雄壮,像河那样宽厚。两个儿子是对恋爱者的概指,《桑中》并没有具体的主人公。
3 指约会并不是草草了事,不在船上,也不在水里。
4 指两个儿子堕入爱情。
5 指我坚守着艰难的环境,在此继续种植。

长子和公主们
戴着玉米戒指的手[1]
用来清点水罐
的十位数字。[2]

爱过大海的女人
听见了海中
村长的声音。[3]
半截泡在沙滩上
太阳或者钞票上彩色的狗
啃你的脚背[4]
你不用算命
命早就在算你

➡ **评析**

海子以《桑中》一诗为切入点,力图说明:沉溺于庸俗的爱情,便是"被水害了"。庸俗的恋爱者会抛弃劳作,迷恋钞票和闲散的生活。这一切都是命中注定。

而海子本人作为村长的形象在诗中出现,他坚守着劳作的阵地,

---

1 以玉米为装饰的戒指,暗指恋爱的人们已经脱离了劳动。
2 指清点自己的财富。
3 指曾经追逐理想的人,此时听到了来自理想的告诫。
4 指女人沉溺于闲散的晒太阳时光,也沉溺于对财富的追逐。

他也会对庸俗的恋爱者发出振聋发聩的告诫。

海子一向追逐理想的爱情,鄙夷庸俗的爱情。

诗中最后一节和《海滩上为女士算命》一诗有多处字句的重叠,但语境不同,具体的含义也有所不同。

海滩上为女士算命

你不用算命

命早就在算你

你举着筷子

你坐在碗沿上 [1]

你脱下黑色女靴

就盖住城市的尸体 [2]

你裹着布匹

仍然是吃米的老鼠 [3]

半截泡在沙滩上 [4]

太阳或者钞票上彩色的狗

啃你的脚背 [5]

你不用算命

命早就在算你

1986

---

[1] 指女士用餐仿佛坐在碗沿上,形容她吃东西吃得专注。

[2] 指脱下黑色女靴的女士活力四射,仿佛整个城市的光芒都被她掩盖,城市便失去了活力,变成一具尸体。

[3] 指漂亮的衣服掩盖不了女士老鼠的本质。

[4] 指女士将一部分身体埋在沙子里,在沙滩上晒太阳。

[5] 太阳啃脚背,指脚背晒着阳光;钞票上彩色的狗啃脚背,指女士吸引着富人的目光。

➡ 评析

说是为女士算命,其实并不是算,只是对她进行判断——她来到海滩上只是想钓一钓金龟婿。

也许女士还曾经用纸牌或者别的什么为自己占算,被海子看到了,他便在心里默默地为她"算命",于是有了这首诗。

诗的后半部分与《诗经中的两个儿子及其他》一诗高度相似,不过,本诗直接将女士的形象描画为"裹着布匹"的"吃米的老鼠",便有了不同的讽刺意味。

果园

鹿的眼

两扇有婴儿啼哭

的窗户。沉积在

有河水的果园中[1]

鹿的角

打下果实

打下果实中

劳动的妇人[2]

体内美如白雪的婴儿[3]

已被果园的火光

烧伤。[4] 妇人依然

低坐

比果树

比鹿

比夜晚

---

1 意思是,果园中有河水也有鹿,鹿的眼睛像是两扇窗户,映出了婴儿啼哭的悲伤,而这些情感都隐藏在果园中。
2 意思是,鹿来回行走,它的角打下了果实,这些果实中凝结着妇人的劳动,使人想起她。
3 暗喻妇人心中美好的理想,与前面的婴儿相呼应。
4 指妇人的理想已经被果园的劳作耽误了。"火光",指果园硕果累累的样子。

更低。更沉
比谷地更黑 [1]

→ 评析

　　劳动的妇人，心中怀有理想，亦即"体内美如白雪的婴儿"，却因为果园的劳作而耽搁，而被"烧伤"。

　　而妇人是隐蔽的、不声不响的。只有鹿角碰掉了果实，人们才可能想起她，想起她默默为果实所做的贡献。鹿的眼睛看着这一切，它的眼中也有婴儿的泪水，那是妇人的理想哭泣的泪水，可是这些泪水却沉积在河水之中。

　　人们能看见果树、鹿、夜晚，却看不见妇人，因为她更低、更沉。她被烧伤的理想，比被烧过的谷地更黑。

　　这样一个卑微、忍辱、无奈的妇人形象，在海子的短诗中是绝无仅有的。在她身上所体现出来的精神，与海子的精神十分相近，必然是他的投射。

　　也许海子是凭空为自己创造出了这样一个彼此契合的形象，也许海子在现实中看到了这样一位妇人，心生感念，便写了这首诗，为了她也为了自己。

1　理想被烧伤了、碳化了，所以比谷地更黑。此处强调的是被烧过的状态。

让我把脚丫搁在黄昏中一位木匠的工具箱上

我坐在中午,苍白如同水中的鸟
苍白如同一位户内的木匠[1]
在我钉成一支十字木头[2]的时刻
在我自己故乡的门前
对面屋顶的鸟
有一只苍老而死[3]

是谁说,寂静的水中,我遇见了这只苍老的鸟[4]

就让我歇脚在马厩之中[5]
如果不是因为时辰不好
我记得自己来自一个更美好的地方[6]
让我把脚丫搁在黄昏中一位木匠的工具箱上[7]

---

1 "木匠",指耶稣的父亲约瑟。
2 "十字木头",指十字架。
3 指耶稣的劳累、死亡。海子是站在自己的文化立场上写他对耶稣的感受,所以是"在我自己故乡的门前",看着"对面屋顶的鸟"。
4 指在平静的生活长河中,我得到了耶稣的指引,"苍白的鸟"遇到了"苍老的鸟"。
5 "马厩",圣母马利亚分娩耶稣之处。
6 指"我自己故乡"(东方文化)其实是更美好的,而当前"时辰不好",我便亲近于耶稣(基督教文化)。
7 指我愿意将脚丫贡献出来,让木匠用工具对其任意加工。

或者让我的脚丫在木匠家中长成一段白木[1]
正当鸽子或者水中的鸟穿行于未婚妻的腹部[2]
我被木匠锯子锯开，做成木匠儿子
的摇篮。十字架[3]

1986.6.15

➡ 评析

　　海子去世时身上带了四本书，其中一本就是《圣经》，他对基督教的喜爱可见一斑。

　　本诗中，海子将自己比作苍白的鸟，将耶稣比作苍老的鸟，体现出他对耶稣的敬意、感谢和惋惜。海子又将自己的时辰定在中午，将基督的时辰定在黄昏，以壮年之躯致敬衰老者。

　　在寂静甚至落寞的生活长河中，当海子遇到耶稣这只苍老的鸟，受到耶稣的指点，便为之倾倒、乐于追随。海子愿意歇脚在马厩中，缅怀和感受耶稣的诞生；愿意把脚丫贡献出来，做成耶稣的摇篮或者十字架。

　　不过，虽然海子对基督教持有极大的敬意和喜爱，存在于他心中最深处的仍然是东方文化，"自己故乡"是一个"更美好的地方"。

　　耶稣的父亲约瑟是个木匠，圣母马利亚处子而孕，耶稣诞生在

---

1 指如果脚丫还不够有用，我愿意使它生长成更有用的白木，再贡献出来。
2 指圣灵感孕。相传圣母马利亚由神灵使之怀孕，怀孕时仍是处女，所以这里称为"未婚妻"。
3 指我愿意将自己变成一块木头并做成耶稣的木摇篮及十字架，即为耶稣贡献自己。

马厩里,十字架是基督教的重要标志,也是耶稣死亡的刑具,以上这些意象,都明确了本诗以基督教为题材的指向。

而水,依然作为一个海子自有的系统性的意象,象征着智慧,隐性地贯穿在全诗之中。两只鸟的相遇是在水中,圣灵感孕也有水中之鸟的参与。

给卡夫卡[1]
囚徒核桃的双脚[2]

在冬天放火的囚徒[3]
无疑非常需要温暖
这是亲如母亲的火光
当他被身后的几十根玉米砸倒
在地,这无疑又是
富农的田地[4]

当他想到天空
无疑还是被太阳烧得一干二净
这太阳[5]低下头来,这脚镣明亮
无疑还是自己的双脚,如同核桃

---

1 卡夫卡(1883—1924),生活于奥匈帝国统治下的捷克德语小说家,本职为保险业职员。主要作品有小说《审判》《城堡》《变形记》等。其作品大都用变形荒诞的形象和象征直觉的手法,表现被充满敌意的社会环境包围的孤立、绝望的个人。

2 指卡夫卡身处困境,双脚像核桃一样脆弱易碎,无法离开。卡夫卡曾在随笔中写道:"也许他会满足于一所监狱。作为一个囚徒终其一生,这满可以成为一个生活目标。"

3 指卡夫卡的写作,就像是在寒冷的冬天放了一把火。

4 指卡夫卡又被贫穷的现实击败。

5 "太阳",指卡夫卡自己。

埋在故乡的钢铁里[1]
工程师的钢铁里[2]

1986.6.16

➡ 评析

海子曾经在《诗学：一份提纲》中对卡夫卡等人作出评价："他们逆天而行，是一群奇特的众神，他们活在我们近旁，困惑着我们。"海子对卡夫卡的才能是十分认可的。

在本诗中，卡夫卡囚徒般的生活，也引起了海子的共鸣。主要有四点：其一，冬季放火般的热情而颠覆性的写作；其二，穷困的境遇；其三，故乡的牵绊（脚镣之一）；其四，生活（职业）的牵绊（脚镣之二）。

海子此诗写于1986年6月16日。通过他的另外一首诗《七月不远》来推断，海子在这一年的6月正处于十分痛苦的状况中。本诗的无奈正是一种体现。

卡夫卡的作品中经常有变形荒诞的形象，如在《变形记》中，主人公变成了一只大甲虫。海子在本诗中将卡夫卡的双脚写成核桃，用来形容其脆弱易碎，也是用荒诞的手法完成了一次致敬。

---

[1] 指故乡给他带来的钢铁一般的牵绊和困境。
[2] 指工程师这份职业给他带来钢铁一般的牵绊和困境（实际上，卡夫卡的职业是保险业职员）。

从六月到十月

六月积水的妇人，囤积月光的妇人 [1]

七月的妇人，贩卖棉花的妇人

八月的树下

洗耳朵的妇人

我听见对面窗户里

九月订婚的妇人

订婚的戒指

像口袋里潮湿的小鸡 [2]

十月的妇人则在婚礼上

吹熄盘中的火光 [3]，一扇扇漆黑的木门

飘落在草原上 [4]

1986.6.19

→ 评析

从"六月"到"八月"，这首诗记录的是妇人十分诗意的日常生

---

1 进行与水有关的工作，在夜里月光投射在各种积水的容器中，便好似"囤积月光"。
2 订婚的戒指像是口袋里放不住的东西，总要拿出来看看。"潮湿的小鸡"，形容不安分的状态。
3 指烛盘中燃烧的蜡烛，系婚礼所用。
4 指既然妇人结婚了，从此与她交往的门径都不存在了。

活。"九月",订婚。"十月",举办婚礼,从此便彻底不再有交往的可能。

"潮湿的小鸡"这个比喻很有意思,如此不安的订婚戒指,既代表着妇人的喜悦,也代表着诗人的躁动不安。

全诗也都是诗人的感情投射,从诗意的"囤积月光",到不安的"潮湿的小鸡",再到令人沮丧的"漆黑的木门",它们所代表的都是诗人的感情。

诗歌写的是"从六月到十月",但写作时间却是 6 月,有两种可能:其一,全诗是对过去某一年 6 月到 10 月的回忆;其二,全诗是海子身处 6 月,根据当时的状况,对其后几个月的凭空想象。

海子是习惯于对未发生之事进行十分细致的想象的,如《冬天的雨》《幸福(或我的女儿叫波兰)》等诗。而海子的感情生活一向并不连贯,他也从未以如此系统的形式来回顾感情经历。再加上 1986 年是海子与草原女子刚刚开始恋爱的年份,所以,本诗应当是第二种可能,即海子身处 6 月,对未来几个月进行了凭空的想象。

黎明

黎明以前的深水杀死了我。

月光照耀仲夏之夜的脖子
秋天收割的脖子。我的百姓[1]

秋天收起八九尺的水
水深杀我,河流的丈夫[2]
收起我的黎明之前的头[3]

黎明之前的亲人抱玉入楚国
唯一的亲人
黎明之前双腿被砍断[4]

秋天收起他的双腿[5]

---

1 指此时是仲夏,秋天却已经在谋划,要将我的一切都带走。"我的百姓",指代我的一切。
2 即"八九尺的水"。因此水比一般的河流要深、要大,所以称为"河流的丈夫"。
3 指我已经在黎明前被深水杀死,而此头被秋天和八九尺的水一起收走。
4 指我的一片真心却像是卞和献玉一样,明明是宝物却被认为是欺骗。卞和,春秋时楚国人,相传他在荆山得一璞玉,两次献给楚王,都被认为是石头,以欺君之罪被砍去双脚。
5 指秋天像是宣判一切结束的上帝,把一切都收走,包括八九尺水,也包括我的头和亲人的双腿。此处和上文第三节有呼应。

像收起八九尺的水

那是在五月。黎明以前的深水杀死了我

1986.6.20

➜ 评析

海子没有等到黎明，深水便杀死了他。这深水，便是八九尺的水，是河流的丈夫，是压得海子喘不过气来的残酷的现实。

秋天就是黎明，秋天会把一切都收走——八九尺的深水、我的百姓的脖子、我的头、唯一亲人的双腿……

秋天并不能解决问题，海子已经被深水杀死了，秋天并不能使他起死回生。秋天只是像一个上帝一样，宣判说，一切都结束了，不必再有什么幻想，一切全都会被收走。

这首诗写于1986年6月20日，正如诗里所说，仲夏之时。海子感到自己已经被现实杀死，在这绝望之时，他还盼念着即将到来的秋天，希望它能把一切都带走——这正说明了，海子依然存有幻想，不愿意主动宣判自己的死亡，不愿意主动放弃。

尽管海子称卞和为唯一的亲人，仿佛献玉被砍双腿已经是最后的绝望，尽管海子献出了他的百姓们的脖子，等待着秋天的收割，仿佛不再作任何抵抗，但是，写作时间暴露了他真实的想法，他在绝望之中，依然有所期待。

自杀者之歌

伏在下午的水中 [1]
窗帘一掀一掀
一两根树枝伸过来 [2]
肉体,水面的宝石
是对半分裂的瓶子
瓶里的水不能分裂 [3]

伏在一具斧子上
像伏在一具琴上 [4]

还有绳索
盘在床底下
林间的太阳砍断你
像砍断南风 [5]

---

1 "水",指空气。暗指心理的压抑,使自杀者有溺水的感觉。
2 指有风吹动着窗帘,像是有人能发现并拯救,而窗户里出现的树枝也像是伸出援助的手,但实际上都没有用处。
3 指肉体已经被压迫得"分裂"了,但心中对理想的信念未曾更改。"对半分裂的瓶子"象征肉体,"瓶里的水"象征灵魂。
4 将斧子比作琴,意为死亡如歌。
5 指还有一种死亡的方式是拿出盘在床下的绳子到树林里自缢。"太阳砍断你"指的是在阳光下断气。

你把枪打开,独自走回故乡
像一只鸽子
倒在猩红的篮子上 [1]

→ 评析

四个诗节,分别是三种死亡方法:斧子、绳索、枪。海子对待死亡毫无恐惧,相反,还将死亡看成"琴"。他所念念不忘的,便是对理想的坚持——瓶里的水、鸽子,这两个意象都是海子的精神写照。

疑似 1986 年 11 月前后所写。

---

[1] 指用枪自杀。本想离开故乡,像鸽子一样飞,最终却仍然无法摆脱被装在篮子里售卖、没有自由的生活。

我的窗户里埋着一只为你祝福的杯子

那是我最后一次想起的中午
那是我沉下海水的尸体[1]
回忆起的一个普通的中午

记得那个美丽的
穿着花布的人
抱着一扇木门
夜里被雪漂走[2]

梦中的双手
死死捏住火种[3]

八条大水中
高喊着爱人

---

1 指我在精神上已经死亡。
2 指女孩中午时抱着木门伫立,晚上的梦中,她却在大雪中消失了踪影,仿佛被冲走了。
3 指诗人捏住火种,执意要在黑夜中将她找寻。以下全是诗人在梦境中的举动。

小林神，小林神[1]
你在哪里

➡ 评析

虽然说是普通的中午，但诗人在尸体已经沉下海水之际依然能回忆起的中午，对诗人而言，一定很不普通。海子有一首诗名为《中午》，写的是他默默注视女孩的场景，其中也写到了门，而那首诗写于1985年1月26日，正是冬天，和本诗中的雪也能对应上。也许本诗中的中午，指的就是那天中午。

中午时美丽的女孩站在门边，离得很近，而到了夜晚的梦里，却踪迹全无，仿佛被冲走了。这并不是单纯的某一天海子的心情写照，而是在一段时间里，他都有这样的痛苦，总是担心会失去对方。

本诗的后三节全是梦境，而海子想到这个中午，便一并想到这些噩梦。白天的美好和希望，梦中的失去和绝望，它们一直是如影随形的。

从诗题上看，海子决心要告别这种希望和绝望交替的痛苦，打算走出这段感情，将往事都埋进一只祝福之杯。

"沉下海水的尸体"，指的是这一段感情的死亡。

---

[1] "小林神"，诗人对女孩的称呼。林神玛息阿，在希腊神话中极具音乐天分，与太阳神阿波罗不相上下。

感动

早晨是一只花鹿
踩到我额上[1]
世界多么好
山洞里的野花[2]
顺着我的身子
一直烧到天亮
一直烧到洞外[3]
世界多么好

而夜晚，那只花鹿
的主人[4]，早已走入
土地深处，背靠树根
在转移一些
你根本无法看见的幸福[5]
野花从地下

---

1 指早晨斑驳的阳光晒到我额上，将我"踩"醒。
2 象征夜晚的美梦。
3 指那种美好的感觉即使天亮了也在继续。"洞外"，指夜晚结束了。"烧"，形容野花争相盛开的样子。
4 指诗人。
5 指诗人将难以言说的幸福用文字表达出来。

一直烧到地面 [1]

野花烧到你脸上
把你烧伤 [2]
世界多么好
早晨是山洞中
一只踩人的花鹿

1986

➡ 评析

可能是因为恋爱,也可能是因为有了某些成功和收获,海子在梦中都是十分喜悦的,而这种喜悦又一直延伸到早晨,便有了这首诗。

本诗写于1986年,极有可能是获得某次恋爱的感受,极有可能与《肉体(之一)》《八月尾》等诗有关。那么,它可能写于1986年6月至9月。

---

1 指将梦中那种美好的感觉显著地呈现出来。
2 意思是,幸福如此旺盛,好像要将人烧伤。

肉体（之一）

在甜蜜果仓中 [1]
一枚松鼠肉体般甜蜜的雨水 [2]
穿越了天空　蓝色
的羽翼

光芒四射

并且在我的肉体中
停顿了片刻 [3]

落到我的床脚
在我手能摸到的地方
床脚变成果园温暖的树桩

它们抬起我
在一只飞越山梁的大鸟
我看见了自己

---

1 "甜蜜果仓"，指房间。因为诗人在这里感受着甜蜜，又觉得自己像一个果子，所以称房间为"甜蜜果仓"。
2 雨水落到我身上，就好像松鼠来采摘果子。所以雨水是"松鼠肉体般"的。
3 诗人感觉自己变成了果园中的果子，于是床脚也相应地变成了树桩。

一枚松鼠肉体

般甜蜜的雨水

在我的肉体中停顿

了片刻

1986.6

➡ 评析

这首诗至少将六种显著的感受糅合在一起:

一、雨水从遥远的蓝色天空准确地落到我身上。

二、就像一枚松鼠跳过来采摘果子。

三、这种感受既光芒喜悦,又结结实实,就像肉体穿过肉体。

四、房间变成了甜蜜的果仓,床脚变成了果园温暖的树桩。

五、我像一个甜蜜的果子。

六、又像一只飞跃山梁的大鸟。

其实,核心的主题只有一个:海子为某种难以言喻的喜悦感受所击中,感觉自己像甜蜜的果子,又像一只飞跃山梁的大鸟。

这样一种喜悦而充满幻觉的状态,非常像是确立了恋爱的事实之后,一个人躺在床上进行回味的情形。(不一定是正式的恋爱关系,也有可能是海子发现自己爱上了对方,陷入狂热的单恋之中。)

雨水,是"穿越了天空"来到此处的,而且像是松鼠来采摘果子,如此准确,如此契合,正是恋人与恋人相遇的感觉。

松鼠肉体在我的肉体中停顿片刻,强调的是这种感觉的尖锐、结实。同时,肉体这个意象也暗示了两人在肉体上有过接触。

  本诗写于 1986 年 6 月,应该和 1986 年 5 月 23 日海子获得"昌平县 1986 年业余文艺创作一等奖"有一定关系。

肉体（之二）

肉体美丽[1]
肉体是树林中
唯一活着的肉体[2]
肉体美丽

肉体，远离其他的财宝[3]
远离其他的神秘兄弟[4]

肉体独自站立
看见了鸟和鱼[5]

肉体睡在河水两岸
雨和森林的新娘

---

1 指诗人的肉体，他自我审视，认为很美丽。
2 相比之下，其他生物都不能算是活着的肉体。此处在强调活着的内涵，强调其生命的价值。
3 即其他有价值的人。以财宝指人的用法在海子其他作品中也曾出现，如他在《诞生》中写道："……降生到这世上的小小的沾血的肉团。这是他留下的骨血，他的有眼睛的财宝。"
4 指诗人远离了其他不了解、不熟悉的人。
5 指代对自由的追逐。

睡在河水两岸 [1]

垂着谷子的大地上
太阳和肉体 [2]
一升一落,照耀四方
像寂静的
节日的
财宝和村庄
照耀 [3]

只有肉体美丽

野花,太阳明亮的女儿
河川和忧愁的妻子
感激肉体来临
感激灵魂有所附丽 [4]

---

1 这一节指诗人同雨和森林非常亲近,就像是他们的新娘一样,而诗人也很愿意亲近河水,睡在河水两岸。
2 即太阳和月亮。此处指诗人的肉体幻化成月亮,和太阳一升一降。
3 指月亮(肉体)和太阳一起照耀着人(财宝),也照耀着村庄,照耀着他们寂静的时候,也照耀着他们节日的时候。于是也得到后面的结论——只有肉体(诗人)美丽。
4 因为有了诗人追逐理想的、有价值的肉体,所以野花、河川的灵魂也得以在此实现自己的梦想。

（肉体是野花的琴[1]

盖住骨骼的酒杯[2]）

感激我自己沉重的骨骼

也能做梦[3]

肉体是河流的梦[4]

肉体看见了采茴香的人迎着泉水[5]

肉体美丽

肉体是树林中

唯一活着的肉体

死在树林里

迎着墓地

肉体美丽

1986

---

1 诗人将野花的灵魂演奏，所以用琴来比喻。

2 诗人以热情的方式保护好野花追逐理想的骨骼。"酒杯"象征热情，"骨骼"指追逐理想的信心。

3 指诗人信念虽然沉重，却仍能坚持梦想。

4 指诗人是河流的希望的寄托。这句诗与上面"肉体是野花的琴"相对应。

5 指诗人看见了泉水遇到赏识它的同伴。"采茴香的人"，代表和诗人、泉水、野花都具有相同的梦想与信念的人。

→ 评析

整首诗，海子称自己为肉体，并始终从外部的角度来审视自己。

总共可以分为四个部分：一，一至四节，写肉体如何美丽；二，五至六节，关于肉体美丽的结论；三，七至九节，关于肉体美丽的升华阐释；四，十至十一节，写肉体的死亡依然美丽。

诗的开头四节分别写的是：肉体很美丽；肉体远离了其他的肉体；肉体心中追随着鸟和鱼；肉体与河水、雨和森林很亲近。经过这四节描写，诗人美丽、远离人类、追逐自由的形象，便非常丰满了。在这里，河水、雨、森林代表着与肉体有相同的理想和追求的知音，因为其他的财宝和神秘兄弟并不是同道中人，所以要远离他们，亲近河水、雨和森林。

诗的五、六节是一次升华和转折：在肉体的幻想中，他变成了月亮，转回头去照耀村庄和人，最终得到了结论——只有诗人是最美丽的。这便将前四节的"美丽"又推向了一个高度。

诗的七、八、九节，写肉体（诗人）对于野花、河川的精神支柱的作用。肉体的"美丽"，自然更深了一层。

诗的最后两节，写肉体勇敢地死亡，也是美丽的。

回头再看这首诗，在第一节开始铺垫肉体"美丽"的时候，其实便隐隐有依依不舍的意思了。

总体而言，这首诗写的是海子面对死亡，虽然不舍，但整体上比较从容，尤其是最后一节"迎着墓地"，显示了一定的决心。

本诗题目是《肉体（之二）》，写作的内容与写恋爱状况的《肉体（之一）》完全不同。考虑到本诗中海子对于死亡只是停留在较为冷静的想象阶段，再考虑到海子真正动了自杀的决心是在 1986 年 11 月，则本诗的写作时间应当是在 1986 年 10 月前后。

本诗的第七节有这样的诗句：

（肉体是野花的琴

盖住骨骼的酒杯）

在《给母亲（组诗）》中，也有几个句子，与这两句非常相似：

蓝色的母亲

用肉体

用野花的琴

盖住岩石

盖住骨头和酒杯

这两处用的意象非常接近，必然是有所参照。不过，在《给母亲（组诗）》中，蓝色的母亲是主体，肉体只是一个修饰词，而在本诗中，肉体是全诗的主体，这样的差别，也会导致二者在含义上大体相同，在细节上有所不同。

死亡之诗（之一）

漆黑的夜里有一种笑声笑断我坟墓的木板[1]
你可知道，这是一片埋葬老虎的土地[2]

正当水面上渡过一只火红的老虎[3]
你的笑声使河流漂浮
的老虎
断了两根骨头[4]
正在这条河流开始在存有笑声的黑夜里结冰[5]
断腿的老虎顺河而下，来到我的
窗前[6]

一块埋葬老虎的木板
被一种笑声笑断两截

---

1 指我死亡后得不到真正的承认，嘲笑的声音使我不得安宁。
2 "老虎"象征敢于追逐理想的勇士，他们在死亡后都被埋在一起，而我也身在其中。
3 指老虎有着火红的、热情的心。
4 象征老虎的尊严被挫伤。
5 指老虎追逐理想的决心（河流）在嘲笑中被冻结。
6 指尊严被伤害的老虎来拜访我，倾诉或者寻求慰藉。

➜ 评析

即便是老虎,在死后也仍然得不到承认,也要遭受嘲笑。

另一只老虎,正在追逐理想的路上,正在"水面上渡过",也遭受了"你的笑声"。

在没有成功之前,只有自己知道自己是老虎。

理想的追逐何其难,很可能死于中途,而又要担心死后被人嘲笑,正如杜甫所写:"常恐死道路,永为高人嗤。"(《赤谷》)

断腿的老虎来到"我"床前,是否能够寻求到足够的慰藉?恐怕不能。

第一节的笑断木板,写的是"我",最后一节的笑断木板,写的是所有的老虎。

死亡之诗（之二：采摘葵花）
——给凡·高的小叙事：自杀过程

雨夜偷牛的人[1]

爬进了我的窗户

在我做梦的身子上

采摘葵花[2]

我仍在沉睡

在我睡梦的身子上

开放了彩色的葵花

那双采摘的手

仍像葵花田中

美丽笨拙的鸽子[3]

雨夜偷牛的人

把我从人类[4]

---

1 "雨夜偷牛"，比喻从身体里带走灵魂。"牛"，隐喻灵魂。这是一个隐秘发生的过程，所以有雨夜的掩护。

2 "葵花"，比喻在梦中所呈现出的真实而美丽的理想。

3 比喻采摘葵花的手，既因为鸽子和手的形象很接近，也因为将手比喻成鸽子能体现出手的灵活、轻盈、毫无束缚。鸽子自然是美丽的，因为采摘梦中的葵花并不容易，所以也是笨拙的。

4 此处的"我"，指我的灵魂。

身体中偷走

我仍在沉睡[1]

我被带到身体之外

葵花之外，我是世界上[2]

第一头母牛（死的皇后）[3]

我觉得自己很美[4]

我仍在沉睡

雨夜偷牛的人

于是非常高兴

自己变成了另外的彩色母牛

在我的身体中

兴高采烈地奔跑

➡ 评析

这首诗的副标题是《给凡·高的小叙事：自杀过程》。诗是为凡·高而写，诗中的"我"，指的是凡·高。

"雨夜偷牛的人"，是一个类似于上帝的形象，他收集了我的理

---

1 此处的"我"，指我的肉体。

2 指我的灵魂被带到更高更远的地方，超越了美梦，超越了想象。

3 指灵魂去往极乐世界的第一人。从此之后，后来者才纷纷以这种方式进入极乐世界，我的死亡打开了新世界的大门，有引导的意义，所以是"母牛"和"皇后"。

4 指我觉得这样死亡的方式非常美。

想（采摘葵花），又将我的灵魂带走（偷牛），当这一切完成后，他又兴高采烈地"变成了另外的彩色母牛"，就像是老师教导学生完成了一幅极好的画作之后，自己也高兴得忍不住画了起来。

在自己的理想中死去，以彩色的、绚烂的方式，凡·高的这种自杀方式，像是打开了一个新世界的大门，所以被尊奉为"第一头母牛""死的皇后"。

海子从凡·高的生命和死亡中得到了很多启示，这首诗虽然是为凡·高而写，但其中所倾注的感情，都是海子自己的。

在诗中，主人公是凡·高，雨夜偷牛的人是凡·高的上帝。在写诗的感情中，主人公同时也是海子，凡·高便是海子的上帝，是海子的"雨夜偷牛的人"。

这首诗写的是一次小叙事，是一次自杀过程，既描述的是凡·高的自杀过程，也是海子想要遵循的、为自己设计的自杀过程。

整首诗写得很轻快、艳丽。

葵花，即向日葵，是凡·高画作中十分常见的元素，它也因为所呈现的热烈、艳丽等感觉，成为了凡·高个人气质的代表。所以，在本诗中，采摘葵花的意象便有了鲜明的指向。

在凡·高的画作中，虽然《母牛》《午睡》等作品中涉及了牛的形象，但这样的画作极少，牛也并没有被凡·高赋予特别的内涵，并不是凡·高画作的代表元素，像向日葵、柏树一样。

在本诗中，牛代表灵魂，诗人身体里的牛被"小偷"偷走了，小偷也变成了"另外的彩色母牛"，牛及雨夜偷牛的意象，都是海子为这首诗特别创造出来的。

本诗的第三节，"我"的指向是不断变化的，如：

雨夜偷牛的人

把我从人类

身体中偷走

我仍在沉睡

  第一个"我"指的是我的灵魂,第二个"我"指的是我的肉体。这种含义不断变化的写作手法表现了肉体与灵魂初次分离时的模糊、不确定,在一段时间里,两者并没有完全分离,我既是肉体,又是灵魂。这种写法在很多诗中都出现过,比如《马(断片)》。

大自然

让我来告诉你
她是一位美丽结实的女子
蓝色小鱼是她的水罐[1]
也是她脱下的服装[2]
她会用肉体爱你
在民歌中久久地爱你[3]

你上上下下瞧着
你有时摸到了她的身子
你坐在圆木头上亲她
每一片木叶都是她的嘴唇
但你看不见她
你仍然看不见她

她仍在远处爱着你

---

1 她手中拿着的水罐，里面装着蓝色小鱼。
2 她脱下的服装上有蓝色小鱼的装饰。
3 指用精神爱你，与上一句"用肉体爱你"相呼应。

➜ 评析

美丽结实的女子，既用肉体来爱你（脱下服装），又用精神来爱你（民歌）。她无处不在（每一片木叶都是她的嘴唇），却又看不见她，她仍然在远处。

这描述的正是恋爱的感觉：身边每一件东西，似乎都有她的气息，但她又在远方，不能相见。

这首诗很像是借物抒情，借"大自然"来写某位女子。尤其是全诗的最后一句，"她仍在远处爱着你"，很像是有感而发。

莫扎特[1]在《安魂曲》中说

我所能看见的妇女
水中的妇女
请在麦地之中
清理好我的骨头
如一束芦花的骨头
把它装在琴箱里带回

我所能看见的
洁净的妇女,河流
上的妇女
请把手伸到麦地之中[2]

当我没有希望
坐在一束麦子上回家
请整理好我那零乱的骨头
放入那暗红色的小木柜,带回它
像带回你们富裕的嫁妆[3]

---

1 莫扎特(1756—1791),出生于神圣罗马帝国时期的萨尔兹堡,欧洲古典主义音乐作曲家。
2 意为,请你们伸手过来整理我的骨头。
3 既指海子思乡的骨头十分有价值,同时也在劝导这些妇女珍惜这些骨头。

➡ 评析

据记载,在莫扎特身体状况很糟糕的时候,有一位黑衣人前来向他委约作品,莫扎特认定他便是死神的使者,于是便开始谱写为死者送行的《安魂曲》,这支曲子也一点点耗尽了他的生命。

这首诗就是在这样的故事背景下创作的,它的主题便是"安魂"。而海子在写诗时融合了自己的状况和感情,最终所呈现的,便是"我"要回到长满麦子的家。此处的"我",既是海子,也是莫扎特,是海子借莫扎特的口,讲出自己的心声。

海子的骨头,"如一束芦花",这表示,他的身上有着无法磨灭的故乡的烙印。海子有几次用芦花来形容自己的家乡,比如:

芦花丛中
村庄是一只白色的船
——《村庄》

而海子所希望的,也是"坐在一束麦子上回家"。麦地,正是养育了他的故乡,海子希望自己能够以与故乡十分契合的方式回家。

当这些愿望无法实现的时候,海子便叮嘱她们,将骨头放入"暗红色的小木柜",如此熟悉,这必是海子青少年时期在家时曾经使用过的家具。海子对回家及寻根是十分渴求的。这首诗,应当是海子听了莫扎特的《安魂曲》后,联想自己,十分感慨,便借题发挥,写成于此。

天鹅

夜里,我听见远处天鹅飞越桥梁的声音
我身体里的河水
呼应着她们

当她们飞越生日的泥土、黄昏的泥土[1]
有一只天鹅受伤
其实只有美丽吹动的风才知道
她已受伤。她仍在飞行

而我身体里的河水却很沉重
就像房屋上挂着的门扇一样沉重[2]
当她们飞过一座远方的桥梁
我不能用优美的飞行来呼应她们

当她们像大雪飞过墓地
大雪中却没有路通向我的房门
——身体没有门——只有手指
竖在墓地,如同十根冻伤的蜡烛

---

1 指岁月的流逝、人生的困境。
2 指我打不开沉重的门扇,从而走出这所囚室一样的房屋。

在我的泥土上
在生日的泥土上
有一只天鹅受伤
正如民歌手所唱

➡ 评析

美丽的天鹅虽然受伤却还在轻盈地飞行,我没有受伤却只能沉重地等待。心向往之而身不能至,精神在彼而肉体在此,正是海子一贯的痛苦所在。

身体里的河水很沉重,便无法飞翔;房门沉重,则连走出房屋都无计可施;到最后,"大雪中却没有路通向我的房门",房门外更没有道路可通。海子的困境一层套着一层。此时,生日就意味着时间流逝的煎熬,悲哀的处境就像是没有希望的黄昏,它们都像泥土一样沉重。

天鹅飞越桥梁时,海子以河水为呼应,飞过墓地时,海子以冻伤的手指为呼应,却始终不能以飞行的方式相呼应。手指如蜡烛,虽然冻伤,却仍然点亮一点希望,这是海子能拿出来的唯一的信念。

人生的困境不是借口,终究是要自己去面对和解决的。天鹅虽然受伤,但它"仍在飞行",便是民歌手所歌咏的对象。而如果海子继续陷在泥土中,任凭时光的流逝,那么,一切将会没有意义。

本诗中处处都是两两对应:两次呼应——河水、蜡烛;两种状态——飞行、等待;两种困境——门扇沉重、门外无路;两种受伤者——天鹅、海子。

黄金草原

草原上的羊群
在水泊上照亮了自己[1]
像白色温柔的灯
睡在男人怀抱中

而牧羊人来自黄金草原[2]
头颅像一颗树根[3]
把羊抱进谷仓里
然后面对黄金和酒杯
称呼你为女人[4]

女人,我知心的朋友
风吹来风吹去
你如星的名字
或者羊肉的腥[5]

---

1 指水泊的反光照亮了羊群。
2 指草原上都是黄金一样的灯光。
3 指头颅像树根一样渴望着生长成为大树。
4 指牧羊人将你视为自己的女人。
5 指每一阵风都会使我想起你,风吹着羊肉的腥味,也使我联想到"星",联想到你的名字。

你在山崖下睡眠
七只绵羊七颗星辰[1]
你含在我口中似雪未化
你是天空上的羊群

➡ 评析

将羊抱入谷仓，暗示着女人应当进入我的怀抱。不过，在现实中，女人却"在山崖下睡眠"，只有来来去去的风在我身边不断吹拂。

我小心翼翼地对待着女人，"含在我口中似雪未化"，女人却仍然像是"天空上的羊群"，遥远而无法得到。陪伴我的只有草原上温柔的羊群，只有灯光（黄金）和酒杯，我也只能暗暗地"称呼你为女人"，仿佛你已经属于我。

女人的名字中可能是有一个"星"字，当海子看到天空中的星辰，或者嗅到羊肉的腥味，都不可逃避地想起她。

爱情虽然不能获得，诗却写得平静而美丽，并不哀伤。

---

[1] 指天上的北斗七星和地上的羊群都使我想起你。

怅望祁连（之一）

那些是在过去死去的马匹
在明天死去的马匹
因为我的存在
它们在今天不死 [1]
它们在今天的湖泊里饮水食盐

天空上的大鸟
从一颗樱桃
或马骷髅中 [2]
射下雪来 [3]
于是马匹无比安静
这是我的马匹
它们只在今天的湖泊里饮水食盐

1986

---

1 指诗人活在当下，诗人的精神也便专注于当下。"它们"，即马匹，指诗人的精神。
2 象征生长或死亡。
3 "雪"，既指大鸟雪白的羽毛，也指漫天飘舞着雪一样的压力。

➡ **评析**

大鸟，无论是充满力量的生发（樱桃），还是悲壮地奔赴死亡（马骷髅），至少当下都在天空中自由飞翔，这便是海子想要达到的理想状态。但海子无法飞翔，他只能沉默，"马匹无比安静"。

这便是海子的困境，大鸟的飞翔仿佛像一场雪压在他的心上。

在《天鹅》这首诗里，海子也写道，"当她们像大雪飞过墓地/大雪中却没有路通向我的房门"。

本首诗中，海子的处境要更加艰难。在《天鹅》一诗中，海子还能和天鹅进行基本的呼应，而在本诗中，他连呼应的力气也失去了，仅仅维持着最基本的生存状态，"饮水食盐"。

活在当下，不必考虑过去还是明天。若是眼下不能飞翔，就安静地在湖泊里饮水食盐。只是，在诗题《怅望祁连（之一）》中，海子还是表现出了淡淡的惆怅。

怅望祁连（之二）

星宿　刀　乳房[1]

这就是雪水上流下来的东西

　　"亡我祁连山，使我牛羊不蕃息

　　失我胭脂山，令我妇女无颜色"[2]

只有黑色牲畜的尾巴[3]

鸟的尾巴

鱼的尾巴[4]

儿子们脱落的尾巴[5]

像七种蓝星下[6]

插在屁股上的麦芒[7]

1　指水中的星光、冰刃、果实，分别象征着信念、力量、爱情，都是追逐理想所必需的元素。

2　出自汉代《匈奴歌》。根据《西河旧事》所载，汉代名将霍去病在河西之战中夺取了被匈奴占据的祁连山、焉支山（又称胭脂山），使匈奴哀叹地说："失我祁连山，使我六畜不蕃息。失我焉支山，使我妇女无颜色。"此处海子借用这个典故来形容自己"失去祁连山"（失去理想目标）的困境。海子所引用的两句诗在字句上与此略有不同，也不同于任何一个流传的版本，疑是引用字句有误。

3　指牛为生活所拖累，仿佛是拖着一条沉重的尾巴。"牛"，代表着努力耕种的人。

4　指有梦想的人（鸟、鱼）也为生活所拖累。

5　指子嗣们已经逐渐摆脱了生活的拖累。

6　指在理想之光的照耀下。"蓝星"，呼应上文的星宿，它们都是来自理想的召唤。

7　"麦芒"指耕种，象征现实生活，它便是对人的拖累。

风中拂动

雪水中拂动

1986

➜ 评析

  远望着祁连山，就如同远望着一处圣地，祁连山的雪化成水，一直流下来，便仿佛是圣地的召唤。在这流水中，有星光的投射（星宿），有冰块仿佛刀一样的冰刃（刀），有散乱的果子（乳房），它们就像是信念、力量和爱情，仿佛圣地祁连山在告诉我们，有了它们，才能踏上通往理想的道路。

  面对这样的召唤，海子却笔锋一转，引用了两句古诗，"亡我祁连山，使我牛羊不蕃息/失我胭脂山，令我妇女无颜色"。此诗本是匈奴对于失去祁连山的哀叹，海子此时无力追逐理想，无力进发祁连山圣地，也是同样的"失去祁连山"一般的心情。

  羁绊住海子的，便是大地上的麦芒，亦即太过于现实的生活。麦芒，本是养人性命的作物，只是，它也牢牢拴住了一切，使牛（黑色牲畜）、鸟、鱼、人类的子嗣等一切生物都不能高飞，只能伏在大地上劳作。

  麦芒在风中和雪水中拂动，仿佛是一种示威，仿佛它会永远束缚着人们。不过，子嗣们的"尾巴"已经"脱落"了，相信他们可以自由地飞翔，他们会打破现有的困境。这是诗中一个小小的伏笔。

  《怅望祁连》海子一共写了两首，主题是一致的：远望祁连，身不能至，故而惆怅。

七月不远
——给青海湖,请熄灭我的爱情

七月不远
性别的诞生不远[1]
爱情不远——马鼻子下
湖泊含盐

因此青海不远[2]
湖畔一捆捆蜂箱
使我显得凄凄迷人:
青草开满鲜花

青海湖上
我的孤独如天堂的马匹
(因此,天堂的马匹不远)

我就是那个情种:诗中吟唱的野花
天堂的马肚子里唯一含毒的野花[3]

---

1 指有了性别的意识,友情变为爱情。
2 青海湖是著名的咸水湖,来到湖泊含盐之处,便离青海湖不远了。
3 指爱情是孤独中的毒药。

（青海湖，请熄灭我的爱情！）

野花青梗不远，医箱内古老姓氏不远[1]
（其他的浪子，治好了疾病[2]
已回原籍，我这就想去见你们）

因此跋水涉水死亡不远
骨骼挂遍我身体
如同蓝色水上的树枝[3]

啊，青海湖，暮色苍茫的水面
一切如在眼前！

只有五月生命的鸟群早已飞去[4]
只有饮我宝石的头一只鸟早已飞去[5]
只剩下青海湖，这宝石的尸体[6]
　　　　暮色苍茫的水面

1986

1　指野花中也有药材，身边人也有祖传的良医，诗人希望能治好失恋之症。
2　其实是指死亡，唯有死亡才能治好失恋。下文中有暗示。
3　指形骸已死，浮尸如同树枝一样漂浮在青海湖上。
4　指5月开始的爱情。
5　指第一位将我视为宝石的恋人。
6　即我的尸体。

➡ **评析**

　　青海湖是恋爱之地，爱情往事"一切如在眼前"。而此刻，青草拥有鲜花，鲜花拥有蜜蜂，我却已经形单影只，显得"凄凄迷人"。

　　这段感情令海子刻骨铭心，使他受伤，而海子想要治愈的方法却是死亡。青海湖若是熄灭了海子的生命，自然也就熄灭了他的爱情。

敦煌

敦煌石窟像马肚子下
挂着一只只木桶
乳汁的声音滴破耳朵——[1]
像远方草原上撕破耳朵的人
来到这最后的山谷[2]
他撕破的耳朵上
悬挂着花朵

敦煌是千年以前
起了大火的森林
在陌生的山谷
是最后的桑林——我交换
食盐和粮食的地方[3]
我筑下岩洞,在死亡之前,画上你
最后一个美男子的形象[4]
为了一只母松鼠
为了一只母蜜蜂

---

1 指石窟艺术对人产生极大的吸引,就如木桶中乳汁滴落。
2 "最后的"山谷,指敦煌是绝望之心的最后一个要拜访的地方。
3 指以现实物质的代价,交换精神的追取。
4 "美男子",指海子心中自己想要达到的完美的形象。

为了让她们在春天再次怀孕

1986

➜ 评析

若是把敦煌山脉看作是一匹马，敦煌石窟就像是马肚子上"挂着一只只木桶"。

敦煌对海子的召唤是使命使然。

海子本已经心灰意冷，在敦煌，又燃起了追逐理想之火，并渴望收获下一个美好的春天。

本诗隐约提及了死亡，最后的宣言也偏向于遗言。

北斗七星　七座村庄
　　——献给萍水相逢的额济纳姑娘

村庄　水上运来的房梁　漂泊不定[1]
还有十天　我就要结束漂泊的生涯
回到五谷丰盛的村庄　废弃果园的村庄[2]
村庄　是沙漠深处你所居住的地方　额济纳！

秋天的风早早的吹　秋天的风高高地吹
静静面对额济纳
白杨树下我吹灭你的两只眼睛[3]
额济纳　大沙漠上静静的睡[4]

额济纳姑娘　我黑而秀美的姑娘
你的嘴唇在诉说　在歌唱
五谷的风儿吹过骆驼和牛羊[5]
翻过沙漠　你是镇子上最令人难忘的姑娘

1986

---

1. 指流动的居住帐篷，即额济纳姑娘居住的村庄。
2. 指海子的家乡，只有五谷，没有果园。
3. 指在我亲吻之下你闭上眼睛。
4. 指分别以后，额济纳便像是进入沉睡的状态，没有消息。
5. 来自平原的风（五谷的风儿）吹到沙漠里（骆驼和牛羊），象征海子对额济纳的情意。

→ **评析**

　　从姑娘的村庄,想到自己的村庄,再想到姑娘的村庄;由漂泊,想到结束漂泊;由五谷丰盛,想到沙漠深处。这都是海子心思的曲折之处。

　　分别以后,抬头看看北斗七星,每一颗星都像一个村庄,都会想到额济纳,这便是题目的来由。

海水没顶

原始的妈妈[1]
躲避一位农民[2]
把他的柴刀丢在地里
把自己的婴儿溺死井中
田地任其荒芜

灯上我恍惚遇见这个灵魂
跳上大海而去[3]
大海在粮仓上汹涌[4]
似乎我和我的父亲
雪白的头发在燃烧[5]

→ 评析

长诗《太阳·七部书》中《大札撒》（十三）与本诗十分类似，这首诗应当是海子为了写长诗而写的草稿。海子其他短诗的主题一

---

1 指妈妈呈现出最原始的本性，即追逐理想的本性。
2 指妈妈的丈夫。
3 指妈妈放弃现实生活，追逐理想而去。
4 指理想（大海）在现实（粮仓）面前呈现出汹涌的力量。
5 指衰老的年华受到了这种精神的感染。

般都是个人化的,本身也比较完整,而这首诗的主题要放到长诗中去看,它是构成长诗的一部分。

根据原编者西川的注释,《大札撒》原来的诗题名为《山顶洞人写下的抒情诗》,在此诗中,海子以一个山顶洞人的口吻,写那股本能的不停追逐理想的力量。本诗中的"原始"一词,即由此而来,意为一切都是不经矫饰的、发自内心的。《大札撒》(十二)中有诗句"在原始的道路上禁绝欲望/在原始的秋天的道路上",可见一斑。

海子在《哭泣》一诗中写道,"黑色的天鹅像我黑色的头发在湖水中燃烧",在《四行诗》中也有类似的表述,因为这两首诗中海子写的是自己,是青春的形象,所以是黑色的头发。《海水没顶》及《大札撒》(十三)中,为海子代言的主人公是一个饱经沧桑、体会衰老的形象,所以是雪白的头发。

《海水没顶》这首诗中,"妈妈"所要摆脱的生活便是"一位农民"、她的丈夫,即第二节中的"我的父亲"带给她的,而后来"我的父亲"也受到了她精神的感召。

《大札撒》(十三)中,把第二节中的父亲去掉了。

> 原始的妈妈
> 躲避一位农民
> 把他的柴刀丢在地里
> 把自己的婴儿溺死井中
> 田地任其荒芜
> 灯下我恍惚遇见这个灵魂

跳上海水她要踏浪而去

大海在粮仓上汹涌

似乎我雪白的头发在燃烧

　　　——《大札撒》(十三)

七月的大海

老乡们,谁能在海上见到你们真是幸福!
我们全都背叛自己的故乡[1]
我们会把幸福当成祖传的职业[2]
放下手中痛苦的诗篇

今天的白浪真大!老乡们,它高过你们的粮仓[3]
如果我中止诉说,如果我意外地忘却了你[4]
把我自己的故乡抛在一边
我连自己都放弃　更不会回到秋收　农民的家中[5]

在七月我总能突然回到荒凉[6]
赶上最后一次

1　指为了理想逃离原来的生活。
2　指幸福就像是手艺一样,可以一辈辈地传下去。
3　指理想生活(白浪)高于原来的现实生活(粮仓)。
4　指如果我意外地不再追逐理想了。"中止诉说",指不再像本诗一样诉说理想。
5　指我会放弃生命,绝不会回到以前的生活。"秋收"与前文的"粮仓"相对应,象征现实生活的吸引力。
6　指7月丰收时,在收获完成的一瞬间,我总是会突然感到荒凉。在《黑夜的献诗》一诗中,海子也写过,"丰收后荒凉的大地"。

我戴上帽子　穿上泳装　安静地死亡[1]
在七月我总能突然回到荒凉

➡ 评析

长诗《太阳·七部书》中《大札撒》（十四）与本诗十分类似，这首诗应当是海子为了写长诗而写的草稿。这种情况和《海水没顶》一诗相同，两诗也应该结合来读。

在《大札撒》中，《海水没顶》是第十三首，写"原始的妈妈"对大海的追逐，感召了"我"，而本诗是第十四首，在诗意上承接着《海水没顶》，写"我"对于大海的追逐的畅想。

第一节是海子对追逐理想成功的想象，第二节则写如果无法追逐理想后会如何，是另一种想象。

"七月"是海子常用的意象，是丰收的季节，而丰收之中蕴含着荒凉，也是海子常用的意象，表面意思是"丰收后荒凉的大地"（《黑夜的献诗》），深层含义是：丰收只是日常生活的丰收，是暂时的，丰收后大地的荒凉才是精神的写照。这种情感，在《黑夜的献诗》中表现得十分充分。

---

[1] 指我要以死来捍卫对大海的追逐。

附：

大札撒（十四）

老乡们，谁能在海上见到你们真是幸福
一伙叛徒坐在同一只船舱
远处的山洞大火熊熊，已经烧光
我们会把幸福当成祖传的职业
放下手中痛哭的诗篇
今天的白浪真大　老乡们
它高过你们的粮仓
如果我中止诉说，把我自己的故乡抛在一边
我连自己都放弃，更不会
回到秋收　农民的家中温暖而贫困
在七月我总能突然回到荒凉
赶上最后一次
我戴上麦秸，安静地死亡
这一次不是葬在山头故乡的乱坟岗

海子小夜曲

以前的夜里我们静静地坐着
我们双膝如木[1]
我们支起了耳朵
我们听得见平原上的水和诗歌
这是我们自己的平原，夜晚和诗歌

如今只剩下我一个
只有我一个双膝如木
只有我一个支起了耳朵
只有我一个听得见平原上的水
    诗歌中的水
在这个下雨的夜晚
如今只剩下我一个
为你写着诗歌
这是我们共同的平原和水
这是我们共同的夜晚和诗歌

是谁这么说过　海水
　要走了　要到处看看

---

[1] 两条腿像木头，指一动不动。

我们曾在这儿坐过

1986.8

➡ 评析

在平原的夜晚能听见水声,水声中能听到诗歌,这样的"本事",只属于特定的人群,所以海子会感觉这一切都是"我们自己的"。

如今,曾经在一起的两个人分手了,只剩下一个,平原、水、夜晚、诗歌,依然是"我们共同的",因为它们无法和别人分享。

从夜晚的雨水,想到平原的水和诗歌,想到曾经说过的更远更广阔的水——海水,想到了分手的现在和在一起的曾经,便是这首《海子小夜曲》。

给你(组诗)

1

在赤裸的高高的草原上
我相信这一切：
我的脚，一颗牝马的心[1]
两道犁沟，大麦和露水
在那高高的草原上，白云浮动
我相信天才，耐心和长寿
我相信有人正慢慢地艰难地爱上我
别的人不会，除非是你
我俩一见钟情
在那高高的草原上
赤裸的草原上
我相信这一切
我相信我俩一见钟情

---

[1] 指我的追逐有牝马一样的柔顺、耐心和坚持。

2

我爱你
跑了很远的路
马睡在草上
月亮照着他的鼻子

3

爱你的时刻
住在旧粮仓里
写诗在黄昏

我曾和你在一起
在黄昏中坐过
在黄色麦田的黄昏
在春天的黄昏
我该对你说些什么

黄昏是我的家乡
你是家乡静静生长的姑娘
你是在静静的情义中生长
没有一点声响
你一直走到我心上

4

当她在北方草原摘花的时候
我的双手驶过南方水草
用十指拨开
寂寞的家门

她家木门下几个姐妹的脸
亲人的脸
像南方的雨
真正的雨水
落在我头上[1]

5

冬天的人
像神祇一样走来
因为我在冬天爱上了你

1986.8

---

[1] 指亲人们同意并理解我们的婚姻，这份期望和寄托，就像雨水从北方飘向南方，向我飘落。

→ **评析**

全诗写给理想中的爱人。第三首诗中的"我曾和你在一起"、第四首诗的婚姻主题,全部是想象的。

第一首写诗人的信念。诗人既保持了基本的劳作,又怀着对理想的热爱,若是再有了爱情,他一直追逐的"生命三要素"便臻于完美。

第二首写诗人的劳累。此处,月亮的照耀隐隐象征着他有神祇的守护,完美的爱情应当得到神祇的赐予。

第三首写对爱情生活的想象。黄昏象征着人生中重要的时刻。黑夜即将来临,这使得黄昏中的诗人变得急迫而脆弱,此时他正需要爱情的滋润和帮扶,爱情也仿佛怀着"静静的情义",为诗人在心灵的家乡构筑一个完美的小屋。

第四首写对婚姻的想象。诗人在南方,而她在北方;诗人在长长的草中游走,而她在宽广的草原摘花。两人的出身不同,现状也不同,最终却走到一起,她北方的亲人能够像南方的雨水一样理解着诗人,这种生命的融合便是理想的婚姻。

第五首写诗人的祈愿。神祇一样的恋人和爱情,能够点亮诗人的人生。

海子与女友 B 在 1984 年秋冬之际确定了恋爱关系。这首诗写于 1986 年 8 月,海子却称对方为"冬天的人",并提到"我在冬天爱上了你",这是对两人恋爱的一次回顾。同时,也象征着海子在当时渴望爱情能把他从"冬天"的状态中拯救出来。

诗中还提到了黄昏和春天。海子一直为自己"得到的尚未得到"(《秋》)的状态而备感压力,也一直以此来鞭策自己,所以声称"黄昏是我的家乡"。而春天,最具有生发之力的季节,也是海子一直想要获得的理想状态,所以海子希望理想的爱情发生在"春天的黄昏"。

谣曲

之一

你是我的哥哥你招一招手
你不是我的哥哥你走你的路

小灯,小灯,抬起他埋下的眼睛[1]

你的树丛大而黑
你的辕马不安宁[2]
你的嘴唇有野蜜[3]
你是丈夫——还是兄弟[4]

小灯,小灯,抬起他埋下的眼睛

你是我的哥哥你招一招手
你不是我的哥哥你走你的路

---

1 指我希望小灯能照亮我的迷人之处,使他能注视我,而不要总是低埋眼神。
2 指你虽然藏得十分隐秘,但是你对我的感觉却是呼之欲出的。
3 指你的嘴唇上有我想要的甘甜。
4 指不确定你是我的爱人(丈夫)还是朋友(兄弟)。

之二

白鸽，白鸽
扎好我的头巾
风吹着你们的身子
像吹我白色头巾

白鸽白鸽你别说
美丽的脑袋小太阳
到了黑夜变月亮[1]
白鸽白鸽你别说

之三

南风吹木
吹出花果
我要亲你
花果咬破[2]

---

1 指白天里骄傲的小太阳，到了黑夜也会变成寂寞的月亮。
2 象征我对你的感情要像南风吹木一样渐渐成熟、结出果实，最终为二人所享用。

之四

月亮月亮慢慢亮
照着一只木头床[1]
河流河流快快流
渡过我的心头肉[2]

白马过河一片白
黑马过河一片黑[3]
这一条河流
总是心头的河流

白马过河是月圆
黑马过河是月残
这一只月亮
总是床头的月亮[4]

1986.8

---

1 指我的寂寞之床。
2 指我的心中思念。
3 我的心思全在马上,所以河水的主要色彩由马构成。"马"象征心上人。
4 指无论月圆月缺,都在我的心头。

➡ **评析**

　　本诗是海子对民歌的学习与实践。全诗以女子为主角,对"你"、小灯、白鸽等进行倾诉。

　　《之一》,写二人关系之困惑;《之二》,写我心飞扬与我心寂寞;《之三》,写我之决心;《之四》,写我之恋爱状态。

　　这样以女子为主角的作品,在海子的诗中十分罕见。

梭罗[1]这人有脑子

1

梭罗这人有脑子
像鱼有水、鸟有翅
云彩有天空[2]

2

好在这人不是女性
否则会有一对
洁白的冬熊
摇摇晃晃上路
靠近他乳房
凑上嘴唇[3]

---

1 梭罗（1817—1862），美国作家、哲学家，超验主义代表人物。海子非常喜爱梭罗，他去世时身上带着四本书，其中一本便是梭罗的《瓦尔登湖》。这本书讲述了梭罗在瓦尔登湖两年多的隐居生活，其核心理念是：如果一个人能满足于基本的生活所需，其实便可以更从容、更充实地享受人生。
2 指梭罗的生活理念是十分智慧的。
3 指梭罗的思想也哺育了大自然。

3

梭罗这人有脑子
梭罗手头没有别的
抓住了一根棒木
那木棍揍了我
狠狠揍了我
像春天揍了我 [1]

4

梭罗这人有脑子
看见湖泊就高兴 [2]

5

梭罗这人有脑子
用鸟巢做邮筒
两封信同时飞到 [3]

---

1 指梭罗的思想狠狠地敲开了诗人封闭的思想。
2 指梭罗很高兴到瓦尔登湖去隐居。
3 "两封信",指两只鸽子,并暗指梭罗的交流对象只有大自然。

还生下许多小信
羽毛翩跹

6

梭罗这人有脑子
不言不语让东窗天亮西窗天黑
其实他哪有窗子[1]

梭罗这人有脑子
不言不语又做男人又做女人
其实生下的儿子还是他自己[2]

7

灯火的屋中
梭罗的盔
——一卷荷马[3]

这人有脑子

---

1 指梭罗隐居湖畔,却能改变世界。
2 指梭罗的思想纯粹而极致,万变不离其宗。
3 指荷马史诗《伊利亚特》,梭罗十分喜爱的作品。荷马(约公元前9世纪—公元前8世纪),古希腊著名盲诗人。

以雪代马
渡我过水 [1]

8

梭罗这人有脑子
月亮照着他的鼻子 [2]

9

那个抒情的鼻子
靠近他的脑子
靠近他深如树林的眼睛
靠近他饮水的唇
　　（愿饮得更深）

构成脑袋
或者叫头

1　指梭罗另辟蹊径，用出乎意料的方式引导作者渡过了思想上的难关。
2　指梭罗受到了神秘的智慧力量的照耀。

10

白天和黑夜
像一白一黑
两只寂静的猫
睡在你肩头

你倒在林间路途上

让床在木屋中生病[1]
梭罗这人有脑子
让野花结成果子

11

梭罗这人有脑子
像鱼有水、鸟有翅
云彩有天空

梭罗这人就是
我的云彩,四方邻国
的云彩,安静

---

1 指梭罗随处而眠,让自己不再依附于床这样的工具生存。

在豆田之西
我的草帽上

12

太阳，我种的
豆子，凑上嘴唇[1]
我放水过河[2]

梭罗这人有脑子

梭罗的盔
——一卷荷马

1986.8.15

> **➜ 评析**

梭罗是海子最喜欢的作家之一，他的作品《瓦尔登湖》对海子影响很大，诗中的第四部分，"看见湖泊就高兴"，指的便是《瓦尔登湖》。

全诗的前面十部分，都是在赞美梭罗，而最后两部分，写出了

---

1 指我在梭罗的引导下也学会了亲吻自然，将自然的一切看作我最好的伙伴。
2 指我在梭罗的引导下也突破了自己的思想。人们通常都是涉水过河，而我是放水过河。

梭罗对诗人的影响，是升华之笔。

全诗的语言风格也非常自然清新，又极有趣味，可以说海子用梭罗的笔法完成了一次对梭罗的致敬。

八月尾

即使我是一个粗枝大叶的人[1]
我也看见了红豹子、绿豹子

当流水淙淙
八月的泉水
穿越了山冈
月亮是红豹子
树林是绿豹子
少女是你们俩
生下的花豹子
即使我是一个粗枝大叶的人
少女，树林中
你也藏不住了

八月尾，树林绿，月亮红
不久我将看到树叶落了[2]
栗树底下

---

[1] "粗枝大叶"，指粗心大意。
[2] 指秋天要来了，暗指少女在树林中将更加藏不住了。

脊背上挂着鹌鹑的人[1]
少女，无论如何
粗枝大叶的人
看见你啦

1986.8.20 夜

➜ 评析

这首诗的意象十分明快、清晰。

月亮是微红的，所以是红豹子，树林是绿色的，所以是绿豹子，而少女是月亮和树林共同生下的，所以是花豹子。

豹子代表着十分富有冲击的力量，海子在《诗学：一份提纲》一文中写道："豹子的粗糙的感情生命是一种原生的欲望和蜕化的欲望杂陈。"本诗中，月亮、树林、少女，都是如此美好而直击心灵之物，所以他们都是"藏不住"的，即使是"粗枝大叶"的诗人，也一再地"看见"。

这首诗写于1986年8月20日，海子还特别标注了，是在夜里写成的。那么，它的创作背景，应当是少女的美好深深打动并吸引了海子，使他难以忘怀，一直想念到夜里，并且，诗中还反复强调想要使这份感情曝光的冲动。

这首诗和写于1986年6月的《肉体（之一）》很可能是一脉相承的。两首诗所摹写的感觉类似，都是写一位少女给海子带来的

---

[1] 指少女，暗指她像天使一样脊背上有翅膀。

悸动。

另外，海子完成于 1987 年 8 月的长诗《太阳·土地篇》，第八章的题目是《红月亮……女人的腐败或丰收》，其中还有这样的句子：

  那只领头的豹子在殷红如血的明月的河流上
  飞翔　驱赶着我的躯体
  ——这些女人痛苦而暧昧

  ……　……

  灰蓝的豹子　黑豹子　这些梦中的歌手

  ……　……

  光明的少女脊背上挂着鹌鹑　翅膀乍开　稻谷飘香　流水淙淙
  一只手在平原上捡拾少女和雨水中的鹌鹑

夏秋之交、红月亮、豹子、脊背上挂着鹌鹑……这些意象系统的使用都是《八月尾》一诗的延续。

葡萄园之西的话语

也好
我感到
我被抬向一面贫穷而圣洁的雪地
我被种下[1],被一双双劳动的大手
仔仔细细地种下

于是,我感到所罗门[2]的帐幔被一阵南风掀开
所罗门的诗歌
一卷卷
滚下山腰
如同泉水
打在我脊背上[3]

涧中黑而秀美的脸儿[4]
在我的心中埋下。也好

---

1 指我被埋葬。因作者想象他心中的希望像是一颗种子,将会在他死后破土发芽,所以称为"种下"。
2 所罗门,传说是古代犹太王国的国王,智慧的象征。所罗门在位期间,把首都耶路撒冷建成圣城,它成为犹太教的膜拜中心,也被基督教、伊斯兰教奉为圣地。
3 指所罗门的福音不断地传到我身上。
4 指在流水一样的福音中(涧中),我仿佛看到了一张黑而秀美的脸儿。

我感到我被抬向一面贫穷而圣洁的雪地
你这女子中极美丽的,你是我的棺材,我是你的棺材[1]

1986.8.25

➜ 评析

葡萄园是《圣经》中的乐土,《圣经·以赛亚书》中便有这样的句子:"我耶和华是看守葡萄园的,我必时刻浇灌,昼夜看守,免得有人损害。"显出神对葡萄园的重视。本诗中,葡萄园代表作者生活之处,而作者是以已死之人的口吻来进行叙述的,故而,他将被抬到葡萄园之西——一面贫穷而圣洁的雪地——进行埋葬,并且留下一些话语。

在海子的认知体系中,死亡并不是生命的终点,相反,它还是某种新生的起点。本诗中,海子想象自己已经死亡,却像种子一样,会渐渐生发出更加美好的东西。

于是,埋葬的过程,同时也是播种的过程:"仔仔细细地种下";同时,埋葬过程中的祷念:"所罗门的诗歌",也仿佛像泉水一样清冽,带给人喜悦和希望。

祷念的泉水汇集为山涧,而在其中,海子仿佛看到了一张"黑而秀美的脸儿",正是他念念不忘的女子。

当海子被埋下,女子也在他心中埋下;当海子躺在棺材里,女子也躺在他的心里。

---

[1] 指我在你心中埋下,你也在我心中埋下。

给 B 的生日 [1]

天亮我梦见你的生日
好像羊羔滚向东方 [2]
——那太阳升起的地方

黄昏我梦见我的死亡
好像羊羔滚向西方
——那太阳落下的地方 [3]

秋天来到,一切难忘
好像两只羊羔在途中相遇 [4]
在运送太阳的途中相遇 [5]
碰碰鼻子和嘴唇 [6]
——那友爱的地方

---

1 B 为海子初恋的女友,中国政法大学 1983 级学生。——原编者西川注。

2 羊羔圆滚滚地奔向远方的形象,可爱而又渺小,象征着在命运面前的无能为力。

3 以上两节写同一个时间点上两人的不同状态,一个生命在升起,一个生命在死亡。

4 指海子在此时回忆往事,就如同两人相遇一般。

5 如上文所写,女友正在奔向日出的道路上,而海子正在走向日落的道路上,人生虽然相遇,却是走向不同的方向,所以是"在运送太阳的途中相遇",两人运送的是"不同的太阳"。

6 指回忆就像是蜻蜓点水般的触碰。

那秋风吹凉¹的地方

那片我曾经吻过的地方²

1986.9.10

> **评析**

你过生日而我们的爱情却结束了,你正在诞生而我正在死亡,这种强烈的对比,通过羊羔去往东西方向的不同、日出日落的不同,很精妙地对立统一起来。

将回忆比作再次相遇,又比作两只羊羔碰碰鼻子和嘴唇,非常妙——既通过与热吻的反差来形容此时毫无瓜葛的礼貌关系,又与前文的比喻相顺承、相呼应。

在生日之时纪念死去的爱情,更觉伤心感慨。

---

1 "秋风吹凉",暗示此时两人已经分手。

2 热恋中可以接吻,而此时只能轻轻触碰,不由使人发出感慨。

我感到魅惑

天上的音乐不会是手指所动
手指本是四肢安排的花豆
我的身子是一份甜蜜的田亩 [1]

我感到魅惑
我就想在这条魅惑之河上渡过我自己
我的身子上还有拔不出的春天的钉子 [2]

我感到魅惑
美丽女儿,一流到底 [3]
水儿仍旧从高向低 [4]

坐在三条白蛇编成的篮子里
我有三次渡过这条河 [5]
我感到流水滑过我的四肢

---

1 指诗人只能拥有大地上的、播种花豆的生活,弹奏不出天上的音乐。
2 诗人对春天仍然有不甘心的留恋,也想要解决魅惑对于自己的困扰。"春天"象征着相恋,也正是诗人面临的魅惑。
3 象征美丽的姑娘深深地击中诗人的心底。
4 隐喻诗人无法不爱上她,就像他无法打破水从高流向低的自然规律。
5 三次渡过河象征自己曾经有过的三次恋爱经历,三条白蛇即象征三个曾经的恋爱对象。

一只美丽鱼婆做成我缄默的嘴唇[1]

我看见,风中飘过的女人[2]
在水中产下卵来
一片霞光中露出来的长长的卵

我感到魅惑
满脸草绿的牛儿
倒在我那牧场的门厅[3]

我感到魅惑
有一种蜂箱正沿河送来
蜂箱在睡梦中张开许多鼻孔[4]

有一只美丽的鸟面对树枝而坐
我感到魅惑

我感到魅惑
小人儿,既然我们相爱

---

1 指这一次试图渡过魅惑这条河,"美丽鱼婆"象征着这一次的恋爱对象,诗人因为感到魅惑而"缄默"。
2 指雌性昆虫,是拟人化的写法。
3 牛儿满脸草绿,意味着吃饱了,正倒下休息。
4 蜂箱的鼻孔,指蜂巢六边形的洞口,形状上很像鼻孔。

我们为什么还在河畔拔柳哭泣[1]

1986.9

➜ 评析

本诗写海子对恋爱的犹豫。

第一节,"天上的音乐不会是手指所动",体现的是海子的犹豫,颇有些"癞蛤蟆吃不到天鹅肉"的意思。

第三节,"美丽女儿,一流到底",暗示着海子的心已经被俘获而不能自已。这也正是他感到魅惑的根源。

第四节的三条白蛇,象征此前的三次恋爱经历,即三次魅惑、三次渡过魅惑,可能是虚指之数。

海子正在渡这一次的魅惑之河,因为困惑而选择缄默,这也引出后面四节的描写。

第五节至第八节,写得很散,没什么逻辑上的关联,因为这正是海子在缄默中的观察和感受,他看到风在播卵、牛儿吃饱了在休息、蜂箱在做梦、鸟在闲坐。这些美丽的场景都不能给诗人什么答案,所以他依然感到魅惑。

第九节,道理虽然想清楚,是否有勇气行动还不好说。恐怕依然是感到魅惑的状态。

---

[1] 既然相爱,便应恋爱,不必犹豫哭泣。"拔柳"指发泄心中的郁闷。

九月

目击众神死亡的草原上野花一片[1]
远在远方的风比远方更远[2]
我的琴声呜咽　泪水全无[3]
我把这远方的远归还草原[4]
一个叫马头　一个叫马尾[5]
我的琴声呜咽　泪水全无

远方只有在死亡中凝聚野花一片[6]
明月如镜高悬草原映照千年岁月[7]
我的琴声呜咽　泪水全无
只身打马过草原[8]

1986

---

1 "众神死亡",即海子心中的信仰坍塌了,而目睹了这一切的野花却意识不到,依然茁壮成长。
2 "风"代表安慰。此句意为获得安慰比获得理想更加遥远。
3 隐隐有泪水已经流干之意。
4 指不再追逐远方,听任远方的梦想停留在草原上。
5 指马头琴。马头琴通常以马头的形象做成琴柄,以马尾做成琴弦。海子在《雪》诗中有诗句"有时我背靠草原 / 马头作琴　马尾为弦"。
6 意为只有诗人死了,才会有远方的理想为他开出一丛野花,作为肯定。
7 指千年宿命无法打破。
8 指诗人心中悲鸣,只能孤独地继续行走,希望走过草原这片伤心之地。

➡ **评析**

海子的理想是去往远方，或者被远方的风吹吹也好，而此时却已经成为奢望。

风比远方更远，获得安慰比获得理想似乎更难。

诗中，草原和远方是一对对立的概念。草原是精神寄托之所，远方是理想寄托之所，海子一直试图把这两者统一起来，即，希望草原的一切都能理解并支持他追逐远方的梦想。在《在大草原上预感到海的降临》一诗中，海子叙述了草原和海（相似于远方）的融合，而在《远方》一诗中，海子又叙述了草原和远方不能统一的痛苦。

此处的草原代表比较满意的生活，彼处的远方代表理想，它们到底能不能融合统一在一起？这就是海子在追逐梦想的过程中不断纠结之处。

本诗也是这样的理念之下的作品。海子心中"众神死亡"，"目击"了过程的草原上却野花一片，完全不能理解海子的感受，这便成了使海子痛苦的又一个原因，于是他发出"把这远方的远归还草原"的呼喊，作出了将远方的理想埋葬在草原上的打算。

"只身打马过草原"，更是有一种决绝而无助的孤独感。

同年，海子还写了一首《九月的云》，与本诗有同样的无助感。

九月的云

九月的云
展开殓布[1]

九月的云
晴朗的云

被迫在盘子上,我
刻下诗句和云[2]

我爱这美丽的云

水上有光
河水向前[3]

---

1 指云朵展开令人沮丧的白色。"殓布"即为裹尸布,一般是白色的,将云比喻成殓布,象征着诗人心已死。
2 指我被迫在现实的生活中既铭记着诗句,又无法摆脱云的影响。"诗句"是心中的理想,"云"代表着压抑的生活。
3 暗示作者停留在殓布中。象征理想在自顾自地远去。

我一向言语滔滔

我爱着美丽的云[1]

1986

> 评析

既然写"爱着美丽的云",为什么又说它是殓布呢?

那是因为:此时的草原生活已经令海子彻底失望了,心已死去,所以有这样的比喻。

而最后一节中的"言语滔滔""爱着美丽的云",都是反语,是压抑至极的表现。作为殓布的云,是海子的感受,是不为人知、不被理解的;晴朗的云,是大家的感受,是云本来呈现出来的样子。

"我爱这美丽的云",这是海子被迫刻在盘子上的诗句。

这样用反语来表达,更容易激起读者的同理心。

在《为什么你不生活在沙漠上》一诗中,海子也写到了自己对草原的失望,在其中借助云的视角来宣称他的孤独。这两处云的内涵相近。

---

1 此处是反语,诗人一向沉默,而他也并不喜爱作为殓布的云。

不幸

四月的日子　最好的日子[1]
和十月的日子　最好的日子
比四月更好的日子[2]
像两匹马　拉着一辆车
把我拉向医院的病床
和不幸的病痛

有一座绿色悬崖倒在牧羊人怀中[3]
两匹马
在山上飞[4]

两匹马
白马和红马
积雪和枫叶[5]

1　其实是最差的日子。此处是赌气式的反笔。
2　指"十月"比"四月"还要差。
3　指海子病倒了。"绿色"象征诗人的内心充满活力,"悬崖"则暗示他处境危难。
4　指两位诗人爱上的姑娘却仍然自由驰骋。
5　"积雪"是白马的颜色,是"四月"的特征,"枫叶"是红马的颜色,是"十月"的代表。

犹如姐妹[1]
犹如两种病痛
的鲜花[2]

→ 评析

海子诗中的时间通常都有明确的所指,"四月"和"十月"分别代表的是海子喜爱的两个对象。"四月"在海子诗中出现极少,而在《泪水》一诗中,海子着重写了"十月的最后一夜",很可能与此诗有关。

海子的长诗《太阳·诗剧》里太阳王的自述中,提到了"四月"和"十月",但没有特别的含义,应该与本诗无关。

明明是不幸的日子,却反过来称之为"最好的"日子,这种反笔手法在海子的其他诗中也有体现,如《九月的云》等。

---

1 指两位姑娘对待海子的态度十分一致,就像姐妹一样。
2 指两位姑娘是鲜花,却给海子带来了病痛。

泪水

最后的山顶树叶渐红
群山似穷孩子的灰马和白马[1]
在十月的最后一夜
倒在血泊中[2]

在十月的最后一夜
穷孩子夜里提灯还家　泪流满面
一切死于中途　在远离故乡的小镇上
在十月的最后一夜

背靠酒馆白墙的那个人[3]
问起家乡的豆子地里埋葬的人[4]
在十月的最后一夜
问起白马和灰马为谁而死……鲜血殷红[5]

1　指群山中灰色和白色的部分就像是马,是穷孩子理想寄托所在。
2　指山顶处的树叶也都变红了。原本是灰色和白色的群山都为红色所覆盖,所以称之为"倒在血泊中"。
3　指穷孩子自己,因为心情抑郁而来喝酒。
4　指穷孩子打探家乡的死亡情况,从而盘算自己的葬礼,暗示他决意要死在家乡。
5　指群山的红叶像鲜血一样,它们是群山的灰色和白色消失的原因,即白马和灰马死去的原因。

他们的主人是否提灯还家[1]

秋天之魂是否陪伴着他

他们是否都是死人

都在阴间的道路上疯狂奔驰[2]

是否此魂[3]替我打开窗户

替我扔出一本破旧的诗集

在十月的最后一夜

我从此不再写你

➜ 评析

灰色和白色,是群山在春夏时的颜色,一旦红叶渐渐长满,"最后的山顶树叶渐红",便昭示着深秋的季节已经彻底到来。

海子一直视秋天为审判的季节,此时若是没有收获,便会被宣布失败。

诗中的灰马、白马,其实代表的是追逐理想的时间,一旦它们不存在了、为红叶所彻底覆盖,失败的命运便不可挽回,穷孩子便失去了全部的希望,只能"提灯还家""泪流满面",只能借酒浇愁,只能打探家乡的葬礼的情况,并打算归乡而亡。

---

1 指白马和灰马的主人,即和穷孩子有同样遭遇的人。
2 指这些人心已经枯死,所以称为死人,阳间也等于是阴间。
3 "此魂",即上一节的"秋天之魂",指穷孩子所魂牵梦系、为之流泪的收获的渴望。

秋天之魂，是对秋天收获的渴望。如果已经被宣判失败了，还会保持这样的渴望吗？也许穷孩子的努力会完全为命运所忽略，他的心血会被当成破旧的诗集而从窗子里扔出来。如果是这样，"我从此不再写你"，穷孩子也宣布自己的放弃。

本诗中，海子用死人来形容自己的状态。这样的写法在《星》这首诗中也有类似的应用。

给 1986

"就像两个凶狠的僧侣点火烧着了野菊花地
——这就是我今年的心脏"

（或者绿宝石的湖泊中马匹淹没时仅剩的头颅）
马脑袋里无尽的恐惧！无尽的对于水和果实的恐惧！[1]

"（当我摇着脖子[2]漫游四方
你的嘴唇像深入果园的云彩[3]）
（而我脑袋中残存着马头的恐惧[4]
对于嘴唇和果实的恐惧[5]）"

"（我那清凉的井水
洗着我的脚像洗着两件兵器[6]）

---

1 "水"代表现实，"果实"代表结果。因现实快要将人溺死了，而还没有收获，所以是无尽的恐惧。快要被溺死的感觉，在《自杀者之歌》一诗中也有体现。
2 "摇着脖子"，指诗人的头颅还可以自由转动，并不像上文所描述的头颅就要被淹没的状况。
3 指"你"的嘴唇看似要触到果园里的果实了。"你"，指1986年的自己。
4 根据上文所写，即是将要被淹死的恐惧。
5 指将要收获却不能收获的恐惧（因为快要被淹死了，功亏一篑）。
6 脚是兵器，指此刻我将以逃跑来进行抵抗。"脚"代表着逃跑，"兵器"代表着抵抗。

（天鹅的遗骸[1]远远飞来

墓地的喇叭歌唱一个在天鹅身体上砍伐的人[2]）"

1986

➤ 评析

本诗是海子将1986年的自己当成一个倾诉对象，为"他"而写。有引号的部分是与1986年的直接对话，没有引号的部分则是海子的自言自语。引号中有括号的部分，是想对1986年说却没能说出的话。

海子的心火在猛烈地燃烧，"就像两个凶狠的僧侣点火烧着了野菊花地"，而现实却快要将他淹没了，就像"绿宝石的湖泊中马匹淹没时仅剩的头颅"，这就是整个1986年海子的状况。海子的很多诗，虽然没有标明写作时间，但整体的意象和内涵与本诗一脉相承，可以判定也是1986年所写，如《天鹅》《泪水》《自杀者之歌》等。

本诗中，海子极力所写的是恐惧和放弃，这样的情绪很少在海子的诗中出现。比如，在《自杀者之歌》中，象征肉体的瓶子已经"对半分裂"，而象征精神的瓶里的水仍是"不能分裂"，体现了海子对信念的坚持；而在本诗中，海子只是以象征逃走的脚作为武器，飞来的也只是天鹅的遗骸，定下的都是放弃的基调。本诗应当是海子在试图自杀前后心情极度灰暗的时候所写。

---

1 "天鹅的遗骸"，追逐理想的自己的遗骸。意即，诗人已经放弃追逐理想了。"天鹅"象征追逐理想的人，详见《天鹅》一诗。
2 墓地为天鹅之死而加油呐喊，歌唱迫害天鹅的人。这句话是采用对立视角的描写，意思是"我"的死亡受到墓地的极大欢迎。

云朵

西藏村庄

神秘的村庄

忧伤的村庄

你躺倒在路上[1]

你不姓李也不姓王[2]

你嫁给的男人

脾气怎么样

神秘的村庄

忧伤的村庄

你生了几个儿子

有哪些闺女已嫁到远方

神秘的村庄

忧伤的村庄

当经幡吹响

你多像无人居住的村庄[3]

当经幡五颜六色如我受伤的头发迎风飘扬

---

1 你像一座村庄出现在我经过的路上。本诗将你比喻为村庄,又对村庄使用拟人化的口吻来叙述,所以是"躺倒"在路上。

2 意思是你不是我身边出现的普通人。

3 指单身。也暗指诗人可以去"住"。

你多像无人居住的村庄

当藏族老乡亲在屋顶下酣睡
你多像无人居住的村庄
像周围的土墙画满慈祥的佛像
你多像无人居住的村庄

1986.12.15

➡ 评析

诗题为《云朵》，象征着美丽又遥远的"你"。

海子在此时爱上了一个来自藏区的已婚女人，她又神秘又忧伤的气质深深吸引了海子。

无法与她恋爱，却又难以放下。她像云一样无处不在，却又无法亲近。

经幡、乡亲、土墙、佛像……这些西藏的景色都使海子深情地想起她，而且使海子觉得，似乎是可以与她定居于此的。

喜马拉雅

高原悬在天空[1]
天空向我滚来[2]
我丢失了一切
面前只有大海

我是在我自己的远方[3]
我在故乡的海底——[4]
走过世界最高的地方
喜马拉雅　喜马拉雅

你是谁
饥饿
怀孕
把无尽的
滚过天空的头颅

1　指青藏高原很高，仿佛悬在半空中一样。
2　天空中的空气仿佛是海水，滚滚而来，将我淹没。
3　我一直想到达的理想之处，即西藏。
4　"故乡"指西藏，海子视西藏为精神故乡。"海底"，因为此时天空为海，山峦便是海底。

放回天空[1]

我从大海来到落日的中央[2]
飞遍了天空找不到一块落脚之地
今日有粮食却没有饥饿[3]
今天的粮食飞遍了天空

找不到一只饥饿的腹部[4]
饥饿用粮食喂养
更加饥饿,奄奄一息[5]
草原上的天空不可阻挡[6]

嘴唇和我抱住河水[7]

---

1 这一节是质问之意,质问命运为何把精神上的渴求与肉体分离,放在远远的、无法触及的天空上。此处的"你",指命运;"饥饿",指精神上的饥饿;"怀孕",指思想上的孕育;"滚过天空的头颅",喻指对精神的自由追逐,与留在大地上的躯干(肉体)相对,喻指肉体的被束缚。

2 指我在高原上向着太阳而飞。"落日的中央",形容诗人对着太阳飞去的样子,仿佛一个小黑点落在太阳的中央。

3 指今天来到喜马拉雅这个精神食粮之地,却不知该怎样"吃",仿佛精神上没有饥饿似的。

4 指诗人像粮食一样飞遍天空,却找不到一块地方来吸纳他、接受他。

5 指诗人精神上的饥饿来到喜马拉雅这个精神食粮之地,反而无从下口,因为眼见到粮食而不能吃,就变得更加饥饿了。以上几句都是在诉说诗人一直视喜马拉雅为精神故乡,此时却觉得并不匹配。

6 指我狂躁得要到天空上飞翔的心情不可阻挡。

7 指我亲吻河水并且投河而死。

头颅和他的姐妹
在大河底部通向海洋[1]
割下头颅的身子仍在世上[2]
最高的一座山
仍在向上生长

→ 评析

海子以朝圣的心态来到喜马拉雅,结果却让他失望,仿佛最根本的信念也丢失了,便是这首诗的主旨。

本诗有两个诗节和《我飞遍草原的天空》一诗几乎完全一样:

我从大海来到落日的正中央
飞遍了天空找不到一块落脚之地
今日有粮食却没有饥饿
今天的粮食飞遍了天空

找不到一只饥饿的腹部
饥饿用粮食喂养
更加饥饿,奄奄一息
草原的天空不可阻挡

---

[1] 指我的精神通过投水自杀而达到理想的精神世界。"头颅和他的姐妹",指我的精神和智慧。

[2] 指我的肉体和事迹会留在世上,形成丰碑,供人传颂。

海子曾经在 1986 年 7 月与 1988 年 8 月两次去往西藏，按照记录，《喜马拉雅》与《我飞遍草原的天空》两首诗，分别写于这两次旅途。

《我飞遍草原的天空》，全诗写得十分激烈，很可能是短短几分钟内一蹴而就，便顺手使用了以前写过的、熟悉的句子。

海子以西藏为心灵圣地，而在这两次西藏之旅中，却都受到了很大的情感挫折，诗中的内容较为相似。不过，总体来讲，写于 1986 年的几首诗，如《喜马拉雅》《九月》《云朵》等，感觉上更偏于忧伤，而写于 1988 年的几首诗，如《我飞遍草原的天空》《远方》《西藏》等，感觉上更偏于绝望。

《喜马拉雅》与《我飞遍草原的天空》正是如此，虽然有两个诗节在文字上基本相同，但是传达的感觉仍然有一定差别。

半截的诗

你是我的
半截的诗
半截用心爱着
半截用肉体埋着
你是我的
半截的诗
不许别人更改一个字

➜ 评析

半截,是因为你我的感情尚未最终完成。

半截用心,半截用肉体,是因为灵与肉尚且分离。

不许别人更改,是因为我决心把这段感情进行到底。

爱情诗集

坐在烛台上
我是一只花圈
想着另一只花圈
不知道何时献上
不知道怎样安放

➜ 评析

我为你写下这么多爱情诗歌,但是,我们的爱情会久长吗?死去之后,我们的花圈会摆在一起吗?

此时的海子,对爱情是非常悲观的,毕竟,他想要的爱情,绝不是一时一处的卿卿我我,而是真正的永恒之爱。

永恒之爱却是如此艰难,海子经常考虑死后的问题,他也曾写道,"点亮一根蜡烛 / 我们死后相聚在湖上"。

这两句诗出自《在一个阿拉伯沙漠的村镇上》,是海子对死后的幻想,其实,彼时的海子,连现实之爱也无法获得。

那么,在写作这首《爱情诗集》的时候,海子获得了现实之爱吗?在死后,他和她的花圈很难摆在一起,那么,在现实中,他们的饭碗摆在一起了吗?

恐怕也没有。

诗集

诗集
珠宝的粪筐

母牛的眼睛把她的手搁在诗集上
忧伤的灯把她的手搁在诗集上 [1]

没有一棵树是我的
感觉之树因而叫唤 [2]

诗集,穷人的丁当作响的村庄
第一台酒柜抬入村庄 [3]

诗集,我嘴唇吹响的村庄
王的嘴唇做成的村庄 [4]

1986.12

---

1 指母牛的目光注视着诗集,灯光照耀着诗集。目光和灯光之中仿佛长着小手,长久地放在诗集上,只有她们懂得诗集的价值。

2 指世间的种种感觉(树)都不是我的感觉之树,所以我要发出自己的声音(因而叫唤)。

3 指诗集是精神家园,使人可以将精神的家当(第一台酒柜)搬进去。

4 指诗集可以任意倾诉,在这里诗人就是王。

➡ 评析

"珠宝的粪筐",这个比喻实在精当。诗人每写一首好诗之时,都仿佛得到了一件珍奇的珠宝,然而把它们结集成册,却往往无人问津,在世人的眼中一文不值。

哭泣

哭泣——一朵乌黑的火焰[1]
我要把你接进我的屋子
屋顶上有两位天使拥抱在一起[2]
哭泣——我是湖面上最后一只天鹅[3]
黑色的天鹅像我黑色的头发在湖水中燃烧[4]
用你这黑色肉体的谷仓带走我[5]
哭泣——一朵乌黑的新娘[6]
我要把你放在我的床上
我的泪水中有对自己的哀伤

1986.12

➡ 评析

哭泣，是乌黑的火焰，哭泣，又是黑色肉体的谷仓，也即是说，

---

1 哭泣充满了能量，所以形容为"火焰"，又是负面的能量，所以是"乌黑的"。
2 象征诗人与哭泣也像两位天使一样紧紧相拥。
3 最后一个追逐理想的人。天鹅的意象与《天鹅》《给1986》等诗中的内涵是一致的。
4 意思是，我是一个精神已死的、不能追逐理想的人，在拼命哭泣。"头发在湖水中"，暗示自己投水自尽，"燃烧"则是乌黑的火焰在放声哭泣。
5 "黑色肉体的谷仓"，指哭泣是黑色肉体寄身的所在。"黑色肉体"指诗人自己，诗人的精神已经死了，只剩下黑色的肉体。
6 指诗人要和哭泣紧密结合。

此时的海子，需要投身于剧烈的哭泣之中，才能感觉到一些平静，才能像谷子投身谷仓之中那样获得包容和安慰。

海子本人，此时像是一只失败的天鹅，无法追逐理想，只有黑色的肉体。他只想拥抱哭泣，只想与哭泣紧密结合，将之视为自己的新娘。

这首诗写于1986年12月。1986年11月18日，海子在日记中写道："我差一点自杀了，我的尸体或许已经沉下海水……"从这首诗来看，海子的情绪依然十分低落，仿佛终日以泪洗面。

给托尔斯泰[1]

我想起你如一位俄国农妇暴跳如雷[2]
补一只旧鞋的
手[3]
时时停顿
这手掌混同于
兵士的臭脚、马肉和盐
你的灰色头颅一闪而过
教堂的裸麦中央[4]
北方流注的河流马的脾气暴跳如雷
胸膛上面排排旧俄的栅栏暴跳如雷
低矮的天空、灯火和农妇暴跳如雷[5]

---

1 托尔斯泰（1828—1910），俄国批判现实主义作家，代表作有《战争与和平》《安娜·卡列尼娜》《复活》等。托尔斯泰晚年力求过简朴的平民生活，1910 年 10 月从家中出走，11 月病逝于一个小站。
2 指托尔斯泰朴实而脾气暴躁。
3 托尔斯泰本来是富裕的庄园主，晚年时思想发生转变，力求像农民一样生活，自己补鞋。这句话也隐喻了托尔斯泰修补旧的思想。
4 指托尔斯泰的思想又深刻又朴实。"裸麦"，又称黑麦，易于耕种、收获，是欧洲制作面包的主要原料，是朴实的象征。
5 指托尔斯泰小说中的情绪，反映农民生活之艰难，为他们争取权益。

吹灭云朵

吹灭火焰

吹灭灯盏

吹灭一切妓女

和善良女人的

嘴唇[1]

你可以耕地，补补旧鞋

你可以爱他人，读读福音书

我记得陈旧的河谷端坐老人

端坐暴跳如雷的老人

1985.12 草摘

1986.12 修改

➡ 评析

这首诗是一首纯粹的致敬诗。

海子在《诗学：一份提纲》这篇论文中提到，托尔斯泰的小说"从材料和深度来说"，"更接近史诗这一伟大的诗歌本身，可惜他们自身根本就不是诗歌"，可以"称之为盲目的诗或独眼巨人"。

无论从生活经历还是思想理念上，海子和托尔斯泰都没有太多相似之处，海子只是单纯地出于对托尔斯泰的作品的敬佩，写了这

---

[1] 指托尔斯泰告别了过去所描写的景物。

样一首致敬的诗。

　　托尔斯泰处在"文明的深刻变乱"(《诗学：一份提纲》)之中，他的思想经历了很大的转变，尤其到了晚年，看到了社会上太多不平等的现象，他放弃了庄园生活，追求平民的生活，为农民发声，为此，不惜在八十二岁高龄，与自己的妻子和庄园决裂，简装出行，离家出走，最后病逝在旅途中。这种性格及为农民代言的行动，即是本诗所写的"如一位俄国农妇暴跳如雷"。而与过去的决裂，即是"吹灭云朵""吹灭火焰""吹灭灯盏""吹灭一切妓女/和善良女人的/嘴唇"。

　　最后，托尔斯泰作为一个老人，端坐在陈旧的河谷，依然为了社会的种种现象而暴跳如雷。这些对托尔斯泰的写照十分精练、传神。

给萨福[1]

美丽如同花园的女诗人们[2]
相互热爱,坐在谷仓中
用一只嘴唇摘取另一只嘴唇[3]

我听见青年中时时传言道:萨福

一只失群的
钥匙下的绿鹅[4]
一样的名字。盖住
我的杯子

托斯卡尔的美丽的女儿[5]

---

1 萨福(约公元前 630 或 612—约公元前 592 或 560),古希腊著名的女抒情诗人,一生写过不少情诗、婚歌、颂神诗、铭辞等。一般认为她出生于莱斯波斯岛的一个贵族家庭。她是同性恋者,是第一位描述个人的爱情和失恋的诗人。
2 指萨福曾经开设女子学堂,专门教导女孩子们进行诗歌写作。
3 指女诗人们互相交流,也暗指她们彼此亲吻。
4 "绿鹅",代表着被人误解、禁锢的美丽。据薄伽丘《十日谈》中描述,一个从小隔绝世事的男孩子,第一次见到一位绿衣姑娘,父亲向他解释为"绿鹅",而且说是邪恶的东西。
5 来自传说中凯尔特诗人莪相的诗歌,英雄托斯卡尔战死后,他的女儿玛尔薇娜因悲伤过度,不久也离开人间。此处描写萨福忧郁的气质。

草药和黎明的女儿[1]
执杯者的女儿[2]

你野花
的名字
就像蓝色冰块上
淡蓝色的清水溢出

萨福萨福
红色的云缠在头上
嘴唇染红了每一片飞过的鸟儿
你散着身体香味的
鞋带被风吹断
在泥土里

谷色[3]中的嘤嘤之声
萨福萨福
亲我一下

你装饰额角的诗歌何其甘美

1　草药的女儿指健康女神海吉雅,黎明的女儿指黎明女神厄俄斯。两者都来自希腊神话。
2　指青春女神赫柏,来自希腊神话。
3　"谷色",稻谷收获时的颜色。因上文写女诗人们坐在谷仓中,故有此言。

你凋零的棺木像一盘美丽的
棋局

➜ 评析

海子将萨福写得十分纯洁而又迷人。对她内质的描述是淡蓝色的：

> 就像蓝色冰块上
> 淡蓝色的清水溢出

她的外在则是热烈的红色：

> 红色的云缠在头上
> 嘴唇染红了每一片飞过的鸟儿

而萨福的命运则是和"绿鹅"一样的。海子还称之为"失群"，并且将萨福的名字写在自己的杯子上，原是物伤其类之意。

最后提到萨福的棺木像是棋局，也是隐隐表示，自己要将这盘棋走下去。

给安徒生[1]（组诗）

1

让我们砍下树枝做好木床

一对天鹅的眼睛照亮
一块可供下蛋的岩石[2]

让我们砍下树枝做好木床
我的木床上有一对幸福天鹅
一只匆匆下蛋，一只匆匆死亡[3]

---

1 安徒生（1805—1875），丹麦19世纪童话作家。
2 意即一对天鹅四处寻找栖居之所，突然眼前一亮，找到一块合适的岩石。"可供下蛋"，象征栖居。
3 下蛋和死亡，代表着生命的两大重要历程——繁衍和生死。"匆匆"，意味着生命是短暂的。

2

天鹅的眼睛落在杯子里
就像日月落在大地上 [1]

1986

→ **评析**

很短的组诗，却极准确地写出了安徒生童话的三个特点：简洁、戏剧化、深刻。

"让我们砍下树枝做好木床"，安徒生童话所采用的正是这种简洁优美的文风。

一对幸福的天鹅，在做好的木床上，"一只匆匆下蛋，一只匆匆死亡"，这样看似戏剧化的场景里，却包含着深刻的寓意——生命的本质就是由繁衍和生死所构成。

而第二首，既隐喻了生命消逝的沉重，又暗指安徒生的离世如同日月陨落。

海子用这首很短的组诗，完成了对安徒生的一次致敬。

---

[1] 天鹅生命的陨落就像是日月的陨落。意即，生命的消逝就像日月的陨落一样沉重。

1987 年

—

麦地啊,人类的痛苦
是他放射的诗歌和光芒

冬天的雨

一只船停在荒凉的河岸
那就是你居住的城市[1]
我的外套肮脏,扔在河岸上[2]
我的心情开始平静而开朗

河水上面还是山冈
许多年前冒起了白烟
部落来到这里安下了铁锅
在潮湿的天气里
我的心情开始平静而开朗[3]
这不是别人的街头,也不是我梦中的景色[4]
街头上卖艺人收起了他彩色的帐篷[5]

冬天的雨下在石头上

---

1 指诗人乘船来到对方的城市,此时的心情不免有些荒凉。
2 象征诗人抛弃了旧日的负担(外套肮脏)。
3 指作者想象很久以前,曾有部落在此安家(安下了铁锅)。诗人此时的境遇和他们类似,因此受到了鼓舞,心情便进一步"平静而开朗"。
4 指此时是属于我的现实一刻,既不是别人的,也不是梦中的。
5 指其他人纷纷为我让路,再也没有其他的"彩色"来干扰。

飘过山梁仍旧是冬天的雨[1]

打一只火把走到船外去看山头的麦地[2]

然后在神像前把火把熄灭[3]

我们沉默地靠在一起

你是一个仙女,是冬天潮湿的石头[4]

你的外表是一把雨伞

你躲在伞中像拒绝天地的石头

你的黑发披散在冬天的雨中[5]

混同于那些明媚的两省交界的姑娘[6]

在大山的边缘,山顶的雪已隐然远去

像那些在大河上凝固的白帆[7]

我摘下你的头巾,走到你的麦地

这里粮食虽然是潮湿的

仍然是山顶的粮食[8]

---

1 象征我的决心不会改变。

2 "山头的麦地",象征着你的精神世界。

3 指在神明的面前感受雨水,诉说爱恋。

4 指我的决心只能将你打湿,却无法进入你石头一样的内心。

5 指伞已经拿掉,抵抗的石头已经不在,女孩已经接受了诗人。

6 女孩已经转变为身边之人,不再是高冷的仙女的身份。"两省交界",暗示着彼此交流。

7 象征以前你对我的抵御(山顶的雪)已经不在了,此时已经转变为河上的白帆,可以扬帆远航。

8 象征你的精神世界(粮食)虽然已经为我爱恋的雨水所拥抱,它们仍然是高远的"山顶的粮食"。

野兽在雨中说过的话,我们还要再说一遍[1]
我们在火把中把野兽说过的话重复一遍[2]
我看见一个铁匠的火屑飞溅[3]
我看到一条肮脏的河流奔向大海,越来越清澈,平静而广阔[4]
这都是你的赐予,你手提马灯,手握着艾[5]
平静得像一个夜里的水仙[6]
你的黑发披散着盖住了我的胸脯
我将我那随身携带的弓箭挂到墙上[7]
那弓箭我随身携带了一万年

我的河流这时平静而广阔
容得下多少小溪的混浊[8]
我看见你提着水罐举向我的胸脯
我足够喂养你的嘴唇和你的羊群

---

1 指我们像野兽一样在恋爱之雨中热烈地呢喃、恋爱。
2 暗示我们将火把重新燃起,象征着爱恋的表白已经完成,新的生活之火开始燃烧。
3 象征我们的爱情有打铁一样的激情。
4 象征我的生命被爱情净化、包容,变得清澈、平静而广阔。
5 指你提着照耀远行之路的马灯为我指路,握着用于医治的艾草为我疗伤。
6 "水仙",象征爱情。
7 指在这一个片刻暂且沉浸在爱情之中,暂且停下追逐的脚步。
8 象征我因为爱情而变得宽宏、豁达、美好。

我在冬天的雨中奔腾,我的胸脯上藏有明天早晨[1]
明天早晨我的两腿画满了野兽和村落[2]
有的跳跃着,用翅膀用肉体生活
有的死于我的弓箭,长眠不醒

1987.1.11 达县

➜ 评析

本诗为一首爱情狂想曲,写出了诗人到来、调整心情、表白、接受、相恋、生命状态变化、畅想等一系列过程。

从海子的另一首诗《雨》来看,本诗所描写的场景几乎全部是想象。《冬天的雨》和《雨》这两首诗,意象体系几乎完全相同,但表达的意思完全相反,可以看作是一个主题下的两次写作。

很可能《冬天的雨》写于海子与对方见面之前,其中全是海子乐观的幻想,而《雨》写于两人见面之后,幻想破灭,所以有了完全不同的结局。

在《冬天的雨》写作的第二天,海子写了《雨鞋》,证明了此次爱情的失败,也证明了本诗完全是想象。

---

1 指我在爱情之雨中奔跑,我的心中有了未来(明天早晨)。

2 指我明天早晨将去打猎,走遍村落。

雨

打一支火把走到船外去看山头被雨淋湿的麦地
又弱又小的麦子[1]

然后在神像前把火把熄灭[2]
我们沉默地靠在一起
你是一个仙女，住在庄园的深处[3]

月亮　你寒冷的火焰　你雨衣中裸体少女依然新鲜[4]

今天夜晚的火焰穿戴得像一朵鲜花[5]
在南方的天空上游泳
在夜里游泳，越过我的头顶[6]

1　象征少女的弱小和犹豫。
2　指两人不再观看麦地，在神像面前感受真实的精神世界。
3　指此刻虽然靠在一起，你却像庄园深处的仙女一样不可触及。
4　指月亮照耀下的少女依然需要保护。"寒冷的火焰"，指虽然有热情，却太微弱，不可依靠。"裸体"和"新鲜"，指少女依然弱小而需要保护。"雨衣"，指月亮的光即是月亮对少女的保护。
5　指月亮美丽，少女有魅力。"夜晚的火焰"既指月亮，也象征少女。此处月亮和少女精神相通，互为表里。
6　象征少女的世界诗人无法触及。

高地的小村庄又小又贫穷[1]
像一棵麦子
像一把伞
雨中裸体少女沉默不语

贫穷孤独的少女　像女王一样　住在一把伞中
阳光和雨水只能给你尘土和泥泞[2]
你在伞中，躲开一切
拒绝泪水和回忆

➡ 评析

　　本诗和《冬天的雨》是一个主题下两种内容的写作。本诗写爱情的失败，《冬天的雨》写爱情的成功。

　　虽然两首诗的意象体系大致相同，但海子在细节上进行了不同的处理。

　　《雨》主要写少女的拒绝，所以，《冬天的雨》前半段关于诗人的心理活动（扔外套、部落、卖艺人等），以及后半段对新生活的畅想（白帆、说话、河流、明天早晨等），在此诗中统统不见。

　　《冬天的雨》中写"你是一个仙女，是冬天潮湿的石头"，是因为冬天的雨还可以落在少女身上，并最终将她打动。《雨》中写"你

1　指少女的生活（高地的小村庄）为贫寒所迫。
2　指少女的心已死，诗人带来的阳光和雨水都无法使她生长。

是一个仙女,住在庄园的深处",是因为诗人无计可施,根本无法触及少女的心思。

《冬天的雨》中写少女"外表是一把雨伞",暗示着内心与此不同,能够接纳诗人。《雨》中写少女"住在一把伞中",诗人完全不得其门而入。

《冬天的雨》中,麦地仍然是"山顶的粮食"。而《雨》中,只有"又弱又小的麦子""又小又贫穷"的小村庄,一棵孤单的麦子,完全失去了力量和信心。

雨鞋

我的双脚在你之中
就像火走在柴中 [1]

雨鞋和羊和书一起塞进我的柜子 [2]
我自己被塞进相框,挂在故乡 [3]
那粘土和石头的房子,房子里用木生火
潮湿的木条上冒着烟
我把撕碎的诗稿和被雨打湿
改变了字迹的潮湿的书信
卷起来,这些灰色的信
我没有再读一遍
普希金 [4] 将她们和拖鞋一起投进壁炉 [5]
我则把这些温暖的灰烬
把这些信塞进一双小雨鞋
让她们沉睡千年

---

1 指我的双脚穿上装满爱情的雨鞋,我就像被火点燃的木柴一样在熊熊燃烧。
2 指爱情(雨鞋)、生存(羊)和理想(书)都被封存。
3 指我放弃了所有的生活。此处意象有遗像之意。
4 普希金(1799—1837),俄国著名诗人,19世纪俄罗斯浪漫主义文学的主要代表,同时也是现实主义文学的奠基人。
5 指我的精神导师(普希金)替我出手,将爱情(她们)和生活(拖鞋)一起扔掉、焚毁。

梦见洪水和大雨[1]

1987.1.12 达县

➜ 评析

本诗写于《冬天的雨》次日，应当是海子的爱情失败，使他决定转回家乡，并将这段感情永远封存。

---

1 指这些情书将一直沉睡，但也将一直保留着澎湃的爱意。

病少女

白蛾子像美丽
黄昏的伤口 [1]
在诗人的眼里想起黄昏

听见村庄在外被风吹拂

当你一家三口走下月台
我端坐车中
如月球居民 [2]

病少女　无遮拦的盐碱地上的风
吹在你脸上

病少女　清澈如草
眉目清朗，使人一见难忘
听见了美丽村庄被风吹拂 [3]

1　如果将黄昏的景色看成是一幅画，白蛾子就像是画面上的一个个伤口。白蛾子和伤口的形状很像。
2　既指我仿佛月球居民一样，与一家三口（地球人）有隔离感，又指我正在乘车回月球，以后就没有机会再见面了。
3　指病少女的气质就像是美丽村庄被风吹拂。

我爱你的生病的女儿，陌生的父亲[1]

1987.2

→ 评析

白蛾子会使海子想到黄昏的伤口，想到黄昏。而黄昏，向来是海子所热爱的时辰。

病少女就是那只白蛾子。

他们在火车上相遇。她"清澈如草""眉目清朗""使人一见难忘"，就像是"美丽村庄被风吹拂"。她的气质使海子一见倾心。

而车上的时光是短暂的，他们一家三口还是下了车，走下月台。此刻海子觉得自己就像是个正在返程的月球人，与她此生再难相见。

他不由得喃喃地对着他们的背影，用求婚的口吻，说：

我爱你的生病的女儿，陌生的父亲

虽然对刚认识不久的陌生人就说出这番话显得有些荒谬，但此刻如果不说，以后就永远没有机会了。

---

[1] 此处海子用了模仿求婚的口吻。

献诗
——给 S

谁在美丽的早晨
谁在这一首诗中

谁在美丽的火中　飞行
并对我有无限的赠予

谁在炊烟散尽的村庄
谁在晴朗的高空

天上的白云
是谁的伴侣

谁身体黑如夜晚　两翼雪白
在思念　在鸣叫

谁在美丽的早晨
谁在这一首诗中

1987.2.11

➡ **评析**

全诗共分六节,每一节的主语都是"谁",指向却各有不同。第五节的"谁",指的是我;此外五节的"谁",指的都是你。

第一节,写我对你(谁)的思念。

第二节到第四节,写你(谁)的三个特质:赠予、晴朗、与云为伴。

第五节,写我(谁)对你的思念、鸣叫。

第六节,与第一节相同,写我对你(谁)的思念。

第六节既是第五节"思念"的内容,是全诗的结尾,又与第一节相同,成为下一组"思念"的开头,从而构成了思念的循环。

夜

夜黑漆漆,有水的村子
鸟叫不定,浅沙下荸荠
那果实在地下长大像哑子叫门 [1]
鱼群悄悄潜行如同在一个做梦少女怀中
那时刻有位母亲昙花一现 [2]
鸟叫不定,仿佛村子如一颗小鸟的嘴唇 [3]
鸟叫不定而小鸟没有嘴唇 [4]
你是夜晚的一部分,谁都是黑夜的母亲 [5]
那夜晚在门前长大像哑子叫门
鸟叫不定像小鸟奉献黑夜的嘴唇 [6]

在门外黑夜的嘴唇
写下了你的姓名 [7]

---

[1] 指种子成长,默默钻出地面之门。
[2] 指少女在梦中收获了爱情,成为母亲。
[3] 指鸟是为村子而鸣叫。
[4] 指鸟在心中鸣叫,即发出心声。
[5] 指你是我思念之人,组成了我的夜晚的一部分,而大家都在黑夜中孕育着想法和思念。
[6] 指鸟为黑夜而鸣叫,换言之,黑夜的思念就是鸟的鸣叫。
[7] 指我在黑夜中、在门外,诉说着你的姓名。

➡ **评析**

一切重要的成长都发生在黑暗之中，比如果实的种子偷偷从地下长出来，比如少女暗暗梦见自己获得爱情。黑暗中也自然会孕育出无数想法，"谁都是黑夜的母亲"。在这样的黑夜里，海子心中"鸟叫不定"，诉说的都是"你的姓名"。

诗的结构很简洁：黑暗中万物生发—我心中的思念也在生发—我思念的人就是你。其中"鸟叫不定"和"嘴唇"几次出现，反复吟咏，增加了抒情的趣味。

诗中的用词也很有趣。"浅沙下荸荠"，勾勒出村庄小清新的气质；"鱼群悄悄潜行""哑子叫门"，也渲染了海子思念之隐秘。

思念可以很深，也可以很浅，"鸟叫不定"形容的却是一种时而思念、时而游神的"不定"态。对于单相思的人而言，这才是最精确的写照：又思念，又担心，又胡思乱想，又按捺不住，时而安定沉稳，时而百爪挠心，仿佛总有一只鸟在耳边不定时地叫上几声。这是全诗最妙的比喻。

给安庆

五岁的黎明
五岁的马[1]
你面朝江水
坐下

四处漂泊
向不谙世事的少女
向安庆城中心神不定的姨妹
打听你,谈论你

可能是妹妹
也可能是姐姐[2]
可能是姻缘
也可能是友情[3]

1987

---

1 指与此姑娘认识至今已有五年,就好像是获得黎明已有五年,心中如马匹般骚动已有五年。
2 指诗人拜托了各种各样的人来打探消息,这些人对于此姑娘的认识是"可能是妹妹","也可能是姐姐"。
3 指打探的结果,可能是与海子有婚姻之缘,也可能是只有朋友之缘。

➡ 评析

"面朝江水 / 坐下",这样的断句,也是使自己沉静下来。

只不过,诗人很难沉静,还是忍不住拜托了各种人来打探消息,而且心中也很怀疑,不知最后的结果是爱情还是友情。

少女"不谙世事",反衬诗人老成懂事;姨妹"心神不定",反衬诗人情意笃定,不作他想。

海子即是安庆人,依诗意来看,应当是当地有一位海子心仪的姑娘,认识了五年时间,而海子此时有与之恋爱的期许,心中却没有任何把握。

马雅可夫斯基[1] 自传

微微发紫的光线里一个胎儿、一朵向日葵[2]

诗人在小镇一角度完一生

在那家残破的灯下

旅馆破旧

石头流动[3]

梨花阵阵[4]

迟钝和内心冲突[5]

一棵梨子树,梨花阵阵[6]

头盖骨龟裂——箭壶愚蠢摇动[7]

火烧山地　白色梨花阵阵[8]

---

1 马雅可夫斯基(1893—1930),苏联诗人、剧作家、改革家,代表作长诗《穿裤子的云》《列宁》。由于长期受到宗派主义的打击,加上爱情遭遇的挫折,于1930年4月14日开枪自杀,年仅三十七岁。

2 指马雅可夫斯基是一位纯洁而永远向着太阳的赤子。

3 指灯光下石头的影子来回晃动,仿佛是在流动一般。

4 指梨花被风吹拂得阵阵晃动。

5 指马雅可夫斯基感觉自己变迟钝了、被时代抛弃了,而他的内心是要求进步、跟上甚至超越时代的,所以有此冲突。

6 象征马雅可夫斯基思绪繁杂。"梨子树",指马雅可夫斯基。"梨花",指他的想法。

7 指马雅可夫斯基极端的想法仿佛涨裂了他的头盖骨。"箭壶",指尖锐的、极端的想法。在旁观者看来,这些想法都是愚蠢的。

8 指马雅可夫斯基仿佛是被大火燃烧着,他的思绪不断地晃动、凋零。"山地",指马雅可夫斯基的生命。

刮去遍体鳞伤[1]

一切噪音进入我的语言

化成诗歌与音乐　梨花阵阵[2]

在我弃绝生活的日子里

黑脑袋——杀死了我[3]

以我血为生　背负冰凉斧刃

黑脑袋　长出一片胳膊

挥舞一片胳膊[4]

露出一切牙齿、匕首

黑头里垒满了石头[5]

像青铜一样站着[6]

站到最后　站到末日

1987

➔ 评析

马雅可夫斯基曾经是未来主义的代表人物，第一次世界大战爆

---

[1] 指马雅可夫斯基掩盖住自己遍体鳞伤的状态。

[2] 指马雅可夫斯基总是将负面的情绪自我消解，并转换成优美的、仿佛梨花阵阵晃动的诗歌和音乐。

[3] "黑脑袋"，指这个世界仿佛是一个"黑化"的、不善良的脑袋。

[4] 指这个世界上许多人都要对马雅可夫斯动粗。

[5] 指黑脑袋没有思想，不分青红皂白。

[6] 指马雅可夫斯基抵抗到底。

发以后，在布尔什维克党的影响下，他逐渐走上了无产阶级革命事业的道路，其创作也逐渐转向无产阶级文学。这样的转变是巨大的，招来未来派的攻击，同时，俄罗斯无产阶级作家协会也对他加以排斥，使他在精神上遭受了很大的打击，"迟钝和内心冲突"。

马雅可夫斯基是一个纯洁的赤子，"一个胎儿、一朵向日葵"，他总是在诗歌里提出热情的口号，"一切噪音进入我的语言/化成诗歌与音乐"。不过，这个世界就像一个巨大的"黑脑袋"，不分青红皂白地对他"挥舞一片胳膊"，"露出一切牙齿、匕首"，终于使他"箭壶愚蠢摇动"，选择了自杀离世。这是他认为自己能够对这个世界进行反抗的最好方式，"像青铜一样站着"。

海子这首诗使用意象十分准确、灵活。比如"梨花阵阵"这个意象——在对旅馆的描画中，是风景的一部分；在形容马雅可夫斯基的状态时，却变成了他的思绪；在他产生自杀的想法时，用来形容他生命的凋零；在提到他的作品时，又变成了赞颂。一个简单的意象，在四个不同的地方均有不同的内涵。

向日葵、箭壶、黑脑袋、青铜等意象，更是简洁明了，直接写出了事物的本质。

诗人叶赛宁[1]（组诗）

1. 诞生

星日朗朗[2]

野花的村庄

湖水荡漾

野花！

生下诗人

湖水在怀孕

在怀孕

一对蓓蕾

野花的小手在怀孕[3]

生下诗人叶赛宁

野花的村庄漆黑

如同无人居住

野花，我的村庄公主[4]

---

1 叶赛宁（1895—1925），苏联田园派诗人。
2 从诗意中看，应当是"星月朗朗"。
3 "野花的小手"，指野花像是一只小手伸向天空。
4 指野花具有村庄的气质，最能够代表村庄。

安坐痛苦的北方
生下诗人

谁家的窗户
灯火明亮
是野花,一只安详燃烧的灯[1]
坐在泥土的灯台上
生下诗人叶赛宁

➜ 评析

  北方的村庄是卑微的,它就像苍茫的大地上的一只小手,在孕育生命。这就是野花的气质。
  叶赛宁出生之时,整个村庄都已经睡了,是漆黑的,唯有一个窗户还亮着灯,像野花一样,小小而安详地照亮叶赛宁的诞生。
  野花,就是北方村庄的气质,也正是叶赛宁的气质,是与生俱来的。

2. 乡村的云

乡村的云
故乡

---

[1] 指灯的形状像是野花一样。

你们俩是
水上的一对孩子[1]

云朵的门啊，请为幸福的人们打开
请为幸福
和山坡上无处躲藏的忧伤的眼睛[2]
打开！

→ 评析

既然云和故乡是一对孩子，那么云朵的门就是故乡之门，暗指升华之后的理想生活。

故乡中有两种人：一种是幸福的人，对他们而言，平静的生活即是幸福；另一种是叶赛宁，也即是"山坡上无处躲藏的忧伤的眼睛"。

叶赛宁因为无法进入云朵之门而忧伤，他也希望其他幸福的人能够一同进入（尽管他们懵懂无知），所以他有了这样的祈求："请为幸福的人们打开"。

3. 少女

少女

---

[1] 指云和故乡在水面上投射倒影，就像是气质相同的一对孩子。
[2] 指叶赛宁。

头枕斧头和水 [1]

安然睡去

一个春天

一朵花

一片海滩　一片田园

少女

一根伐自上帝

美丽的枝条

少女

月亮的马 [2]

两颗水滴

对称的乳房 [3]

> **评析**

忧伤的叶赛宁心中渴望着一个少女：她就像是一根伐自上帝的美丽的枝条，她就像是一个春天、一朵花、一片海滩、一片田园，如此宁静，如此安然，能够抚慰有心事的少年。

1　隐喻少女兼顾现实生活和理想生活。"斧头"，指代现实生活。"水"，指代理想生活。
2　指来自理想的使者。"月亮"，代表理想。
3　表面意思是少女对称的乳房就像是两颗水滴，实际是指少女的美丽中藏着来自月亮的理想。

少女一定是来自月亮的使者。月亮,代表着理想。少女的乳房就像是两颗水滴,这也是理想的象征。

在海子的意象体系里,月亮是由水构成的。在《十四行:夜晚的月亮》一诗中,月亮有着"幽深而神秘的水"。月亮和水的本质是一样的,它们都散发着理想的光辉。

斧子,指的是劳作,是现实生活。在《月全食》一诗中,斧子"闪现着人类劳动的光辉",代表着现实生活中的智慧和力量。

少女"头枕斧头和水",便是集成现实和理想的光辉于一身。海子在追逐理想的时候,一直在现实生活中四处碰壁,他非常渴望自己或者情侣能具有超凡的能力,兼顾理想生活和现实生活,将之平衡贯通。本诗中的少女,便是这样一种完美的设定。

4. 诗人叶赛宁

我是中国诗人
稻谷的儿子
茶花的女儿
也是欧罗巴诗人
儿子叫意大利
女儿叫波兰
我饱经忧患
一贫如洗
昨日行走流浪
来到波斯酒馆

别人叫我

诗人叶赛宁

浪子叶赛宁

叶赛宁

俄罗斯的嘴唇

梁赞的屋顶 [1]

黄昏的面容

农民的心

一颗农民的心

坐在酒馆

像坐在一滴酒中

坐在一滴水中

坐在一滴血中

仙鹤飞走了

桌子抬走了

尸体抬走了

屋里安坐忧郁的诗人

仍然安坐诗人叶赛宁 [2]

叶赛宁

不曾料到又一次

1　梁赞，俄罗斯城市，叶赛宁出生地。

2　指叶赛宁的肉体已经死亡，他的灵魂依然在此。"仙鹤飞走""桌子抬走""尸体抬走"，指叶赛宁的死亡。

春回大地[1]

大地是我死后爱上的女人

大地啊

美丽的是你

丑陋的是我[2]

诗人叶赛宁

在大地中

死而复生

> **评析**

前三首诗中的叶赛宁,其实就是海子本人,他们在气质上是互通的。不过,直到这一首诗,海子和叶赛宁才真正正式地融到了一起:既是中国诗人,也是欧罗巴诗人。

叶赛宁直至死去,都难以实现自己的理想,他却"不曾料到又一次/春回大地",诗歌复苏了,过去的种种努力还在继续。春回大地,指的是诗歌精神回来了,更具体点,其实是指叶赛宁的诗歌精神被海子继承。

海子便借叶赛宁的口吻,颂扬大地的恒常永驻,反思自己对理想不够坚持。其实,这是海子在批评和鼓舞自己。

---

1 暗指诗歌的精神回来了。
2 大地是永恒的,所以是美丽的;我未能实现理想,所以是丑陋的。

5. 玉米地

微风吹过这座小小的山冈
玉米地里棵棵玉米又瘦叉小

我浇水　看着这些小小的可爱又瘦小的叶子
青青杨树叶子喧响在那一头
太阳远远地燃烧
落入一座空空的山谷

树叶是采自诸神的枪枝和婚床
圆形盾牌镌刻着无知的文字[1]

➡ 评析

叶赛宁是著名的乡村诗人，他曾写道，"我是乡村最后一个诗人"。

在这一首中，海子先是歌颂了乡村生活中的玉米地。他浇水，看见玉米可爱的叶子，再将视野拉远一点，看到喧响的杨树叶，再将视野拉远一点，看到太阳落山……这一系列的视角升级，便勾画出一幅美好的乡村生活的画面。

然后，海子明确地批判道：

---

1 指乡村生活比西方文明要更美好。将诸神的枪枝和婚床上的树叶采到乡村，以及认为圆形盾牌上的文字很无知，这都是对西方文明的蔑视。"诸神"，指的是古希腊诸神，代表着西方文明。

> 树叶是采自诸神的枪枝和婚床
> 圆形盾牌镌刻着无知的文字

诸神,指奠定了西方文明的古希腊诸神,他们十分注重各种树叶,无论是枪枝还是婚床上,都有树叶的存在。

在本诗中,将古希腊诸神的树叶采下来放入乡村生活中去,并直斥圆形盾牌上都是些"无知的文字",这都是对古希腊诸神的否定,也是对乡村生活的肯定。

6. 醉卧故乡

> 故乡的夜晚醉倒在地[1]
> 在蓝色的月光下
> 飞翔的是我
> 感觉到心脏,一颗光芒四射的星辰
> 醉倒在地,头举着王冠
> 头举着五月的麦地
> 举着故乡晕眩的屋顶
> 或者星空,醉倒在大地上![2]
> 大地,你先我而醉

---

[1] 指我在故乡的夜晚醉倒在地。因为我醉了,所以有如此颠倒的叙述。以下一整节全是醉后颠倒之词。

[2] 因为醉倒在地而感觉上下颠倒。头已触地,但感觉麦地、房顶、星空都像是被头举起来的一样。

你阴郁的面容先我而醉
我要扶住你
大地!

我醉了
我是醉了
我称山为兄弟、水为姐妹、树林是情人
我有夜难眠,有花难戴
满腹话儿无处诉说
只有碰破头颅
霞光落在四邻屋顶[1]
我的双脚踏在故乡的路上变成亲人的双脚
一路蹒跚在黄昏　升上南国星座
双手飞舞,口中喃喃不绝
我在飞翔
急促而深情
飞翔的是我的心脏
我感觉要坐稳在自己身上[2]
故乡,一个姓名
一句
美丽的诗行

1　暗指自己的头颅像太阳,借醉意碰破以后,能发出霞光,照耀四邻和村庄。
2　指我感到自己骑着自己的心脏在飞,所以要坐稳。

故乡的夜晚醉倒在地

➡ 评析

在海子的笔下,叶赛宁酩酊大醉,醉卧故乡。诗中描写了几个信息:其一,故乡不过是"一个姓名/一句/美丽的诗行";其二,叶赛宁"有夜难眠,有花难戴";其三,叶赛宁希望碰破头颅,放出霞光;其四,叶赛宁渴望飞翔,并"一路蹒跚在黄昏 升上南国星座"。

南国星座便是海子的所在,这表示叶赛宁想要来找海子、找志同道合的知己。在《两座村庄》一诗中,海子和普希金的关系,也是"北方星光照映南国星座"。叶赛宁渴望飞翔,渴望碰破头颅,这样的想法在故乡无法实施,只能"有夜难眠,有花难戴"。他心中是想要离开故乡的,将故乡留在记忆中,化为"一个姓名"或者"一句美丽的诗行"。

在第五首诗《玉米地》中,海子笔下的叶赛宁还对故乡极度称赞,为什么在这一首诗却有了这样的变化呢?

这一组诗中的叶赛宁,纯粹就是海子的投射。海子对待故乡的感情一直是又爱又无奈,热爱其淳朴,感激其养育之恩,却无奈于它对自己的理想追寻产生了巨大的羁绊。本组诗中表达的依然是这样的感情。

从下一首诗《浪子旅程》来看,叶赛宁在本首诗中其实是已经离开了故乡的。所谓"故乡的夜晚醉倒在地",指的是他醉倒后思念故乡,便萌生出以所在为故乡的感觉。

据说，在这一首诗之前，还有两首诗——《酗酒之一》和《酗酒之二》，空有标题，没有内容。也许在海子原本的计划中，便是用这两首诗写叶赛宁离开故乡的过程与细微的心态转变。

7. 浪子旅程

我是浪子
我戴着水浪的帽子
我戴着漂泊的屋顶
灯火吹灭我
家乡赶走我
来到酒馆和城市

我本是农家子弟
我本应该成为
迷雾退去的河岸上[1]
年轻的乡村教师
从都会师院毕业后[2]
在一个黎明
和一位纯朴的农家少女
一起陷入情网

---

1 隐喻少年时代的迷惘期过后，看到清晰的人生之岸。
2 "都会师院"，大都会的师范学院。叶赛宁曾就读于教会师范学校。

但为什么
我来到了酒馆
和城市

虽然我曾与母牛狗仔同歇在
露西亚天国[1]
虽然我在故乡山冈
曾与一个哑巴
互换歌唱[2]
虽然我二十年不吱一声
爱着你，母亲和外祖父
我仍下到酒馆——俄罗斯船舱底层
啜泣酒杯的边缘
为不幸而凶狠的人们
朗诵放荡疯狂的诗

我要还家
我要转回故乡，头上插满鲜花
我要在故乡的天空下
沉默寡言或大声谈吐
我要头上插满故乡的鲜花

---

1 "**露西亚**"，日本以前对俄罗斯的一个旧称呼。
2 意即保持缄默，即下文的"二十年不吱一声"。

→ **评析**

这一首诗写叶赛宁漂泊已久、想念故乡。

虽然故乡使他又爱又无奈,他也因要摆脱羁绊而离开故乡,但此时,对故乡的爱与思念仍是占了上风。

8. 绝命

此刻在美丽的小镇上
苦荞麦儿香
说声分手吧
和另一位叶赛宁　双手紧紧握住[1]

点着烛火,烧掉旧诗
说声分手吧
分开编过少女秀发的十指[2]
秀发像五月的麦苗　曾轻轻含在嘴里

和另一位叶赛宁分手
用剥过蛇皮蒙上鼓面的人类之手[3]

---

1 "另一位叶赛宁",指以前的叶赛宁。本诗中叶赛宁要和这个世界、和以前的自己告别。
2 指和过去的恋爱经历告别。
3 指叶赛宁曾经制作过蛇皮鼓。

自杀身亡,为了美丽歌谣的神奇鼓面[1]
蛇皮鼓啊如今你在村中已是泪水灯笼[2]

说声分手吧　松开埋葬自己的十指
把自己在诗篇中埋葬
此刻在美丽的小镇上
不会有苦荞麦儿香

> **评析**

这一首诗写叶赛宁自杀而死的景象。诗中"用剥过蛇皮蒙上鼓面的人类之手 / 自杀身亡",暗示叶赛宁不甘心做普通的人类,他想获得升华。

9. 天才

轻雷滚过的风中
白杨树梢摇动
在这个黄昏
我想到天才的命运

---

[1] "自杀身亡",叶赛宁是用绳子将自己吊死的。

[2] "泪水灯笼",人们为之流泪的灯笼。"灯笼",指人们将叶赛宁的蛇皮鼓高悬起来,不再触碰。

在此刻我想起你凡·高和韩波[1]
那些命中注定的天才
一言不发
心情宁静

那些人
站在月亮中把头颅轻轻摇晃
手持火把,腰围面粉袋[2]
心情宁静

暮色苍茫
永不复返的人哪
在孤寂的空无一人的打谷场上
被三位姐妹苦苦留下。[3]

痛苦的天才们
饥渴难捱
可是河中滴水全无
面粉袋中没有一点面粉

---

1 韩波(1854—1891),今通译为兰波,19世纪法国著名诗人,早期象征主义诗歌的代表人物,超现实主义诗歌的鼻祖。凡·高和兰波,他们和叶赛宁一样,都是早逝的文学艺术天才,作品中充满着极度的热情。海子深深地喜爱他们,为他们都分别写过诗。
2 指这些天才们虽然深陷于世俗的现实生活,心中仍然坚持理想。
3 指他们被命运安排在打谷场上劳动,即深陷世俗生活。"三位姐妹",指命运三女神。

轻雷滚过的风中

死者的鞋子，仍在行走 [1]

如车轮，如命运

沾满谷物与盲目的泥土 [2]

1986.2—1987.5

→ 评析

这一组诗题为《诗人叶赛宁》，其实是海子自身的写照。从第一首诗开始，海子便将自己的精神和叶赛宁投射到一起了。

第一首诗《诞生》，写叶赛宁有野花一样的品质。

第二首诗《乡村的云》，写叶赛宁渴望追逐理想，在俗世生活中感到忧伤。

第三首诗《少女》，写叶赛宁渴望理想完美的爱情。

第四首诗《诗人叶赛宁》，写叶赛宁与海子的共鸣。

第五首诗《玉米地》，写叶赛宁对家乡的热爱。

第六首诗《醉卧故乡》，写叶赛宁对家乡的想念，也写出对家乡的无奈。

第七首诗《浪子旅程》，写流浪中的叶赛宁决定回归故乡。

第八首诗《绝命》，写叶赛宁的死亡。

以上八首诗，虽然写的是叶赛宁，但实际上句句都是海子的内

---

1 "死者的鞋子"，象征死者的精神。

2 世俗的人和事给他们带来了极大的束缚和阻碍，他们却不自知，所以称为"盲目的泥土"。

心感受。

在第九首诗《天才》中,海子进行了总结。他将叶赛宁、凡·高、兰波共同称为"痛苦的天才"。

> 痛苦的天才们
> 饥渴难捱
> 可是河中滴水全无
> 面粉袋中没有一点面粉

这也是海子所面临的命运。

> 轻雷滚过的风中
> 死者的鞋子,仍在行走
> 如车轮,如命运
> 沾满谷物与盲目的泥土

这是海子的感慨。海子准备穿着他们的鞋子,继承这种精神。

长发飞舞的姑娘（五月之歌）

玫瑰谢了，玫瑰谢了
如早嫁的姐妹飘落，飘落四方
我红色的姐姐，我白色的妹妹
大地和水挽留了她们　熄灭了她们[1]
她们黯然熄灭，永远沉默却是为何？
姐妹们，你们能否告诉我
你们永久的沉默是为了什么

长发飞舞的黑眼睛姑娘
不像我的姐姐　也不像妹妹[2]
不似早嫁的姐妹迟迟不归[3]

如今我坐在街镇的一角[4]
为你歌唱，远离了五谷丰盛的村庄

1987.5

---

1 指村庄的生活（大地和水）挽留了她们的人，却熄灭了她们的心中之火。
2 指此姑娘充满活力、充满希望，和姐姐妹妹不同。
3 指出嫁的姐妹不能回到追逐梦想的队伍中来。
4 暗指自己已经离开村庄了。

➜ **评析**

  村庄虽然五谷丰盛,却会"熄灭"人们心中的火焰,使人安逸,使人丧失对梦想的进取心。这是海子诗歌中的基本主题之一。

  "大地"和"水"的意象组合也曾经在海子其他的诗中出现过几次,如《月光》《太阳·断头篇》《太阳·土地篇》等,指代的是最基本的生活,往往会带有家园的内涵,本诗中则直接指向村庄。

  海子对于家园或者村庄的感觉一直是矛盾的、摇摆的。有时,他感到的是养育;有时,他感到的又是束缚。本诗中写的是纯粹的束缚。

美丽白杨树

灵魂像山腰或山顶四只恼人的蹄子[1]
移动步履，幻变无常的人类
可还记得白色的杨树　平静而美丽

可还记得　一阵雷声　自远方滚来
高高的天空回荡天堂的声响[2]

幻变无常的人类　可还记得
闪电和雨水中的　白色杨树[3]

在你的河岸上　女人　月亮　马　匆匆而去[4]
四只蹄子在你的河岸上
拥有一间雪中的屋子　婚姻　或一面镜子[5]

---

1 指人类的灵魂（即想法和追求）幻变无常，像四蹄动物在山上走来走去，捉摸不定。
2 指雷声像是来自天堂的提示，使人不忘追逐理想和远方。
3 "闪电和雨水"，是雷声的升级。
4 "女人""月亮""马"，分别象征理想的爱情、智慧、追逐理想的力量。这是海子一直要追逐的目标。
5 "一间雪中的屋子""婚姻""一面镜子"，分别象征安逸的生活、世俗的婚姻、故步自封的自我。

这就是大地上你全部的居所[1]

难忘有一日歇脚白杨树下
白色美丽的树!
在黄金和允诺的地上[2]
陪伴花朵和诗歌　静静地开放　安详地死亡[3]

美丽的白杨树　这是一位无名的诗人
使女儿惊讶　而后长成幸福的主妇　不免终老于斯[4]
这是一位无名的诗人使女儿惊讶
美丽的白杨树
这多像弟弟和父亲对她们的忠实[5]

1987.5.7

➔ 评析

美丽白杨树是母亲的象征,但这个内涵,直到最后一节才通过视角的变换抖出包袱,将其点明。

---

1 指诗人不再追逐了,象征灵魂的四个蹄子在安逸的河岸上住下来了。这一节写的是诗人不想追逐梦想时的状态。
2 "黄金和允诺",指收获和未来。
3 "花朵和诗歌",代表诗人自己。此节意为白杨树给了诗人歇脚之所,也给了他收获和未来,还陪着他开放和死亡。
4 指女儿用一生的时间都在学习白杨树,成为一名幸福的主妇,风雨不动地默默奉献。
5 指弟弟和父亲对母亲的忠实依靠。"白杨树"便是母亲的化身。

第一节写幻变无常的人类和平静美丽的白杨树的对比。

第二节至第四节写人类幻变无常的具体表现：在远方理想的催促和压力之下，人类放弃了追逐，选择躲在蜗牛壳一样的状态里。

第五节写白杨树平静美丽的具体表现：对人类的陪伴和守护。

第六节增加了女儿的视角，便是为了点题——原来风雨不动而平静美丽的白杨树便是平凡而伟大的母亲，她的生活也是一首别样的诗，虽然无名，却感召着世世代代的女儿投身这样的生活。

北方的树林

槐树在山脚开花
我们一路走来
躺在山坡上　感受茫茫黄昏
远山像幻觉　默默停留一会[1]

摘下槐花
槐花在手中放出香味
香味　来自大地无尽的忧伤[2]
大地孑然一身　至今孑然一身[3]

这是一个北方暮春的黄昏
白杨萧萧　草木葱茏
淡红色云朵在最后静止不动[4]
看见了饱含香脂的松树[5]

1　既指天黑了，远山模糊不清，又暗指代表理想的远方像幻觉一样难以达到。
2　又香又忧伤。"香"的是两人在一起生活的甜蜜，"忧伤"的是这些甜蜜也无法排解孤独感。
3　象征诗人自己孑然一身，虽然有恋人，却因信念不同，在通往理想的道路上感觉很孤独。
4　"云朵"代表着理想的远方。这一刻的画面凝固成永恒，仿佛是诗人对理想的最后一瞥。
5　松树是香的，上文的槐花也是香的，这些树代表着生活的甜蜜。

是啊，山上只有槐树　杨树和松树[1]
我们坐下　感受茫茫黄昏
莫非这就是你我的黄昏[2]
麦田吹来微风[3]　倾刻沉入黑暗

1987.5

➡ 评析

　　树木的香气指代生活的甜蜜，又象征着爱情生活。然而，对于追寻理想而言，这种生活是羁绊，令诗人感到黄昏一般的迷惘。
　　而麦田的微风象征着理想，它刚一吹来，就沉入了深深的黑暗。

1　暗指你我在一起，只有甜蜜的生活，不能追求远方的理想。
2　指缘分已经到了尽头。
3　象征理想在招手。

盲目

手在果园里
就不再孤单
两只自己的手
在怀孕别人的手[1]

1987

➡ **评析**

在果园中劳动，不断地获得收获，本身是十分充实喜悦的过程。但此时诗人对于理想之追逐却无暇思考，只是机械性地、惯性地专心劳作，这便是题目《盲目》的含义。

---

1 指双手的劳动培育出果实。"别人的手"，指树木。"怀孕别人的手"，指树木孕育出果实。

月光

今夜美丽的月光　你看多好！
照着月光
饮水和盐的马
和声音

今夜美丽的月光　你看多美丽
羊群中　生命和死亡宁静的声音[1]
我在倾听！

这是一支大地和水的歌谣，月光！[2]

不要说　你是灯中之灯　月光！[3]

不要说心中有一个地方
那是我一直不敢梦见的地方

---

1 指在月光的照耀下，羊群中有生命在静静地生长，也有生命在静静地死去。
2 "大地和水的歌谣"，指上节"生命和死亡宁静的声音"。大地和水提供给养，孕育了这一切，所以这是大地和水的歌谣。
3 指月光是更高级的指路明灯。"不要说"，是不必说的意思，以下类似。

不要问　桃子对桃花的珍藏[1]
不要问　打麦大地　处女　桂花和村镇[2]
今夜美丽的月光　你看多好！

不要说死亡的烛光何须倾倒
生命依然生长在忧愁的河水上[3]
月光照着月光[4]　月光普照
今夜美丽的月光合在一起流淌

1986.7 初稿
1987.5 改

➡ 评析

美丽的月光，照耀着美丽的万物，照耀着生命和死亡，这就已经足够美丽了。

海子一直视月光为精神导师，"灯中之灯"。但在这个夜晚，他看到现实世界中如此美丽的月光，就已经深深地感动了。

所以，不必提及理想世界的月光，不必提及远方，单是现实世界中的月光就已经足够美丽了。

1　指收获对成长的重视，换言之，想要收获，就要珍惜成长的阶段。"桃子"，象征收获。"桃花"，象征生发、成长。
2　统指月光照耀下生长中的生命。
3　意思是，何必要消除死亡？生命一向由忧愁组成。
4　指现实世界的月光照着我心中理想世界的月光。

今夜，理想世界不必去想，现实世界也不必去管——既然忧愁是生命的本质，死亡也无法避免——就索性让现实世界的月光和理想世界的月光合在一处流淌，而我们心无杂念，只是静静地去感受。

灯

我们坐在灯上
我们火光通明
我们做梦的胳膊搂在一起[1]
我们栖息的桌子飘向麦地[2]
我们安坐的灯火涌向星辰[3]

灯光,我明丽又温暖
的橘黄的雪
披上新娘的微黄的发辫

(灯
只有你
你仿佛无鞋[4]
你总是行色匆匆)
灯,你的名字

---

1 指两个人一同进入梦想。
2 指一同投入精神家园。
3 指此处的小梦想投入更大的梦想的怀抱。
4 指来去没有印记。

掌在我手上[1]

灯,月亮上
亮起的心
和眼睛

灯
躲在山谷
躲在北方山顶的麦地

灯啊
我们做梦的房子飘向麦田
桌子上安放求婚的杯盏
祈求和允诺的嘴唇
是灯

灯
一丛美丽
暖和
一个名字
我的秘密

---

[1] 从此处开始,"灯"即具有了双关的含义,既是光明的象征,又指恋人的名字(后文中提到)。

我的新娘

叫小灯

灯

明天的雪中新娘

安坐在屋中

你为什么无鞋

你为什么

竖起一根通红的手指

挡住出嫁日期[1]

1985；1987

→ 评析

"灯"在本诗中一语双关，既是光明的象征，又是恋人的名字。

这位恋人和海子可称是灵魂伴侣，她像是月亮上"亮起的心/和眼睛"，他们"做梦的胳膊搂在一起""栖息的桌子飘向麦地""安坐的灯火涌向星辰"……而海子也"安放求婚的杯盏"，并且称她为新娘，甚至希望在"明天的雪中"成亲。不过，小灯每次来拜访海子都是"行色匆匆"的，他们的相见也是"躲在北方山顶的麦地"，并且，小灯"挡住出嫁日期"。这场感情更多的还是海子的一厢情愿。恋情固然美好，婚姻却还未臻成熟。

---

1 指通红的蜡烛仿佛一根手指，将日历上的日期挡住了。

灯诗

灯，从门窗向外生活[1]
灯啊是我内心的春天向外生活[2]
黑暗的蜜之女王[3]
向外生活，"有这样一只美丽的手向外生活"

火种蔓延的灯啊
是我内心的春天一人放火
没有火光，没有火光烧坏家乡的门窗[4]
春天也向外生长[5]
度过炎炎大火[6]的一颗火
却被秋天遍地丢弃[7]
让白雪走在酒上享受生活[8]

---

1 虽然在生活，却是在门窗里，暗指诗人很"宅"的状态，近于被囚禁的状态。"灯"，即诗人自己的精神化身。
2 指诗人在将自己的精神不断向外生发。"内心的春天"，指精神的生长力。
3 指灯心是黑暗的，诗人却乐在其中、服从于这种黑暗。
4 指诗人的精神投射是没有作用的，也没能影响到他的家乡。
5 指精神的生命力在向外生长，也是在暗指它的流失。
6 "炎炎大火"，指夏天。
7 指诗人本应在秋天收获，却没有获得结果。
8 指冬天来了，既然秋天没能收获，索性沉湎于酒，放弃理想，享受生活。

你是灯

是我胸脯上的黑夜之蜜

灯，怀抱着黑夜之心

烧坏我从前的生活和诗歌[1]

灯，一手放火，一手享受生活[2]

茫茫长夜从四方围拢

如一场黑色的大火[3]

春天也向外生长

还给我自由，还给我黑暗的蜜、空虚的蜜[4]

孤独一人的蜜[5]

我宁愿在明媚的春光中默默死去[6]

"有这样一只美丽的手在酒上生活"

要让白雪走在酒上享受生活

1987（？）

---

1 指现在的我的状态，内心是黑暗的，不再有以前那样充满热情的生活，不再有诗歌。也即上文所写的"在酒上享受生活"。

2 指我还在让自己的精神向外生发，但也同时开始享受生活了。

3 指黑暗之火在试图将我内心的火种剿灭。

4 指以前的我因充满热情地追逐理想而处处碰壁，其实是失去自由的，现在的我彻底堕落到黑暗空虚之中，内心却自由了。

5 指现在的孤独也是一种享受。

6 指如果春天来了，万物生发，我也打算放弃了，不再追寻理想了，我心已死。

➡ 评析

在这首诗里,灯并不是一个好的状态——它只有火,却没有火光,更不能"烧坏家乡的门窗"。

海子的内心里一直有一团火焰,他曾希望这团火焰能够点燃他人、点燃家乡、点燃整个世界,但这一刻,他意识到自己失败了,他不过是在自己的门窗里"一人放火",他的热情不能改变任何人。

另外,灯燃烧得再明亮,灯心却是黑的,不仅黑,还像蜜一样使人耽于其中。

一方面,灯无法点燃别人,另一方面,自己内心黑暗,这便是灯,也是海子此刻很消极的状态。

于是海子便屈从了。既然内心黑暗,索性沉沦在生活里、在冬天的酒里;既然无法点燃别人,索性烧掉自己从前的热情,烧掉从前的那个海子。

虽然也在"一手放火",但反正那也没什么用,索性遵从内心里使人沉沦的黑暗,"一手享受生活"。黑暗、空虚、孤独,都像蜜一样使他享受。不再坚持便不再痛苦,而堕落又是那样舒服。

在海子的意象体系中,灯一直是为人照明的、温暖的形象,像这样将灯赋予无奈、黑暗的含义,本诗是唯一的一首。大概是因为此刻内心绝望,海子发现了:灯,不是火,虽然照出亮光,却无人需要,更无人因此而燃烧。

这首诗还用到了海子一贯使用的四季的意象体系:春天代表精神的生发,秋天代表炎炎大火一般的收获,冬天代表蛰伏。

因为他是绝望的,他感到"被秋天遍地丢弃"、感到毫无价值,所以，他的春天"向外生长"、流失，他"宁愿在明媚的春光中默默死去"。

  这首诗没有标注明确的写作时间，从诗意上看，应该是写于冬天。海子发出沉沦堕落的宣言：我索性在这冬天沉醉不醒，索性"让白雪走在酒上享受生活"吧！

黎明：一首小诗

黎明
我挣脱
一只陶罐
或大地的边缘[1]

我的双手　向着河流飞翔
我挣脱一只刻划麦穗的陶罐[2]　太阳
我看见自己的面容　火焰
在黎明的风中飘忽不定

我看见自己的面容
火焰　像一片升上天空的大海[3]
像静静的天马
向着河流飞翔

1985 草稿
1987 改

1　指太阳（我）从地平线上升起，就像挣脱了陶罐的束缚。
2　指大地。大地上种植着麦子，所以是"刻划麦穗的陶罐"。
3　指太阳的面容，即是一片升上天空的火海。

➡ **评析**

这首诗十分简洁明了,果然如题目所言:一首小诗。

海子多次表达过对太阳的终极向往,本诗中更是让太阳以第一人称出现。

值得注意的是,太阳一直"向着河流飞翔"。河流沿用了海子惯用的内涵,象征着智慧和生命的繁衍。

两座村庄

和平与情欲的村庄[1]
诗的村庄
村庄母亲昙花一现[2]
村庄母亲美丽绝伦

五月的麦地上　天鹅的村庄
沉默孤独的村庄
一个在前一个在后
这就是普希金和我　诞生的地方

风吹在村庄[3]
风吹在海子的村庄
风吹在村庄的风上[4]
有一阵新鲜有一阵久远[5]

---

1 指村庄里一片祥和，但又萌动着一些想法。
2 指村庄给予了我们生命，但随后全靠我们自立，所以说村庄就像一个昙花一现的母亲。
3 象征不同的思绪吹拂在村庄里，也即上文的"情欲"。
4 象征不同的思绪互相穿插、争锋。
5 指某一些思绪是新的，而某一些思绪是由来已久的。

北方星光照映南国星座[1]

村庄母亲怀中的普希金和我

闺女和鱼群的诗人　安睡在雨滴中[2]

是雨滴就会死亡！[3]

夜里风大[4]　听风吹在村庄

村庄静坐　像黑漆漆的财宝[5]

两座村庄隔河而睡

海子的村庄睡得更沉

1987.2 草稿
1987.5 改

➡ 评析

诗中写了两座村庄，一座是普希金的"天鹅的村庄"，另一座是海子的"沉默孤独的村庄"。其实，重点写的是海子的村庄，普希金的"天鹅的村庄"只是一个榜样，是海子的理想。

海子的村庄里，吹着不同的风，吹着不同的思绪，有些是新鲜

---

1. 指普希金的光芒照耀着我，为我指路。"北方星光"，象征身在北方的普希金。"南国星座"，象征身在中国的海子。
2. 指拥有创造力的诗人却还蜷缩在生活中。"闺女和鱼群"，代表生养和创造力。"雨滴"，象征微不足道的生活。
3. 指过平庸的生活就会死亡，暗指超越平庸才会不朽。
4. 象征夜里的思绪更多。
5. 指村庄等待着被挖掘、放光。

的，有些是久远的，这些"情欲"使海子相信，他与普希金一样，都是充满创造力的诗人，都是"闺女和鱼群的诗人"。

尽管怀有这样的信心，但海子也清晰地认识到，他现在仍然蜷缩在微不足道的生活里，就像是"安睡在雨滴中"，如此平庸，只能拥有死亡的命运。

于是，海子的思绪变得更多，就像夜里的风，比平时的风更大。海子的村庄，海子黑漆漆的财宝，等待着被挖掘，等待着放光。

五月的麦地

全世界的兄弟们
要在麦地里拥抱
东方,南方,北方和西方
麦地里的四兄弟,好兄弟
回顾往昔
背诵各自的诗歌
要在麦地里拥抱

有时我孤独一人坐下
在五月的麦地　梦想众兄弟
看到家乡的卵石滚满了河滩
黄昏常存弧形的天空[1]
让大地上布满哀伤的村庄[2]
有时我孤独一人坐在麦地为众兄弟背诵中国诗歌
没有了眼睛也没有了嘴唇[3]

1987.5

---

1 在视野极度开阔的时候,因地平线是弧形的,天空也呈现出弧形。此处指辽阔的景色。
2 指众兄弟聚在一起,他们看着不能理解自己的村庄,感觉是哀伤的。
3 指诗人此刻避开了现实世界中的一切,不去看,也不去交流。

➜ **评析**

第一节写的是想象，第二节写的是现实。

海子想象自己能有很多知己，他们汇聚此地，拥抱、倾诉在一起。但在现实中，海子孤独一人，他只能肆意梦想美妙的理想。

这首诗表面上很容易理解，但还有一条隐线——麦地。

麦地，代表家乡。麦地能给大家带来粮食，带来生存和幸福，但同时，它也冷落和束缚了海子对于理想的追寻。

海子对于麦地（家乡），一直有种想要摆脱却又无法舍弃的心态。

在这首诗里，海子所有的想象是在让他又爱又恨的麦地中完成的，这凸显出它的悲剧性。

> 全世界的兄弟们
> 要在麦地里拥抱

——于是，这两句诗便十分具有深意了。为什么不是在城市，不是在大海，不是在西藏，而是在麦地中拥抱呢？

在麦地中拥抱，就代表着理想生活和现实生活的最终统一。

它既凸显出悲剧色彩，又表达出海子抗争命运的韧性。

1987年5月，海子一连写了三首与麦地有关的诗：《五月的麦地》《麦地（或遥远）》《麦地与诗人》。这三首诗内涵连贯，可称作"麦地三部曲"。

《五月的麦地》，写在麦地的束缚中，诗人的无奈和幻想。

《麦地（或遥远）》写麦地能给村庄带来幸福，却不能使诗人实现理想。

《麦地与诗人》写麦地对诗人有养育之恩,但其束缚又使诗人痛苦。

三首诗尤以《麦地与诗人》最为直接,写出了麦地对诗人的恩情及二者的冲突。

麦地（或遥远）

发自内心的困扰　饱含麦粒的麦地
内心暴烈[1]
麦粒在手上缠绕[2]

麦粒　大地的裸露[3]
大地的裸露　在家乡多孤独[4]
坐在麦地上忘却粮仓　歉收或充盈的痛苦[5]
谷仓深处倾吐一句真挚的诗　亲人的询问[6]

幸福不是灯火
幸福不能照亮大地[7]

1　意思是，饱含麦粒的麦地，就像诗人饱含情绪的内心，十分困扰诗人。
2　指诗人拿着麦粒，内心纠结、困扰。"缠绕"是麦粒在手上的动作，折射出诗人内心的状况。
3　表面上指大地上的麦粒都暴露出来了，实质是说内心的情绪全部暴露了。
4　指没有知音。接下来的两行诗句，便是写孤独的两种表现。
5　指大家此刻都沉浸在现实的麦地的长势中，"忘却"了海子"歉收或充盈"的感受。这是诗人感觉到"在家乡多孤独"的表现之一。"粮仓"，即麦粒汇聚之处，指海子的内心。
6　指诗人将真实的想法倾吐成诗，亲人过来询问，却不是用心体会。这是诗人感觉到"在家乡多孤独"的表现之二。"谷仓"，即麦粒汇聚之处，指海子的内心，和上一句中的"粮仓"含义相同。
7　指现实生活中的幸福不能照亮理想的大地。

大地遥远　清澈镌刻

痛苦[1]

海水的光芒[2]

映照在绿色粮仓上[3]

鱼鲜撞动[4]

沙漠之上的雪山

天空的刀刃[5]

冰川　散开大片羽毛的光[6]

大片的光　在河流上空　痛苦地飞翔[7]

➜ 评析

麦粒、麦地、粮仓（谷仓），组成了这首诗的核心意象群。

---

1. 指理想的土地离诗人还很远，那里很清澈，也很清楚地"镌刻"着痛苦，理想之地只有通过痛苦才能到达。
2. 指理想的光芒。海子惯于以大海作为象征理想的意象。
3. "绿色粮仓"，即诗人眼下的青黄不接的内心。"粮仓"暗指内心。"绿色"有两层含义，表面意思是说此刻的麦粒是生长中的绿色，还未变成成熟的黄色，深层意思是说诗人自己也处于青黄不接、未臻成熟的阶段。
4. 指未来的在理想层面的收获撞动着此刻诗人的内心。海子以大海作为理想的意象，"鱼鲜"则是属于大海的收获。
5. 指雪山峻削高大的形象像是插入天空的刀刃。暗指达到理想的路上要经历的痛苦的考验。
6. 指冰川的形貌很像是光的一大片羽毛。
7. 指诗人跋涉冰川，痛苦地飞向理想之地。

麦粒代表着内心里装载的情绪，麦地代表着摊开、暴露的内心，粮仓（谷仓）代表着封闭的孤独的内心。

粮仓（谷仓）的状态是日常的状态，是封闭和孤独的，诗人不由得发出了这样的感慨："在家乡多孤独。"他还举了两个例子：一是"坐在麦地上忘却粮仓　歉收或丰盈的痛苦"，指大家坐在现实生活的麦地上，忘记了海子在理想生活中对于歉收或丰盈的痛苦；二是"谷仓深处倾吐一句真挚的诗　亲人的询问"，指海子将自己的想法倾吐出来，亲人来询问，却不能理解。

虽然诗中没有用直接的笔墨写出亲人的不埋解，但是很显然，没有人了解海子的想法。

这首诗的写作应当是在四五月份的时候，那时麦地是绿色的（于是诗中有了"绿色粮仓"的意象），麦粒正在茁壮生长。海子用手深入麦地，"麦粒在手上缠绕"，他看到现实生活中麦粒的茁壮，想到理想生活中自己的无力，便产生了"发自内心的困扰"。

他从麦粒想到自己锋芒毕露的才华、决心和情绪。他看到快要收获的麦地，却想到自己的不能收获。到处都是麦粒，是大地对于收获的赤裸裸的宣告，也即是"大地的裸露"……所有这些情绪都无人可以知晓，这便使海子生出这句感慨："在家乡多孤独。"

这一切的根源，仍然是现实和理想的对立：现实中的幸福，比如麦地的收获，只会使人安逸不前；而理想的获得必然在远方，在遥远的大海、刀刃一样的雪山上，只能通过痛苦的经历才能获得。

于是，在海水的光芒、"鱼鲜撞动"的感召之下，海子决意离开麦地，走上追寻远方的路途。这过程虽然痛苦，但是他用"大片的光"在飞翔。

诗的题目是《麦地（或遥远）》，诗中抒写麦地和遥远的笔墨各占一半：前两节写的是麦地，写的是家乡带给他的困扰；后两节写的是遥远，写的是远方对他的感召。

麦地与诗人

询问

在青麦地[1]上跑着
雪和太阳的光芒[2]

诗人,你无力偿还
麦地和光芒的情义[3]

一种愿望
一种善良
你无力偿还

你无力偿还
一颗放射光芒的星辰
在你头顶寂寞燃烧[4]

---

1 尚未抽穗的麦子是青色的,"青麦地"暗示诗人正处在生长、尚未成熟的状态。
2 表面上是写麦子的生长需要经过瑞雪和阳光的催化,其实是暗示诗人的成长也需要雪和太阳的鞭策。"雪"代表压力的锤炼,"太阳"代表理想的感召。
3 麦地养活了诗人,麦地也有它的光芒的感召,即希望诗人能够好好享受现实生活,但诗人辜负了这番好意,"无力偿还"。
4 指星辰对诗人的感召。"星辰"代表理想,因诗人还未能追随理想并有所收获,所以"寂寞燃烧"。

答复

麦地
别人看见你
觉得你温暖,美丽
我则站在你痛苦质问[1]的中心
　　　被你灼伤
我站在太阳　痛苦的芒上[2]

麦地
神秘的质问者啊[3]

当我痛苦地站在你的面前
你不能说我一无所有
你不能说我两手空空

麦地啊,人类的痛苦

---

1 "痛苦质问",即上文中麦地对诗人的"询问"。
2 "痛苦的芒",指太阳的光芒,代表理想的感召。诗人未能有所收获,所以它是痛苦的。
3 麦地代表现实生活对诗人发出质问,同时,麦芒中又蕴含着太阳的光芒,仿佛也折射出代表着理想的太阳的质问。两重质问都从麦地上投射出来,所以海子觉得它"神秘"。

是他放射的诗歌和光芒![1]

1987

➜ 评析

《麦地与诗人》是一组问答形式的组诗，由麦地进行询问，诗人进行回答。而实际上，询问和回答只是分别代表了外在和内在的两种视角，所叙述的核心内容是完全一致的。

现实生活和理想的平衡与取舍一直是海子的纠结所在。本诗中，麦地代表现实生活，只是善良地希望诗人能朴实地生活下去，太阳则代表理想，不停地感召着海子对理想进行追逐，但海子又受到现实生活的阻力，因而充满痛苦。

麦地既代表着现实生活，又折射出理想的投影，具有双重属性，构成了本诗中奇妙的枢纽。

在《询问》中，诗人既无力偿还麦地的善良，也无力偿还太阳的寂寞；在《答复》中，麦地的质问是痛苦的，太阳的质问也是痛苦的。《询问》中包含着答复的无力，而《答复》中包含着询问的痛苦。全诗便是由这样双重的二元结构的嵌套构成。

---

[1] 指只有痛苦才能孕育出诗歌和光芒。"痛苦"，指选择了追寻理想的模式，而不是像麦地所希望的那样享受现实生活。

在家乡

鸟　在家乡如一只蓝色的手或者子宫[1]
手和子宫
你从石头死寂中茫然无知地上升[2]

羊群……许多蹄子来了又去　反复灭绝[3]
大地发光……月亮的马　飞到雪山和村庄[4]
女人取了一个生蚕豆花的名字"月亮"[5]

"回想我们高高隆起的乳房
总想砸烂船舱
那船长是否独自一人常把我们回想……"

阴暗的女王就是我永远青春的宝剑[6]

1　指在家乡时，飞鸟提携了我，或者说孕育了新的我。
2　指诗人曾处在石头一样死寂的状态，遇到飞鸟以后，他开始茫然无知地转变、上升。
3　暗示生命在迭代，一年又一年过去了。
4　指诗人的梦想越来越宽广，逐渐飞遍雪山和村庄。"月亮的马"，指诗人的梦想。"大地发光"，形容梦想的璀璨。
5　指女人们都非常美丽，暗指此时的生活十分幸福。"生蚕豆花""月亮"，都象征着美丽。
6　指我的青春永远为梦想而战。"阴暗的女王"，指梦想，因为无法获得，所以被称为"阴暗的"。

当狮子在教堂下舞蹈[1]

你应呼应！即使我没有声音！你应回答！你应发出声音！

水罐摇摇晃晃走上山巅成长为洞窟和房屋[2]

大鸟食麦一株[3]

祖先们更在劳动中丧生

头盖骨，孤独的星，忧伤的星，明亮的星，我的心，坐在头颅上大叫大嚷[4]

我打开龙的第一只骨头，第二只骨头，我将会在第三个耐寒的季节里爬[5]

爬进它的身体，我将躲避我自己的追击[6]

在危险的原野上

落下尸体的地方

---

1 比喻诗人追逐梦想。

2 意思是，人们带着摇摇晃晃的水罐，走上山巅劳作，先是居住在洞窟里，后来又盖起了房屋。

3 一只大鸟就可以吃掉一整只麦子，指劳动过程中的艰辛。

4 指我明亮的心孤独而忧伤，大叫大嚷着，希望能够找到同伴，一同追逐理想。"坐在头颅上"，形容急切。

5 指我一次一次地努力寻找方法，并最终战胜困难。

6 指我将完成我对自己的期望。"我自己的追击"，指自己对自己不断提出的企盼、期望。

那就是家乡[1]

我的自由的尸体在山上将我遮盖　放出花朵的
羞涩香味[2]

1987（？）

➜ 评析

海子在本诗中回顾并畅想了自己的一生，主题仍然是对理想的追逐。

第一节：还是懵懂少年的我，孕育出理想。
第二节：时光变换，我的理想逐渐变得宏伟，一切也都十分幸福。
第三节：青春期的歌谣。
第四节：理想的冷漠和难求，少年的呼喊。
第五节：回顾祖先们劳动的艰辛。
第六节：我的渴望，以及对理想的锲而不舍地追寻。
第七节：有很多前辈未完成理想，死在此处。
第八节：我不惧死，纵使死亡，我也会给人间带来香气。
整首诗虽然写得大开大合，意象跳跃，主线却十分清晰。

1　暗指追逐理想的人也曾在这里死去很多。
2　指我纵然死了，也会给人间带来香气。

粮食两节

1

在人类的遭遇中
在远方亲人的手中
为什么有这样简朴
而单一的粮食
仿佛它饶恕了我们[1]
仿佛以粮食的名义
它理解了我们
安慰了我们

2. 谷

"谷"字很奇怪 说粮食——"谷"
这仿佛是诗人的一句话 诗人的创造
粮食——头顶大火——下面张开嘴来[2]
粮食 头上是火 下面或整个身躯是嘴 张开
大火熊熊的头颅和嘴

---

[1] 指不论人类有什么样的原罪,粮食都默默地提供着人类生存所需的养分,所以说是"饶恕"。
[2] 指"谷"字的组成,上面是"火",下面是"口"。

粮食

> 评析

在本诗中,粮食有两层含义,分两节诗来写。

第一节,写粮食有默默支持的力量。第二节,写粮食有火焰般的动力。

光棍

神秘客人那位食玉米担玉米　草筐中埋着牛肝的那光棍[1]
在春天用了一把大火
烧光家园　使众人受伤

大家伤心唏嘘不已
空得丁当响的酒柜上
光棍光芒万丈

老英雄
走上前来
抱住那光棍
坐在黄昏
歌唱江山
布满眼泪

1987（？）

➜ 评析

春天是播种的时节，此时"烧光家园"，就是连一年的希望都统

---

[1] 指神秘客人是一位自给自足（食玉米担玉米）、怀有珍宝（草筐中埋着牛肝）的光棍。

统烧掉了。

光棍在"空得丁当响的酒柜"上"光芒万丈"。不破不立,要想获得新生,就得抛弃旧日的一切。

老英雄的出场是对光棍的进一步肯定:因为将他引为知己而"抱住光棍",因为心中自有大世界而"歌唱江山",因为感动和感慨而"布满眼泪"。

海子一直都有对革命、对破旧立新的热爱,这在《黑风》一诗中表达得淋漓尽致。本诗中写得相对较轻,而且是以第三人称角度叙述,并不像《黑风》中第一人称角度的呼喊,但仍写出了决绝的气势。

生殖

夜间雨从天堂滴落,滴到我的青色眼皮上[1]
那夜的森林之门洞开若火焰咬在大腿上[2]
一只长吻伸过万里动物的湖泊[3]
人类咬紧牙关　音乐历历有声[4]
四月之麦在黎明大雾弥漫中露出群仙般脑壳[5]
雷声中　闪出一万只青蛙[6]
血液的红马本像水　流过石榴和子宫[7]
林子破了[8]
人破口大骂[9]
破门而出的感觉

1　雨是来自上天的使者,敲醒我,使我睁开眼睛看看世界。"青色眼皮",暗指我的目光还很青涩。此句中的"我",指的是新生儿。

2　指生产婴儿时的疼痛。"森林之门",暗指产门。

3　暗指一个生命来到人类的(而不是动物的)子宫。

4　指生产婴儿时的疼痛和仪式感。

5　此句写的是麦子的生殖,以此来衬托人类的生殖。"露出群仙般脑壳",即麦子的抽穗。

6　此句以青蛙的生殖来衬托人类的生殖。

7　指生产婴儿时流出的血。"红马",暗指婴儿的生命力。"石榴",以其多籽的形象暗指强大的生殖能力。

8　羊水破了,产门打开。"林子"暗指产门。

9　指经历千辛万苦生产成功后,人们忍不住大声地叫骂以发泄情绪。

构筑一个无人停留的小岛 [1]

我将告诉这些在生活中感到无限欢乐的人们
他们早已在千年的洞中一面盾上锈迹斑斑 [2]

1987（？）

➜ 评析

　　本诗一共分两节。第一节写生殖，写得十分丰富；第二节只有两句话，写生殖带给诗人的思考。

　　人类发展的历史，是不断生殖的结果。千年前的某个洞中，我们的祖先在里面生活、生殖，尽管现在人们的生活与过去不一样了，但是生命的本质没有变。今天无限欢乐的人们和已经变成了一面盾上的图画的、千年前的祖先，面对的生命是相同的。

　　全诗第一节中的生殖，写得较为隐晦，如将产门比作森林之门。全诗第二节的感悟，虽然出现得较为突兀——脑海中先是浮现出古人生殖的画面，进而思考今人生存的意义——却呈现了海子一贯的思想，即对生命的传承的思考。

1　指新生婴儿。它刚来到世间，一片空白，所以是"无人停留的小岛"。
2　指祖先们已经成为历史，他们的故事已经成为一面盾上锈迹斑斑的文字或者图画，而今天的我们和他们在本质上是一样的，我们就是他们。

汉俳[1]

1. 河水

亡灵游荡的河
在过去我们有多少恐惧
只对你诉说

2. 王位上的诗人

还没剥开羊皮　举着火把
还没剥开少女和母亲美丽的身体[2]

3. 打麦黄昏，老年打麦者

在梨子树下
晚霞常驻

---

[1] 参照日本的俳句诗体，用汉语创造的诗句，叫"汉俳"。由于俳句是固定以十七个音组成一首诗，分成首中末三句，所以汉俳一般也分成三句，并且讲究格律。海子这一组诗，虽然名为《汉俳》，但主要参照的是俳句的意境，并没有顾及节奏和格律。

[2] 指还没有深刻地为之写出美丽的诗。

4. 草原上的死亡

在白色夜晚[1]张开身子
我的脸儿,就像我自己圣洁的姐姐

5. 西藏

回到我们的山上去
荒凉高原上众神的火光

6. 意大利文艺复兴

那是我们劳动的时光
朋友们都来自采石场[2]

7. 风吹

茫茫水面上天鹅村庄神奇的门窗合上

---

1 指到处都是羊群、马匹、帐篷等白色风景的夜晚。
2 指文艺复兴时期有很多雕塑大师。

8. 黄昏

在此刻　销声匿迹的人　突然出现
他们神秘而哀伤的马匹在树下站定

9. 诗歌皇帝

当众人齐集河畔　高声歌唱生活
我定会孤独返回空无一人的山峦[1]

1987

→ **评析**

这一组诗名为《汉俳》，主要参照的是俳句的意境，但也写出了特别之处，尤其是和《酒杯：情诗一束》《两行诗》《四行诗》等海子的其他几组短诗相比的时候。

《汉俳》更强调静态而有韵味的画面，如：

> 在梨子树下
> 晚霞常驻
> 　　——《打麦黄昏，老年打麦者》

---

[1] 这两行诗也出现在《晨雨时光》一诗中。

而其他短诗,往往写的并不是一个画面,而是一种看不清的、带有情感色彩的感觉,如:

疾病中的酒精
是一对黑眼睛
　　——《两行诗》

或者:

起风了
太阳的音乐　太阳的马
　　——《两行诗》

总之,《汉俳》表现了静态的画面美,这是海子的一个突破。类似的笔法,在《海底卧室》一诗中有着集中的应用。

重建家园

在水上　放弃智慧
停止仰望长空
为了生存你要流下屈辱的泪水
来浇灌家园

生存无须洞察
大地自己呈现
用幸福也用痛苦[1]
来重建家乡的屋顶

放弃沉思和智慧
如果不能带来麦粒
请对诚实的大地
保持缄默　和你那幽暗的本性[2]

风吹炊烟
果园就在我身旁静静叫喊
"双手劳动

1　指用世俗的幸福和精神的痛苦。
2　指诗人想要放弃世俗生活而一心追逐的理想的本性，它们对于大地而言是"幽暗"的。

慰藉心灵"

1987

➜ 评析

重建家园,既指诗人重新开始建设物质的家园,也指诗人重新调整自己的精神状态。部分地放弃对理想的追逐而转向现实的生活,这对海子而言,是巨大的转变,仿佛一个新的家园对他打开大门。

在海子的意象体系中,水是精神生活的海洋。此时,他要"在水上""放弃智慧",并用"屈辱的泪水"来浇灌家园。理想生活(水)和现实生活便有了联结的基础,尽管泪水是精神的消耗。

虽然海子仍然有着"不能带来麦粒"的担心,但风和果园一直鼓励着他。

全诗在平静中暗藏着喜悦。海子悄悄地完成了人生中一次很有意义的转变。

夜晚　亲爱的朋友

在什么树林，你酒瓶倒倾
你和泪饮酒，在什么树林，把亲人埋葬

在什么河岸，你最寂寞
搬进了空荡的房屋，你最寂寞，点亮灯火

什么季节，你最惆怅
放下了忙乱的箩筐
大地茫茫，河水流淌
是什么人掌灯，把你照亮

哪辆马车，载你而去，奔向远方
奔向远方，你去而不返，是哪辆马车

1987.5.20 黄昏

➜ 评析

诗中的主角失去了亲人、没有朋友、忙于生存，生活得很艰辛，而此时有人掌灯指路，又驾乘马车带他去远方。

表面上看，这似乎是海子对他的某一位朋友的描述。耐人寻味的是，这首诗题目是《夜晚》，最后却标注写于黄昏，更像是海子在黄昏时对于夜晚的畅想。

诗中的你,即是海子自己。他想象着自己饮酒、寂寞、惆怅、忙乱时的情形。他最渴望的,是有人能掌灯为他照路,驾车将他带往远方。

本诗更像是海子自己内心的呼唤。

晨雨时光

小马在草坡上一跳一跳
这青色麦地晚风吹拂
在这个时刻　我没有想到
五盏灯竟会同时亮起

青麦地像马的仪态　随风吹拂
五盏灯竟会一盏一盏地熄灭

往后　雨会下到深夜　下到清晨
天色微明
山梁上定会空无一人

不能携上路程[1]
当众人齐集河畔　高声歌唱生活
我定会孤独返回空无一人的山峦

1987.5.24

1　指山梁上空无一人，无人可携带，无人与我同路。

➜ 评析

第一节：小马、草坡、青色麦地、晚风，这一切景象都是美好的。海子本以为除了他以外再没有人能注意到这份美好，谁知道有五盏灯同时亮起，这代表着有人与海子心意相通。这是意外的收获，海子用了"竟会"这两个字来表达自己的惊喜。

第二节："青麦地像马的仪态　随风吹拂"，美好相互结合，小马的美与青麦地的美同步了。海子本以为，它们会获得更多更大的称赞，谁知道亮起的五盏灯竟然"一盏一盏地熄灭"了，这表示他们其实并不懂得欣赏这些美好，孤独的海子仍然找不到知音。这也是意外，海子又用了"竟会"来表达自己的失望。五盏灯的亮起和熄灭，昭示的是知己的有和无。想必五盏灯的亮起不过是个巧合，一盏一盏地熄灭才暴露了他们不懂得美的本性。世界上仍然没有海子的知己。

第三节：雨会继续下到深夜、下到清晨，但可以预见的是，知己不会再出现了。天色微明之时，"山梁上定会空无一人"。

第四节：众人齐集河畔也只是毫无内涵的举动，歌唱生活也只是"空声"而已，海子所能做的，仍然是"孤独返回空无一人的山峦"。

黄昏时，偶尔出现的五盏灯给海子带来了惊喜和希望，但到了晚上，五盏灯又一盏一盏地熄灭。惊喜变成了失望，有了这样一次从大喜到大悲的刺激，海子便心如死灰，不再相信有知己可以出现。

于是他设想着"往后　雨会下到深夜　下到清晨"，他设想着"山梁上定会空无一人"。他最后决定"孤独返回空无一人的山峦"，这也是他的设想。

本诗所实写的时间点其实是黄昏，也就是五盏灯同时亮起的时候。随后的黑夜、晨雨时光，都是伤心的海子构想出来的结局。

诗中所涉及的时间跨度较大，从黄昏一直到深夜、到天色微明，但其实，其中一部分是实写，另一部分是虚写。虽然题目是《晨雨时光》，但晨雨时光是出于想象。诗中，第一、二节中的两个"竟会"，表明此处是实写；第三、四节中的两个"定会"，表明诗的后半部分都是想象。

为什么你不生活在沙漠上

为什么你不生活在沙漠上
英雄的可怜而可爱的伴侣[1]
我那唯一人在何方?
用酒调着火所能留下的灰　写下几首诗?

我的形象开始上升
主宰着你的心灵![2]
孤独守候着
一个健康的声音![3]

绝望之神　你在何方?
为什么你不生活在沙漠上!
我是谁手里磨刀的石块?[4]
我为何要把赤子带进海洋[5]

1　伴侣自然是可爱的。她是"英雄的",因为她选择我;她又是"可怜的",因为她至今还没有找到我。
2　指在诗人的想象中,他的形象进一步上升,伴侣也因此对他更加爱恋。
3　指孤独的诗人等待健康的伴侣的拯救。
4　指诗人不过是别人追逐梦想、实现力量的工具。
5　指诗人逼自己追逐理想。"赤子",指懵懂的诗人。"海洋",指追逐理想之路。

海子躺在地上
天空上
海子的两朵云
说:

你要把事业留给兄弟　留给战友
你要把爱情留给姐妹　留给爱人
你要把孤独留给海子　留给自己

1987.5.27 夜书

➜ 评析

"为什么你不生活在沙漠上"？沙漠本是最不适合生活的所在，这样的反问透出诗人近于癫狂的状态。此时的海子，正是对一切感到失望乃至绝望的时候，所以才会有这样不平常的呼喊。

诗的第二节很有意思。前两句，在海子的想象中，自己的形象是高大的，像神一样，可以"主宰"伴侣的心灵；而后两句，海子又是孤独的、虚弱的，等待着健康的伴侣的拯救。如此矛盾的两种感受，正是海子一直的症结所在。他为自己的精神感到骄傲，却又为自己的现状感到孤独。最后，他仍然只能屈从于现实的孤独，甚至绝望。

当海子躺在地上时，天空上的云是那样的遥不可及。云还是成双成对的两朵，对海子来说，它们也仿佛是一种嘲笑般的存在——海子终归是一无所有的，除了孤独。

诗的第一节采用了嵌套结构,读起来不免有点奇怪。原诗是:

> 为什么你不生活在沙漠上
> 英雄的可怜而可爱的伴侣
> 我那唯一人在何方?
> 用酒调着火所能留下的灰　写下几首诗?

它的具体结构应当是:

> 为什么你不生活在沙漠上
> (英雄的可怜而可爱的伴侣——
> 我那唯一人——在何方?)
> 用酒调着火所能留下的灰　写下几首诗?

中间两句是另外内容的嵌入。

无论是题目中不平常的呼喊,还是第一节中不平常的嵌套结构,抑或是第二节中互为矛盾的两种感受,凡此种种,都透露出海子此时不平常的状态,因极端孤独而表现得近于癫狂。

吊半坡[1] 并给擅入都市的农民

我

径直走入[2]

潮湿的泥土

堆起小小的农民[3]

——对粮食的嘴[4]

停留在西安　多少首饰的外围[5]

多少次擅入都市

像水　血和酒——这些农夫的车辆

运送着河流、生命和欲望

父亲是死在西安的血[6]

父亲是粮食

和丑陋的酿造者[7]

---

1 "半坡",指半坡文化,属于新石器时代的仰韶文化。

2 指海子径直走入西安半坡博物馆,来此参观访问。

3 指半坡的文化遗迹都是以土为主构成的。"小小的农民",指代半坡的农业文化。

4 指吃粮的农民,即半坡人。

5 "首饰的外围",指代半坡人,暗示了他们身份的渺小,只能作为首饰的外围存在。金银首饰是从土里提炼出来的,泥土即是其外围,而半坡人正是泥土"堆起小小的农民",所以有此指代。

6 指半坡人的热血生命都贡献给了西安。"父亲",是海子对半坡人的敬称。

7 指半坡人卑微的生命在很多人眼中只不过是用于不断地制造粮食,除此以外,都是丑陋的。

唱歌的嘴　食盐的嘴　填充河岸的嘴
朝着无穷的半坡[1]
粘土守着粘土之上小小的陶器作坊[2]
在一条肤浅而粗暴的沟外站立[3]

瓮内的白骨上飞走了那些美丽少女[4]
半坡啊，再说，受孕也不是我一人的果实
实在需要死亡的配合[5]

盲目的语言中有血和命运[6]
而俘虏回乡[7]
自由的血也有死亡的血

1　指半坡人每日唱歌、食盐、填充河岸只是在半坡这一小块区域，但对他们而言，这已经是无穷了。
2　指半坡人守着陶器作坊，这是他们的主要文化。"粘土"，指半坡人，他们像黏土一样卑微。
3　指半坡人站在参观者的"沟外"。"沟"，指半坡博物馆里隔开展品的沟。参观者对半坡人的理解是粗浅的，这种隔绝又是粗暴的，所以是"肤浅而粗暴的沟"。
4　指半坡人的死亡。"瓮内的白骨"，指半坡人的遗骸。"美丽少女"，指半坡人的灵魂。
5　指文化的传承靠的是一代代人的继承发展，仅靠作者一个人的努力是无法实现的。"受孕"，指作者继承半坡文化。"果实"，指得到成果。"死亡"，指一代代人的迭代。
6　指作者要用生命传承半坡文化，这也是作者的宿命。"盲目的语言"，指这首诗，作者自谦其为"盲目"的。"血"，指生命。"命运"，指宿命。
7　指作者来到半坡文化遗址就好像回到文化故乡。"俘虏"，指此时已经被半坡文化俘虏的作者。

智慧的血也有罪恶的血[1]

1985.11 草稿
1987.7.14 改

→ 评析

海子进入西安半坡博物馆参观半坡文化遗址,本诗便是他的感想。

半坡人的文化,无论是陶器还是农业文化,和今天的都市文化比起来,都显得比较卑微。农业文化被都市文化淹没,这种感受也比较符合海子本人的心态,所以,海子便与半坡人产生了共鸣。他称半坡人为父亲,将自己的感情代入到半坡人之中。他凭吊半坡,并一语双关地将本诗献给"擅入都市的农民"。"擅入都市的农民"所指的,既是其遗迹展示在都市之中的半坡人,也是海子自己。

在诗中,半坡人的形象是"小小的农民",他们的文化是"小小的陶器作坊"。诗中一些卑微的写照,如"粮食/和丑陋的酿造者""首饰的外围""擅入都市"等,都是不懂文化的人对半坡人的看法。海子将这些看法刻画出来,同时又将自己代入半坡人的身份中加以感受——半坡文化和今天的都市文化之间有一条"肤浅而粗暴的沟"。

后两节写的是海子决心继承半坡文化,这种决心源于海子一直以来对待传统文化的态度。从《亚洲铜》《东方山脉》《中国器乐》

---

[1] 指作者在此刻对半坡文化的感受,有自由、死亡、智慧和罪恶。

等诗中，便可以看出海子十分尊崇传统文化，甚至以传统文化传承人自居。

本诗在1985年11月完成了草稿，在1987年7月14日进行了改动，气息并不十分贯通，在呈现上还是有混乱之处，尤其是最后两节。

盲目
——给维特根施坦[1]

那个人躲在山谷里研究刑法[2]
那个人打扰了语言本身[3]
打扰了那个俘虏和园丁[4]

扰乱了谷草的图案[5]
那个人躲在山谷里
研究犯罪[6]与刑法

那个人在寒冷草原搬动木桶
那个人牵着骆驼,模仿沉默的园丁[7]
那个人咀嚼谷草犹如牲畜
那个人仿佛就是语言自身的饥饿[8]

---

1 维特根施坦(1889—1951),出生在奥匈帝国的维也纳的哲学家,是语言学派的主要代表人物。
2 指维特根施坦静静地研究语言的规则。维特根施坦不喜欢世俗的环境,他认为"哲学教授"是"一份荒唐的工作",并从剑桥大学辞职,所以海子称其"躲在山谷里"。"刑法",指语言的规则,指维特根施坦设立的语言规则像刑法一样重要。
3 指研究得很深入,直至语言本身,不是粗浅的研究。
4 指维特根施坦既被语言的魅力俘虏,又辛勤地种植、培育它们。
5 指打破了原有的语言体系。语言是维特根施坦培育的"谷草"。
6 "犯罪",指创新,即上文的"扰乱了谷草的图案"。
7 指维特根施坦在各种环境下(包括极寒极热之地),都在辛勤地研究着。
8 指维特根施坦对语言的研究有着天性的渴求。

多欲的父亲

娶下饱满的母亲[1]

在部落里怀孕

在酒馆里怀孕

在渔船上怀孕[2]

船舱内消瘦的哲学家思索多欲的父亲

是多么懊恼[3]

多欲的父亲　央求家宅存在　门窗齐全[4]

多欲的父亲　在我们身上　如此使我们恼火[5]

（挺矛而上的哲学家

是一个赤裸裸的人）[6]

是我的裸体[7]

骑上时间绿色的群马

---

1 指需求繁多的人类与功能丰富的语言相结合。"父亲"，指人类。"母亲"，指语言。
2 指在各处都创造出新的语言。
3 指维特根施坦感慨人类需求的复杂。"哲学家"，即维特根施坦，他因"父亲"的"多欲"而消瘦。
4 比喻人类需求一套完善的理论。
5 指我们自己也是有如此多需求的、麻烦的"父亲"。
6 指维特根施坦目标清晰，迎难而上。
7 指维特根施坦的本质是我最欣赏的，与我有着合二为一的亲近。

冲向语言在时间中的饥饿和犯罪[1]
那个人躲在山谷里研究刑法

1987.7.16

➡ 评析

维特根施坦主张哲学的本质就是语言,语言是人类思想的表达,是整个文明的基础。他的研究揭示了语言的本质,所以海子称他是在"研究刑法"。

维特根施坦十分具有理想主义的追求。他曾经为了参加奥地利学校改革活动,前往奥地利南部山区,过着苦行僧一样的生活。1947年,他坚信"哲学教授"是"一份荒唐的工作",便从剑桥大学辞职,专心思考、写作。海子形容他"躲在山谷里",又形容他"在寒冷草原搬动木桶",是很生动的。

诗的后半部分提到了"多欲的父亲"与"懊恼",这也和维特根施坦的理论有关。维特根施坦曾在1921年发表了《逻辑哲学论》,又在1953年正式发表了《哲学研究》。这两本书分别代表了他早期和后期的理论,它们所阐述的主旨十分不同,甚至互有否定。

《逻辑哲学论》是解构,它着眼于人工语言,让哲学成为语言学问题,把问题讲清楚,这便是诗中多欲的父亲"央求家宅存在""门窗齐全"的意思。

---

[1] 指争分夺秒地研究语言的需求和改变。因为语言会随着时间一直变化,所以要争分夺秒。"饥饿",指需求。"犯罪",指改变。

而《哲学研究》是解构之后的建构，它着眼于日常语言。这时，维特根施坦认为创造一套严格的可以表述哲学的语言是不可能的，因为日常生活中的语言是生生不息的，所以哲学的本质应该在日常生活中解决，在"游戏"中理解游戏，也就是"骑上时间绿色的群马／冲向语言在时间中的饥饿和犯罪"。

本诗题目《盲目》，颂扬的是维特根施坦的专注。他是一个"挺矛而上的哲学家"，是一个"赤裸裸的人"，是一个专注于勇气和智慧的人。

土地·忧郁·死亡

黄昏,我流着血污的脉管不能使大羊生殖。[1]
黎明,我仿佛从子宫中升起,如剥皮的兔子摆上早餐。[2]
夜晚,我从星辰上坠落,使墓地的群马阉割或受孕。[3]
白天,我在河上漂浮的棺材竟拼凑成目前的桥梁或婚娶之船。[4]

我的白骨累累是水面上人类残剩的屋顶。[5]
燕子和猴子坐在我荒野的肚子上饮食男女。[6]
我的心脏中楚国王廷面对北方难民默默无言。[7]
全世界人民如今在战争之前粮草齐备。[8]

最后的晚餐那食物径直通过了我们的少女[9]

---

1 指老人没有生殖力。"黄昏"指一个人或者人类的生命状况,以下三句也类似。
2 指新生儿给世界带来了新鲜的生命。
3 指死亡的后果是家族的延续或者永远消失。"阉割",指一个家族永远消失。"受孕",指一个家族继续繁衍。
4 指人活着终究会死去,或者说,世界上不过是一群死人在活着。"棺材",指人的死亡,每个人都是未来的棺材。"桥梁或婚娶之船",指人为世界做出贡献或者继续繁衍子息。
5 指后人在前人的死亡中继续生活。
6 指荒野被牲畜们主宰,牲畜们在其上生活。
7 指南方北方各有自己的命运,无力可施。
8 指人们虽然一时平安,但都准备着战争。
9 指最后的一点资源全部留给担负着生殖重任的少女。

她们的伤口　她们颅骨中的缝[1]
最后的晚餐端到我们的面前
一道筵席，受孕于人群：我们自己。[2]

1987.8

➤ 评析

这一首《土地·忧郁·死亡》，和《生殖》类似，都对生殖和命运进行了一定的思考。这首诗中所呈现的核心理念更明晰，大概可以分为如下三条。

第一，生命的几个阶段都是生殖。

本诗第一节一共写了四种状态：黄昏、黎明、夜晚、白天。它们既是每一个人的状态，也是整个生命的状态，都和生殖有关：

黄昏代表着衰老和无法生殖。

黎明代表着新生。

夜晚代表着生命的死亡，这个家族就此灭亡或者继续繁衍。

白天代表着生命的进行也不过是走向死亡。

第二，生命不断生殖，我之白骨便是你之屋顶，反之亦然。

在《生殖》一诗中，诗人也提到：

> 我将告诉这些在生活中感到无限欢乐的人们

---

[1] 指少女通过生殖传承智慧。"伤口"，代表生殖的痛苦。"颅骨中的缝"，代表智慧的生长。

[2] 指我们人类靠着生殖一代一代繁衍下去，我们孕育的是我们自己。

他们早已在千年的洞中一面盾上锈迹斑斑

第三，生殖和死亡是不断相互转化的。

如"我在河上漂浮的棺材竟拼凑成目前的桥梁或婚娶之船""全世界人民如今在战争之前粮草齐备""最后的晚餐端到我们的面前／一道筵席，受孕于人群：我们自己"等。

这首诗的主语，可以认为是一个人，可以认为是全人类，也可以认为是土地。它写的是生命的共性。

如"我的白骨累累是水面上人类残剩的屋顶"，可以认为是土地上的景象，也可以认为是站在人类种群的角度上的思考。

本诗题为《土地·忧郁·死亡》，意思是：土地上的一幕幕景象，其本质都是生殖和延续；个体在其中显得十分渺小，从而使人忧郁；一切都是在向死亡作抗争。

这里的死亡，指的是整个种群、文明的消亡，而不单单是个体的死亡。

马、火、灰——鼎

有了安慰，马飞来了，甚至有了盐，有了死亡[1]

有了安慰，有了爪子，有了牙，甚至有了故乡，不缺乏春天[2]
仍然缺少一具多么坚强的骷髅牢牢锁住我[3] 多么牢固
我的舞蹈举起一片消费人血的灯
和耗尽什么的头颅[4] 麦芒在煮光了自己之后
只剩下空杆之火　不尽诉说[5]

有了安慰，有了马、火、灰、鼎，甚至有了夜晚[6]
仍然缺少鬼魂，死过一次的缺少再次死亡[7]

---

1 意思是，有了理想，就有了追逐理想的原动力，有了追逐中的滋味，有了死亡的意义。"安慰"，意思是没有信仰和理想的人就如同生活在绝望中，而有了理想便像是得到了安慰。"马"，指追逐理想的原动力。"盐"，指原来的生活平淡如水，进入追逐理想的状态中，生活才有了滋味。"死亡"，指原来的生活中生死是没有意义的，而现在死亡被重新赋予了意义。

2 意思是，有了理想，就有了武器（爪子和牙），也有了永远会获得支持的大本营（故乡），不再缺乏生长的机会（春天）。

3 指仍然缺少必死的信念与我同在。"坚强的骷髅"，指必死的信念。

4 指为之流血才能达到的光明和需要耗尽的生命。

5 指生命的燃烧就要像从麦芒烧到麦秆般彻底，而这些仍然不够。

6 意思是，有了理想，才有了追逐理想的原动力（马）、燃烧的信念（火）、必死的决心（灰），以及信念之鼎，也有了死亡的召唤（夜晚）。

7 意思是，在追逐理想的道路上，仍然还需要死亡，就算死过一次，也需要再次死亡。

两姐妹只死了一个，[1] 天空却需要她们全部死亡
最好是无人收拾雪白的骨殖　任荒山更加荒芜下去
只剩一片沙漠　和　戈壁

有了安慰，而我们是多么缺少绝望[2]
我所在的地方滴水不存，寸草不生，没有任何生长

➡ 评析

诗题中即点出了本诗的四个核心要素：马，指追逐理想的原动力；火，指燃烧的信念；灰，指必死的决心；鼎，指信念铸成的大鼎。这四个要素是整首诗的主线，分别对应着四个诗节。

第一节，马。有了动力，一切才有意义，生活才有滋味，死亡才有价值。

第二节，火。光有动力还不够，还要燃烧，要最大程度地牺牲，要耗尽一切，要"消费人血"。

第三节，灰。光是牺牲还不够，还要有必死的决心、成灰的决心，要全部死亡，要再次死亡。没有死亡，就没有新生。

第四节，鼎的意义。马、火、灰，全都是为了铸就信念之鼎，没有鼎就没有一切，就只是"滴水不存，寸草不生，没有任何生长"。

这首诗的最后一节，反而是全诗的基础。正是因为"我所在的

---

1 指爱情放弃了一半。"两姐妹"，虚指放不下的爱情的总数，并非是具体的两次。
2 指缺少绝望所激发出的动力。

地方滴水不存，寸草不生，没有任何生长"，我们才需要理想之鼎的召唤，我们才"有了安慰"。

最后一节还提到，虽然有了安慰，但我们仍然"缺少绝望"，缺少绝望带来的激发和动力。其实，这便是缺少诗中的"马"。

有了安慰，就有了马；有了马，还需要火；有了火，还需要灰；有了灰，才能够铸鼎。这是一个递进的过程。

而事实上，此时的海子已经"有了安慰"，有理想之目标，却没有马。

最后一节所写的才是海子的真实处境，前三节的马、火、灰，不过是海子的渴望和想象。此时的海子，有一个假鼎，却没有马，这与他前三节所描述的想象形成了一个奇妙的带有缺口的环。

十四行:夜晚的月亮

推开树林
太阳把血
放入灯盏[1]

我静静坐在
人的村庄
人居住的地方[2]

一切都和本原一样[3]
一切都存入
人的世世代代的脸
一切不幸[4]

我仿佛
一口祖先们

---

1 黑夜降临,而太阳设法将一点光的种子放入灯盏,使之可以延续。"血",指傍晚时分的太阳光。
2 指月光照耀着村庄里的处处。
3 指一切都没有改变。月亮本希望人间有所改变。
4 隐喻智慧不能得到,就像很深的井水一样。月亮中的智慧高高在上,引领着精神世界,却遥远难及,所以是"不幸"。

向后代挖掘的井

一切不幸都源于我幽深而神秘的水

→ 评析

太阳把光的种子存入灯盏。

先行的祖先把智慧之水存入月亮。

命运把不幸,即对智慧的追逐,存入人们的脸。

追逐理想的艰难和不幸,是命中注定的;追逐理想的决心和宿命,也是命中注定的。

本诗是海子以1985年所写的《夜月》一诗删改而成,更加紧凑了,在诗意上也略有变化。

十四行：王冠

我所热爱的少女
河流的少女
头发变成了树叶
两臂变成了树干

你既然不能做我的妻子
你一定要成为我的王冠
我将和人间的伟大诗人一同佩戴
用你美丽叶子缠绕我的竖琴和箭袋[1]

秋天的屋顶　时间的重量[2]
秋天又苦又香[3]
使石头开花　像一顶王冠

秋天的屋顶又苦又香
空中弥漫着一顶王冠

1　"竖琴"是古希腊吟游诗人的配备，是诗人的象征。"箭袋"是战士、王者的象征。
2　指秋天是收获的季节，所有以往的付出在这一刻才体现出真正的重量。
3　付出的辛勤是苦，而收获的甘甜是香，所以"又苦又香"。

被劈开的月桂和扁桃的苦香

1987.8.19 夜

➜ 评析

既然不是妻子,那就成就王冠。既然无法收获你的爱情,我便用理想的成就来向你致敬。虽然爱情和理想的冲突依然存在,海子在本诗中却表现出了超乎寻常的豁达。

十四行：玫瑰花

玫瑰花　蜜一样的身体
玫瑰花园[1]　黑夜一样的头发
覆盖了白雪隆起的乳房

白雪的门　白雪的门外被白雪盖住的两只酒盅
白雪的窗户　白雪的窗内两只火红的玫瑰谷
或两只火红的蜡烛……热情的蜡烛自行燃尽
两只丁当作响的酒盅……热情的酒浆被我啜饮[2]

在秋天我感到了　你的乳房　你的蜜
像夏天的火　春天的风　落在我怀里
像太阳的蜂群落入黑夜的酒浆
像波斯古国的玫瑰花园　使人魂归天堂

肉体却必须永远活在设拉子[3]
——千年如斯

1　意思是，你好美啊，像玫瑰花一样，你的美多么丰富啊，像玫瑰花园一样。
2　"酒盅""玫瑰谷""蜡烛"，指的都是乳头。
3　"设拉子"，一译舍拉子，波斯（今伊朗）地名。——西川原注。

玫瑰花　你蜜一样的身体

1987.8

➜ 评析

　　这首诗直截了当地歌颂了蜜一样的身体、黑夜一样的头发、白雪隆起的乳房，第二节更是一连用了酒盅、玫瑰谷、蜡烛几个比喻来对乳房加以形容。这样热情洋溢的风格在海子的诗作中显得十分独特。

　　1987年8月，对海子来说恐怕是一段十分奇异的时光。

十四行：玫瑰花园

明亮的夜晚

我来到玫瑰花园

脱下诗歌的王冠

和沉重的土地的盔甲[1]

玫瑰花园　玫瑰花园

我们住在绝色美人的身旁　仿佛住在月亮上

我们谈论佛光中显出的美丽身影[2]

和雪水浇灌[3]下你的美丽的家园

我们谈到但丁[4]　和他永恒的贝亚德丽丝[5]

以及天国、通往那儿永恒的天路历程

四川，我诗歌中的玫瑰花园

那儿诞生了你——像一颗早晨的星那样美丽

1　指不去想诗歌的追求，也不去想现实生活的沉重压力。"土地的盔甲"，象征现实生活的压力。
2　指上文提到的绝色美人，赞美她有佛性的光辉。
3　此处（四川）的水来自雪山的冰雪融化，所以称"雪水浇灌"。
4　但丁（1265—1321），意大利著名诗人，代表作《神曲》。
5　暗示我们都爱上了此美人。贝亚德丽丝（又译为贝雅特丽齐、贝缇丽彩等），是但丁心中永恒的恋人。

明亮的夜晚　多么美丽而明亮
仿佛我们要彻夜谈论玫瑰直到美丽的晨星升起。

1987.8.26

➜ 评析

1987 年 8 月，海子在四川参加了一次聚会，有一个四川本地的女人引起了他的爱恋。

在这一夜，海子不去想诗歌的追求，也不去想生活的负担，心中只有这位女性。

她绝色美艳，她笼罩着佛光，她就像贝亚德丽丝，仿佛能够和海子一同通往永恒。

九首诗的村庄

秋夜美丽
使我旧情难忘[1]
我坐在微温的地上[2]
陪伴粮食和水
九首过去的旧诗
像九座美丽的秋天下的村庄
使我旧情难忘

大地在耕种
一语不发，住在家乡
像水滴、丰收或失败[3]
住在我心上

1987

→ **评析**

"微温"这个词用得很传神，它是夏夜的特点，在秋夜中体会到

---

1 指诗人在丰收的秋夜怀念夏天的夜晚，"旧情难忘"。
2 "微温的地上"是夏夜的特点，所以勾起思念。
3 "水滴"，象征生命原始的状态。"水滴""丰收""失败"，概括了诗人常见的三种状态。

夏夜的微温，这便是那种旧情难忘的微妙了。

海子在微温的地上，于秋夜怀念夏夜；看着过去的旧诗，于现在怀念旧情。这二者互相对应。

难忘旧情的对象是故乡，它对海子是十分包容的。

耕种本是人的行为，写"大地在耕种"，突出了大地的主动性，突出了大地所代表的故乡对海子的主动的接纳和包容。

最后一节采用了视角转换对比的方式叙述：无论在生命初始（水滴）、丰收、失败哪一种状态，"我"都会包容它们，正如故乡也无条件地包容我。

海子惯于写丰收后的荒凉，在本诗中却十分平静地歌颂故乡，这种情况不多见。

秋

用我们横陈于地的骸骨[1]
在沙滩上写下：青春。然后背起衰老的父亲[2]
时日漫长　方向中断
动物般的恐惧[3]充塞着我们的诗歌

谁的声音能抵达秋之子夜　长久喧响
掩盖我们横陈于地的骸骨——[4]
秋已来临
没有丝毫的宽恕和温情：秋已来临

1987.8

➡ 评析

秋天是收获的季节，容易使人审视自己。在秋天时如果两手空空，便会感觉"方向中断"，便会感到"动物般的恐惧"。

1　指我们未来都是要死去变成骸骨的，所以索性用它来称呼我们的现在。
2　指我们的青春十分脆弱，如同在沙滩上写字，而父亲已老，我们又责无旁贷。
3　指非理性的恐惧。
4　指我们行尸走肉的状态被这声音拯救。

这样的审判"没有丝毫的宽恕和温情",它使海子看到,我们不过是一群"横陈于地的骸骨",我们的青春不过是在沙滩上的书写,我们的父亲已经衰老,而指点迷津的声音、拯救我们的声音,并没有出现。

八月之杯

八月逝去　山峦清晰
河水平滑起伏
此刻才见天空
天空高过往日 [1]

有时我想过
八月之杯中安坐真正的诗人 [2]
仰视来去不定的云朵
也许我一辈子也不会将你看清

一只空杯子　装满了我撕碎的诗行 [3]
一只空杯子　——可曾听见我的喊叫?!
一只空杯子内的父亲啊 [4]

---

1 指秋天来了，厚重的云层散去，秋高气爽。
2 指要经受得住"八月之杯"的磨炼，才能成为真正的诗人。"八月之杯"，指"八月"对人的束缚像是把人关在一个杯子里。
3 指诗人在整个"八月"都没有获得成就，只有不成熟的撕碎的诗稿。"空杯子"，即空空的"八月之杯"，因诗人一直在此束缚中"安坐"而一无所获。
4 "父亲"，指诗人想成为的启蒙者。海子一直想成为这样一个形象，可参见《月全食》一诗。

内心的鞭子将我们绑在一起抽打[1]

1987

→ 评析

第一节:"八月"像一只杯子一样,把人束缚在其中,只有"八月"逝去了,山峦才清晰,河水平滑起伏,才能见到天空。

第二节:有时海子会想,真正的诗人也许就是要忍受这些束缚,才能达成目标。

第三节:海子又感到,所谓忍受,不过是惰性和借口,照此下去,杯子永远是空的,自己永远无法成为"父亲"。

这首诗写于 1987 年夏秋之交。在同一时期,海子写了若干首以秋天和收获为主题的诗,如《秋》《八月 黑色的火把》《秋日山谷》《秋日黄昏》等。

秋天是收获的季节,如果诗人在此时没有获得预想中的果实,他便会生出愧疚不安的心情。这一时期的诗,大多涉及了这样的内涵。

不过,这一首《八月之杯》,虽然也与此有关,却独辟蹊径——首先,诗人从"八月"的束缚写起;其次,加以转折,写生活的束缚对诗人应当是一种锤炼;再次,又来了一次反转,认为所谓锤炼的想法其实是逃避。

短短一首诗,加入了两次反转,写尽了海子此时的心态。

---

1 内心的鞭子抽打着我,也抽打着我心中的目标。

八月　黑色的火把

太阳映红的旷原
垂下衰老的乳房[1]
一如黑夜的火把

人是八月的田野上血肉模糊的火把[2]
怀抱夜晚的五谷
遁入黑暗之中[3]

温暖的五谷
霉烂的五谷
坐在火把上[4]

1987

→ 评析

"八月"本是收获的季节,诗中所写也是收获之事,但海子对收获一直有着辩证的看法:丰收能够带来物质上的充实,却也带来了

1　指夕阳,就像乳房的形状,又一点点坠下来。
2　人由躯干和头组成,所以像是火把;此时已是傍晚,看不清楚,所以是血肉模糊的。
3　指人在黑暗中收获粮食,将粮食收回粮仓。
4　指人拿着粮食的样子,暗指这些粮食都要被人消耗掉。

精神上的霉烂。海子在《黑夜的献诗》中写道：

> 谷仓中太黑暗，太寂静，太丰收
> 也太荒凉，我在丰收中看到了阎王的眼睛

如此便能理解，在收获的季节，太阳会像是衰老的乳房，人们会是血肉模糊的，而刚刚收获的粮食竟然是"霉烂的五谷"。

物质总是短暂的，只有精神才能够永恒，一味地追求物质也会使人丧失了精神追求，这是海子和故乡所不能融合之处。所以，虽然是收获，虽然收获的画面十分热闹，海子仍然称其为"霉烂的五谷""黑夜的火把"。

日出
——见于一个无比幸福的早晨的日出

在黑暗的尽头
太阳，扶着我站起来[1]
我的身体像一个亲爱的祖国，血液流遍[2]
我是一个完全幸福的人
我再也不会否认
我是一个完全的人我是一个无比幸福的人
我全身的黑暗因太阳升起而解除
我再也不会否认　天堂和国家的壮丽景色[3]
和她的存在……在黑暗的尽头！

1987.8.30 醉后早晨

➡ **评析**

在黑暗的尽头，太阳就会升起，阳光就会照过来。本诗中，海子的自信有了空前的爆发，就像是久病之人突然看到了希望。

他从此笃定地相信他会抓住理想，获得壮阔的成就，获得"天

1　暗示诗人在黑暗中已经极其虚弱，要靠阳光相扶才能站起来。
2　指诗人的身体恢复了，就像祖国的土地被阳光普照（血液流遍）。
3　象征诗人自己将要获得的成就。

堂和国家的壮丽景色"。

而海子对理想和对爱情的追逐,一直是同时进行的。他至此还念念不忘"她的存在"。

生日颂（或生日祝酒词）
　　——给理波并同代的朋友[1]

在生日里我们要歌唱母亲
她们把我们领到这个不幸的人世
在这个世界上　只有她们　无限地热爱着我们
因为我们是她的一部分

在这个夜晚　我们必须回到生日
回到我们的诞生之日
甚至回到母亲的腹中
回到母亲的怀孕　和她平静的爱情

我会想到你——我的母亲
在一个冬天　怎样羞涩而温情地
向父亲暗示　你怀了孕
一个生命在腹中悸动

秋风四起时　你生下了我
秋天是一些美好的日子　黄金的日子
当白云徐徐伸展在天际　秋风阵阵　万木归一

1　本诗为海子写给友人孙理波的生日颂诗。

秋天的灵魂吹动着人类的村庄和城镇

总有一些美好的婴儿诞生

那婴儿中就有我　先是牙牙学语

然后学习加减乘除　一次次艰难地造句

学习体育和艺术　终于卷入人生　卷入人生的痛苦

痛苦并非是人类的不幸

痛苦是全人类与生俱来的财富

痛苦产生了人类的老师　伟大的先知　产生了思想和艺术

朋友们，我的祝酒词是

愿你们一生　坎坷痛苦

不愿你们一帆风顺

朋友们　如果我们一帆风顺

我们不会在这里相聚

我们不会在这张堆满果实的酒桌上相遇

是痛苦携带着我们　来到这个夜晚　充满生日的气氛

在这张堆满果实的桌子上

我就是其中的一只果实　坐在其他果实中间

我就是其中的一只果实　在秋天　我说：我要变成酒精[1]

我要变成使人沉醉的酒精

1　指用果实酿酒。

我要变成陪伴我们一生的痛苦的酒精

痛苦也是酒精
我们全都沉浸其中
只是分给每个人的酒杯不同

伟大的人　装满痛苦的酒杯更大　他们开怀畅饮
开怀畅饮　痛苦的酒　使人沉醉一生的酒
为了我们生病的柔弱的操劳一生的母亲
为了那些爱过我们或被我们爱着的女性
为了生日　为了生日之后我们开始置身人世
享受真实的人生和痛苦　朋友们　举起我们的杯子

在这个生日
在这个美好的日子
在我们痛苦减轻之时
我们还要歌颂那些给我们创伤和回忆的女人
我们在酒醉时敲着酒盅　高声嚷着
女人啊　你的名字像一根白色的绷带　曾经缠绕在我的额头
总有一阵秋风把绷带吹落
像吹下一片树叶　有没有伤疤　我都会将你宽恕

在我们的额头上或心上　有没有伤疤
我都会将你宽恕

因为你是比我更为软弱的女人
是的　我爱过你　恨过你
一切都已过去　最终在一阵秋风里将你宽恕
然后像讲述梦境　我会向知心朋友细细讲述

也许有一天我已完全将你忘却
会再在一条陌生的道路上与你相逢
我会平静地迎上前去
如果你牵着你的孩子　我会再次爱上你
但这决不是因为以前的爱情
而是因为你成了母亲
母亲是一个伟大的名字
母亲是我诗歌中唯一的主人

在这个生日的气氛里
我还要以生日的名义
祝福另外一位朋友　祝福你
眼看就要成为幸福的父亲
年轻的父亲
你的担子更重
另一个小生命通过生日把他的双手交给你
无论是儿是女　做父亲总是人类最大的幸福

至于我　早就想成为父亲

虽然我没有妻子

要说有　五六年前就已经结婚

我的妻子就是中国的诗歌　汉语的诗歌

我要成为一首中国最伟大诗歌的父亲

像荷马是希腊的父亲　但丁是意大利之父　歌德是德意志的父亲

我早就想成为父亲　我一定能成为父亲

成为父亲总是人类最大的幸福

诗人总爱预言

那就让我在这个生日再讲一讲另一个生日

我们的祖国母亲土地母亲她生下了一位英雄。[1]

那英雄之子是在日出时刻降生

在东方大地上拔地而起

他身上集中了我们所有优秀的品质　生命和灵魂

他的生日就是我们真正的生日　唯一的生日

在他降生之日　如果我们已经死去

我们就能和他一起再次出生

他的生日是我们的再生之日

他的生日是我们所有人生日中的生日

酒中之酒，痛苦中的痛苦

1　指我们的国家，中华人民共和国。

为了生日，干杯！
生日给了一切痛苦以最好的补偿

朋友们　从这个夜晚我们各自出发
我们升帆出发　随手携带火种、泉水与稻谷
从这张生日堆满果实的桌子上我们出发
任凭命运的风儿把我们吹向四面八方

不知何日再能相聚一堂
不知命运之船漂向何方
但母亲在生日赐予我的生命
我总要在我的诗歌中歌唱和珍惜

即使我们一生不幸
这生日也是我们最好的补偿
是对我们最好的报答　即使我们一生不幸
这生命本身的诞生永远值得我们歌唱

在我们自己的生日里我还要歌唱我们的土地
我愿所有的朋友都要把她珍惜
土地的不幸是我们全体的不幸
我们生在其中　长在其中　最终魂归其中
是土地　苦难而丰盛的土地
把每一个日子变成我们大家不同的生日

我们每一个土地的孩子
都领到一只生命的酒杯

朋友们　我已有预感　我还要再说一遍
土地的不幸是我们全体的不幸
土地她如今正骚动不安　我的祖国她恶心又呕吐
是不是她已经怀孕？
是不是我们的共同的母亲已经怀孕？
她需要多少时间才能生产？
生下的是男是女　是侏儒还是巨人
是一个什么样的人？[1]

这是一个秋天的夜晚　灯火明亮
我们这些年轻的生命坐在一张酒桌旁
我们今日相聚一堂　明日分手四方
唯有痛苦留在这漫长的道路上

唯有痛苦　使我们相互尊敬和赞叹
使我们保持伟大的友谊
唯有痛苦是我们永恒的财富

1987.9.17 急就
9.20 录

---

[1] 指国家的痛苦孕育着新的时代。

➜ 评析

孙理波是海子的好友，两人同在中国政法大学工作，住在昌平的同一栋教师宿舍楼里。在孙理波生日之时，海子便写了这首诗给他。

海子是3月生人，所以诗中写"秋风四起时 你生下了我"，完全是以孙理波的口吻来进行叙述。不止于此，海子以生日开始进行发挥，沿着"生日—母亲—秋天—痛苦—爱情—亲情—父亲—预言—共和国—使命—时代"这样一条大致的线索，前后顺承，层层推进，最后成就了这首歌颂时代使命的长诗。

全诗可分为六大部分。

第一部分，母亲。生日，即是母亲受难日，海子开门见山地说"在生日里我们要歌唱母亲"。他对母亲的歌唱并不是简单的颂扬，而是深深地体会她的怀孕、她的"平静的爱情"。这一部分，海子暗暗地给生日这个抽象的概念赋予了人性光辉的内涵，他自然地提到生日所在的秋天，又通过回忆将话题转移到"痛苦"上。

第二部分，痛苦。本诗中海子对痛苦进行了独特的论述："愿你们一生 坎坷痛苦／不愿你们一帆风顺。"痛苦是财富，它会促成思想和艺术的诞生，"伟大的人 装满痛苦的酒杯更大"，这正是海子一直持有的观点。

第三部分，爱情。既然提及痛苦，话题便自然转向痛苦的爱情，转向带来创伤的女人。我们终究是生活的强者，无论女人有没有在我们心上留下伤疤，我们都应当将她宽恕。这一部分中有一个转折很妙：离开的女人总有一天也会变成母亲，到那时，海子会继续献出爱情,只不过狭义的男女情爱已经升华为对母亲的爱。这个转折既紧扣了最开始的母亲主题,又暗暗为本诗注入了一些宏大宽广的内涵,毕竟,本诗要呈现的是对时代的歌颂。

第四部分,父亲。话题由母亲又自然地转向父亲,海子继续借题发挥,"荷马是希腊的父亲 但丁是意大利之父 歌德是德意志的父亲"。这就为下面共和国的出场作了足够的铺垫。

第五部分,共和国。海子称我们的共和国为英雄,那是因为我们都是共和国的子民,我们的身上都流淌着英雄的血液。于是,我们在生日时的相聚,便不再是简单的小团圆,它代表着我们在人生的一个小站上对这个时代发出誓言。这样便推出了全诗真正的主题,也将这首诗推向了高潮。

第六部分,时代。接下来海子又简短地提到漂泊、不幸和这片土地,这些现实中的痛苦对前文的痛苦论构成了呼应。痛苦是创造的源泉,痛苦孕育着一个新的时代。我们身为时代的主人,这是我们的机会,也是我们的责任。"我们今日相聚一堂 明日分手四方",在这样一个秋天的夜晚,"灯火明亮",我们的心灵开阔、宏伟而明亮。

这首诗前后共有六大部分,每两部分之间都衔接得十分流畅,其中还有两次呼应和两次升华:第一部分和第三部分在母亲的主题上进行了呼应,第二部分和第六部分在痛苦的主题上进行了呼应;第三部分进行了从爱情到亲情的升华,第五部分进行了从我们到时代的升华。这首诗是在1987年9月17日"急就"写成的,难以想象它竟然是如此气息充沛又匠心独运。

秋天

你带来水　酒瓶和粮食[1]

秋天　千里内外
树叶安睡大地[2]
果实沉落桶底[3]
发出闷闷声响

让镰刀平放[4]
丰收的草原

秋天的水　上升
直到果实　果实
回声似的对称的乳房[5]

秋天　丰收的篮子
天堂的篮子

1　指秋天带来了河水上涨、酿酒成熟、粮食收获。
2　指秋天树叶飘落。
3　指秋天时将收获的果实放进桶底。
4　指收割完成。
5　指树树果实相似，就像声音和回声那样对称。"乳房"，指果实，因其形状相近。

盛放——"果实"
病床头刻划的
阿拉伯或恒河
的永久文字[1]

而鱼唱着　梦着　村落
水离开了形状
离开了手[2]

回声
这是两只丰收的篮子　彼此对称
乳房
手[3]

1986.1 草稿

1987.5 改

1987.9 再改

---

1 指秋天的收获是全世界的期盼。"病床头",指未收获时人们的煎熬。"阿拉伯或恒河",以不同文化代表全世界。

2 指因为丰收而不必捕鱼来吃了,便将桶里的水连同里面的鱼倒进河里。

3 指果实也获得了丰收,采摘它们的手也获得了丰收,两种丰收是相同的,是像回声一样对称的。

➜ 评析

　　秋天，一切都获得收获。河水的上涨也是一种收获，酿酒和粮食更不必说，树叶的安睡、果实的沉落，一切都是收获。
　　鱼，也因为村落的收获而获得了新的歌唱和梦。
　　手采摘果实，是收获，果实被采摘，也是收获，它们是对称的。
　　这就是本诗中所描写的一切都美好的秋天。

秋日想起春天的痛苦 也想起雷锋

春天　春天
他何其短暂
春天的一生痛苦
他一生幸福[1]

又想起你撞开门扇你怀抱春天
你坐下。快坐下,在这如痴如醉[2]的地方
春天的一生痛苦
他一生幸福

春天　春天　春天的一生痛苦
我的村庄中有一个好人叫雷锋叔叔
春天的一生痛苦
他一生幸福

如今我长得比雷锋还大[3]

1　春天的生长还要为以后秋天的收获负责,所以是痛苦的;雷锋只有春天,不需要经历秋天,所以是幸福的。
2　像痴了一样,像醉了一样,指迷惘。
3　雷锋只有春天,而我已经来到秋天,故有此言。

村庄中痛苦女神安然入睡[1]
春天的一生痛苦
他一生幸福

1985；1987

➜ 评析

春天的生长是幸福的，秋天的成熟是痛苦的，这就是春天的一生，他是痛苦的。

雷锋因意外而早逝，他的生命一直停留在春天，所以他是幸福的。

如果人的一生只有春天，那该有多么幸福呢？

如果人到了秋天，发现春天的路走得不对，以至于秋天得不到想要的收获，那该有多么痛苦呢？

海子处在秋日，难以收获，便有一生痛苦之感。同时，他也羡慕雷锋的幸福。

痛苦的长久，也许比不上幸福的短暂。

1　指无人可以缓解我的痛苦，连痛苦女神都不管。

幸福的一日
——致秋天的花楸树

我无限的热爱着新的一日
今天的太阳　今天的马　今天的花楸树[1]
使我健康　富足　拥有一生

从黎明到黄昏
阳光充足
胜过一切过去的诗
幸福找到我[2]
幸福说:"瞧　这个诗人
他比我本人还要幸福"

在劈开了我的秋天
在劈开了我的骨头的秋天[3]
我爱你,花楸树

1987

---

1 "今天的太阳""今天的马""今天的花楸树",分别象征着理想、追求理想的途径、眼下的生活。
2 指我是如此幸福,以至于幸福也要千方百计地来找到我。
3 形容幸福深入骨髓,猛烈而深刻。

➡ **评析**

　　这一天海子必是找到了良好的状态，达到了理想和生活的统一，于是，一切都如此美好。

　　花楸树，无论果实、花、叶片，都是小小的，却蕴含着无限的生命力，正像是诗人此时的状态。

　　海子一直将秋天视为审判的季节，也往往因为没有收获而心怀惕惧。1987 年，他完成了长诗《太阳·土地篇》，因而获得了许多改变。也许，本诗正是为此而写。

秋日黄昏

火焰的顶端[1]
落日的脚下
茫茫黄昏　华美而无上
在秋天的悲哀中成熟

日落大地　大火熊熊　烧红地平线滚滚而来
使人壮烈　使人光荣与寿同在　分割黄昏的灯[2]
百姓一万倍痛感黑夜来临
在心上滚动万寿无疆的言语[3]

时间的尘土　抱着我[4]
在火红的山冈上跳跃
没有谁来应允我
万寿无疆或早夭襁褓

相反的是　这个黄昏无限痛苦
无限漫长　令人痛不欲生

1　指秋天漫山红遍的景色好像是火焰，而黄昏便在这样的景色的顶端。
2　指灯一亮起，便昭示着夜晚到来了，黄昏便被"分割"了。
3　指黑夜来临就如同死亡降临，人们都希望能停留在永恒的黄昏。
4　暗指自己在时间长河中只是一粒尘埃。

切开血管

落日般红 [1]

愿有情人终成眷属

愿爱情保持一生

或者相反　极为短暂　匆匆熄灭

愿我们从此再不提起

再不提起过去

痛苦与幸福

生不带来　死不带去

唯黄昏华美而无上。[2]

1987.9.3 草稿；1987.10.4 改

→ 评析

  秋是一年之黄昏，黄昏是一天之秋。无论秋季与黄昏，往往都会伴随着萧瑟、落寞的情绪。秋天又是收获的季节，此时的海子在爱情上两手空空，无人解救，便奢望自己能融化在这秋日黄昏中，无知无觉，没有痛苦也没有幸福，化为永恒。

  海子在不能收获爱情的秋天，只愿看到黄昏华美而无上。

1　指落日是由血染而成。

2　指不再有痛苦与幸福这些情感，只有华美的黄昏。

黎明和黄昏
——两次嫁妆,两位姐妹 [1]

黄昏自我断送
夜色美好 [2]
夜色在山上越长越大 [3]

马与羊　钻出石头　在山上越长越大 [4]

白雪飘落　在这个黄昏
向我隐隐献出
她们自己 [5]

我的秘密的女神
我该用怎样的韵律

1　指黎明和黄昏是我的两位姐妹,又分别是我的两位新娘。
2　"黄昏"喻指告别现实生活的时刻,所以用"断送"来形容。"夜色"喻指自由追逐理想的生活状态,所以用"美好"来形容。
3　指夜色在山上越来越浓。
4　隐喻诗人的想法从心中钻出来,越来越多。"石头",隐喻封闭状态的诗人。"马与羊",指的是夜色中像马和羊一样的影子,隐喻诗人的想法。
5　隐喻诗人的过去已经被一片白茫茫覆盖。

告诉你,侍奉你[1]

我该用怎样的流血

在山头舔好自己的伤口

了望一望无际的大地

以此慰藉[2]

以"遗忘"为伴侣[3]

我将把自己带出那些可以辨认嘴脸的火把之光[4]

从此踏上无可救药的道路[5]

把肉体当作草原上最后的帐篷[6]

那些神秘的编织女人

纺轮被黄昏的天空映得泛红

血液颜色的轮轴　一夜作响[7]

1　指怎样为理想女神写诗。诗人在现实生活中无法放手追逐自己的理想女神,所以是"秘密的"。
2　指诗人整理伤痛的心情,继续遥望远方、坚定自己的信念。
3　指诗人刻意地告别过去的现实生活。这种决裂,犹如一种"遗忘"。
4　指诗人拒绝被人们用火把寻找,坚持要遁入黑夜。"辨认嘴脸",指的是世人用火把寻找诗人、辨认诗人的嘴脸。
5　指追寻理想之路,在世人看起来是"无可救药"的。
6　指诗人要将肉体舍弃。肉体本来也是人的暂寄之所,所以有"帐篷"的比喻。
7　这一节犹如在说,落日(黄昏)"纺织"了诗人的肉体,使诗人在血中获得精神的重生。"纺轮",指落日。

我屈从于她们[1]

死于剑下的晚霞的姐妹[2]

在夜色中起飞

我屈从于黄昏秘密的飞行

肉体回到黑夜的高空[3]

两半血红的月亮抱在一起[4]

迟至今日

我仍难以诉说

那些背叛父母和家园

却热爱生活的人

为什么要和我结伴上路[5]

我的青春　我的几卷革命札记

被道路上的难民镌刻在一只乞讨生活的木碗上[6]

那只碗曾盛过殷红如血的晚霞和往日一切生活

1　指我任由这些女人以我的肉体进行编织。

2　这些女人也是像我一样的、舍弃肉体死于黄昏的人，所以称为姐妹。

3　指肉体在黑夜中获得重生、升华。即下文的"月亮"。

4　意思是，圆月是由两个半月合二为一的。暗指自己也应当有志同道合的同伴。

5　这是个反问句，犹如在说，怎么会有知己来和我结伴上路呢？"背叛父母和家园／却热爱生活的人"，指知己，诗人自己便是这样的人。

6　指我的理想被人们看成是要饭的工具。"道路上的难民"，指世俗的人们，他们的精神很贫瘠，他们是通往理想的道路上的难民。

在死到临头[1]
他是否摔碎
还是留传孩子[2]

晚霞燃烧
厄运难逃
我在人生的尽头
抱住一位宝贵的诗人痛哭失声
却永远无法更改自己的命运[3]

我就是那位被人拥抱的诗人
宝贵的诗人
看见晚霞映照草原[4]
内心痛苦甚于别人[5]

人类犹如黄昏和夜晚的灰烬[6]
散布在河畔　忧伤疲倦

1　指黄昏到来。
2　指是否彻底打破这种生活模式,还是将它继续下去。
3　此处的"我"指的不是诗人自己,指的是世人。诗人在换位思考,想象着,没有信仰的世人在生命尽头就会懂得了诗人是多么宝贵,而自己的命运是多么应当悔恨。
4　隐喻世人的生命已经到了尽头。
5　指我为人类的愚昧而痛苦,更甚于他们自己。
6　没有追求的世人在死后什么也剩不下,所以称为"灰烬"。"黄昏和夜晚",指代死亡。

人类犹如火种的脚　在大地上行走[1]

晚霞充满大火
和焦味。[2] 一望无际
伸展在平原和荒凉的海滩
两半血红的月亮抱在一起
那是诗人孤独的王座

愿有情人终成眷属
愿麦子和麦子长在一起
愿河流与河流流归一处

浩瀚无际的河水顺着夜色流淌
神秘的流浪国王[3]
在夜色中回到故乡[4]

城市破碎
流浪的国王

1　每个人都是走来走去的火种，随时可能会燃烧成灰烬，即死亡。
2　暗喻人生的尽头。因人类会被燃烧成灰烬，所以充满焦味。
3　指诗人。因诗人经过黄昏的洗礼后重生了，以理想的状态生活，所以称之为"国王"；因诗人抛弃了现实中的家园，所以是流浪的；因诗人的升华不能被世人理解，所以是"神秘的"。
4　诗人已经涅槃，再回去看看故乡的世人。

我为你歌唱[1]

夜色使平原广大　使北方无限　使烈火吹遍[2]
把北方无尽的黄昏抬向滚滚高空[3]
黎明更高[4]　铺在海洋上

1987

> **评析**

这首复杂的诗，其核心的主题都包含在最后一节，"黄昏""夜色""黎明"，这一组意象是全诗的诗眼。

夜色使平原广大　使北方无限　使烈火吹遍
把北方无尽的黄昏抬向滚滚高空
黎明更高　铺在海洋上

黄昏，指的是与现实生活的了断。夜色，指的是自由追求理想的状态。黎明，指的是在理想生活中的重生。

"黄昏""夜色""黎明"分别对应"告别现实生活""自由追求理想""重生"，它们的本质，仍然是海子一贯思考的现实生活和理

---

[1] 指现实的生活已经"破碎"，诗人选择的路线是正确的，是值得歌唱的。
[2] 指自由追逐理想的状态给人类带来升华。"夜色"，指自由追逐理想的状态。
[3] 指为了追求理想，死亡便具有极高的意义。"黄昏"，隐喻现实生活的死亡。
[4] 指重生具有更高的意义。"黎明"，隐喻重生。

想生活的二元对立。

三个意象中，黄昏和黎明，分别是两次重大的改变，所以海子称它们是"两次嫁妆，两位姐妹"，即两位新娘、两次婚姻。

黄昏，指和现实生活的了断，这是第一位新娘，是海子下决心要迈出的第一步。诗中也反复地提到：

有黄昏的了断，才会有夜色的美好。

有黄昏的了断，才会有马和羊一样的梦想，在山上越长越大。

有黄昏的了断，才会有飞行，"肉体回到黑夜的高空"。

有黄昏的了断，才会有夜色，诗人才会变成国王。

……………

黎明，指在理想生活中获得重生，这是第二位新娘，是海子希望达到的第二步。但它太遥远（目前第一步尚未达到），所以，黎明只是在诗题中和诗的最后出现，仅出现了两次。不过，黎明才是海子一切努力的终极目标，是他真正想娶的新娘。

黄昏和黎明，是两次婚姻，是两次人生状态的改变点，诗中更多描述的，却是黄昏之后、黎明之前的状态，即夜色。

诗中还有两条副线，一条是对爱情的渴望，另一条是对人类的怜悯，这都是海子惯于表达的主题。

对爱情的渴望一共穿插进了四节内容里：

两半血红的月亮抱在一起

迟至今日

我仍难以诉说

那些背叛父母和家园
却热爱生活的人
为什么要和我结伴上路

…… ……

两半血红的月亮抱在一起
那是诗人孤独的王座

愿有情人终成眷属
愿麦子和麦子长在一起
愿河流与河流流归一处

和其他的诗中所表达的一样,海子渴望的是知己的爱情,而不是世俗的男欢女爱。他希望对方也是一个"背叛父母和家园／却热爱生活"的人,他希望对方能够和他一同组成月亮,登上诗人的王座。

这四节加重了诗人孤独的感受,如果全部去掉,对主线影响也不大。

对人类的怜悯的部分和主线的抒发混在一起了,它是自然的升华。海子在诗中惯于换位思考,将自己代入到别人的位置,也惯于推己及人,将自己的感受投射给全人类。

在诗歌的后半部分,晚霞、黄昏等意象的内涵还与前半部分相同,但其所属的对象却变了,它们不再是海子的"晚霞""黄昏",

而是全人类的"晚霞""黄昏"。所以,当海子"看见晚霞映照草原",他并不单单为自己痛苦,他开始悲悯世人,"内心痛苦甚于别人"。

而在此前一节,诗中写"我在人生的尽头",其主语并不是海子。海子将自己代入了随便一位庸碌的世人的位置,写出了这一忏悔之言。

由于这两个特点,海子的诗,比如本诗的下半部分,主语指向来回变换,内涵不断扩大缩小,情感穿梭交织。诗人用较为复杂的方式表达出淋漓的感情。

秋

秋天深了，神的家中鹰在集合
神的故乡鹰在言语
秋天深了，王在写诗
在这个世界上秋天深了
该得到的尚未得到
该丧失的早已丧失

1987

→ 评析

"秋天深了"，"该得到的尚未得到／该丧失的早已丧失"，如此孤注一掷却毫无收获，这是海子最大的压力之一。

海子对收获的渴望是无与伦比的，因此他为秋天赋予了额外的属性——一个严厉的审判者。所有人的收获都应当在秋天有所呈现，否则，接踵而来的肃杀的冬季便会对失败者进行宣判。

在本诗中，鹰便是代表审判的形象，它的言语使诗人惕惧不已。所幸诗人此时已经离收获不远了，虽然"该得到的尚未得到"，但他自觉已经成为"王"，并且离神已经如此之近。秋天虽然"深了"，但还未到结束的时候，最后的胜利仍有希望。

海子在1987年完成了长诗《太阳·土地篇》，这部作品正是他人生中极为重要的收获之一，本诗应当写于这部作品完结的前夕，海子已经隐约看到了神的召唤。

海子的诗中,秋天作为审判者的意象出现了许多次(黄昏也有类似的含义),即使是在其他的季节,他也会用秋天来提醒自己(如《灯诗》《秋天》等),这一切都源自他内心关于收获的煎熬。

秋日山谷

我手捧秋天脱下的盔甲[1]
崇山峻岭大火熊熊[2]
秋天宛若昨日的梦境
我们脱落的睫毛[3]　在山谷变成火把

照亮百花凋零的山谷
把她们变幻无常的一生做成酒精[4]
那是秋天的灯　凛然神采坐在远方
那是醉卧荒山野岭的我们……

……饱经四季的摧残
在山谷，我们的头颅在夜里变成明亮的灯盏和酒杯
相互照亮和祝福之后
此刻我们就要逃遁[5]

1987

1　指落叶。
2　指漫山都是火红的落叶，就像是大火熊熊。
3　指用力远望而使睫毛脱落。象征远处的理想。
4　指用果实酿酒。"变幻无常的一生"，指花朵、果实的不断变化。
5　指逃离这一次收获，踏上新的征程。

➡ **评析**

灯盏和酒杯,分别指照亮和祝福。我们的头颅变成如此,是因为在这个秋天我们收获了。

尽管我们"饱经四季的摧残",我们"脱落的睫毛"依然变成火把,我们对收获依然有着更多的追求。

所以,在收获的季节,我们放弃了狂欢和自满,我们有的只是"相互照亮和祝福"。并且,我们选择了"逃遁",甘心离开这一次收获。

因为我们还有更大的目标。

秋天的祖国
　　——致毛泽东,他说"一万年太久"。

一万次秋天的河流拉着头颅　犁过烈火燎烈的城邦[1]
心还张开着春天的欲望滋生的每一道伤口[2]

秋雷隐隐　圣火燎烈
神秘的春天之火化为灰烬落在我们的脚旁[3]

携带一只头盖骨嗑嗑作响的囚徒[4]
让我把他的头盖制成一只金色的号角　在秋天吹响[5]

他称我为青春的诗人　爱与死的诗人
他要我在金角吹响的秋天走遍祖国和异邦

1　指秋天的一次次收获。"烈火燎烈",指秋天特有的果实红遍的景象。"头颅",即所收获的果实。秋天就好像是河流,冲刷过果实红遍的大地,收获其中的果实,就像拉一颗颗头颅。
2　既然上一句诗中将收获果实比喻为犁地,那么犁出的一道道沟就像是大地的伤口,它们和春天时渴望植物生长的沟垄是一样的。
3　意思是春天所催生的万物此刻都已经凋谢、化为灰烬。此处指可收获的果实之外的植物。
4　指想要表达自己的思想却为生活所束缚的人。"囚徒",指被束缚。"头盖骨嗑嗑作响",指他不安分的想法。
5　指我来帮他大声地喊出他不敢说的想法。

从新疆到云南　坐上十万座大山

秋天　如此遥远的群狮　相会在飞翔中[1]

飞翔的祖国的群狮　携带着我走遍圣火燎烈的城邦

如今是秋风阵阵　吹在我暮色苍茫的嘴唇上[2]

土地表层　那温暖的信风和血滋生的种种欲望[3]

如今全要化为尸首和肥料[4]　金角吹响

如今只有他　宽恕一度喧嚣的众生[5]

把春天和夏天的血痕从嘴唇上抹掉[6]

大地似乎苦难而丰盛[7]

➡ 评析

秋天是收获的季节，有收获，就必然有未收获。收获当然值得歌

1　指全国各地的收获者同时在飞翔，就好像在一场狂欢中相会。"群狮"，指收获的人们。
2　指为秋天而感慨的抒情。秋季为一天之傍晚，所以是"暮色苍茫"。
3　指春天时滋生的万物生长的欲望。"温暖的信风"，指代春天。"血"，代表决心。
4　指除果实以外的万物全部凋谢、化为肥料。此句和第二节意思相近。
5　指秋天对"尸首和肥料"的宽恕。"他"，指秋天。"众生"一度喧嚣地生长，但是到了秋天，却没有成为收获的果实，而是变成了肥料，所以被秋天宽恕。
6　意思是让万物在春天和夏天时生长的决心就此告一段落，等待来年。
7　万物在春天和夏天进行生长，有些没有形成收获的果实，便是苦难，有些形成了收获的果实，便是丰盛。

颂，但未收获也需要获得宽恕。而最值得歌颂的，就是秋天的审判。

全诗的最后一句，"大地似乎苦难而丰盛"，是本诗的诗眼。其意思是说：万物生长，有些在秋天没有形成收获，有些形成了收获。这其中，前者是苦难，后者是丰盛。

诗中的对象也分为两种：收获的和没收获的。头颅、群狮，便是收获的；春天之火化为灰烬、尸首和肥料，便是没收获的。而无论是收获的还是没收获的，在春天、夏天都有生长的决心和努力。"春天的欲望滋生""春天和夏天的血痕"等，体现的便是这种决心。

秋天会对一切进行审判——收获的，便是群狮，在集体飞翔中狂欢；未收获的，便是肥料，会得到秋天的宽恕。

秋天的审判是严厉的，一切都无所遁形，就像河流"犁过烈火燎烈的城邦"。而我们，无论自己将要收获还是未收获，都要为秋天的审判欢呼，这就是"一只头盖骨嗑嗑作响的囚徒"所不敢说出的想法。海子帮助他制成了一只金色的号角，在秋天大声地吹响。

毛泽东"一万年太久"的句子出自《满江红·和郭沫若同志》，部分如下：

    正西风落叶下长安，飞鸣镝。
    多少事，从来急；
    天地转，光阴迫。
    一万年太久，只争朝夕。

生命短暂，时光荏苒，人生之中没有几个真正的秋天。面对秋天的审判，就算没有收获，就算要面对死亡也在所不惜，这就是

"一万年太久，只争朝夕"的意义。

海子很喜欢"一万年太久"这个说法，他在其他作品如诗歌《不幸（组诗）》和诗论《诗学：一份提纲》中也使用过。

全诗向毛泽东这一句诗致敬。海子从毛泽东身上感受到了豪情壮志。

"从新疆到云南　坐上十万座大山"，这样豪迈的句子并不是海子常有的风格。在诗中，海子以检阅的方式看遍了祖国各地的收获景象，这也是十分难得一见的视角。

在其他关于秋天的诗中，海子往往是一副担心而焦虑的形象，如：

在这个世界上秋天深了
得到的尚未得到
该丧失的早已丧失
——《秋》

而在本诗中，海子却有着出乎意料的雄壮和洒脱。这种种豪情，都来自毛泽东的影响。

祖国（或以梦为马）

我要做远方的忠诚的儿子
和物质的短暂情人
和所有以梦为马的诗人一样
我不得不和烈士和小丑[1]走在同一道路上

万人都要将火熄灭　我一人独将此火高高举起
此火为大　开花落英于神圣的祖国
和所有以梦为马的诗人一样
我藉此火得度一生的茫茫黑夜

此火为大　祖国的语言和乱石投筑的梁山城寨[2]
以梦为上的敦煌——那七月也会寒冷的骨骼[3]
如雪白的柴和坚硬的条条白雪　横放在众神之山
和所有以梦为马的诗人一样
我投入此火　这三者是囚禁我的灯盏　吐出光辉[4]

1　指在追逐理想之路上不幸牺牲的人（烈士）和中途放弃的人（小丑）。
2　指诗歌和起义的决心。
3　指冰清玉洁的精神。
4　指我甘心为了诗歌（祖国的语言）、起义（梁山城寨）、高远的精神（敦煌）这三者献身，并放出光芒。"囚禁"一词在此处是贬义褒用。

万人都要从我刀口走过[1] 去建筑祖国的语言

我甘愿一切从头开始

和所有以梦为马的诗人一样

我也愿将牢底坐穿

众神创造物中只有我最易朽[2] 带着不可抗拒的死亡的速度

只有粮食是我珍爱 我将她紧紧抱住 抱住她 在故乡生儿育女

和所有以梦为马的诗人一样

我也愿将自己埋葬在四周高高的山上 守望平静家园

面对大河[3] 我无限惭愧

我年华虚度 空有一身疲倦

和所有以梦为马的诗人一样

岁月易逝 一滴不剩 水滴中有一匹马儿一命归天[4]

千年后如若我再生于祖国的河岸

千年后我再次拥有中国的稻田 和周天子的雪山 天马踢踏

和所有以梦为马的诗人一样

我选择永恒的事业

---

1 指我是这条理想之路上的楷模,我的行为将成为其他人的试炼标准。
2 指在物质生存中的失败,这是追求理想的代价。
3 "大河",指岁月的长河。
4 指我如同马儿一样的生命很短暂,仅仅是岁月长河中的一滴水。

我的事业　就是要成为太阳的一生

他从古到今——"日"——他无比辉煌无比光明

和所有以梦为马的诗人一样

最后我被黄昏的众神[1]抬入不朽的太阳

太阳是我的名字

太阳是我的一生

太阳的山顶埋葬　诗歌的尸体——千年王国和我

骑着五千年凤凰和名字叫"马"的龙——我必将失败[2]

但诗歌本身以太阳[3]必将胜利

1987

→ 评析

祖国，是海子以子民的身份追随和确认的理想。每个人只能有一个祖国，这样的确认自然也是最郑重的宣告，而这种追求又显得艰难而遥远，所以又可称之为"以梦为马"。

火，便是海子的燃烧，他决心献身于"祖国的语言""乱石投筑的梁山城寨""以梦为上的敦煌"。在《夜色》一诗中，他的"三种幸福"是"诗歌""王位""太阳"，与上述三者有着同样的内涵。

---

1 "黄昏的众神"，指死亡。

2 指我必将死亡。

3 "以太阳"，指以太阳一样永恒的精神。

"祖国的语言",就是"诗歌"。"乱石投筑的梁山城寨",指起义精神,它引领众人走上正确的道路,其内涵便是"王位"。"以梦为上的敦煌",有着雪白坚硬的骨骼,有着纯洁和永不屈服的特质,其内涵和"太阳"相同。这就是三盏"囚禁"着海子的灯盏,海子也甘心投身于此,"吐出光辉"。

此火是如此坚决,追逐理想也并非如此容易。虽然海子决心百折不挠,"甘愿一切从头开始",又决心坚定不移,"愿将牢底坐穿",但他仍面临着两样难以解决的问题:现实的牵绊和生命的短暂。

海子抱有"易朽"的决心,不惧死亡,但是,劳动(粮食)、繁衍的使命(生儿育女)、家园这三者仍然是他的牵挂。

同时,死亡只是他的决心,并不代表着收获,海子也十分担心自己"年华虚度 空有一身疲倦"。

不过,诗的最后,海子还是满怀豪情地进行了大胆的想象和抒情。他坚信理想的正确和永恒,他坚信精神的不朽,他坚信诗人的胜利。

这首诗写得汪洋恣肆,写出了海子抒情诗的主要意象框架:远方和物质的对立,速朽的肉体和不朽的精神的对立,追求梦想的三要素,现实牵绊的三要素,等等。可将此诗看作是海子的一份抒情提纲。

水抱屈原

举着火把、捕捉落入
水的人[1]

水抱屈原：如夜深打门的火把倒向怀中[2]
水中之墓呼唤鱼群[3]

我要离开一只平静的水罐[4]
骄傲者的水罐——
宝剑埋在牛车的下边[5]

水抱屈原：一双眼睛如火光照亮
水面上千年羊群[6]

---

1 指大家寻找屈原，而屈原已落入水。
2 指屈原被水抱着，就像是找到了生命的归宿，就像是夜深时举着火把找到一处宅院，叫门，然后一头栽入亲人的怀中。
3 指屈原被水抱着，就像是鱼群投入水中之墓。鱼群生于水死于水，水是鱼群生命的归宿。
4 指我要离开平静的现实生活（水罐）。水罐同样也是水，但是和抱着屈原的水相比太小了，所以海子表示要离开。
5 指现实生活（水罐）的掌控者为现有的生活而骄傲，但实际上有价值的宝剑却被埋在牛车的下边，遭到无视。这是海子对当前生活状况的感受。
6 指在投水的时候，屈原心中充满了热情的火焰，照亮了一切。"水面上千年羊群"，指几千年来像羊一样渺小卑微的人。

我在这时听见了世界上美丽如画

水抱屈原是我
如此尸骨难收 [1]

➡ 评析

前两节写众人寻找屈原而屈原投水的场景。第三节,由此而感,表达了脱离这个世界、追随屈原的愿望。第四节,继续深入赞美屈原。第五节,继续感慨自己。整首诗采用典型的螺旋式上升结构表达情感。

水罐和屈原投的水是相对的,映射出"我"和屈原是相对的关系。水罐小,江大;水罐是小江,江是大水罐;海子是小屈原,屈原是大海子。

海子对屈原既感到亲近,又感到压力,所以才会有"离开一只平静的水罐"的想法,希望能够追随屈原而去,去到更大、更广阔的水中。在海子的意象体系中,水一直代表着理想。

诗中的前两节写得很有趣:一群举着火把的人,寻找一个举着火把的人(屈原),而这个人投水而去,就像回到了自己的归宿。

在海子的意象体系中,火代表着生命的动力。只是,虽然都是火把,屈原的火把却和一群人的火把有所不同:屈原选择用水来隔开他们的火把,也愿意用自己的火光照亮水面上的羊群。

---

1 指难收起屈原的尸骨,象征屈原投水之事在我心中无法被收起、被忘怀。

这便是"道不同不相为谋"。下面的水罐也类似：骄傲者以之为骄傲，以为已经很好了，海子却看到了被忽视的宝剑，他会选择逃离这个被别人引以为傲的世界。只有投水的时候，海子才能感到世界美丽如画。

但丁来到此时此地

自杀者各自逃离树枝 [1]
但丁来到此时此地
自杀者各自逃离树枝

罪人在地狱
像荒山上嵌住的闪闪发光的钻石 [2]

感情只是陪伴我的小灯
时明时灭的地狱之门 [3]

树桠裂开,浅水灌耳
在香气的平原上
贝亚德丽丝
你站在另一头,低声唱歌

我的鳞片剥落 [4]

---

1 指自杀者看到但丁就赶快躲开。自杀者是但丁批判的对象,在《神曲》中,自杀之罪是唯一一种无法重新获得身体的罪。
2 指罪人在地狱中像钻石一样引人瞩目。
3 指地狱之门才是发人深思、为人指明方向的明灯,与之相比,感情只是小事。
4 暗喻但丁心理的防备被打消了。

魂入肉体[1]
巨大的灵找自由的河流
一些白色而善良
的草秸
里面埋葬野兽经常的抖动[2]
贝亚德丽丝
的指引
卧室或劳动的市民的圣母[3]

美丽阳光

→ 评析

但丁代表作《神曲》描述了诗人在地狱、炼狱及天堂中游历，并与各种著名人物对话的情形。贝亚德丽丝是但丁心中的完美恋人，也被但丁写进了《神曲》中，作为带领但丁游历天堂的引路人。

在《神曲》中，自杀是比较严重的罪，犯有该罪的人被放置在地狱第七层的第二环中。自杀罪的特殊在于，它是唯一一种使人无法重新获得身体的罪。但丁认为，自杀是"对自己这正义的人做了不正义的事"，所以，灵魂和肉体永远没有再次结合的机会。海子在

---

1 指但丁的灵魂归位，结束了轻飘飘的状态。
2 比喻贝亚德丽丝能够安抚但丁的激动，就像草秸掩藏野兽的抖动。
3 指贝亚德丽丝就像是所有人——无论是劳动的还是休息（卧室）的人——的圣母。

此诗中,也单独着重描述了自杀者,他们见到但丁就逃跑,"各自逃离树枝",因为羞愧,抑或是因为恐惧。

从此诗中也可以看出,海子对自杀中表现出来的懦弱是持有批判态度的。这从一个侧面印证了,海子之所以有自杀行为,是因为海子将之视为一种获得理想而不是逃避的手段。他所追求的永远是一种光明,只不过这光明也许藏在死亡的身后。

诗中也塑造了贝亚德丽丝的形象,"卧室或劳动的市民的圣母","美丽阳光"。值得注意的是,海子在诗中写道,"感情只是陪伴我的小灯/时明时灭的地狱之门",他认为感情的得失远远无法与理想相比。

这便是海子的爱情观。海子写了很多情诗,他的对象,指的是能够一同追逐理想的灵魂伴侣,而绝非世俗的男欢女爱。

换言之,海子所一直期望的,并非是世俗的情欲,而是贝亚德丽丝这样的美丽阳光。

献给韩波：诗歌的烈士

反对月亮
反对月亮肚子上绿色浇灌天空 [1]

韩波，我的生理之王 [2]
韩波，我远嫁他方的姐妹早夭之子 [3]
韩波，语言的水兽 [4] 和姑娘们的秘密情郎

韩波在天之巨大下面——脊背坼裂 [5]

上路，上路韩波如醉舟 [6]
不顾一切地上路
韩波如装满医生的车子
远方如韩波的病人

---

1 指对着天空小便。兰波在《晚祷（幻想）》一诗中曾写："我温柔地撒尿，朝着棕色的天空。""绿色"，指尿液，此处用了奇幻的写法。
2 指兰波的诗最能触动我的生理反应，引起我的激动。
3 指兰波像我的早夭的家人那样亲近。
4 指语言上的天才创新者，具有水兽那般巨大而出人意料的威力。
5 指苍穹下大地裂开，兰波像丰碑一样横空出世。"脊背坼裂"，指大地的脊背裂开。
6 兰波曾写下著名的诗篇《醉舟》。

远方如树的手指怀孕花果[1]

反对老家的中产阶级[2]

韩波是野兽睫毛上淫荡的波浪[3]

村中的韩波
毒药之父[4]
(1864～1891)[5]
埋于此：太阳
海子的诗[6]

→ 评析

兰波的诗歌具有开创性的意义，他放荡不羁的生活也为他的诗风提供了很大的支持，他仿佛就是为了超现实主义的诗歌而来到这

---

[1] 指远方等待兰波，就像期待孕育的花果等待树枝。换言之，若是没有兰波这根树枝，远方就无法孕育花果。"树的手指"，指树枝。

[2] 兰波一直把自己的家乡夏尔维勒称为外省城市中最愚昧的一个地方，也经常大肆嘲笑中产阶级。

[3] 指兰波在众人的睫毛上戏耍，游戏人间。

[4] 兰波确立了一种反叛的生活方式，20世纪，"兰波族"成为专有名词，崇拜、模仿兰波的群体越来越壮大。所以称之为"毒药之父"。

[5] 指墓碑上兰波的生卒年。但是此处是海子的笔误，应该是（1854～1891）。

[6] 这一句诗与整首诗含义不搭，疑为衍文。

个世界的,所以海子称他为"诗歌的烈士"。

兰波的诗歌用词猛烈,极具冲击力,海子在诗中称他是"语言的水兽"。兰波在著名诗歌《晚祷(幻想)》中写道:

> 我温柔地撒尿,朝着棕色的天空,
> 又高又远,并得到硕大的向日葵的赞同。

这首诗给当时的世界带来的新鲜感是极其巨大的。海子在本诗中也模仿了它,写道,"反对月亮肚子上绿色浇灌天空"。

"反对月亮"是兰波的天然气质所在。他反对一切不顺眼的东西,他主张无政府主义,他酗酒、抽大麻,衣衫褴褛地招摇过市,他反对"老家的中产阶级",他在世界之中随心所欲,他仿佛是"野兽睫毛上淫荡的波浪",他在人们的眼皮下面为所欲为,却又令人无可奈何。

兰波是伟大的,他开启了一个新的时代。远方的病人等着他去医治,远方的花果等着他去孕育。他被一些人视为毒药,但他是时代造就的一个太阳、一位父亲。20世纪,人们越来越多地模仿他,尊崇他。超现实主义者、垮掉的一代,越来越多的人加入了"兰波族"。

给伦敦

马克思、维特根施坦

两个人,来到伦敦[1]

一前一后,来到这个大雾弥漫的

岛国之城[2]

一个宏伟的人,一个简洁的人

同样的革命和激进

同样的一生清贫

却带有同样一种摧毁性的笑容

内心虚无

内心贫困

在货币和语言[3]中出卖一生

这还不是人类的一切啊!

石头,石头,卖了石头买石头

卖了石头换来石头

卖了石头还有石头

---

1 马克思(1818—1883),德国哲学家,马克思主义的创始人之一,曾在英国伦敦生活三十多年。维特根施坦主要在英国剑桥郡生活,此处可能是海子弄错了,以为维特根施坦也在伦敦定居。
2 指伦敦。伦敦因为经常浓雾笼罩而被称为"雾都"。"岛国",指英格兰。
3 "货币",指马克思的《资本论》;"语言",指语言学派。

石头还是石头,人类还是人类[1]

➜ 评析

马克思和维特根施坦,一个宏伟,一个简洁,分别以不同的方式"革命和激进",想必都是崇尚革命的海子所推崇的。

本诗中最后的转折颇有意思。前面对马克思和维特根施坦的描述十分中规中矩,甚至脱离了海子一贯的抒情风格,然而,诗中突然出现了一句感叹:"这还不是人类的一切啊!"然后便是突如其来的感慨了。

石头,就是没用的东西,最后几句话可以这么替换:

没用的东西,没用的东西,卖了没用的东西买没用的东西
卖了没用的东西换来没用的东西
卖了没用的东西还有没用的东西
　　没用的东西还是没用的东西,人类还是人类

马克思、维特根施坦,两位革命者用清贫的一生来进行革命,而"人类的一切"却不过是"卖了石头买石头"。

海子热衷于革命,自然对大众的麻木抱有批判的态度。

---

[1] "石头"指没用的东西。以上几句指人类一直在进行没有意义的事情。

石头[1]的病（或八七年）

石头的病　疯狂的病
不可治疗的病
不会被理会的病
被大理石同伙[2]
视为疾病的石头
可制造石斧[3]
以及贫穷诗人的屋顶
让他不再漂泊　四海为家
让他在此处安家落户
此处我就是那颗生病的石头的心
让他住在你的屋顶下
听见生病的石头屋顶上
鸟鸣清晨如幸福一生
石头的病　疯狂的病
石头打开自己的门户　长出房子和诗人[4]
看见美丽的你
石头竞相生病

---

1 "石头"，指作者本人，形容他自己卑微、无用。
2 指作者身边的人，相比之下，他们像大理石一样高贵。
3 指石头虽然卑微，但是也有小小的作用。
4 指石头敞开心扉，（为你）建造一所房子，并成为一个诗人。

我身上一块又一块

全部生病——全变成了柔弱的心

不堪一击

从遍是石头的荒野中长出一位美丽女人

那是石头的疾病——万物的疾病

石头怎么会在荒野的黑暗中胀开[1]

石头也会生病　长出鲜花和酒杯[2]

如果石头健康

如果石头不再生病

他哪会开花[3]

如果我也健康

如果我也不再生病

也就没有命运[4]

1987.10

1　意思是，爱情怎么会发生？
2　指石头也会渴望恋爱、写诗或者因受挫而苦闷饮酒。"生病"，指陷入爱情的狂热中。"鲜花"，指写诗，对应上文的"长出房子和诗人"。"酒杯"，指贪杯饮酒的失恋状态。
3　意思是，如果我没有对爱情的狂热，又怎能写诗？
4　意思是，如果我没有爱情，也就失去了生活的意义。

➜ 评析

所谓生病,就是对爱情的狂热。

就算是不起眼的石头,也对爱情充满渴望,期望"从遍是石头的荒野中长出一位美丽女人",而且,这也是万物的渴望,"万物的疾病"。

为此,在别人眼里,这是"疯狂的""不可治疗的""不会被理会的",往往还会被他人(大理石同伙)鄙视,认为你条件不够。

但石头还是会鼓起勇气,努力论证自己的优点,大胆打开心扉,为恋爱筑巢,为恋爱写诗,不惜头破血流,变得"不堪一击"。

石头的爱情多半会是悲剧性的,他会因此而写诗,也会因此而苦闷买醉。本诗的标题《石头的病(或八七年)》,表明了海子因爱情的失败而"病"了一年。

但本诗的最后一节道出了石头的心声:如果没有对爱情的狂热,哪里会有诗歌?如果没有对爱情的狂热,人生还有什么意义?

九寨之星

很久很久的一盏灯

很久很久以前女神点亮的一盏灯

落满岁月尘土的一盏灯

当她面对湖水

女神的镜子中

变成了两盏

那就是你的一双眼睛

柔似湖水　亮如光明

1987.10

➡ 评析

平静的歌颂之诗，在海子的作品中很少出现。

"柔似湖水　亮如光明"是十分贴切的评价。柔似湖水，则柔中更有宽广的包容，换言之，宽广的包容才是最大之柔。亮如光明，则眼睛不仅亮，而且眼中自有光明，有活力和动力在其中。

野花

野花
和平与情歌
的村庄 [1]
女儿的女儿 [2]
野花

中国丁香的少女！[3]
在林中酣睡
长发似水
容貌美丽无比
你是囚禁在一颗褐色星球上孤独的情人！[4]

野兽的琴 [5]

---

1 指野花像村庄一样可以被倚靠，可以在和平和情歌中与之一起稳定安然地生活。
2 指野花像女儿一样惹人怜惜。"女儿"是惹人怜惜的形象，"女儿的女儿"，意思是最值得怜惜的人。
3 意思是，中华民族的传承人，是承载了海子梦想的人。海子对中华民族一直有很深的情结，常常使用这样的词汇，如"中国器乐""中国老百姓""中国诗人""中国的稻田"等。
4 指你本来属于星空，却被囚禁在地球，换言之，是夸赞对方天仙下凡。在此世间，只有我理解你，所以称你为"孤独的情人"。
5 指野花是野兽们的知音。"琴"乃是拨动心弦之物。

各色小鸟秘密的隐衷 [1]
大地彩色的屋顶 [2]
太小太美 [3]
如心

心啊
雨和幸福
的女儿 [4]
水滴爱你
伴侣爱你
我爱你
野花自己也爱你

1987.10

> 评析

在本诗中，野花不仅美，而且美得十分丰富。

她忠实可靠像是村庄，娇小堪怜如同女儿的女儿。

她朋友众多，极受欢迎，她的朋友包括所有的野兽和小鸟，但她的爱情却很忠贞，她只有我这一个孤独的情人。谁都爱她。

---

1 指野花是小鸟们的知心朋友，保守着小鸟们心中的秘密。
2 把大地看作是一间房子，五颜六色的野花便是它的屋顶。
3 指野花的娇小、惹人怜爱。与上文"女儿的女儿"是同一内涵。
4 指野花受到雨水灌溉而幸福地生长。

公爵的私生女[1]
——给波德莱尔[2]

我们偶然相遇

没有留下痕迹[3]

那个庸俗的故事[4]

使用货币或麦子

卖鱼的卖鱼

抓药的抓药

在天堂的黄昏[5]

躲也躲不开

我们的生存

唯一的遭遇[6]是一首诗

---

1 形容波德莱尔有高贵的血统,却流落人间,不被认可,没有获得应有的地位。在欧洲,公爵是仅次于国王或亲王的最高级贵族。

2 波德莱尔(1821—1867),法国著名诗人,象征派诗歌先驱,代表作有《恶之花》。

3 指作者与波德莱尔是(通过诗篇)心灵交会的。

4 指两人的生活经历是"庸俗"的,虽然相似,却没什么可说的。

5 指美好的人世间。上文"使用货币或麦子 / 卖鱼的卖鱼 / 抓药的抓药"形容的是熙熙攘攘的俗世生活,仿佛十分平静美好,就好像在天堂的黄昏一般。

6 意为唯一值得一提的遭遇。

一首诗是一个被谋杀的生日[1]

月光下　诗篇犹如

每一个死婴背着包袱

在自由地行进

路途遥远却独来独往[2]

死婴

我的朋友

我的亲人

来路已逝去路已断

为谁而死为谁醉卧草原[3]

我们偶然相遇

没有留下痕迹

石头门外，守夜人

抱着三枝火焰[4]

1　指还未经历分娩即被杀死的婴儿，也即下文的"死婴"。

2　指波德莱尔的理想和追求都化作诗篇，向着远方行进。但它们没有得到社会的认可，就像孤独的死婴一样，被社会扼杀在分娩之前。"死婴"和题目中"私生女"的内涵是一样的。

3　死婴"来路已逝去路已断"，在这样的绝境中遇到了"我"这样的知己，所以"醉卧草原"。这同样也是"我"的心态，此处是互文的写法。

4　此处的"三枝"是为了和"双眼""一夜"形成"三、二、一"的句面节奏，并无具体意义。

埋下双眼，一夜长眠 [1]

1986.8 初稿
1987.10.31 改

> **评析**

在本诗中，海子与波德莱尔以心灵相遇。

"相遇"的是两部分。

一是各自生活的经历，也就是"庸俗的故事"，虽然使人惺惺相惜，但无外乎就是些平常不过的世间俗事——如用货币或者麦子换东西、抓药或者卖鱼等——也就是"躲也躲不开"的生存命题。

二是诗歌，这才是"唯一的"值得一提的遭遇，是能够引起强烈共鸣的精神命题。

诗歌有高贵的内涵，却又被社会忽视。这便是海子所认定的、他和波德莱尔共有的遭遇，他们的诗歌就像是被社会谋杀的死婴、公爵的私生女。对这种情感的认定，是本诗的基础。

两位诗人的相遇很"轻"，"没有留下痕迹"，却带来了一些希望，使守夜人抱着希望的火焰在这一夜沉沉地睡去，不再守夜。

---

[1] "我们偶然相遇，"便带来了一些希望，于是，原本守夜的人也怀抱着希望的火焰睡了，不再守着黑夜。

夜丁香

丁香
你洁白芬芳
如风
盈盈的
揉进冬天的冷漠
如雪
六角的
开满沉默的夜
你叶上的泪滴
如星
海蓝海蓝的
眨眼　微笑
丁香
为什么
从没听过
你的叹息
　　——丁香

➡ **评析**

这首诗无论在立意还是技法上,都写得十分浅易,完全不像是海子平日的风格,更像是一篇习作。

昌平柿子树

柿子树
镇子边的柿子树

枝叶稀疏的秋之树
我只能站在路口望着她

在镇子边的小村庄
有两棵秋天的柿子树

柿子树下
不是我的家

秋之树
枝叶稀疏的秋之树

1987.11.2

➜ 评析

第一节和第二节的对比：镇子已经是偏远之处，柿子树又长在镇子的边缘；柿子树也并不茂盛，但我只能望着她，从中获得慰藉，我比她更加边缘而没有依靠。

第三节和第四节的对比：虽然是在镇子边上，但柿子树以此为家，而且，她们是两棵树，互为依靠；此地却并不是我的家。

秋日已深，树有衰容。树犹如此，人何以堪？

由柿子树联想到自己，从具体的"边缘"到抽象的"家"，这两次对比，蕴含着诗人无限的感慨。

枫

广天一夜[1]
暖如血

高寒的秋之树
长风千万叶
暖如血

一叶知秋
（秋在北方——
青涩坚硬
火焰闪闪的少女[2]
走向成熟和死亡）

多灾多难多梦幻
的北国氏族之女[3]
镰刀和筐内
秋天的头颅落地[4]

---

1 指在一夜之间，广大的天空中。
2 指枫树。枫树的叶子是红色的，所以称为"火焰闪闪"。
3 指枫树，称赞它有北方的血统，能够代表北方的精神。
4 指成熟的果实坠落。

姐妹血迹般红[1]

北国氏族之女
北国之秋住家乡
明日天寒地冻
日短夜长
路远马亡

北国氏族之女
一火灭千秋[2]
虽果亡树在[3]

北国氏族之女
——柿子和枫
相抢□[4]于此秋天
刀刃闪闪发亮
人头落地　血迹般红
一只空空的杯子权做诗歌之棺[5]

1　指枫叶像血一样红。叶子是果实的姐妹。
2　指枫树之火之盛,盖过千秋万代。
3　指枫树果纷纷落地,即前文"秋天的头颅落地"。
4　原文此处有缺字。
5　指空荡荡的枫树上没有了枫叶。"杯子",指枫树,因为热烈的枫叶都被吹落了,所以称之为"诗歌之棺"。

暖如地血　寒比天风

1987.11.2

➜ 评析

本诗以枫树作为北方之魂、秋天之魂，对其加以歌颂。

枫叶红似火的热烈能够代表北方的气质，它还不惧寒冬，不惧将要到来的"天寒地冻／日短夜长／路远马亡"，只需"一火"，便可"灭千秋"。

在诗的最后，海子还将枫与柿子进行了比较。虽然柿子树也是一树火红，柿子也能代表北方的气质，也是"北国氏族之女"，不过，柿子终究比不上枫的气势。

秋天的柿子树，一棵树上的叶子都已落尽，挂着很多柿子，红得不够丰满。而枫，整棵树的叶子都是红的，当秋风吹过时，显得十分凛冽，又像是一层涌动的血，壮丽而丰富，"暖如地血　寒比天风"。

尼采[1]，你使我想起悲伤的热带
别人的诗：金黄的秋收俯伏在希腊的大理石上[2]

一只陶罐上

镌刻一尾鱼

我住在鱼头

你住在鱼尾[3]

我在冰天雪地的酒馆忙于宗教

冻得全身发红

你头发松开，充满情欲和狂暴

悲伤的热带[4]

南方的岛屿

我的梦之蛇[5]

---

1 尼采（1844—1900），德国著名哲学家、诗人，被认为是西方现代哲学的开创者。
2 化自梭罗《瓦尔登湖》中的句子，原句是"两千个夏天已经在纪念碑似的希腊文学上，正如在希腊的大理石上面，留下了更成熟的金色的和秋收的色彩"（徐迟译）。此处指尼采受到了古希腊文化的给养，获得了金黄的秋收。
3 指虽然彼此不见面，但是心灵相通。
4 因为一直梦想着热带，却无法前去，所以是"悲伤的"。
5 指这些梦想将我紧紧缚住。

你踏上雇佣军向南进军的大道[1]

走出战俘营代价昂贵[2]

辉煌的十年疯狂之门[3]

一眼望见天堂里诗人歌唱的梨花朵朵

像原始人交换新娘后

堆积在梦中岛屿上的盐[4]

水滴中千万颗乳房[5]

歌唱我的一生

热带是

我的心情

是　国王的女儿[6]

蜥蜴和袋鼠跳跃峡谷的女儿[7]

1　指1867年10月,尼采被征召入南姆堡炮兵联队。

2　指参军后,尼采从马上摔下来,胸肌严重扭伤,才得以退出军队,而且这次受伤一直没有彻底恢复。"战俘营",海子对军队的一个诙谐的说法,仿佛大家都是因为被俘虏了才不得不当兵。

3　指1879年,尼采辞去了巴塞尔大学的教职,开始了十年的漫游生涯,同时,他也进入了创作的黄金时期。

4　指尼采转换了理想追求之后得到了梦寐以求的收获,就像原始人获得了梦想的盐。"新娘",喻指理想追求。

5　指随处都是精神食粮。"乳房",喻指养分。

6　指热带就像是给人带来幸福的公主。

7　指热带给人带来的无限的力量和创造力。"蜥蜴",喻指力量。"袋鼠跳跃峡谷",喻指创造力。

和我
另一位呢喃而疯狂的诗人
同住在一只壶里[1]

我的心情逼迫群蛇起舞　拥抱死亡的鹰
热带的悲伤少女
季节和岁月的火焰
你们都在十五岁就一命归天[2]

水滴中千万颗乳房
归于虚无的热带
古老猎手萌生困惑
在山顶自缢[3]

1987.11.6 夜

➡ 评析

尼采在1879年辞去了巴塞尔大学的教职，一路漫游，去了威尼斯、热那亚、尼斯、都灵……在这段旅程里，他灵感勃发，创作出《查拉图斯特拉如是说》等一系列重要的作品，可以说，是旅行的生

---

1 指尼采与力量、创造力紧紧结合在一起，仿佛同住在一只小壶里。
2 指极大地燃烧自己的生命，"一万年太久，只争朝夕"。
3 指尼采和他全新的理论使传统的理念困惑、死亡。"古老猎手"，喻指传统理念。

活激发了尼采,使他"充满情欲和狂暴"。

海子对尼采的这种状态羡慕不已,但囿于命运,他却只能"在冰天雪地的酒馆忙于宗教"。海子对热带心向往之而身不能至,自然是"悲伤的"。

尼采的祖父是一位虔诚的基督徒,曾写过神学著作。他的父亲、外祖父都是牧师。青少年时期的尼采,也是一名基督徒,以牧师为榜样。但尼采渐渐地放弃了对神学的追随,转入哲学和艺术的领域。这一转变,给他带来了极大的提升,就像是"原始人交换新娘后",获得了梦寐以求的"堆积在梦中岛屿上的盐"。

海子此刻的状况,大概等同于尼采的青少年时期,刻苦成长,渴求着彻底的转变。海子声称"我在冰天雪地的酒馆忙于宗教/冻得全身发红",其实那写的是青少年时期的尼采。

尼采是一个疯狂的天才,他的作品里充斥着刺激性的夸张,往往给人带来极大的冲击力。他又主张燃烧自己的生命,直至生命的最高峰。所以才有这样的结果:

> 我的心情逼迫群蛇起舞　拥抱死亡的鹰
> 热带的悲伤少女
> 季节和岁月的火焰
> 你们都在十五岁就一命归天

他充沛的创造力仿佛是获得了神的支持,仿佛处处都是给养,仿佛"水滴中千万颗乳房"俯拾即是。这样的热烈,挑战了那些尊奉传统的权威,使他们感到迷惑不解,使"古老猎手萌生困惑"。

不幸
——给荷尔德林[1]

1. 病中的酒

抬起了一张病床
我的荷尔德林　他就躺在这张床上
马　疯狂地奔驰一阵
横穿整个法兰西[2]

成为纯洁诗人、疾病诗人的象征
不幸的诗人啊
人们把你像系马一样
系在木匠家一张病床上[3]

我不知道
在八月逝去的黄昏
二哥索福克勒斯

1　荷尔德林（1770—1843），德国著名诗人，古典浪漫派诗歌的先驱。
2　1802年，荷尔德林受到了感情的刺激，神经有些错乱，从法国西部城市波尔多出发，徒步横穿整个法国，回到德国。
3　荷尔德林在精神上有些问题，后来被送至精神病院，再后来住在木匠齐默尔家中。

是否用悲剧减轻了你的苦痛[1]

当那些姐妹和长老
举起了不幸的羊毛[2]
燃烧的羊毛
像白雪一样地燃烧[3]

他说——不要着急,焦躁的诸神[4]
等一首故乡的颂歌唱完
我就会钻进你们那
黑暗和迟钝的羊角[5]

丰足的羊角　呜呜作响的羊角[6]
王冠和疯狂的羊角[7]:我躺下

---

1 荷尔德林非常喜爱古希腊悲剧作家索福克勒斯,在病重时还曾翻译过他的戏剧。古希腊三大悲剧作家分别是埃斯库罗斯、索福克勒斯和欧里庇得斯,海子因此称索福克勒斯为"二哥"。
2 指荷尔德林。"羊毛"象征荷尔德林的纯洁,"不幸"则指他的疾病。
3 指荷尔德林去世、火化。
4 天上的诸神仿佛急于要使荷尔德林离开人世,所以是"焦躁的"。
5 指死亡的世界。
6 指死亡的力量无可抗拒,死亡的呼唤呜呜作响。
7 指死亡令人们疯狂,也使荷尔德林获得荣誉的王冠。

——"一万年太久"[1]

只有此羊角　诗歌黑暗　诗人盲目[2]

→ 评析

荷尔德林是海子最喜爱的诗人之一，海子曾为他写过一篇文论《我热爱的诗人——荷尔德林》。

>……1798年秋天因不幸的爱情离开法兰克福。1801年离开德国去法国的波尔多城做家庭教师。次年夏天，他得到了在他作品中被理想化为狄奥蒂玛的情人的死讯，突然离开波尔多。波尔多在法国西部，靠近大西洋海岸。他徒步横穿法国回到家乡，神经有些错乱，后又经亲人照料，大为好转，写出不少著名的诗篇，还翻译了索福克勒斯的《安提戈涅》和《俄狄浦斯王》。精神病后又经刺激复发，1806年进图宾根精神病院医治。后来住在一个叫齐默尔的木匠家里。有几位诗人于1826年出版了他的诗集。他于1843谢世，在神智混乱的"黑夜"中活了36个年头，是尼采"黑夜时间"的好几倍。荷尔德林一生不幸，死后仍默默无闻，直到20世纪人们才发现他诗歌中的灿烂和光辉。和歌德一样，他是德国贡献出的世界诗人……

---

1 引自毛泽东的诗句"一万年太久，只争朝夕"。在此处的意思是，不必一万年那么久，诗人的生命只需求得瞬间的燃烧。

2 指死亡之后，世界的诗歌堕入黑暗，其他的诗人堕入盲目。

组诗的第一首《病中的酒》，海子便是通过叙写荷尔德林的离世前后来颂扬他的精神。

人在病中，对酒是尤其要节制的。海子用"病中的酒"来命名这一部分，旨在凸显荷尔德林的燃烧精神。

荷尔德林是"纯洁诗人、疾病诗人"的象征。他的病症整整折磨了他三十六年之久，占据了生命中一半的时光，仿佛是天妒英才，诸神故意要折磨这位桂冠诗人，恨不得要他尽快离世一样。所以海子在诗中模拟了荷尔德林与诸神的对话：

> 他说——不要着急，焦躁的诸神
> 等一首故乡的颂歌唱完
> 我就会钻进你们那
> 黑暗和迟钝的羊角

诗中还引用了毛泽东的诗句"一万年太久"。海子也很喜欢这句话，他很欣赏这种"只争朝夕"的燃烧精神，在诗文中曾经几次引用。

而诗中的荷尔德林，最终也"像白雪一样地燃烧"了。在他故去以后，"诗歌黑暗"，"诗人盲目"。

2. 怀念（或没有收获）

等你手拿钝镰刀

割下白雪和羊毛[1]

不幸的荷尔德林已经发疯

修道院总管的儿子[2]

银行家夫人的情人[3]

不幸的荷尔德林已经发疯

等你建好医院

安放好一张又一张病床

荷尔德林就躺在第一张床上[4]

经历没有收获的日子[5]

那是幸福的[6]

——"收获即苦难。"[7]

只好怀念大雁——

---

1 指死神将荷尔德林带走。"你",指死神,传说死神是拿着镰刀的。"白雪和羊毛",代表纯洁的荷尔德林。

2 荷尔德林生于德国内卡河畔的劳芬,父亲曾是当地修道院总管。

3 荷尔德林曾到法兰克福银行家贡塔尔德家当教师,并与女主人苏赛特·贡塔尔德发生了爱情。荷尔德林还将她写进小说《许佩里翁,或希腊的隐士》里。

4 指医疗设施落后于荷尔德林的病症。

5 指荷尔德林因生病而暂时搁笔,没有文学上的收获。

6 指荷尔德林搁笔时,肉体上是平静的,是幸福的。

7 指要想收获,就必须要经历苦难的历程。

那哭泣和笑容的篮子[1]
当你追随我[2]
来到人类的生活
只好怀念大雁——
那被黄昏染红的肉体的新娘。[3]

➜ 评析

这一首诗对荷尔德林进行了怀念,但正如标题所写,怀念是没有用的,那"没有收获"。

诗中也就收获进行了探讨,"收获即苦难"。要想获得收获,光是平静的怀念并没有意义,还需要有人受到荷尔德林的感召,像他一样,用生命燃烧。

3. 牧羊人的舞蹈——对称
   ——黑暗沉寂之国

(有题无诗)

---

1 指装满了荷尔德林的哭泣和笑容的回忆。
2 指普通的世人追随诗人的精神。
3 指荷尔德林被蹂躏得遍体鳞伤的精神。

4. 血以后是黑暗——比血更红的是黑暗

荷尔德林——告诉我那黑暗是什么
他又怎样把你淹没
把你拥进他的怀抱
像大河淹没了一匹骏马

存在者　嘶叫者　和黑暗之桶的主人啊
你——现在又怎样在深渊上飞翔——阴郁地起舞——将我抛弃
并将我嘲笑——荷尔德林
你可是也已成为黑暗的大神的一部分
故乡
……我们仍抱着这光中飞散的桶的碎片营造土地和村庄
他们终究要被黑暗淹没
告诉我，荷尔德林——我的诗歌为谁而写

掘地深藏的地洞中毒药般诗歌和粮食
房屋和果树——这些碎片——在黑暗中又会呈现怎样的景象，荷尔德林？
延续六年的阴郁的旅行之路啊[1]

---

1 指荷尔德林 1796 年到法兰克福银行家贡塔尔德家当教师，又辗转到了洪堡、瑞士的豪普特维尔、法国的波尔多等地，直至 1802 年回到斯图加特，精神失常。

兄弟们是否理解？狄奥提马[1]是否同情——她虽已早死？

哪一位神曾经用手牵引你度过这光明和黑暗交织的道路？
你在那些渡口又遇见什么样的老母和木匠[2]的亲人？
他们是幻象？还是真理？
是美丽还是谎言？是阴郁还是狂喜？

还是这两者的合一：统治。
血以后还是黑暗——比血更红的是黑暗
我永久永久怀念着你
不幸的兄弟　荷尔德林！

→ 评析

　　荷尔德林成为"黑暗的大神的一部分"，所以"将我嘲笑"，嘲笑海子还存留在光明的尘世。

　　如果荷尔德林都已经遁入黑暗，海子便失去了引路人，他还有谁可以倚靠呢？所以海子禁不住询问道，"告诉我，荷尔德林——我的诗歌为谁而写"。

　　燃烧自己的天才，必然都要经过"掘地深藏的地洞"一样的生活，其中有"毒药般的诗歌和粮食"。虽然那是天才的收获，但也是

---

1 "狄奥提马"，荷尔德林小说《许佩里翁，或希腊的隐士》中的角色，其实际的原型便是法兰克福银行家贡塔尔德的妻子苏赛特，荷尔德林曾与她发生过爱情。
2 指木匠齐默尔，荷尔德林病后曾住在他家里。

毒药，会加速生命的陨落。

荷尔德林"六年的阴郁的旅行之路"，又何尝不是海子所面临的生活？

海子很少写这种大段的几乎没有意象的抒情。在诗中，海子称荷尔德林是"不幸的兄弟"。其实，在这一刻，荷尔德林就是海子自己。

5. 致命运女神

怀抱心上人摔坏的一盏旧灯[1]
怀抱悬崖上幸福的花草纵身而下[2]

红色的大雁[3]
隔河相望美丽村镇

致命运女神的几行诗句
痛苦在山上但说无妨[4]

红色的大雁
在南风中微微吹动

---

1 喻指一段破裂的旧日恋情。
2 "幸福的花草"，指花草因可以自由生长而幸福。言外之意，诗人还不如这些花草幸福。
3 象征诗人的血色的精神。
4 指在山上进行这些痛苦的诉说，反正也无人听见，但说无妨。

少女食羊　羊食少年死后长出的青青草杆[1]
一团白云卷走了你

随风来去的羊
——命运女神！

1987.11.7 夜录

→ 评析

从悬崖上纵身而下的，不是荷尔德林，也不是海子，而是海子和荷尔德林的合体，是诗人的代表——诗人往往只能以这种方式来燃烧自己。

本诗中，海子以诗人代表的口吻向命运女神倾诉。

诗人是痛苦的，他们的灵魂就像是红色的大雁，在死后也要望着"美丽村镇"，也要"在南风中微微吹动"，就像感受到了世界的吹拂。

诗人的精神会传承下去：少年死后长出草杆，羊食草杆，少女食羊。

已经燃烧殆尽的诗人，比如荷尔德林，会被一团白云卷走，而正在默默燃烧的诗人，比如海子，只能继续忍耐着，像羊一样随风来去。

这就是诗人注定的命运。诗人的命运，就如组诗的标题所言，

1　暗指诗人的精神还是会传播下去。

是不幸的。

就算海子写下了火山爆发一样的抒情诗，就算海子永久永久怀念着荷尔德林，就算这些倾诉"但说无妨"……不幸的命运终究无法改变。

所以，海子留了这一首诗向命运女神倾诉。最后，他的倾诉也只能是一声无奈的呼唤：

——命运女神！

耶稣（圣之羔羊）

从罗马回到山中
铜嘴唇变成肉嘴唇[1]
在我的身上　青铜的嘴唇飞走
在我的身上　羊羔的嘴唇苏醒

从城市回到山中
回到山中羊群旁
的悲伤
像坐满了的一地羊群[2]

1987.12.28 夜

➜ 评析

圣之羔羊指耶稣，《圣经·启示录》中即用羔羊来称呼耶稣。

诗中的罗马，指古罗马帝国。耶稣在罗马帝国犹太行省总督本丢·彼拉多执政时受难。基督教曾被罗马帝国不断镇压，后来经过几百年的斗争，才被奉为罗马帝国的国教。本诗取材于耶稣和基督教被罗马帝国压制的那段历史。

---

1 指耶稣在罗马的被拒绝变成了在山中的被亲近。"铜嘴唇"代表着肃穆和拒绝交流，"肉嘴唇"代表着亲近和接纳。
2 指诗人的悲伤四散，就像是心中的水洒了，就像是羊群坐满了一地。

耶稣面对罗马贵族时,是铜嘴唇;面对基督教徒们,是肉嘴唇。城市代表罗马贵族的生活环境,山中代表基督徒的生活环境。耶稣不被罗马贵族们接纳,被迫回到山中,充满悲伤。

1988 年

—

今夜我只有美丽的戈壁　空空

姐姐，今夜我不关心人类，我只想你

大风

起风的黄昏好像去年秋天
树木损伤的香味弥漫四周 [1]

想她头发飘飘
面颊微微发凉
守着她的母亲
抱着她的女儿
坐在盆地中央
坐在她的家中

黄昏幽暗降临
大风刮过天空
万风之王起舞 [2]
化为树木受伤

1988.2.4

---

1 "树木损伤",指树皮剥落渗出汁液,所以有香味弥漫。隐喻诗人因爱情而十分受伤。

2 "万风之王",隐喻诗人自己。

➜ 评析

　　善驭风者，才能称之万风之王。而万风之王在风中居然受伤，完全是因为他"化为树木"。

　　开篇即提到树木在风中会有损伤，最后，万风之王仍然要化为树木，并且果然受伤了。这便令人感到此前的"起舞"中有一股悲壮的决心，或是为了展示，或是为了发泄，或是为了自残。

　　海子写此诗是在早春，又想到去年之秋，这一段感情的挫折想必是持续了数月之久。

　　此时海子所爱上的应当是一个已经结婚的四川女子，故此她的形象是"抱着她的女儿／坐在盆地中央"。

桃花

桃花开放
像一座囚笼流尽了鲜血
像两只刀斧流尽了鲜血
像刀斧手的家园
流尽了鲜血[1]

花儿为什么这样红
像一座雪山壮丽燃烧

我的囚笼起火
我的牢房坍塌
一根根锁链和铁条　戴着火
投向四周黑暗的高原[2]

1987.11.1 草稿
1988.2.5 改

1　指桃花在囚禁和逼迫之下耗尽了所有鲜血，换来了生命的绽放。
2　指我拆下一根根锁链和铁条，使其燃烧，再投向四方，打破高原的黑暗。

➡ **评析**

花儿为什么这样红？因为它奉献出了雪山一样的生命，壮丽燃烧，血染而成。

生命就应当燃烧，就应当使"囚笼起火""牢房坍塌"，而打破束缚只是解放自己，我们的生命还应该点亮黑暗，将燃烧的"锁链和铁条"投向黑暗的高原。

海子写了一系列"桃花诗"，其中这首诗最直率、最热情。在1989年3月14、15两日，海子对几乎所有"桃花诗"都进行了改动和重写，唯独这一首保持不变，大概是因为它已经呈现出了海子想要的激情。

一滴水中的黑夜

一滴水中的黑夜
一滴泪水中的全部黑夜

一滴无名的泪水[1]
在乡村长大的泪水
飞在乡村的黑夜
山坡上,几棵冬天的草

看见四海龙王　在黄昏之后
举起一片淹没了野鸽子的
漆黑的像黑夜的海水
一样的天空[2]

海水把你推上岸来
一滴水中的黑夜
推到我的怀抱[3]

---

1. 指诗人自己。
2. 这节诗用了多重定语,它的意思是,(我)看见了漆黑的天空,这漆黑的颜色就像黑夜的海水,这黑夜的海水就像四海龙王在黄昏之后举起来的一片淹没了野鸽子的海水。"淹没了野鸽子",比喻飞翔的途径被阻挡了。
3. 指像是海水一样的天空把黑夜的一部分推出来,推到我的怀抱。可以理解为天空就是一片黑色的大海,每一滴水都是黑色的,就是所谓"一滴水中的黑夜"。

朝夕相伴，如痴如醉

一滴泪水有她自己的笑容
就像黑夜中闪闪的星星[1]
这些陌生人系好了自己的马
在女王广大的田野和树林[2]

1988.2.11

➡ 评析

  一滴无名的泪水，便是海子自己。诗的前四节诠释了诗人热爱黑夜和悲哀的本性——在诗人成长于乡村的过程中，山坡上只有几处萧条的冬天的草，他所能看到的更多的是像黑夜的海水一样漆黑的天空，他便与这样的黑夜的气息"朝夕相伴，如痴如醉"。
  而诗人又称自己为"泪水"，悲哀也是他的本性。
  最后一节有一个比喻的升华——天空中的星星，就好像是"黑夜的泪水们"露出笑容。
  马是追寻理想的坐骑，"泪水们"将马匹系好，是因为田野和树林太过广大，它们都属于女王，恰恰也说明女王杳然难寻。"泪水们"便只好放弃了追寻，露出苦笑。

---

1 指天空全是黑色的水，其中有一些泪水露出了笑容，就是夜空中的星星。
2 意思是在广大的田野和树林里无处寻找女王，陌生人便系好自己的马，停止了对女王的追寻。"陌生人"指"一滴泪水"，因放弃寻找而露出了无奈的笑容。

野鸽子

当我面朝火光[1]
野鸽子　在我家门前的细树上
吐出黑色的阴影的火焰[2]

野鸽子
——这黑色的诗歌标题　我的懊悔
和一位隐身女诗人的姓名[3]

这究竟是山喜鹊之巢还是野鸽子之巢[4]
在夜色和奥秘中
野鸽子　打开你的翅膀
飞往何方？　在永久之中

你将飞往何方？！

野鸽子是我的姓名[5]

1　"火光",指太阳光。此时诗人对着阳光,看到野鸽子投下影子。
2　指野鸽子的影子有着被吐出来的火焰的形状。
3　疑似这位女诗人的名字中带有"鸽"字。
4　"山喜鹊"喻指可以喜结良缘,"野鸽子"喻指远走高飞。
5　意思是诗人自己也是一只野鸽子,和这位女诗人相同。

黑夜颜色的奥秘之鸟

我们相逢于一场大火 [1]

1988.2

➡ 评析

这首诗写于 1988 年 2 月。1988 年 2 月 11 日，海子写下《一滴水中的黑夜》，其中写道：

> 看见四海龙王　在黄昏之后
> 举起一片淹没了野鸽子的
> 漆黑的像黑夜的海水
> 一样的天空

其中的"野鸽子"虽然仅仅是一个代表飞翔的意象，并没有在本诗中一样的深意，但它的应用很可能是惯性所致，说明了那段时间"野鸽子"在海子心中的重要程度。

1988 年 2 月 4 日，海子写下《大风》一诗，这两首诗的主角很可能是同一个人。

本诗的标题便是《野鸽子》，主角也一直是"野鸽子"，海子却仍然发出"这究竟是山喜鹊之巢还是野鸽子之巢"的询问。"野鸽子"代表远走高飞，"山喜鹊"代表喜结良缘，这一处询问体现出海子在

---

[1] 指相逢时彼此都有火一般的热烈感情。

绝望之中仍然心有不甘。

不止如此,海子还在诗的结尾硬要说"野鸽子是我的姓名",试图找到两人的相似之处,而且缅怀过去,"我们相逢于一场大火",试图证明两人的热烈感情。只是,海子也完全明白,野鸽子是一定要飞走的,不会告诉他飞去的方向,而且,是"在永久之中"。

夜色

在夜色中
我有三次受难：流浪、爱情、生存
我有三种幸福：诗歌、王位、太阳

1988.2.28 夜

➡ 评析

三次受难，即海子的三大困惑。

困惑之一，流浪。海子对家乡有着复杂的感情：家乡哺育了他，这使他充满感激；然而，家乡只重视粮食和生存，不能理解他的理想，这又与他的追求相悖，成为他的牵绊。海子只能从草原、雪山等地，甚至印度教、基督教等文化中寻求一些慰藉，愈是如此，他便愈陷入流浪的状态之中。

困惑之二，爱情。海子心中的爱情，不仅需要心灵相通，更有对理想的共同追求，这个条件是很难达到的。虽然他曾经拥有过几次爱情，但终究都不是理想之爱。

困惑之三，生存。海子在对理想的追逐中投入了太多的生命，在现实生活中便常常受挫。他始终难以把握生存和理想的平衡，也常常冲动地打算放弃生存，全力追逐理想。如我们所知，后来他也是这样做的。

三种幸福，是海子的三大追求。

追求之一，诗歌。海子以诗歌为至高的追求，他称之为"祖国的语言"。

追求之二，王位。海子很早就以东方文化的领航人自居，他总是自觉地承担着王者的使命，期盼着能够带领一群志同道合的人去共同追逐理想，虽然很难达到，但对王位的追求给了他很大的幸福感。

追求之三，太阳。太阳是光芒、永恒的象征，它照亮了海子的精神世界，同时也是海子精神的写照。

三次受难、三种幸福，这六个主题交错着形成了海子诗歌的主要脉络。《夜色》这首诗很短，却是海子诗歌的一份纲领，到了《祖国（或以梦为马）》一诗中，海子便将他的心声更加充分地表现出来了。

本诗以夜色为题，不仅仅因为这首诗写在夜里，更因为海子的状态一直像是沉浸在漆黑的夜色里——因为流浪、爱情、生存而充满压力，充满受难的痛苦；而前方的诗歌、王位、太阳，又仿佛是即将升起的黎明，给人以希望和鼓励。

这首诗很短，字面的意思也很浅显，但若是结合海子的一生来看，其中又有很多深意。

其实，早在1984年，海子便在长诗《传说》中写过这样的句子：

死亡，流浪，爱情
我有三次受难的光辉

此时，"三次受难"还只是为了要完成长诗而无意中完成的普通诗句，并没有特别深刻的含义。1988年2月28日，海子对人生有了更深的体悟，便把这个句子摘录出来，稍作修改，郑重地在其中注入严肃的内涵。

眺望北方

我在海边为什么却想到了你
不幸而美丽的人　我的命运[1]
想起你　我在岩石上凿出窗户
眺望光明的七星
眺望北方和北方的七位女儿[2]
在七月的大海上闪烁流火[3]

为什么我用斧头饮水　饮血如水
却用火热的嘴唇来眺望[4]
用头颅上鲜红的嘴唇眺望北方
也许是因为双目失明[5]

那么我就是一个盲目的诗人[6]

---

1 这句诗犹如在说,你是我无法摆脱的宿命。你是美丽的,而你我的爱情是不幸的。

2 即上文中提到的七星,指引方向的北斗七星。

3 《诗经》中有"七月流火,九月授衣"的诗句,意思是农历七月时,能看到大火星西沉。火,指大火星,流,指星宿西沉。本句中海子也使用了"流火"一词,意思是火光流动。

4 意思是,我一心追逐理想之际,却为何还在思念你?"饮血如水",代表一腔热血追逐理想,"火热的嘴唇",代表对爱情的渴望,而水火应该是不能互融的,所以有此疑惑的发问。此处海子使用水火的意象来表达理想和爱情的冲突。

5 指看不见命运,不知对错。

6 指奋力追逐感情的人。诗人为了爱情不计后果,所以说是盲目的。

在七月的最早几天

想起你　我今夜跑尽这空无一人的街道[1]

明天，明天起来后我要重新做人

我要成为宇宙的孩子　世纪的孩子

挥霍我自己的青春

然后放弃爱情的王位

　　　去做铁石心肠的船长

走遍一座座喧闹的都市

　　　我很难梦见什么

除了那第一个七月，永远的七月

七月是黄金的季节啊

当穷苦的人在渔港里领取工钱

我的七月萦绕着我，像那条爱我的孤单的蛇

——她将在痛楚苦涩的海水里度过一生[2]

1987.7 草稿

1988.3 改

➡ 评析

　　海子跑到海边，很可能就是为了散心，为了忘掉失恋的伤痛，

1　指发泄、消耗掉所有的感情。

2　这句诗指诗人自己，与上文"铁石心肠的船长"相呼应。"她"，即上一句的"那条爱我的孤单的蛇"，指的是诗人孤单的情绪，其实就是诗人自己。

偏偏却还一直在思念位于北方的心上人，所以才"眺望北方"，所以才有此一问："我在海边为什么却想到了你？"

在海边，海子看到"穷苦的人在渔港里领取工钱"，也立志今后要"去做铁石心肠的船长"，这些都是大海给他带来的新的感受，只是，它们虽然提供了新的灵感，却并不能冲掉海子对心上人的思念之情。

诗中反复提到"七月"，以"七月"联想到北斗七星，联想到七月流火，联想到穷苦的人也在陆续地收获，而海子却一无所有。

1987年7月，很可能是一段感情彻底结束的日子。此时，爱着海子的只有孤单，它像一条蛇，"将在痛楚苦涩的海水里度过一生"。

乳房

在城外荒山野岭之上
四季之风常吹的地方
柔和甘美的蜜[1]形成

1988.4

➜ 评析

将果实比喻为乳房，在海子诗中很常见，如《给母亲》(组诗)、《秋天》、《十四行：玫瑰花》、《山楂树》等。

---

1 "柔和甘美的蜜"，指树木的果实，即诗题中的"乳房"。

跳伞塔

我在一个北方的寂寞的上午
一个北方的上午
思念着一个人

我是一些诗歌草稿
你是一首诗[1]

我想抱着满山火红的杜鹃花
走入静静的跳伞塔

我清楚地意识到
前面就是一条大河
和一个广大的北方平原

美丽总是使我沉醉

已经有人
开始照耀我
在那偏僻拥挤的小月台上

---

1 指我所有的练习、尝试、删改、修正……只是为了完成你。

你像星星照耀我的路程

在这座山上
为什么我只看见这么一棵
美丽的杜鹃?

我只看见过这么一棵
果然火红而美丽

我在这个夜晚
我住在山腰
房子里
我的面前充满了泉水
或溪涧之水的声音

静静的跳伞塔
心醉的屋子　你打开门
让我永远在这幸福的门中

北方　那片起伏的山峰
远远的
只有九棵树

1988.4.23

> 评析

  本诗写了海子在一个上午的思念和想象,其中插入了部分回忆。所以,它有两个时间点:前五节和最后两节是第一个时间点,写的都是"一个北方的上午",是海子的思念和感慨;第六节到第九节是第二个时间点,写的是晚上,是海子回忆送别那天的情景。

  在回忆中,海子先是强调"我只看见这么一棵/美丽的杜鹃",象征着你对于我是唯一的;又写到"泉水/或溪涧之水的声音"萦绕着半山腰上的我,象征着你对于我也是全身心投入的。二者之间是彼此呼应的关系。

  我居住在山腰上,水的声音充满四周,就像我隐没在人群中,而你的气息萦绕着我。

  从跳伞塔拔地而起的高处,能够看到远方的广阔,正如恋爱带给海子的感受。就是说,如果你能打开门,我还能看到更加具体的幸福:在广阔的远方,我们拥有一片小村庄,静静地躺在九棵树下。

  在长诗《太阳·弑》中,海子也曾写过"不要忘了一棵灯和北方的九棵树",其意象使用与本诗相近。

星

我死于语言和诉说的旷野[1]
是的,这些我全都听见了。虽然

草原神秘异常
秋天,美丽处女是竖起风暴的花纹[2]

虽说一个断臂的人[3]
不能用手
却可以用牙齿
和嘴唇　打开我的诗集——[4]
那是在大火中
那就是星[5]

是——他是你们的哥哥。[6]
诗人高喊

---

1 指我将会死于荒芜的旷野,而人们将追思我在语言上的成就,对我的离世进行诉说。
2 指秋天像处女一样美丽,而秋风吹过旷野时草木将呈现出花纹状的美丽风暴。
3 "断臂的人",指火。
4 指火焰吞噬了我的诗集。
5 指大火燃烧诗集时迸出的火星,象征诗人闪耀的精神。
6 指星比众人更能读懂诗人,是哥哥一样的领路人。

带火者,上山来!

牵着骆驼
的鬼魂[1]
出现在黄昏

星
我是多么爱你
不爱那些鬼魂

1988.5

→ 评析

海子想象着自己死后会埋葬在旷野上,萧条而又冷清。虽然秋天到来了,大地上又有很多收获,但还是会有人追思海子,向他倾诉。

海子的诗集将会被火焚烧,被断臂的人(火)用牙齿和嘴唇进行阅读,读出他闪耀的精神——星。

星,不是天上的星,是火葬时迸出的火星,它象征着海子闪耀的精神。与其为世界所忽略,不如在焚烧中得到共鸣,所以海子充满斗志地高喊:"带火者,上山来!"

诗人的世界,有的人总是不能理解,他们就像鬼魂一样,牵着

---

[1] 指在葬礼之外继续远行的人。"牵着骆驼",暗示这些人无视诗人而去往远方。"鬼魂",指他们都是行尸走肉。

骆驼，要去往另外的地方。如果这个世界都是由这样的人所构成，那么，它也确实不值得海子眷恋了。

鬼魂指代肉体上活着而精神上已经死去的人。在《泪水》一诗中，海子也有类似的表述，把这样的人称为死人。

太阳和野花
——给 AP

太阳是他自己的头
野花是她自己的诗 [1]

我对你说
你的母亲不像我的母亲 [2]

在月光照耀下 [3]
你的母亲是樱桃
我的母亲是血泪 [4]

我对天空说
月亮,她是你篮子里纯洁的露水
太阳,我是你场院上发疯的钢铁 [5]

---

1 他以太阳为头,她以野花为诗,意思是,他以追随太阳为理想,而她持有率性开放的生活态度。
2 指你我的出身不同。"母亲",指世界对人的孕育。
3 指处在静静思考、观照自己的时刻中。
4 意思是,你生来像樱桃一样美好,我却生来艰辛,处处血泪。
5 意思是,她像月亮映照下的篮子里的露水那般纯洁、单纯、无忧无虑,而我像太阳暴晒下的钢铁那样浑身发烫、无处发泄。

太阳是他自己的头

野花是她自己的诗

在一株老榆树底下

平原上

流过我的骨头[1]

在猎人夫妻的眼中　在山地

那自由的尸首[2]

淌向何方

两位母亲在不同的地方梦着我[3]

两位女儿在不同的地方变成了母亲[4]

当田野还有百合，天空还有鸟群[5]

当你还有一张大弓、满袋好箭[6]

该忘记的早就忘记[7]

1　即骨头顺水流走，指死亡。
2　意为我以死亡来告别平原（象征现实生活），追逐理想（猎人和山地）不再有束缚，所以是自由的。
3　指两种命运都在期待着我的选择。"两位母亲"，即上文的樱桃的母亲和血泪的母亲，分别指代安逸的命运和艰辛追寻的命运。
4　指此时不同的人选择了不同的命运。
5　暗指此时的命运还是自由的、可选择的。
6　指此时作者还可以坚持成为猎人的梦想。
7　指不同命运的人，如我和你，就应当相互忘记。

该留下的永远留下 [1]

太阳是他自己的头
野花是她自己的诗

总是有寂寞的日子
总是有痛苦的日子
总是有孤独的日子
总是有幸福的日子
然后再度孤独 [2]

是谁这么告诉过你：
答应我
忍住你的痛苦
不发一言
穿过整座城市
远远地走来
去看看他　去看看海子
他可能更加痛苦
他在写一首孤独而绝望的诗歌
　　　死亡的诗歌

1　指既然选择了自己的命运，就应当永远坚持下去。
2　指在坚守自己理想的岁月中遇到过短暂的爱情，然后又失去了。

他写道:

平原上

流过我的骨头

当高原的人　在榆树底下休息

当猎人和众神

或起或坐,时而相视,时而相忘

当牛羊和牛羊在草上

看见一座悬崖上

牧羊人堕下,额角流血

再也救不活他了——[1]

他写道:

平原上

流过我的骨头

这时,你要

去看看他

答应我

忍住你的痛苦

不发一言

穿过整座城市

---

[1] 指作者放弃了牧羊人的身份(象征现实生活),去努力成为猎人(象征理想生活)。

那个牧羊人
也许会被你救活[1]
你们还可以成亲
在一对大红蜡烛下
这时他就变成了我

我会在我自己的胸脯找到一切幸福[2]
红色荷包、羊角、蜂巢、嘴唇
和一对白色羊儿般的乳房

我会给你念诗：
太阳是他自己的头
野花是她自己的诗

到那时　到那一夜
也可以换句话说：
太阳是野花的头
野花是太阳的诗[3]
他们只有一颗心

1　指你也许能够拯救我，使我回到现实生活中。
2　暗指你与我成亲，依偎在我的胸脯上。
3　指我的命运（太阳）和你的命运（野花）合在一处。

他们只有一颗心

1988.5.16 夜

删 86 年以来许多旧诗稿而得

➤ 评析

在海子心中,现实生活和理想生活一直是对立的,而他也一直想把这二者紧密统一起来。

太阳,代表着理想生活,是海子绝对不能放弃的追求,"太阳是他自己的头";而野花,代表着现实生活,是海子的恋人的生活方式,"野花是她自己的诗"。

太阳和野花是对立的,毕竟,你的母亲是"樱桃",给了你宽松、自如、美好的生活方式,所以你天生追求野花一样的诗歌生活,而我的母亲是"血泪",给了我艰难痛苦的理想追求,所以我不能放弃对太阳的追随。

而如果我和你冲破一切束缚,能够使现实生活和理想生活相结合,达到统一,那么就实现了海子一直以来的心愿:

太阳是野花的头

野花是太阳的诗

他们只有一颗心

他们只有一颗心

理想和现实不仅是海子和恋人之间的矛盾,也是海子自身的矛盾。在诗中,还有一对意象——猎人(包括高原、山地)和牧羊人(包括平原)——也是对立的。

  猎人代表着海子的理想追求。猎人有着和众神一样的地位,"或起或坐,时而相视,时而相忘",猎人所在的山地和高原,也象征着历尽艰辛才能到达的高处,这是海子的宿命,所以,当他"还有一张大弓、满袋好箭"的时候,他的选择是"该留下的永远留下"。

  牧羊人代表着海子所面对的现实生活,放牧着牛羊的平原也代表着无法追逐理想的平静生活,这里有老榆树,有百合,当然,也有代表着她的野花,但海子无法舍弃自己的理想,便只好选择在这样的生活中死去,"该忘记的早就忘记",让牧羊人堕下、摔死,让他的骨头在平原的河水中流着。

  身处矛盾之中,无疑是痛苦的。而如果牧羊人得到了爱情,一切便能解决,此时的牧羊人被救活了,也不再是原来的牧羊人,太阳和野花合在了一起,海子和恋人合在了一起,海子的两种生活也合在了一起,一切矛盾就全部解决了。这便是海子诗中的愿念,也是他一直的渴望。

  不过,此时的恋人,其实也不是从前的恋人了,她不再只是像野花一样在诗意中生活,她听到了神祇的声音,穿过整座城市来看望海子,她能够了解海子的孤独、绝望和死亡,她能够因为海子的痛苦而痛苦。此时的她不再是野花,她不再只有一个樱桃的母亲,她重新获得了一个血泪的母亲,换言之,她放弃了自己原有的命运,加入了海子的命运。

  所以,太阳和野花的对立关系,仍然没有解决。太阳本没有变,最后是野花放弃了自己的母亲和命运而加入了太阳,或者说,变成了另外的一个太阳，这就是海子的想法。完全是不可实现的幻想。

　　这首诗写于1988年5月16日，诗尾还注明"删86年以来许多旧诗稿而得"。1988年5月，海子写了《生日》《在一个阿拉伯沙漠的村镇上》等诗，应当是为一个5月份过生日的女子所作，而且诗中大多是回忆之笔。这首诗的主人公很可能也是她。

　　海子在本诗中以AP作为女主人公的代号，有人认为这是两个人，即A和P分别指代一个。从本诗的诗意上分析，显然AP代表着一个女主人公，例如是"阿萍"的缩写，而不是两个人。

　　海子在1988年5月，因为她的生日而再一次强烈地思念她，追忆了在理想和现实的矛盾面前自己的选择。他明知这一切不可更改，也不可能实现，却仍然写出了这样一个美好的结尾，作为慰藉和祈愿。

生日

起风了
太阳的音乐　太阳的马[1]

你坐在近处　坐在远方[2]
像鱼群跟着渔夫　长出了乳房[3]
葡萄牙村庄[4]　长出了乳房
牧羊人的皮鞭[5]　长出了乳房

当我们住在秋天
大地上刮起了秋风
秋天的雨　一阵又一阵
你坐在近处　坐在远方[6]

那时我们多么寂寞

1　指风是太阳发出的美妙的音乐，就像是来自太阳的使者（马）。
2　指人在近处，而心在远方。
3　指鱼群在渔夫的指引下，得到了收获。乳房象征成果，这样的意象在海子的诗中多处出现，如《乳房》《山楂树》等。
4　指远航者的家乡。葡萄牙是远航之国。
5　指放牧工作，代表家园守护者的劳动。
6　指你坐在身边，却在心灵上离我很远。此处是回忆中的场景，其含义与上文不同。

多么遥远啊?

而现在是生日
我点亮烛火点亮新娘的两只耳朵
其他的人和马的耳朵
竖在北方——那一夜的屋顶

1988.5 删

➜ 评析

在她生日这一天,海子收获了理想的爱情——形容起来便是八个字:坐在近处,坐在远方。

坐在近处,指两个人心意相合;坐在远方,指两个人都有远大的理想。海子要求爱情一定要有高远的理想,他想要的并不是平庸的亲昵。对海子而言,就连刮起一阵风,都是来自太阳的召唤,都能使他听到太阳的音乐。

有了真正的爱情,就像是鱼群跟随着渔夫,一切都有了收获和意义。远航者的家园(葡萄牙村庄)也有了意义,留守者的工作(牧羊人的皮鞭)也有了意义。

(在海子的思想中,鱼群只有跟随着渔夫,听从他的安排,甚至成为食物,其存在才有意义。就像是凡人要听从神祇的安排,为了达成理想而不惜以身献祭。)

海子又回忆起秋天的时候,两人的关系也是用同样的八个字形容——坐在近处,坐在远方。此时,两人看起来是"坐在近处",相互挨着,其实却是"坐在远方",彼此心意隔阂,非常寂寞、遥远。同样的八个字,在不同的语境中便呈现出不同的含义。

在此生日之时,海子终于收获了理想的爱情,点亮的烛火也照亮了新娘的耳朵,又有"其他的人和马的耳朵"竖在黑暗中,静静地围观着这份甜美的爱情。

全诗如此美好,不过,从另一首诗《在一个阿拉伯沙漠的村镇上》来看,此诗完全是海子的想象。

在一个阿拉伯沙漠的村镇上

镇子

而今我一无是处
坐在镇子的一头
这是一个不守诺言的时刻 [1]
头巾上星光璀璨
阿拉伯沙漠的村镇已是茫茫黄昏
东面一万里是大海
西边一万里是雪山

镇子

三月过去了
四月过去了
上一个秋天的谈话过去了
请在这个日子光临做我的客人 [2]

镇子上——天刚蒙蒙亮

---

1 指女主人公在她生日时没有来赴约。下文中有提示。
2 指去年秋天曾经约定今年一起过生日。

草原上——夜的马很大 [1]
少言寡语，见一面，短一日 [2]

镇子

你坐在
小山坡上
你坐在小山坡上
一个人住在旧粮仓里写诗 [3]
又是生日。一匹
多年的
马 [4]
飞来了
一匹多年的
旧布包不好伤口 [5]

---

1 指夜色中没有注意到的马，在此刻显得很大。这句诗突出了马在夜色中与天亮时给人感官上的不同，暗示作者通宵等待。
2 此句是借旁观者的口吻来叙述作者的形象——少言寡语，仿佛就要死了，有种"见一面少一面"的感觉。
3 象征诗人依然沉湎于旧日的恋情中，旧情对他就像是粮仓一样供给着感情上的养分。
4 指多年以来，生日一直是见面的机缘。"马"，喻指机缘。
5 暗指以前的恋情纾解不了此刻的伤害。马与布的量词单位都是"匹"，所以此处安排这两个意象连用。

镇子

点亮一根蜡烛
我们死后相聚在湖上
宛如生前。"俄狄普斯——烛光也曾照你杀父[1]
娶母。"
烛火静静叫喊
绿汪汪的水静静叫喊
看见草原和女人的一位盲人[2]
——在烛火静静叫喊

镇子

生日中
你像一位美丽的
女俘虏[3]
坐在故乡的
打麦场上

---

1 俄狄普斯，通译为俄狄浦斯，这句指作者的爱情之路像俄狄浦斯一样艰难困惑。俄狄浦斯是希腊神话中的一个王子，在不知情的情况下，杀死了自己的父亲并娶了自己的母亲。

2 指草原上的诗人及女友。"盲人"，指诗人自己，因其看不到爱情，所以称之为"盲人"。

3 指你听从我的一切安排，就像是被我俘虏了一样。这是诗人因为苦等不到恋人而产生的另一极端幻想。

夜深在村庄摸门[1]
我的什么
遗忘在山上[2]

浪子　你怎么了　你打算用什么办法
将那水中明月
戴在头上[3]

暮色中的马头
斜靠在小镇上[4]

姐妹们早已睡下
打谷场上　空无一人
空无一人

天亮
守夜人

1　指诗人和恋人约会到很晚，回到村庄时已经很黑了，只好摸门认家。
2　指作为约会之处的山上留下了美妙的回忆。
3　隐喻获得不可能的爱情。上文中作者先是幻想了一通，此处又自己将不切实际的想法唤醒。
4　天色已晚，马亦疲惫，象征诗人已经无力去追逐爱情。

走到神秘的村子 [1]

1988.5 删

→ **评析**

这首诗写于 1988 年 5 月,从诗意中看,显然是为某位恋人的生日而写,"三月过去了／四月过去了",她的生日当在 5 月。而且,海子与她还曾在"上一个秋天"的谈话中约定今日的见面,"请在这个日子光临做我的客人",海子念念不忘,对方却没有赴约,便成就了这个"不守诺言的时刻"。

1988 年 5 月,海子还写了另外一首诗《生日》,其中也曾提到了秋天,"当我们住在秋天……你坐在近处　坐在远方",与本诗中秋天的约定内容匹配。《生日》也提到了 5 月的生日,不过,诗中写的却是两人相见,"我点亮烛火点亮新娘的两只耳朵……那一夜的屋顶"。

《在一个阿拉伯沙漠的城镇上》和《生日》,对象相同,内容相通,是同一主题下一实一虚的两首诗。《生日》是虚写的,幻想了两人见面的美好时刻,而《在一个阿拉伯沙漠的城镇上》是实写的,记录了幻想破灭的过程。海子这样互为一对的诗还有几例,如《雨》和《冬天的雨》、《在大草原上预感到海的降临》和《花儿为什么这样红》等。

本诗中,"镇子"作为独立的、分开上下文的词语,在诗中一共

---

1 指诗人经过一夜的守候,放弃了对于爱情的想法,走回生活中去。诗人一直幻想自己在"阿拉伯沙漠的村镇"上,此刻走回村子,象征自己回归了生活。

有五处，按此把诗分为五部分，则每一部分的内容如下——

第一部分，首日黄昏，我在苦等，你却未来赴约。

第二部分，次日清晨，回忆约定的场景，叙述我的状态。

第三部分，次日清晨，回忆等待的过程。

第四部分，次日清晨，想象死亡。

第五部分，次日清晨，先是幻想出一个理想的场景，然后再打破幻想，回归村子。

本诗描述的是海子苦等恋人一夜不来的场景，第一、第二和第五部分的后半部分是按照时间线实写的，第三部分是穿插的回忆，第四和第五部分前半部分则是穿插的两种想象。

整首诗的时间和地点都显得比较凌乱、琐碎，是因为这是两个体系的交叉。在主线里，海子其实是在家乡，但他想象自己是在一个"阿拉伯沙漠的村镇"，这又构成了一条副线。

"阿拉伯沙漠的村镇"，象征的是海子此刻内心的荒芜感，而其实，镇子的"天刚蒙蒙亮"的清晨，以及"马头 / 斜靠在小镇上"的暮色，叙述的是小镇的时间，也是为了渲染气氛所用，此时主线的时间依然是在村子的清晨。

并且，海子此时未必是在家乡，打谷场和村子是他所设想出来的主线的地点，小镇则是他在主线中所设想出来的副线的地点。

诗中穿插了一次回忆、两种想象。回忆中继续加重了自己的失望之情，于是，海子先是进行了绝望的想象——你我无缘直至死亡，复又进行了美妙的想象——你为我所俘虏。

第五部分诗的后半部分，密集地进行了几次变化，将主线和副线全部收尾，将全诗推向高潮——

"浪子　你怎么了",这是海子首先对自己的一声断喝,直接打破了第二种想象,他意识到,所谓爱情,不过是"水中明月",无法"戴在头上"。

　　随后,"暮色中的马头/斜靠在小镇上",象征海子已经无力去追逐爱情。

　　接着,"打谷场上　空无一人",暗示一切的幻想全部彻底破灭。

　　最后,"天亮/守夜人/走到神秘的村子",表示海子经过一夜的守候,终于心灰意冷,回到家乡村庄的怀抱,也将"阿拉伯沙漠的村镇"这个想象拉回到现实。

山楂树

今夜我不会遇见你
今夜我遇见了世上的一切
但不会遇见你

一棵夏季最后
火红的山楂树
像一辆高大女神的自行车
像一女孩　畏惧群山
呆呆站在门口
她不会向我
跑来!

我走过黄昏
像风吹向远处的平原[1]
我将在暮色中抱住一棵孤独的树干
山楂树!　一闪而过　啊!山楂

我要在你火红的乳房[2]下坐到天亮。

1　暗指自己一去不回,形神逐渐消散。
2　"火红的乳房",指山楂,象征爱情。

又小又美丽的山楂的乳房
在高大女神的自行车上 [1]
在农奴 [2] 的手上
在夜晚就要熄灭 [3]

1988.6.8—10

➡ 评析

可能是一份爱情被女神拒绝了，也可能拒绝之后，她是骑着自行车远去的，所以海子看见了火红的山楂树，不仅觉得它能代表自己的爱情，还会觉得它"像一辆高大女神的自行车"。

在这份感情中，海子是很卑微的，他感到对方是女神，他感到她的自行车很高大，他感到自己是地位卑下的农奴。

---

1 即在山楂树上。

2 "农奴"，指诗人自己。他感到自己没有资格和女神恋爱，所以自称为农奴。

3 指有的山楂在树上，有的山楂被我拿在手中，在这样一个夜晚，经过我对孤独整夜的品味，象征爱情的山楂的光最终会熄灭。

黑翅膀

今夜在日喀则,上半夜下起了小雨
只有一串北方的星,七位姐妹[1]
紧咬雪白的牙齿[2],看见了我这一对黑翅膀

北方的七星　　照不亮世界
牧羊女头枕青稞独眠一天的地方今夜满是泥泞[3]
今夜在日喀则,下半夜天空满是星辰[4]

但夜更深就更黑,但毕竟黑不过我的翅膀[5]
今夜在日喀则,借床休息,听见婴儿的哭声[6]
为了什么这个小人儿感到委屈?是不是因为她感到了黑夜中的幸福

愿你低声啜泣　　但不要彻夜不眠
我今夜难以入睡是因为我这双黑过黑夜的翅膀

1　指北斗七星,喻指和我有过感情交集的姑娘们。
2　"紧咬雪白的牙齿",指七颗星在发光。
3　"牧羊女",诗人的爱恋对象。她住的地方很泥泞,暗指海子被拒绝,无法进入。
4　暗示诗人自己的状态调整过来了。
5　指我的情绪比黑夜还黑。
6　据说这是海子在借宿的时候真实发生的事情。

我不哭泣　也不歌唱　我要用我的翅膀飞回北方

飞回北方　北方的七星还在北方
只不过在路途上指示了方向，就像一种思念
她长满了我的全身　在烛光下酷似黑色的翅膀

1988.7（？）

→ 评析

翅膀还在，但是因为受到她的拒绝而变成了黑翅膀，无法成为她的天使了，这便是海子本诗的主题。

诗中反复提到北方的七姐妹。海子已经意识到自己在这里没有任何希望，而北方还有他未能割舍的恋情。

根据时间推算，本诗应当写于8月20日后的某一天，原诗的标注应当有误。

绿松石

这时候　绿色小公主
来到我的身边。
青海湖，绿色小公主[1]
你曾是谁的故乡
你曾是谁的天堂？
当一只雪白的鸟
无法用翅膀带走
人类的小镇
——它留在肮脏的山梁。[2]

和水相比　土地是多么肮脏而荒芜
绿色小公主抹去我的泪水，
说，你是年老的国土上
一位年轻的国王，老年皇帝会伏在你的肩头死去。
土地张开又合拢。[3]

1988.7.24

1　"绿色小公主""绿松石"，都是对青海湖的爱称。
2　此处是条件定语后置，正常语序应当是：当一只雪白的鸟无法用翅膀带走人类的小镇（它，即小镇，留在肮脏的山梁），你曾是谁的故乡？你曾是谁的天堂？意思是：你曾经是这只雪白的鸟的故乡和天堂。"雪白的鸟"即海子自己，他无法将小镇一起带到理想的世界。
3　意思是死去的老年皇帝被埋葬，也象征着老年皇帝的一切都会被当成过去。

➜ 评析

  海子来到青海湖,感受到一些慰藉,还幻想出了这样一个场景:青海湖是一位公主,当海子无法收获理想的人类的爱情时,青海湖公主站出来,她如此纯洁,如此温柔,对海子说:"你是年老的国土上一位年轻的国王。"

  "和水相比　土地是多么肮脏而荒芜",这也是海子意象体系中比较重要的一条:土地代表现实的人类世界,水则代表理想及理想世界。

  海子写这首诗的时候,心态还比较乐观,次日,他另有《青海湖》一诗,又恢复了卑微的心态。

青海湖

这骄傲的酒杯
为谁举起[1]
荒凉的高原

天空上的鸟和盐　为谁举起[2]

波涛从孤独的十指退去[3]
白鸟的岛屿，儿子们围住[4]
在相距遥远的肮脏镇上。[5]

一只骄傲的酒杯，
青海的公主　请把我抱在怀中[6]

1　举起的酒杯，喻指高原上的青海湖。

2　"天空上的鸟和盐"，指诗人自己。鸟是飞翔之生命，盐是生命之精华。

3　指诗人用手捧着青海湖的水，而最终湖水还是从手中漏掉。象征诗人对青海湖的珍惜，以及青海湖的无法挽留。

4　"白鸟的岛屿"即是诗人的象征，传承了青海湖的气质精神。

5　此节描述的是一个想象中的场景：诗人把青海湖水捧在手里，而当他两手空空之时，围住他的后辈们发现，诗人也如青海湖那般美丽，像一座白鸟的岛屿。因诗人生活的地方离青海湖的气质"相距遥远"，所以相比之下是"肮脏"的。

6　指诗人渴望跳入青海湖里，那种感觉就像公主把他抱在怀中。

我多么贫穷，多么荒芜，我多么肮脏[1]
一双雪白的翅膀也只能给我片刻的幸福[2]

我看见你从太阳中飞来
蓝色的公主　青海湖
我孤独的十指化为天空上雪白的鸟。

1988.7.25

➜ 评析

诗中有几层对比关系。

第一层，骄傲的酒杯（青海湖）与荒凉的高原的对比。酒杯一样美好的青海湖，却"举起"在荒凉的高原上，其孤高、无人理解的气质，也正与海子相通。所以海子发出感叹："为谁举起"。

第二层，高原上的青海湖与天空中的鸟和盐的对比。鸟和盐所指的便是海子自己，他由青海湖的骄傲，联想到自己的骄傲，由青海湖所处的荒凉，联想到自己所处的荒凉，自然也有一句同样的感慨："为谁举起"。

第三层，波涛与岛屿的对比。波涛是青海湖气质的象征，岛屿则是诗人的象征。虽然诗人折服于青海湖的博大与美好，希望青海湖能把他"抱在怀中"，但是，当离青海湖很远的时候，诗人的本质

---

1 "贫穷"和"荒芜"指诗人在精神追求上尚未取得令他满意的成就，"肮脏"指诗人自认为很俗气的生活状况。
2 指青海湖水抱着诗人，就像诗人长出了翅膀。

是"白鸟的岛屿",和青海湖虽然不同,却有着极为相近的气质。

第四层,骄傲与肮脏的对比。青海湖是骄傲的、美丽的,而海子自认是"肮脏"的。

青海湖之于海子,既有相似的气质和状况,又有感召的力量。

如此美物,"为谁举起"?谁懂得?谁珍惜?

海子看到青海湖从太阳中飞来,太阳即是海子的理想所在。最后,海子化为雪白的鸟,既是受到了感召,也是在向青海湖致敬。

日记

姐姐,今夜我在德令哈,夜色笼罩
姐姐,我今夜只有戈壁

草原尽头我两手空空[1]
悲痛时握不住一颗泪滴
姐姐,今夜我在德令哈
这是雨水中一座荒凉的城[2]

除了那些路过的和居住的[3]
德令哈……今夜
这是唯一的,最后的,抒情。
这是唯一的,最后的,草原。[4]

---

1 指在海子的旅程中,德令哈就是草原和戈壁的分界线,此后海子的心就像戈壁一样荒芜。
2 所谓"雨",即是泪,所谓"城",即是我。
3 一个在此地的人,要么就是路过的,要么就是居住的,只有这两类。而海子抒情时把这两类人统统摒除在外,即摒除了所有人,他摒除的是人类所代表的世俗的感情。此句与下文"今夜我不关心人类"相呼应。
4 虽然德令哈是戈壁,但海子打算在此处进行最后一次抒情,所以此处就有了草原一样的活力。

我把石头还给石头[1]
让胜利的胜利
今夜青稞只属于她自己[2]
一切都在生长
今夜我只有美丽的戈壁　空空
姐姐，今夜我不关心人类，我只想你[3]

1988.7.25 火车经德令哈

➜ 评析

  日记是最纵情的倾诉方式之一，以此为题，意在倾诉。

  根据海子自己的标注"火车经德令哈"，再体会诗中之意，应当是海子坐火车离开某地，也被迫离开了一段感情。

  德令哈究竟是戈壁？还是荒凉的城？还是最后的草原？诗中对德令哈的描述并不矛盾。诗歌意象的内涵全由诗人的投射而成，当海子处于绝望状态时，德令哈就是戈壁和荒凉的城，当海子积蓄力气进行最后的抒情时，德令哈就是最后的一块草原。

  石头和青稞深有寓意：姐姐像青稞一样胜利地继续生长，海子则要退回到石头的状态。

  "让胜利的胜利"，也是海子诗中为数不多的反语，意思是：世

---

[1] 意即把石头的孤独特质还给石头，不再想有所改变。"石头"即象征海子自己。

[2] 言下之意，海子将作为失败者而不再纠缠。

[3] 指在诗人心中姐姐像是不同凡人的仙女，也暗指作为人类的自己难以追求得到。

界，你们终于胜利了，我，终于失败了。

"不关心人类"，即是不关心"路过的"和"居住的"，海子心中的爱情和爱人不同于他们、超脱于他们。甚至在抒情的今夜，抒情的海子自己也不属于平庸的人类。而过了今夜，恐怕一切都要彻底结束，海子也只能回到人类中间。

西藏

西藏，一块孤独的石头坐满整个天空[1]
没有任何夜晚能使我沉睡
没有任何黎明能使我醒来

一块孤独的石头坐满整个天空
他说：在这一千年里我只热爱我自己

一块孤独的石头坐满整个天空
没有任何泪水使我变成花朵[2]
没有任何国王使我变成王座[3]

1988.8

➜ 评析

海子于1988年旅行西藏，经历了爱情的无望，逐渐达到了极端孤独的状态。《在昌平的孤独》一诗所写的也是孤独，主角渴望交流却无人理解。这首诗中表现出的却是自甘沉沦的绝望，诗的主角不

---

1 指西藏是存在于半空中的高原（石头），也指西藏是一个巨大的孤独体，封住了天空，不出不进，无知无觉，类似于人们常说的"铁板一块"。
2 指没有人能够用情感来打动我。
3 指没有人能够用荣耀来感召我。

再有任何想法。

如果说，对黑夜和黎明的拒绝只是被动的心灵防御，那么，对泪水和国王的拒绝则是对理想的放弃。其深层含义是：没有悲悯也就不再有喜悦，没有荣耀也就不再有意义。

雪

千辛万苦回到故乡
我的骨骼雪白　也长不出青稞[1]

雪山,我的草原因你的乳房而明亮
冰冷而灿烂[2]

我的病已好
雪的日子　我只想到雪中去死
我的头顶放出光芒![3]

有时我背靠草原
马头作琴　马尾为弦
戴上喜马拉雅　这烈火的王冠[4]

有时我退回盆地,背靠成都
人们无所事事,我也无所事事,

---

1 指我一心想念着西藏的雪。"骨骼雪白"和"长不出青稞"都是因为想成为雪,故而模仿雪。
2 本句犹如在说:你哺育了我雪的气质——冰冷而灿烂。
3 指下雪时我的兴奋和喜悦。
4 意思是当我在草原上,以马头琴为伴,也会受到喜马拉雅这冰雪高原的感召。

只有爱情　剑　马的四蹄[1]

割下嘴唇放在火上[2]
大雪飘飘
不见昔日肮脏的山头
都被雪白的乳房拥抱[3]
深夜中　火王子　独自吃着石头　独自饮酒[4]

1988.8

➜ 评析

本诗应当写于海子从西藏返回成都之时，因为喜爱西藏，他便用雪来象征西藏的气质，并表达自己的追随之心。

前面五节写诗人对于雪的颂扬和追随，热烈、坚定，情感的基调上比较一致，而最后一节，大雪飘飘的场景使诗人十分感慨，不想再说什么了，只是静静地坐着，任由火焰烧着石头、锅、酒……一下子由极其热情突然转到极其安静的状态。

最后一个镜头，将火焰默默燃烧形容成"火王子　独自吃着石头　独自饮酒"，其实是写我守着酒却没有喝，默默想着心事，十分具有画面感。

---

1 "马的四蹄"，象征追梦的决心。
2 指诗人不再说话，保持缄默。
3 指山头都被雪覆盖成雪白的乳房的模样。
4 指火焰默默地燃烧着石头，石头上的锅里煮着酒。

我飞遍草原的天空

草原上的天空不可阻挡[1]

互相击碎的刀剑[2] 飞回家乡

佩在姐妹的脖子上[3]

让乳房裸露，子夜的金银顺河流淌[4]

月亮啊　月亮

把新娘的尸体抬到草原上[5]

一只野花的杯子里　鬼魂千万[6]

"我死在野花杯中　我也是一条命啊"

不可饶恕草原上的鬼魂

不可饶恕杀人的刀枪

---

1 意思是我在草原的天空上飞，没有什么能阻挡我。

2 "互相击碎的刀剑"，指海子和爱人。爱情彻底失败了，就像刀剑互相击碎。

3 刀剑的碎片回到家乡并佩在姐妹们的脖子上，喻指遗物被亲人佩戴、遗骸被亲人怀念。此处透露出海子殉情的想法。

4 "乳房"，象征果实、成果，乳房裸露，即果实已经无人采摘，隐喻万事没有结果。子夜里顺河流淌的金银指河上的月光。"金银顺河流淌"，也有美好的珍宝白白流失之意。

5 "新娘的尸体"即下文中的野花，因为爱情已经无望，所以是"新娘的尸体"。月亮把它们抬到草原上，指月光照耀下，看见了草原上成片的野花，就像是无望的爱情。

6 指每一朵野花，都包含有千万个爱情死亡的故事，而"我"只是其中之一。

不可饶恕埋人的石头
更不可饶恕　天空[1]

我从大海来到落日的正中央[2]
飞遍了天空找不到一块落脚之地
今日有粮食却没有饥饿[3]
今天的粮食飞遍了天空

找不到一只饥饿的腹部[4]
饥饿用粮食喂养
更加饥饿，奄奄一息[5]
草原的天空不可阻挡

今天有家的　必须回家

1　此处海子因为绝望而感到一切都不可饶恕。"鬼魂"喻指自己，随着爱情一同死去的主人公，是不可饶恕的；"杀人的刀枪"，指海子暴躁而想要实施破坏的念头，是不可饶恕的；"埋人的石头"，指暴躁行为实施之后的结果，也是不可饶恕的；"天空"虽然给我提供了释放的途径，却不能解决任何问题，所以也不可饶恕。

2　"落日的正中央"，指青藏高原，因为它是世界上最高的地方，仿佛太阳便在此处落下。参见《喜马拉雅》一诗。

3　指今天来到精神食粮之地，却不知该怎样"吃"，仿佛精神上没有饥饿似的。参见《喜马拉雅》一诗。

4　指诗人像粮食一样飞遍天空，却找不到一块地方来吸纳他、接受他。参见《喜马拉雅》一诗。

5　指诗人精神上的饥饿来到此处精神食粮之地，反而无从下口，因为眼见到粮食而不能吃，就变得更加饥饿了。以上几句都是在诉说诗人一直以此处的草原为精神故乡，此时却觉得并不匹配。参见《喜马拉雅》一诗。

今天有书的　必须读书
今天有刀的　必须杀人[1]
草原的天空不可阻挡

1988.8.13 拉萨

→ 评析

因为爱情失败而感到绝望，海子这样的诗很多，但是，像这首诗这样绝望得十分暴躁的，在他现存的短诗中仅此一首。

最后一节的回家、读书、杀人，便是海子暴躁状态的体现：既退缩，又沉沦，又十分躁动不安，想要做出些出格的事情。

这首诗所体现的暴躁，还不仅仅体现在"杀人"这个词语的使用上，"飞遍草原的天空"，虽然没有"杀人"的感觉那么暴烈，但更能体现海子不安的状态，使人感到此时他无论如何也无法安静下来。海子另有长诗《太阳·大札撒》，其中的第三部分，更清晰地体现出，经过海子的演绎，"飞翔"和"杀人"这两个完全不同的词语中所蕴含的相近的内涵，可以和本诗互相参看：

只剩下披头散发的我
抱住山脚，痛哭一晚
明天要去什么地方？

---

[1] 回家、读书、杀人，分别代表海子在恋爱挫败后的三方面心境：退缩、沉沦、心有不甘。

只好回家乡打铁,娶下麻脸老婆

或者在山上打家劫舍

杀人放火,无恶不作

我披着羊皮飞回水围的山上

和一群染得漆黑的野兽一块在山上滚动

——《太阳·大札撒》(三)

以后只能做一些粗活(打铁)、敷衍地完成世俗的婚姻(娶下麻脸老婆),或者十分极端地"杀人放火",这两种极端的感情,自暴自弃或者彻底堕落,和《我飞遍草原的天空》这首诗中所表达的,回家、读书或者杀人,完全一致。而"飞回山上""滚动",也正是"我飞遍草原的天空"中所表达的坐立不安的情感。

在诗中,还需要辨认"饥饿"的两种含义及和"粮食"的关系:一种饥饿是"我"所想象的"你"的饥饿,"我"愿化身粮食,但"你"不需要;一种饥饿是"我"的爱情的饥饿,因为在爱情上无计可施而饥饿,虽然自己是粮食,却并不能解决这个饥饿问题。

本诗与《喜马拉雅》一诗有两个诗节几乎相同,相关的分析参见《喜马拉雅》的评析。

冬天

火的叫声传来[1]
火的叫声微弱
山坡上牛羊拥挤
想起你使我眩晕

*

英雄的猎人
拥着一家酒店
坐在白雪中
心中的黑夜寒冷[2]

1988.2.10 故乡

*

在黑夜里为火写诗
在草原上为羊写诗
在北风中为南风写诗

---

1 "火",指心中的火,诗人心中对爱情的呼喊。
2 酒店外白雪一片,英雄的猎人没有猎物可打,只能喝酒,所以心中是黑暗的。

在思念中为你写诗 [1]

1988.8.15 日喀则

*

夜的中心 [2] 幽暗
边缘发亮　寒冷 [3]
这是　火儿
照亮雪山和马 [4]

*

大地薄弱

两端锋利

使中心幽暗

难以分辨

1　即黑夜需要火，草原需要羊，北风需要南风，我需要你。
2　"夜的中心"，指火光。因为黑夜中一片漆黑，只能看得见火光，所以称火光为夜的中心。
3　因为火光微弱，所以它是幽暗的、边缘发亮的、寒冷的。
4　喻指心中的理想和决心。

> 评析

　　这一组诗题为《冬天》，按标注日期来看，至少曾经写过三次。它所记录的都是一些片断的思绪。

　　其中第三首诗写于 1988 年 8 月 15 日，而 8 月 13 日海子在西藏经历了重大的感情挫折，可以看出，此时的海子依然对这段感情执着相待，念念不忘。

七百年前

七百年前辉煌的王城今天是一座肮脏的小镇
当年我打马进城　手提一袋青稞
当年我用一袋青稞换取十八颗人头
还有九颗，葬在城中，下落不明

在山洞里十二只野兽梦想变成老鹰，齐声哀鸣
这是山顶上最后的山洞梦想着天空
突然有一种感觉，好像还是在又饥又饿地走在路上
在幽暗中我写下我的教义，世界又变得明亮

1988.8.18

> **评析**

海子心情阴暗，于是辉煌的王城也变成了肮脏的小镇。1988 年 8 月 13 日，海子感情受挫，写下了《我飞遍草原的天空》，这首诗仍然是这种情感的延续。

第一节写诗人曾经的辉煌，这一切当然是想象出来的，而它们展现的是诗人原来的意气风发、挥斥方遒。

第二节写诗人现在的心情。经过感情受挫事件以后，海子仍然抱有一丝幻想，正如诗中所写，"这是山顶上最后的山洞梦想着天空"。

不过，海子并没有很深地沉浸在这种幻想中，他"突然有一种

感觉",好像他自己又回到了以前"自由而贫穷"(《远方》)的状态,即,一切都回到原来,海子也依然去追寻理想(写下教义),一切又变得充满希望,又变得明亮。

  海子写绝望的诗很多,像这首诗一样写了绝望而又从绝望中走出来的却难得一见。

远方
——献给草原英雄小姐妹

草原英雄小姐妹

龙梅和玉荣[1]

我多想和你们一起

在暴风雪中

在大草原

看守公社的羊群

1988.8.19
萨迦夜时藏族青年男女歌舞嬉戏

→ **评析**

　　十分质朴的倾诉，没有使用任何意象。这样写法的作品在海子诗中仅此一首。不过，其中却有着较深的缘由。

　　1988 年 8 月 13 日，海子在西藏时，他的爱情遭到了拒绝。8 月 19 日，也就是写作本诗的萨迦夜，这种绝望的心情依然没有缓解，当天夜里，他也同时写下了另一首《远方》（为叙述方便，姑且称为第二首《远方》）:

1　龙梅和玉荣，著名的草原英雄小姐妹。1964 年冬天，在内蒙古的草原上，11 岁的龙梅和 9 岁的玉荣一起为公社放羊，突遇暴风雪，她们便在严寒中保护了羊群一昼夜，后来被授予"草原英雄小姐妹"称号。

这些不能触摸的　姐妹

这些不能触摸的　血

这些不能触摸的　远方的幸福

远方的幸福　是多少痛苦

第二首《远方》标注的写作日期是"1988.8.19 萨迦夜，21 拉萨"，则应是同一天晚上写了初稿，21 日再进行了部分修改。

由此可以看出，19 日的萨迦夜，海子依然沉浸在无比痛苦的感情中，他对这段西藏感情挫败之旅感到绝望，便有了第二首《远方》；而这段痛苦的经历也促使他想起了内蒙古草原曾经带给他的生活和爱情，便有了这一首《远方》。

在第二首《远方》里，"远方"指的是西藏，他一直想要抵达的精神远方，而在这一首《远方》里，"远方"指的是内蒙古。西藏之行受到了挫败，便有了简单的逃避之心，想要简单地逃到内蒙古去，受到那里的庇佑，哪怕是有暴风雪这样恶劣的气候。

对于海子而言，不同的时间和不同的状态下，便有不同的远方和不同的草原。

远方

远方除了遥远一无所有

遥远的青稞地
除了青稞　一无所有

更远的地方　更加孤独
远方啊　除了遥远　一无所有

这时　石头[1]
飞到我身边

石头　长出　血[2]
石头　长出　七姐妹[3]

站在一片荒芜的草原上

那时我在远方

---

1 "石头",指关于孤独的那些记忆,就像是石头一样,无法触摸。
2 "血",指心血、付出的努力。
3 "七姐妹",指他曾经有过感情经历的七个女人。"七",可能是个虚数。

那时我自由而贫穷[1]

这些不能触摸的　姐妹
这些不能触摸的　血
这些不能触摸的　远方的幸福[2]
远方的幸福　是多少痛苦

1988.8.19 萨迦夜，21 拉萨

→ 评析

在未能到达的时候，远方似乎是一个不可触及的地方，所以，"除了遥远一无所有"。已经到达远方（西藏）的时候，却没有得到预想中的收获，所以，"除了青稞　一无所有"。由此推断，去更远的地方，也不过是"更加孤独"，所以，"除了遥远　一无所有"。

这便是海子的三次绝望情绪，层层推进。

虽然第一次和第三次的绝望，都是"除了遥远一无所有"，但是，一个是仍有幻想，一个是再无幻想，其绝望程度是不同的。

那些不堪的记忆，海子将它们称作"石头"，取其冰凉而不能触摸之意。

本诗写于1988年8月19日和8月21日，诗中"那时我在远方"，回忆的应当是海子刚刚踏上这块土地的时候，他"自由而贫穷"，一

---

[1] 指诗人此时站在荒芜的草原上，回顾从前的经历，即前文的"石头"。
[2] 意为曾经幻想的远方的幸福，到了远方却发现不能触摸。所以下文才有幸福是痛苦的说法。

切看似充满希望。而到了 8 月 13 日,这一天海子梦想破灭,并写下《我飞遍草原的天空》这首诗。

酒杯：情诗一束

1. 火热的嘴唇

两万只酒杯从你诞生 [1]
万物的疾病从你诞生 [2]

2. 月亮

沉默的活着的镰刀形的火光
似一颗焚烧的头颅在荒野滚动 [3]
沉默的活着的镰刀形的牧场 [4]
神秘、寒冷而宁静

3. 乳房

埃及的河水 [5]
在埃及的子夜

---

1 指嘴唇产生无数的爱情。"酒杯",象征爱情。
2 指爱情使人朝思暮想、相思成病。嘴唇是爱情诞生的通道,故有此说。
3 指荒野上天空中只有一个圆圆的月亮,就像一颗焚烧的头颅。
4 指月亮像牧场一样提供养分。"镰刀形",指月牙的形状。
5 指乳汁,像埃及的河水那样哺育着文明。

——这黑夜的酒 [1]

这黑夜的酒　变成我的双手 [2]

4. 盲目

手在果园里
就不再孤单
两只自己的手
在怀孕别的手 [3]

5. 火热的嘴唇

那是花朵　那是头颅做成的酒杯 [4]
酒杯在草原上轻轻碰撞 [5]
盛满酒精的头颅空空荡荡 [6]

火苗熏黑的山梁

1　指乳汁悄悄地流淌。
2　指我的双手在对乳房（黑夜的酒）进行抚摸。
3　指双手的劳动培育出果实。"别的手"，指树木。"怀孕别的手"，指树木孕育出果实。
4　指嘴唇就像是花朵，就像是头颅的酒杯。
5　指恋人在草原上接吻。
6　指人们因接吻而陶醉，头脑里什么都不想。

帐篷诞生又死亡[1]

火灾中升起的灯光[2]　把大地照亮

→ 评析

　　这一组情诗，看似比较零散，其实却有一条十分完整的主线。情诗以"火热的嘴唇"开始，又到"火热的嘴唇"结束，这中间，经历了"月亮""乳房""果园"——"月亮"，指眼睛；"乳房"，就是乳房；"果园"，指身体——这是一个以爱抚动作为主线的历程。具体内容如下：

　　第一部分：火热的嘴唇。它产生爱情，也使人朝思暮想、相思成病。

　　第二部分：月亮。指眼睛，它心中有欲望的火光，却往往只能沉默地独自燃烧，神秘、寒冷而寂静。

　　第三部分：乳房。它像河水一样，哺育出种种文化；它又像黑夜的美酒一般，此刻被我啜饮。

　　第四部分：盲目。果园指身体，身体相互触碰，便有了创造和孕育，便不再孤单。

　　第五部分：火热的嘴唇。已经产生的爱情，把大地照亮。

---

[1] 指在山梁上搭起帐篷，又拆掉帐篷，即草原上的迁徙生活，就是不断地改变地点居住。"火苗"，指爱情之火。

[2] 指爱情中亮起的灯光，即爱情带来的光明。"火灾"，指爱情之大火。"升起的灯光"，指恋人在帐篷里点起的灯光。

第五部分《火热的嘴唇》,是解诗的诗眼:

> 那是花朵　那是头颅做成的酒杯
> 酒杯在草原上轻轻碰撞
> 盛满酒精的头颅空空荡荡

酒杯,便是火热的嘴唇;它们在草原上轻轻碰撞,即是接吻;此时的头颅便像醉了一样空空荡荡。这是相爱之后的甜蜜,它们产生了火苗,产生了火灾,升起了灯光,把大地照亮。

这便是《酒杯:情诗一束》这组诗整体的指向。

诗中第四部分《盲目》,同时也是一首独立成篇的短诗:

> 手在果园里
> 就不再孤单
> 两只自己的手
> 在怀孕别的手

诗的表面意思,说的是劳动,说的是自己的手在孕育果实。而如果在这组情诗中,果园代表恋人的身体,手的"劳动""怀孕",便都有了别样的意义。

诗题《盲目》,代表的是爱情中盲目的热烈的爱抚。

两行诗

1

海水点亮我
垂死的头颅

2

我是黄昏安放的灵床:车轮填满我耻辱的形象[1]
落日染红的河水如阵阵鲜血涌来(86.87.88)

3

起风了
太阳的音乐　太阳的马[2]

1　指一无所获是一种耻辱。"黄昏安放的灵床",指黄昏时的大地,因一天要结束了,所以称为"灵床"。"车轮",指落日,因一天要结束了却一无所获,所以是"耻辱的"。

2　指风是太阳的音乐和马。这两句也见于《生日》一诗,一字未改。

4

在远远被雪山围住的亲人中央
为他画一果实　画两只乳房[1]

5

疾病中的酒精
是一对黑眼睛[2]

6

妹妹瞎了　但她有六根手指
她被荷马抱在怀中[3]

7

寂静太喜爱

---

1. 指要坚信理想一定会带来收获。"远远被雪山围住的亲人",指艰难险阻中的理想目标。"画一果实",指造一个未来的憧憬。"画两只乳房",指坚信理想会哺育我们成长。
2. 指病中的我看着酒,酒里也有一对眼睛(镜像)看着我。暗指疾病中的我沉溺在酒里。
3. 比喻人总有天赋会被认可,有"东方不亮西方亮"之意。

闪电中的猎人[1]

➡ 评析

两行诗篇幅极短,所以很多意象往往来不及展开并延伸。比如第三首,"起风了 / 太阳的音乐　太阳的马",这两句诗一字不差地用在《生日》这首诗里,因为《生日》还有很多下文,所以这两句诗就增添了很多内涵。

海子还写过《汉俳》,其格式也是两行诗,但其着眼点和表现的方法非常不同。具体分析参见《汉俳》一诗的评析。

《两行诗》中还有一些用词值得注意,如"海水点亮我 / 垂死的头颅",海子在诗中从未用过"垂死的"这个形容词,用在此处,是因为海水点亮了、挽救了它,从中可以体会到海子倔强的精神。

---

[1] 指寂静喜欢猎人带来雷声。换言之,寂静自己也不喜欢寂静,而是喜欢猎人和雷声。

四行诗

1. 思念

像此刻的风
骤然吹起[1]
我要抱着你
坐在酒杯中[2]

2. 星

草原上的一滴泪
汇集了所有的愤怒和屈辱
泪水,走遍一切泪水
仍旧只是一滴[3]

---

1 指思念像风一样,是骤然而起的。
2 指两人在甜蜜的小酒杯中同醉。
3 表面意思是,星星就像一滴泪,永远不会增多。其深层含义是指,愤怒和屈辱就只有那些,我不会为愤怒和屈辱所淹没。

3. 哭泣

天鹅像我黑色的头发在湖水中燃烧[1]
我要把你接进我的家乡[2]
有两位天使放声悲歌
痛苦地拥抱在家乡屋顶上[3]

4. 大雁

绿蒙蒙的草原上
一个美好少女
在月光照耀的地方
说　好好活吧，亲爱的人

5

当强盗留下遗言后
夜深独坐，把地牢当作果园[4]

1　暗示我的头发以下都已经沉浸在湖水里。
2　指我要带着"哭泣"回家。"你"，指哭泣。
3　象征诗人与哭泣也像两位天使一样紧紧相拥。
4　将枯燥束缚的地牢当成丰盛收获的果园，即安心在此之意。

月亮吹着一匹强盗的马[1]
流淌着泪水[2]

6. 海伦[3]

盲诗人荷马
梦着　得到女儿[4]
看得见她　捧着杯子
用我们的双眼站在他面前[5]

> **评析**

《四行诗》是主题随意的一组诗，每一首诗除了固定使用四行的格式以外，又有一个共同的原则：每首诗的小标题即是该诗吟咏的对象，且在诗中为其使用了一个比喻。

第一首诗，标题为《思念》，喻体为"风"。

第二首诗，标题为《星》，喻体为"泪"。

第三首诗，标题为《哭泣》，喻体为"你"，即恋人。

1　指月亮光照耀着马，光线过于强烈，感觉像是被吹着一样。
2　马因为主人（强盗）进入地牢、离它而去，而感到悲伤。
3　有两个海伦。一是古希腊神话中众神之王宙斯的女儿，人间最漂亮的女人；一是海伦·凯勒（1880—1968），美国盲人女作家，代表作《假如给我三天光明》。此处海子将两人的形象合二为一了，即，一个又目盲又极其漂亮的海伦。
4　指盲诗人荷马梦见自己拥有了漂亮的海伦作为女儿。
5　指海伦不再是盲人，也拥有了和我们一样的视力。

第四首诗,标题为《大雁》,喻体为"少女"。

第六首诗,标题为《海伦》,喻体为"女儿"。

第五首诗,原文没有标题,可能是海子觉得很难符合上述特点,所以一时琢磨未定。

而第三首诗,标题的《哭泣》,可以有两种理解:如果它是形容哭泣的状态,则诗中的"你"可以理解为海子的恋人;如果它是本诗的主角,则"你"便指的是"哭泣",而不是某个人。海子另有一首短诗《哭泣》,其中几行诗句与这一首诗十分相似,基本可看作是将这首诗拓展而成。从短诗《哭泣》中便可更加清晰地看到,诗中的"你"指的就是"哭泣"。由此可以看出,海子构思这一组《四行诗》,确实遵循了"小标题即吟咏对象"的原则。具体可参见《哭泣》一诗的评析。

海底卧室

月亮,喂养耳朵的宝石[1]

杯子,水中的鸡群[2]

草,那嘴唇的发动——花朵[3]

日子,闪电中的七人[4]

原野,用木头送礼[5]

天空,空中散布的白云之药,活动着母亲之卧室[6]

---

1 指月亮就像是能发出悦耳的声响的宝石。
2 指房间里的一只只杯子就像是散落的鸡群那么可爱。
3 指草地上经过春风的亲吻便盛开了花朵。此处是将春风吹拂大地比喻为源自嘴唇的发动。
4 指日子就是每周七天闪电一般地变化着。此处是从海底卧室所看到的现实世界的日子,颇有"笑看世界风云变幻"的感觉。
5 指树木在拼命生长,仿佛是原野送出的礼物。
6 指天空就像是母亲的卧室,而卧室中散布着作为仙药的白云。此处诗人将某个神祇,比如太阳,视为母亲。

星星，黑色寨子中的夫人，众夫人，胳膊刺花 [1]

火种，一只老虎游过皮肤，露出水面 [2]

1988.9

➜ 评析

海子想象自己的卧室能够坐落在海底，还能够隔着透明的屋顶、隔着海水向上看，既能够躲开现实世界，又能够看见现实世界，便有了接下去的各种想象。

全诗共分为八句，每句写一个意象。

前五句，写的都是诗人"躲"在卧室之中，所能看到的现实世界的景象。此时诗人是置身事外的，所以，他看到世界上花朵在催生，看到日子如同白驹过隙，看到原野上一棵棵树木在生长，全部是以旁观者的身份在看。

接下来的两句，天空和星星是过渡的意象。虽然诗人仍然是旁观者，但他看到了天空，想到了理想（母亲），看到了星星，想到了美好的生活，这使他跃跃欲试。他已经不再是纯粹的旁观者，而是逐渐融入自己所观察着的世界中。

最后一句，"火种"，是全诗的点睛之笔，表露了诗人的信念。

---

[1] 指星星就像是众位寨中夫人，又像是众夫人胳膊上的刺青图案。此处诗人将夜色比喻为黑色的寨子。

[2] "火种"指追逐理想的信念，它就像一只老虎一样穿过皮肤，也穿过层层海水，一直冲到水面上。

就算在想象中，海子把自己安置在逃避现实的海底卧室之中，到最后，他追求理想的决心，依然像一只老虎一样，从他的皮肤下面穿出来，也从层层海水中穿出来。

整首诗的意象较为松散，彼此间关联并不大，不过，全诗的结构是十分清晰的。

面对生活，海子总是有痛苦和逃避，也总是有不屈的信念，这是他的诗歌中经常呈现的动人之处。

无名的野花

看不见你,十六岁的你
看不见无名的,芳香的
正在开花的你。

看不见提着鞋子　在雨中
走在大草原上的
恍惚的女神

看不见你,小小的年纪
一身红色地走在
空荡荡的风中

来到我身边,
你已经成熟,
你的头发垂下像黑夜。
我是黑夜中孤独的僧侣
埋下种籽在石窟中,
我将这九盏灯[1]

1　指爱情的指引。海子有《九盏灯》一诗,写他理想中的悲剧的爱情。

嵌入我的肋骨。[1]

无论是白色的还是绿色的
起自天堂或地府的
青海湖上的大风
吹开了紫色血液
开上我的头颅,[2]
我何时成了这一朵
无名的野花?

1988.11.2

➡ 评析

  这首诗前三节用的是移情的修辞手法:"看不见你",其实是"你看不见我";"恍惚的女神",其实是"恍惚的我"。

  海子远远地注视着这位十六岁的姑娘,在心中默默地与她相恋。或许,她曾经贴近海子的身边,黑头发垂下来使海子十分心动,但是,由于种种原因,海子并不能与之恋爱,只好把这份感情深深地埋藏在心中,这便是本诗第四节的主旨:

   我是黑夜中孤独的僧侣

---

[1] 指将这份爱情深深地埋藏在心中,亦即上文所写的,"埋下种籽在石窟中",暗指永不发芽。

[2] 指野花的紫色都是以心血染成。"头颅",指野花的花朵就像是植株的头颅。

> 埋下种籽在石窟中,
> 我将这九盏灯
> 嵌入我的肋骨。

《九盏灯》是海子另一首诗的题目,写的是他的理想中的悲剧的爱情(海子对悲剧有某种执着的追求),这便暗示了,此段感情不会有结果。另外,"埋下种籽在石窟中",暗示不会发芽,而海子将自己定义为僧侣,也暗示着自己不会主动开始这段感情。

全诗最后一节,"无名的野花"写的是海子自己。他将美好的感情藏在心中开出美丽的花朵,而对方却毫不知情,故而是"无名的野花"。

诗的第一节,写少女是"无名的,芳香的""正在开花的",这是对题目的承接。表面上看,这个少女是一朵"无名的野花",实际上,在这样一份暗暗发生的感情中,海子才是那一朵"无名的野花"。

大草原　大雪封山

公社里
有一个人
歌唱雨雪
和倾斜的山坡

秋天　一闪而过
多少丰收的村庄不见踪影

昨天的闪电
劈碎了车马
大雪封山
从今后日子艰难

1988.11.11—20

➡ 评析

刚刚获得丰收的秋天，仿佛只是一闪而过，丰收的喜悦远远抵不过大雪封山的严峻。所有道路全部封堵，村庄不能互通，已经"不见踪影"，车马自然也消失了踪迹，似乎都被闪电劈碎了。

有一个人却丝毫不惧怕这样的困难，他还歌唱着雨雪和糟糕的路况。此人就是海子，他此时的心情是十分乐观的。"从今后日子艰难"，这句诗如此轻描淡写，仿佛所有的艰难，都没什么可怕的。

不过，这么短短的一首诗，却在 11 月 11 日到 11 月 20 日之间进行过反复修改，它说明海子呈现出如此乐观的心态不过是他在犹疑之中一个瞬间的状态。

在大草原上预感到海的降临

我的双手触到草原,
黑色孤独的夜的女儿。

我为我自己铺下干草
夜的女儿,我也为你。[1]

牧羊女[2]打开自己——
一只黑色的羊[3]
蹲伏在你的腹部。[4]

多么温暖的火红的岩石[5]
多么柔软地躺在马车上[6]
月亮形的马[7],进入了海底。

---

1 "夜的女儿",即草原。爱情之海即将到来,草原从此变得不一样了,所以铺下干草既是为诗人自己,也是为了草原。
2 即诗人的恋人。
3 指恋人打开了心扉,状态放松,变得像羊一样乖巧。因为是在夜色中,所以是黑色的羊。
4 指恋人蹲伏在诗人的腹部。此句中的"你",既指草原,也指诗人。
5 指因篝火而显出火红颜色的帐篷。
6 指你我躺在柔软的干草上,草原像一架马车,驶入爱情的世界。
7 "月亮形的马",指你我躺下的区域是圆形的,像月亮一样。

一夜之间,草原是如此遥远,如此深厚,如此神秘。[1]
海也一样。
一夜之间,
草贴着地长,
你我都是草中的羊。

1988(?).11.20

→ 评析

海,是能够将人淹没的幸福之海。一夜之间,草原便不再是草原,它因为爱情的存在而变成了幸福海。这便是本诗的主旨。

牧羊女即是诗人的恋人,因为爱情,她放弃了自己牧羊女的身份,变为一只温顺的羊。

然后,诗人与恋人都变成羊,尽情享受着这一夜遥远、深厚、神秘的爱情。

本诗的题目是《在大草原上预感到海的来临》,既然是预感,那么全诗都是出自海子的想象。这样的写法在其他的诗中也有体现,如《幸福(或我的女儿叫波兰)》《冬天的雨》等。尤其是《幸福(或我的女儿叫波兰)》一诗,与本诗的感情呈现如出一辙,可以看成是姊妹篇。

本诗的写作日期标注为1988年11月20日,诗歌整理者西川在年份上标记了问号,可能是存有疑问。

---

[1] 指草原在一夜间变成了爱情的大海。

确实，根据海子的行程来看，1988年11月，他刚刚经历过西藏之行的感情悲剧，而本诗所体现的，却是相恋之情，很像是1986年内蒙古草原时期的风格。

不过，在1988年11月20日，海子还写过一篇《花儿为什么这样红》，其中有这样的句子：

坐在夜王为我铺草的马车中。

以及：

一夜之间，草原如此深厚，如此神秘，如此遥远
我断送了自己的一生

铺草、马车这样的意象，以及对草原"如此深厚，如此神秘，如此遥远"的描述，与本诗相通，表达的情感却恰恰相反。这样的情况，也在《冬天的雨》和《雨》这一对诗上出现过。它们几乎在同一天所写，意象体系高度相同，但因为一首写在先，写美妙的想象，另一首写在后，写残酷的现实，从而呈现出完全相反的两种感情。

而另外还有一首诗，《大草原大雪封山》，标注的日期为1988年11月11日—20日，也是这一日写完的，其中写道：

公社里
…… ……
大雪封山

从今后日子艰难

此诗既然提到了公社,其中所注入的情感,就必然是属于内蒙古草原而不是西藏草原的。(详细的解读见《远方——献给草原英雄小姐妹》一诗的评析。)所以,海子此时已经走出了西藏草原的感情阴影,他在 1988 年 11 月 20 日完成的这三首诗,其对象都是内蒙古草原的某人。

总之,这首《在大草原上预感到海的降临》,其写作时间应当是 1988 年 11 月 20 日,另一首《花儿为什么这样红》,与它是写作上同一天诞生的双胞胎。它们的写作对象,都不是西藏之行感情悲剧的主角,而是另有其人。

花儿为什么这样红

透过泪水看见马车上堆满了鲜花。[1]

豹子和鸟,惊慌地倒下,像一滴泪水[2]
——透过泪水看见
马车上堆满了鲜花。[3]

风,你四面八方
多少绿色的头发[4],多少姐妹
挂满了雨雪。

坐在夜王为我铺草的马车中。[5]

黑夜,你就是这巨大的歌唱的车辆
围住了中间

---

1 指一边流泪一边看着这个场景。
2 "豹子"代表勇气,"鸟"代表理想,勇气和理想都变得很小,被埋葬在一滴眼泪里。
3 比上文更进一步,此处是倒下后,一边流泪一边看着这个场景。
4 即下文中马车中的"草"。
5 整个草原之夜,就是所谓马车。海子在草原上,感觉自己要被某种力量带向远方,所以将自己所处的环境比喻成铺草的马车。

说话的火。[1]

一夜之间，草原如此深厚，如此神秘，如此遥远[2]
我断送了自己的一生
在北方悲伤的黄昏的原野。[3]

1988.11.20

➜ 评析

海子自比为草，与其他"绿色的头发"的草成为姐妹，看到鲜花以后，代表勇气的豹子和代表理想追求的飞鸟就都倒下了。

他感到黑夜降临的草原就像是一辆马车，虽然他的人还留在此处，但是一颗追逐理想的心，已经被既深厚又神秘的力量带远了。

海子既为鲜花而折服，又略带清醒地意识到，这与他追求理想的决心是相悖的，所以有"断送一生"的悲伤。

---

1 指篝火。海子幻想着热烈的篝火就是自己的倾诉。
2 指草原将海子的精神和追求彻底地带走了。"深厚"，指力量强大；"神秘"，指一夜之间的突然；"遥远"，指带走得很彻底。
3 黄昏是这一切的起点。此处是倒叙，和第一节的内容相关，指在黄昏时看到鲜花，就被打动、被带走了，在那一瞬间甚至放弃了自己的理想，有被断送一生的感觉。

1989 年

一

黑夜一无所有

为何给我安慰

遥远的路程
十四行献给89年初的雪

我的灯和酒坛上落满灰尘
而遥远的路程上却干干净净[1]
我站在元月七日的大雪中,还是四年以前的我
我站在这里,落满了灰尘,四年多像一天,没有变动
大雪使屋子内部更暗,待到明日天晴
阳光下的大雪刺痛人的眼睛,这是雪地,使人羞愧[2]
一双寂寞的黑眼睛多想大雪一直下到他内部[3]

雪地上树是黑暗的,黑暗得像平常天空飞过的鸟群[4]
那时候你是愉快的,忧伤的,混沌的[5]
大雪今日为我而下,映照我的肮脏
我就是一把空空的铁锹

---

1 暗指我要舍弃灯和酒坛,踏上遥远的路程。
2 指雪的干净洁白使肮脏的人羞愧。
3 指希望大雪能净化他自己。
4 指在大雪的映衬之下,树和鸟群都是黑暗的,都不如大雪那样值得去追求、去爱。也暗指自己平时羡慕天空的鸟群,这种想法是黑暗的,即下文所写"忧伤的,混沌的"。
5 指那时候的自己没有找到真正的理想,懵懵懂懂,因无知而愉快或者忧伤,其实都是混沌的。

铁锹空得连灰尘也没有

大雪一直纷纷扬扬

远方就是这样的,就是我站立的地方[1]

1989.1.7

➡ 评析

四年以前,1985年的元月,海子刚刚在此前不久写出了代表作《亚洲铜》(1984年10月),又在此前后明确了以"海子"作为自己的笔名,那时他也正开始一场恋爱(见《中午》一诗,写于1985年1月26日)。总之,他命运中的一切似乎都在蓬勃发展。

而四年以后的元月,当海子回顾时,他认为他自己"站在这里,落满了灰尘,四年多像一天,没有变动",他认为自己经过了一段没有意义的探索。

在这四年里,海子为了追求理想做了各种事情,受过挫折,有过几次绝望,却从未有过如此冷漠的平静。

绝望的时候,他写道:

> 今天有家的　必须回家
>
> 今天有书的　必须读书
>
> 今天有刀的　必须杀人
>
> ——《我飞遍草原的天空》

---

[1] 指不必费力去找寻远方,只要思想上想通了,此处就是一直所追求的远方。

这样的句子虽然痛苦而偏执,却还能从中感受到一股热血和力量。在本诗里,只有可怕的平静,仿佛一个人看透了世间的一切,心中毫无波澜,也毫无留恋。

海子说:

> 我就是一把空空的铁锹
> 铁锹空得连灰尘也没有

他又说:

> 远方就是这样的,就是我站立的地方

本诗的题目是《遥远的路程》。这一切都暗示着,他认为世间的路途都是无意义的,也不是真正的遥远,唯有死亡才能带给他升华,死亡才是真正遥远的路程。

六天之后,1989年1月13日,海子写出了《面朝大海,春暖花开》。这首诗写得十分温暖,本质上却是一篇告别的遗言,这种奇妙的错位感来自于他此时特有的、排空一切的心态。

这首《遥远的路程》,全诗绵密而舒缓,没有什么意象,偏重于口语和叙述,其句法和节奏非常不同于海子平时的风格,正体现了海子心态的变化。

这首诗是海子写作中的一个转折点。

面朝大海,春暖花开

从明天起,做一个幸福的人
喂马,劈柴,周游世界
从明天起,关心粮食和蔬菜
我有一所房子,面朝大海,春暖花开

从明天起,和每一个亲人通信
告诉他们我的幸福
那幸福的闪电告诉我的 [1]
我将告诉每一个人

给每一条河每一座山取一个温暖的名字
陌生人,我也为你祝福
愿你有一个灿烂的前程
愿你有情人终成眷属
愿你在尘世获得幸福
我只愿面朝大海,春暖花开 [2]

1989.1.13

---

1 指幸福像闪电一样击中我。
2 暗示自己没有前程、没有爱情、没有尘世。

➡ 评析

在这首诗中,海子提出了三个期望:"做一个幸福的人""关心粮食和蔬菜""和每一个亲人通信"。这其中,"做一个幸福的人",即"喂马,劈柴,周游世界",是海子对理想生活的愿望;"关心粮食和蔬菜",是海子对现实生活的愿望。

马是追逐理想的工具,是海子诗中出现最多的动物形象。火是追逐理想的热情和决心,也是海子诗中出现最多的意象之一。"劈柴",便是为了制造柴火、为了燃烧,和"喂马"一样,都是"周游世界"的重要组成。

海子的足迹曾经遍布各处:甘肃、青海、西藏、内蒙古……几乎每一处,都有他独特的理想寄托和感情寄托。海子认为自己是浪子,"周游世界"便是他寻根和追逐理想的一种方式。"喂马,劈柴,周游世界",构成了海子对幸福的理想生活的展望。

长期以来,海子对现实生活是刻意忽略的。一方面,对理想生活的追逐使他无暇顾及生活的日常——"粮食和蔬菜";另一方面,海子对现实生活总有些微的恐惧,他认为自己"无力偿还/麦地和光芒的情意"(《麦地与诗人》)。海子也一直希望能够把理想生活和现实生活贯通在一起,正如本诗中的呼唤:既要"周游世界",也要"关心粮食和蔬菜"。

如果这两个愿望能够达成,海子既能在现实生活中得心应手,又能自由地追逐理想,海子就变成了一个自洽的人、生活中的强者,也就不再忧惧"和每一个亲人通信",他将告诉他们那闪电一般的幸福。这也会打开他最大的一个心结。此时的海子,不再有任何焦虑,进入自由而理想的生活。

世界是由亲人和陌生人共同组成的。海子在给自己提出了三个期望之后，接下来，又在诗中为陌生人给出了三个祝福："有一个灿烂的前程""有情人终成眷属""在尘世获得幸福"。

前程、爱情和幸福这人生三要素，本是对人最好的祝福，但在本诗中经由海子说出时，却蒙上了一层淡淡的悲伤的色彩，大概是因为海子的姿态太过于超脱，隐隐有告别之意。

海子将三个美好的祝愿全部送给了陌生人，而自己"只愿面朝大海，春暖花开"，那便是表示他不再需要前程、爱情和幸福。

"有一个灿烂的前程"，是陌生人对远方的眺望，海子的远方却是"喂马，劈柴，周游世界"。"在尘世获得幸福"，是陌生人对眼前的期许，海子的眼前却仅仅是"关心粮食和蔬菜"。"有情人终成眷属"，是海子以前的愿望，但此刻他已经决意不提了，爱情可以被亲情取代。

海子如此超脱，又如此不同，他自己已经不再是此处之人。他"给每一条河每一座山取一个温暖的名字"，又给了陌生人三个祝愿，这一切，是他要去往远方又在临走前与此地的告别、叮咛、祝福。

这首诗写于1989年1月13日。几天后，海子从北京踏上了返乡的路途。1989年2月5日（当年的除夕），在此前后，海子和父亲提出了辞职去海南办报纸的打算，却被父亲否决了。父亲的不理解的态度使海子非常伤心，他感到自己"在家乡完全变成了个陌生人"（西川《死亡后记》）。随后，海子回到北京，因又受到一些事情的影响，1989年3月26日，他卧轨身亡。

写下这首诗的时候，海子还没有明确的离世的念头。虽然诗中隐隐写到了离开尘世、告别此地的想法，但这些语气和情绪都是海子一贯有的。本诗中，他只是表达了想找一种新的生活方式、潇洒地离开此处的愿望——或许，辞职去海南办报纸便是他打算离开的一种方式——只是这些想法太超脱、太浪漫，最终是无法实现的。

大海是海子的精神沃土，这个意象在他的诗中出现了许多次，早已被他赋予了神圣的内涵。在1989年1月前后，海子对大海的执念变得更加深厚，他一连写下《海底卧室》《在大草原上预感到海的降临》等与大海有关的诗歌。而海子前女友B此时正在筹备出国的事情，远渡重洋，又给大海蒙上了一层新的含义，接着，海子又写下《太平洋的献诗》《献给太平洋》《太平洋上的贾宝玉》等一系列作品。本诗中的"面朝大海"，也是海子渴求精神沃土的呼喊。

花，原本只是海子诗歌中一个比较普通的意象，使用的频次也不低，但大多都是随场景而运用，并没有特别深刻之处。在1989年1月前后，海子对世界的残酷有了新的感受，于是对花朵的燃烧、生命的盛放产生了执念。尤其是在1989年3月14日和15日，海子一口气抒写、修改了五首和桃花有关的诗。诗中的桃花燃烧、吐火、流血、叛乱，展现了极为强烈的生命力，这也是本诗中"春暖花开"所指向的内涵。

"面朝大海，春暖花开"，这句话从字面上来看是柔软的、温暖的，但海子赋予了它厚重的内涵：追随理想，燃烧生命。这其实又回到了老路上。若是海子坚定地沿着这个方向向前走，他终究会按照宿命的指引，以一种炸裂的方式离开这个全是陌生人的尘世。

酒杯

你的泪水[1]为我洗去尘土和孤独

你的泪水为我在飞机场周围的稻谷间珍藏[2]

酒杯,你这石头的少女,你这石头的牢房,石头的伞[3]

酒,石头的牢房囚禁又释放的满天奔腾的闪电[4]

昨天一夜明亮的闪电使我的杯子又满又空[5]

看哪!河水带来的泥沙堆起孤独的房屋[6]

看哪!你的房子小得像一只酒杯

你的房子小得像一把石头的伞

多云的天空下　潮湿的风吹干的道路

你找不到我,你就是找不到我,你怎么也找不到我

1　指酒,仿佛是酒杯流出的泪水。

2　指恋人乘坐飞机远去,诗人守在恋人远去之地不肯离去。"稻谷",象征诗人。

3　指诗人在此刻以酒杯为恋人、束缚和保护。因恋人远去,故只能以酒杯为恋人;而酒也为失恋的诗人提供了沉溺的束缚和情感上的保护。"石头",指诗人自己,是海子惯用的意象。

4　"闪电",指诗人闪电般激烈的情绪。诗人情绪太强烈,只能寄托于喝酒,所以是"囚禁";它又因酒的催化而爆发,所以是"释放"。

5　指昨夜诗人不停地爆发情绪,一杯接一杯地喝酒。

6　指诗人的生活停滞不前,整日在淤泥中度日。

在昔日山坡的羊群中[1]

酒杯,你是一间又破又黑的旧教室[2]
淹没在一片海水

1989（?）1.14

➡ 评析

  恋人要乘飞机远去,这失恋的打击使海子沉溺在酒中。他的情绪像是满天奔腾的闪电,他的生活中只有泥沙。
  从诗中看,这首诗的主人公是海子的来自内蒙古的女友B。"一间又破又黑的旧教室"和"山坡的羊群",都是对他们恋爱的回忆。

---

1 山坡和羊群还像原来的一样,人却不见了。即物是人非之意。
2 指酒杯使诗人想起当年与恋人恋爱之地。

叙事诗
——一个民间故事

有一个人深夜来投宿
这个旅店死气沉沉
形状十分吓人
远离了闹市中心

这里唯一的声音
是教堂的钟声
还有流经城市的河流
河流流水汩汩

河水的声音时而喧哗
时而寂静,听得见水上人家的声音
那是一个穷苦的渔民家庭
每日捕些半死的鱼虾,很难度日

这人来到旅店门前
拉了一下旅店的门铃
但门铃是坏的
没有发出声音,一片寂静

这时他放下了背上的东西
高声叫喊了三声
店里走出店主人
一身黑衣服活像一个幽灵

这幽灵手持烛火
话也说不太清
他说:"客人,你要住宿
我这里可好久没有住人"

客人说:"为什么
这里好久没有住人"
主人说:"也许是太偏僻
况且这里还不太平"

"没关系",那人血气方刚
嗓门洪亮,一听就是个年轻人
说:"主人,快烧水做饭
今夜我要早早安顿"

店主人眨着双眼
把客人引入门厅
房子又黑又破
听得见大河的涛声

河面上吹来的风
吹熄了主人手上的蜡烛
他走进里面
把客人留在黑暗中

伸手不见五指
客人等了又等
还是不见主人
他高声叫喊:"主人!主人!"

没人答应
他摸黑走向里屋
一路跌跌撞撞
这屋里乱七八糟,黑咕隆咚

屋子里发出声音
他在窗台上摸到一盏灯
举起来晃了晃,灯里没有油
他又将灯放回原处

他推开窗户
河水的气味迎面而来
他稍微停顿一下
站在那里发愣

他还是心神不宁
借河面上渔船的灯光点点
微光反入这黑屋子
看清了这个房间的大致

屋子里只有一张床
什么也没有
那么他刚刚跌跌撞撞
弄碎和弄响的究竟是些什么东西

是不是鬼怪和幻影?
他的心开始有些发毛
刚刚平息下来的心跳
又似一面绷紧的鼓手狠狠锤击的鼓

他在床上坐下
恐怖的故事涌入头脑
他连衣服都没脱
就钻进了那潮湿的被窝

行李扑通一声
跌在地上
在寂静中
这声音显得格外的响

他怎么也睡不着
到半夜,河水声小了
没有一点声音
他更加睡不着觉

翻来覆去,全都是
使他内心恐惧
的幻影和声响
这时一个尖厉的儿童声响起

在深夜,这儿童的声音
多像是孤独的墓穴中
一片凄惨的鸟鸣
他听清了,这儿童在喊

"舅舅,舅舅,放我进来"
"舅舅,舅舅,放我进来"
"开门,舅舅"
"开门,开门"

同时有声音捶打着这个房门
这客人连忙起身
下床开门
门外没有一个人影

他又重新躺下
更加不能入眠,
这时童声重新响起:
"舅舅,舅舅,开门"

一声比一声凄厉
这个陌生人
一身冷汗
把头也钻到被窝里

但是声音更响
仿佛刀刺在他耳朵上
仿佛这儿童
就在他耳朵里尖叫

他猛地拉开门
但是没有人
他怀疑自己的耳朵
只好把门关上

叫声又响起
还是和刚才一样
他起来,抖嗦着
再重新打量房间

他看见河面上的灯火少了
那微光更弱
但能辨清轮廓
他看清这屋里只有一张床

他的心抽紧了一下
会不会床底下有什么
他伸手向床下摸去
并没有什么

可这时声音又响起
更加激烈,他把手
向回抽时,感到
床底下有人

他的血液凝固
心脏几乎停止了跳动
于是他摸向那儿
原来那床板底下绑着一个人

他吓得没有声音
把手抖嗦着收回
摸出刀子,割断了
那捆绑的绳索

他把那人拖出来
放到房间中央
发现那人口袋里有一只蜡烛
还有一根火柴

他点亮这短短一寸的蜡烛
火烛下看清那人是店主人
已经死了,看样子
已经死了好几天

这死尸躺在他的房间里
这死了好几天的死尸
刚才还引他进门
又被绑在他的身下

这个陌生人额头冒出冷汗
全身都被浸湿
他马上就要昏过去
这时蜡烛也已熄灭

1989.1.17

➡ 评析

本诗叙述的是:一个深夜投宿的人,来到一个死气沉沉的旅馆,旅馆中只有荒凉和怪异，就像一个墓穴，各种奇怪的声音凭空而来，最后他发现了一具死尸，那是刚才拿着蜡烛接引他的店主人，其实也早已死去多时。

　　这首诗名为《叙事诗》，题注为"一个民间故事"，全诗采用了十分彻底的民间叙事诗的风格，句型简单，节奏明朗，以叙事为主。这首《叙事诗》的写作风格完全不同于海子的其他短诗。

　　在海子的长诗《太阳·土地篇》中，第十一章《土地的处境与宿命》也采用了这种风格来书写，它记叙了一个婆罗门女人被蛇咬死丈夫、被河水卷走大儿子、被狼吞掉小儿子、娘家人全部被火烧死、此后三任丈夫都纷纷死掉的故事，诗的最后一节点明主旨："这女人就是／大地的处境。"这一章采用了民间叙事诗的风格，叙事的部分并没有采用任何意象，都在用女人隐喻大地。

　　而《叙事诗》和它非常相像。这首《叙事诗》，通篇都像是在隐喻着某种困境。它也许是海子对眼前的困境的描述，又或许是为写某部长诗中的某一个章节所作的准备。

遥远的路程

雨水中出现了平原上的麦子
这些雨水中的景色有些陌生[1]
天已黑了,下着雨
我坐在水上[2]给你写信

1989.1.22

→ **评析**

"雨水中出现了平原上的麦子",那景色已经"有些陌生"了,它们本是"养我性命的妻子"(《麦地》),但海子此刻却毫不顾忌,让它们继续淹没在变黑的天色中。

海子正在雨中给恋人写信,雨水已经汇流成河,绵密的雨水仿佛是海子长长的倾诉。这是现在最紧要的事情。

这首诗写于1989年1月22日,海子正打算踏上返乡的路途回家过年,但对恋人的思念又深深地萦绕在他心中,使家乡的麦子都显得陌生了。

遥远的路程,一语双关,既指向家乡,指返乡之路,又指向恋人,指爱情之路。

---

1 "雨水"即泪水,"麦子"即理想。暗指泪水中浮现出了自己的理想,但理想已经显得有些陌生。
2 暗指诗人不顾雨水在脚下已经汇集成河。

海子在两周之前（1月7日）写过另外一首《遥远的路程》，其中的遥远，指的是生命和死亡的遥远。本诗中的感情虽然没有那么激烈，但海子略显疲倦的情绪，也使他发出了类似的感叹：一切都是那么遥远！

最后一夜和第一日的献诗

今夜你的黑头发
是岩石上寂寞的黑夜,[1]
牧羊人用雪白的羊群
填满飞机场周围的黑暗[2]

黑夜比我更早睡去[3]
黑夜是神的伤口
你是我的伤口
羊群和花朵也是岩石的伤口[4]

雪山　用大雪填满飞机场周围的黑暗[5]
雪山女神吃的是野兽穿的是鲜花[6]
今夜　九十九座雪山高出天堂[7]

1　指你的黑头发覆盖在我心上,就像黑夜覆盖在岩石上。
2　指我(牧羊人)用雪白的羊群一样的希望填满你离去之后的黑暗。你是坐飞机离开的,留下了"飞机场周围的黑暗"。
3　指我的世界比黑夜更黑。
4　指我作出的种种希望和努力(羊群和花朵)都是我自己(岩石)的伤口。
5　填满黑暗的,已经由羊群变为大雪,象征海子的希望已经变冷。
6　"野兽"和"鲜花"即上文的"羊群"和"花朵"。将羊群称为野兽,是要突出希望中的力量,而这股力量被女神"吃"掉了。
7　指雪山女神从飞机场远走高飞,飞到了海子再也无法企及的高处。

使我彻夜难眠

1989.1.16 草稿

1989.1.24 改

➡ 评析

黑夜已去，新的一天到来，所以题目是《最后一夜和第一日的献诗》。

诗中所写是当"你"乘飞机离"我"而去时，"我"的心理活动。

牧羊人和岩石都是海子的化身，即诗中的"我"。岩石代表"我"绝望的状态，牧羊人代表"我"试图努力的状态。

"你"乘坐飞机离去，留下一片黑暗；"你"飞离了我的期盼，使我彻夜难眠。这是诗中属于"你"的主线。

"我"试图用羊群来驱散黑暗，但象征希望的羊群变成了冰冷的雪山，"我"看着"你"将羊群和鲜花都带走，只剩下一片比黑夜更黑的黑暗。这是诗中属于"我"的主线。

诗中几组意象的运用都很巧妙，意象鲜明又互有关联，如：黑头发与黑夜、你与岩石、雪白的羊群与黑暗、羊群与大雪、羊群与野兽、飞机场与天堂……

献诗，将吾之真心合盘献上，本身即带有一些献祭的色彩，有一种不顾一切的架势。本诗也是如此，全诗充满着悲情的诉说。题目中有"第一日"三字，似乎显露出海子想要从感情中脱出、想要重生的想法，不过，诗中并没有这样乐观的迹象。

黑夜的献诗
献给黑夜的女儿

黑夜从大地上升起
遮住了光明的天空
丰收后荒凉的大地[1]
黑夜从你内部上升[2]

你从远方来,我到远方去
遥远的路程经过这里[3]
天空一无所有
为何给我安慰[4]

丰收之后荒凉的大地
人们取走了一年的收成
取走了粮食骑走了马

---

1 丰收是别人的丰收,荒凉的大地是自己的感受。
2 前三句写黑夜来临的景象,暗指理想已经被遮蔽,第四句写"我"心中的景象。
3 "你",指作为使者的黑夜的女儿,仿佛是从远方而来,而"我"正要向远方而去。在此有一个旅行者般的相遇。
4 天空本来应当有通往理想的阶梯,此时却空了。

留在地里的人，埋得很深[1]

草杈闪闪发亮，稻草堆在火上[2]
稻谷堆在黑暗的谷仓
谷仓中太黑暗，太寂静，太丰收[3]
也太荒凉，我在丰收中看到了阎王的眼睛[4]

黑雨滴一样的鸟群
从黄昏飞入黑夜[5]
黑夜一无所有
为何给我安慰[6]

走在路上
放声歌唱
大风刮过山冈

---

1 留在地里的人，即是被束缚住了。所以这一节写的是：没有通往远方的口粮、手段（马）和信心。
2 指丰收的欢庆。"草杈"，即草叉。
3 村庄一味地狂欢庆祝，把丰收的粮食存入沉寂的谷仓，仅仅是为了以后的生存，并不拿来做通往远方的路途上的口粮，所以对诗人而言，"丰收"是与"黑暗""寂静""荒凉"等使他感到绝望的形容并列的。
4 沉溺于尘世的丰收，即是对追求理想的放弃，对诗人而言，则意味着死亡。所以诗人在此看到了"阎王的眼睛"。
5 鸟群和马一样，都是追逐远方、理想的工具或化身，在诗人眼中，此时它们已经被黑暗吞噬了。
6 指黑夜中没有通往理想的可能。

上面是无边的天空[1]

1989.2.2

➡ 评析

诗人的视角不同,感受便不同。

第三节中的"人们",是和海子相对立的人,这是本诗的诗眼。"人们"代表追逐尘世生活的人,而海子是追逐理想的人。

丰收对安于尘世的人来说,是值得欢庆的,但对海子而言,丰收剥夺了他去往远方的口粮,是令他绝望的。丰收之前,人犹有希望,丰收以后却发现已经无力回天。

丰收之前,人们可以并肩生活、劳作,可以怀有各自的需求和理想,丰收之后,感情却完全不同。这是无法解决的根本矛盾,海子无法融入"人们",必须要与他们对立。

这首诗写于1989年2月2日,春节将近,人们早已进入过冬状态,诗中的草杈(叉)、谷仓却都是海子想象的秋收时的景象,这加重了他对家乡的失望情绪。

自从写诗以后,海子没有再参加过家乡的秋收,他对秋收的感受完全属于情绪上的构想。1986年,海子写下《七月的大海》,其中便有"在七月我总能突然回到荒凉"的词句,而这首《黑夜的献诗》是海子为了长诗《太阳·大札撒》构思的。海子此时的情绪,

---

1 理想仍然存在,只是用再乐观的态度(放声歌唱)、再前行(走在路上),也无法得到它,因为天空是无边的,是一无所有的,是无法抵达的。此处的大风,犹如揭开真相的手,把这种令人绝望的结果展现出来。

便自然地进入自己构想的情景之中。

　　这首诗是一篇与尘世生活决裂的宣言，诗人坚定地选择了自己的道路，心中反而会变得轻松一些。尽管海子从黄昏堕入黑夜，诗中还有"黑夜一无所有 / 为何给我安慰"这样悲伤的句子，但海子决心"走在路上 / 放声歌唱"，这个果敢的结尾给全诗带来了一些积极的亮色。

太平洋的献诗

太平洋　丰收之后的荒凉的海[1]
太平洋　在劳动后的休息[2]
劳动以前　劳动之中　劳动以后
太平洋是所有的劳动和休息[3]

茫茫太平洋　又混沌又晴朗[4]
海水茫茫　和劳动打成一片
和世界打成一片[5]
世界头枕太平洋
人类头枕太平洋　雨暴风狂[6]
上帝在太平洋上度过的时光　是茫茫海水隐含不露的希望[7]

太平洋没有父母[8]　在太阳下茫茫流淌　闪着光芒

---

1 指太平洋像丰收之后的大地一样荒凉，没有起伏的植物。此处借用了大海和大地平坦的地貌的相通之处。
2 指只有在劳动之后的"休息"时间，诗人才能用心去感受太平洋——心中理想的国度。
3 指无论是在劳动还是休息时，太平洋都是诗人的心中所念，不曾被忘记。
4 指虽然没有具体的方向（混沌），但十分坚定喜悦（晴朗）。
5 指劳动的所有、世界的所有，其终极追求都是走向海水，走向太平洋。
6 指人类对太平洋的追求并非是一帆风顺的，总要经历狂风暴雨的洗礼。
7 指上帝会出现在太平洋这个理想国度中，这是追随者们的希望。
8 指诗人在到达太平洋这个理想的国度时，不再需要考虑父母、乡情的牵绊。

太平洋像是上帝老人看穿一切、眼角含泪的眼睛[1]

眼泪的女儿[2]，我的爱人
今天的太平洋不是往日的海洋[3]
今天的太平洋只为我流淌　为着我闪闪发亮
我的太阳高悬上空　照耀这广阔太平洋

1989.2.2

➔ 评析

　　海洋、海水，一直代表着海子心中的理想所在。此诗中的太平洋，仿佛是海子历尽千辛万苦以后到达的理想国，所以，和过去的海洋相比，它给予海子的感受是完全不同的。

　　阻止海子用自己的方式去追求理想的羁绊有两个：一是父母和家乡对他的养育，二是完美理想的爱情。在此诗中，海子将它们统统抛开了。

　　这首诗写于1989年2月2日，此时海子正在自己的家乡等待着春节（2月6日）的到来。在这段时间里，海子对爱情一直怀有失望的情绪，而在这一天，海子的诗中出现了对家乡失望的情绪。他

---

[1] 指理想之神能体会到诗人所有辛酸的努力，并为之悲悯。而诗人此时就像是一个回归怀抱的孩子，所以才称太平洋为"上帝老人"。

[2] 指太平洋像是由我流出的眼泪生成的。

[3] 指今天的太平洋是触手可及的，不像往日只停留在梦想中。往日的海洋只是诗人心中遥不可及的梦想，而今日诗人可以肆意地处在梦想的国度中了。

决绝的心态又深了一层。

在本诗的开头，海子将他劳动和休息的所有的意义，全部指向太平洋。在诗的最后，他也获得了一个闪闪发亮的结局。看似这是一个有所追逐又有所收获的美丽故事，但是，诗中也提及，海子为此走过了极为辛酸的路，他对亲情和爱情的放弃也完全是出于无奈。这闪闪发亮的故事的背后，仍然隐藏着对人世间巨大的绝望。

折梅

站在那里折梅花[1]
山坡上的梅花
寂静的太平洋上一封信
寂静的太平洋上一人站在那里折梅花

折梅人在天上[2]
天堂大雪纷纷　一人踏雪无痕[3]
天堂和寂静的天山一样
大雪纷纷
站在那里折梅
亚洲,上帝的伞[4]
上帝的斗篷,太平洋[5]
太平洋上海水茫茫
上帝带给我一封信
是她写给我的信

---

1 象征回忆。
2 指诗人的恋人远在天上,也在回忆。
3 指恋人了无牵挂地走了。"大雪纷纷",像是纷纷而落的梅花,象征两人的情感。"踏雪无痕",象征恋人不被这些情感羁绊。
4 指诗人所在的亚洲仿佛像伞一样挡住了象征回忆的梅花和大雪。
5 指诗人所在的太平洋仿佛是被上帝甩到身后的斗篷。

我坐在茫茫太平洋上折梅，写信

1989.2.3

➡ 评析

海子以折梅花作为回忆的象征。回忆时，他仿佛站在一个山坡上，又仿佛伫立在太平洋上。太平洋这个意象在他这一时期的诗中反复出现，一是因为恋人即将飞越太平洋去往异国他乡，二是因为海子想起了当年与恋人同在太平洋海边的生活，二者合一，太平洋便成了海子念念不忘的元素。

在这首诗中，海子的恋人也在折梅、回忆、写信，但是，两人的位置已经有了天壤之别——她在天上（因她乘飞机离去而有此意象），而海子在太平洋上；她有像上帝一样的对感情的决定权和主动权，她可以踏雪无痕，海子却只能被动地感受海水茫茫、大雪纷纷，只能像斗篷一样被甩在身后。

1989年2月3日，还有两天便是除夕之夜，海子此时正在家乡，但他的心中只有茫茫的太平洋。

献给太平洋

我的婚礼染红太平洋
我的新娘是太平洋
连亚洲也是我悲伤而平静的新娘 [1]
你自己的血染红你内部孤独的天空 [2]

上帝悲伤的新娘,你自己的血染红 [3]
天空,你内部孤独的海洋
你美丽的头发
像太平洋的黄昏 [4]

1989.2

→ **评析**

宋代的林逋以梅为妻,以鹤为子。与他类似,海子此时只能以太平洋作为自己的爱情的寄托对象。

---

1 指我不能拥有爱人,只能拥有太平洋和亚洲这样大而无当的对象,我因此"悲伤而平静"。
2 指心在滴血。
3 "上帝",即海子对自己的戏称。他不能拥有世间的情感,他像一个上帝,只能与太平洋和亚洲恋爱。
4 暗示黑夜将至。海子多次用黄昏来表达绝望的开始。

而与之不同的是,海子的寄托是被动的、绝望的。

最后,海子的寄托也并不是爱情,而是深深的孤独无望。

太平洋上的贾宝玉

贾宝玉　太平洋上的贾宝玉
太平洋上：粮食用绳子捆好
贾宝玉坐在粮食上[1]

美好而破碎的世界[2]
坐在食物和酒上
美好而破碎的世界，你口含宝石[3]
只有这些美好的少女，美好而破碎的世界，旧世界
只有茫茫太平洋上这些美好的少女[4]
太平洋上粮食用绳子捆好
从山顶洞到贾宝玉用尽了多少火和雨[5]

1989

---

1 指海子从现实世界中逃离出来，带着粮食，来到他一直向往的大海上。
2 指海子自己的精神世界，虽然保持着美好，但已经破碎不堪。
3 指贾宝玉出生时口含宝石，象征海子心中一直怀有美丽的理想。
4 指海子在此刻心中只有理想的爱情。
5 指生命的成长经过了多少磨炼。"山顶洞"代表生命的最初状态，"贾宝玉"代表理想的生命状态，"火和雨"象征着诗人追逐理想时所消耗的热情和信念。

➜ 评析

在《红楼梦》中，贾宝玉出生时嘴里含着通灵宝玉，又一直生活在少女们的簇拥之中，所以海子在本诗中用这个意象来代表自己。"口含宝石"，象征着怀有理想。"美好的少女"，代表着海子一直以来对理想爱情的追求。

在海子的诗中，山顶洞的意象出现过很多次，象征着生命的最初状态。

在本诗中，海子更多时候都是"山顶洞人"，有着追逐理想和爱情而不可得的痛苦，很难使自己变成"贾宝玉"。

本诗是海子在绝望中的一次幻觉，仿佛自己的生命已经达到最理想的状态。

献诗

废弃不用的地平线[1]
为我在草原和雪山升起[2]
脚下尘土黑暗而温暖
大地也将带给我天堂的雷电[3]

家乡的屋顶下摆满了结婚的酒席[4]
陪伴我的全是海水和尘土,全是乡亲[5]
今天,太阳的新娘就是你[6]
太平洋上唯一的人,远在他方

1989.2

→ 评析

地平线代表着理想生活和尘世生活的分界线。

---

1 对诗人而言,已经不会再有日出了,所以地平线是"废弃不用"的。
2 指我将被埋入草原和雪山的地底,相当于地平线在我头上升起。
3 指我以大地为天堂,从中寻找理想的闪电。其实指的是放弃。
4 指我将堕入不停繁衍的尘世的生活。
5 指我身边全是平庸的生活(海水)、毫无理想的状态(尘土)、毫无理想追求的人(乡亲)。
6 指你仍然是我所渴望结合的理想。

地平线以上,即太平洋上,只有"你"还能追逐太阳。

地平线以下,即海子堕入的生活,包括结婚生子、海水和尘土、乡亲,等等。

这是海子有时会具有的心境:觉得自己不如就堕落地活着算了,以尘世为天堂,以黑暗为温暖。

献诗

黑夜降临，火回到一万年前的火[1]
来自秘密传递的火[2]　他又是在白白地燃烧
火回到火　黑夜回到黑夜　永恒回到永恒
黑夜从大地上升起　遮住了天空[3]

1989

→ 评析

　　火，不仅做了无用功，而且还无人知晓，最后，更是眼看着黑夜胜利了。这种三段式的推进，不断地增添着悲凉的色彩。
　　此处的献诗，是以悲壮的失败者的口吻献给神灵的。

1　指火做了一万年的无用功，黑夜还是降临了。
2　指火的这份努力无人知晓。
3　一切回归到原始的状态，只是黑夜的力量更加强大了，遮住了天空。

神秘的二月的时光

噙住泪水,在神秘的
二月的时光

神秘的二月的时光
经过北方单调的平原
来到积雪的山顶
群山正在下雪
山坳中梅树流淌着今年冬天的血
无人知道的,寂静的鲜血

1989.2

➡ 评析

  神秘,既有神奇之意,又有隐秘、不为人知的意思。彼时,海子悲伤泣血的心情,是"无人知道的""寂静的",他的状态也发生了奇妙的改变,所以称之为"神秘的二月的时光"。

  这个2月,海子没有爱情的希望,没有亲人的依靠。他的心,仿佛是积雪的山顶,有着无法化解的寒冷,又犹如山坳中的梅树,红红点点,一直在淌着血。

  在诗中,"二月的时光"是"经过北方"来至此地的。北方一直是海子的爱情寄托的对象,也是他的理想寄托的对象。它此时仿佛是空中的神祇,特意来至此处,看看海子,看看"积雪的山顶",看看"山坳中梅树"。总会有人能理解这一切——这是海子暗暗给自己保留的一点希望。

黎明（之一）
（阿根廷请不要为我哭泣）

我的混沌的头颅

是从哪里来的[1]

是从哪里来的运货马车，摇摇晃晃

不发一言，经过我的山冈[2]

马车夫像上帝一样，全身肮脏

伏在自己的膝盖上

抱着鞭子睡去的马车夫啊

抬起你的头，马车夫[3]

山冈上天空望不到边

山冈上天空这样明亮[4]

我永远是这样绝望

永远是这样

1989.2.21

---

1 诗人追逐理想，穷尽智慧却不能得到它，对此动摇而质疑，所以是"混沌的头颅"，并且就此提出疑问。

2 "运货马车"，暗指上帝的运送，它运送着"头颅"，并把它分发到海子这里。

3 "马车夫"即上帝的形象，他只是机械地负责分发"头颅"，而这样的"头颅"最终无法得到理想，马车夫冷漠不闻。

4 象征理想又美好又遥不可及。

➜ 评析

这首诗是绝望中的质疑和呼喊。

马车夫像上帝一样,有着决定命运的权力,但是"全身肮脏"。命运被这样的人掌握,使人更感到绝望。1989年1月7日,海子在《遥远的路程》一诗中写道,"大雪今日为我而下,映照我的肮脏"。他想要的是净化,这和马车夫的肮脏形成了无奈的对比。

"山冈上天空这样明亮",却与海子无关,他只能呼喊道:

　　山冈上天空望不到边
　　山冈上天空这样明亮
　　我永远是这样绝望
　　永远是这样

两天以后,1989年2月23日,海子写出了《四姐妹》。在《四姐妹》中,对于爱情他同样发出了无奈而绝望的呼喊,其结尾与本诗的结尾十分相似:

　　永远是这样
　　风后面是风
　　天空上面是天空
　　道路前面还是道路

类似的表达,还曾出现在1989年2月2日《黑夜的献诗》一诗

的结尾中:

> 走在路上
> 放声歌唱
> 大风刮过山冈
> 上面是无边的天空

同样是道路、天空、山冈等元素,海子在2月初还能抒发出"走在路上 / 放声歌唱"这样很有活力的感情。在《黑夜的献诗》一诗中,海子虽然也有"黑夜一无所有 / 为何给我安慰"这样痛苦的呼喊,但他仍然决心面对困难,奋力一战。到了2月21日,海子的诗中却只剩下"望不到边"的绝望了。他写了三首以"黎明"为题的诗,写了一首以"拂晓"为题的诗,这显示出他虽然渴望被拯救,但已经精疲力竭。

《阿根廷请不要为我哭泣》,也被译为《阿根廷别为我哭泣》,它是著名音乐剧《艾薇塔》中的一段曲目。《艾薇塔》描述了阿根廷的贝隆夫人的传奇一生。《阿根廷请不要为我哭泣》中有这样的歌词:

> 阿根廷,别为我哭泣,
> 其实我从未离你而去。
>
> 即使我曾经放浪形骸,
> 即使我有疯狂的历程,
> 我却仍然遵守着承诺,

所以，不要离我远去！

我是否过于喋喋不休？
但我也想不出还能对你说些什么。
你只需要静静看着我，
就能明白，我所有的话都是真的。

  这首歌传达的心境与海子的心境十分相符，海子以它作为本诗的副标题，因为它最恰当地诠释了海子此时的心境：孤独、不舍，渴求被拯救。

黎明（之二）
（二月的雪，二月的雨）

我把天空和大地打扫干干净净
归还给一个陌不相识的人[1]
我寂寞地等，我阴沉地等
二月的雪，二月的雨[2]

泉水白白流淌
花朵为谁开放
永远是这样美丽负伤的麦子[3]
吐着芳香，站在山冈上

荒凉大地承受着荒凉天空的雷霆[4]
圣书上卷是我的翅膀，无比明亮
有时像一个阴沉沉的今天[5]

---

1 喻指诗人是天地间的"租客"，而现在要"退租"了。
2 2月时节，既可能下雨，也可能下雪，而即将到来的究竟是寒冷的雪还是略有暖意的雨，诗人还不知道，只能等待天空的安排。
3 象征诗人自己。
4 象征肉体（荒凉大地）承受着精神（荒凉天空）的责备。
5 "圣书上卷"即天空，即精神世界。"明亮"指精神世界的美好。"阴沉沉的今天"指精神世界的责备，即上文"天空的雷霆"。

圣书下卷肮脏而欢乐
当然也是我受伤的翅膀[1]
荒凉大地承受着更加荒凉的天空[2]

我空空荡荡的大地和天空
是上卷和下卷合成一本
的圣书,是我重又劈开的肢体[3]
流着雨雪、泪水在二月

1989.2.22

➜ 评析

《黎明(之一)》是海子对拯救者的绝望的呼喊,这首《黎明(之二)》则是海子对自己的剖析,也是他想要获得拯救所采取的一种方式。

海子首先"把天空和大地打扫干干净净",作好了一切的准备,然后看了看自己,"吐着芳香,站在山冈上",接下来是最重要的部分,他将自己一剖为二,灵肉分开。

海子自比为一本圣书。圣书上卷代表着他的精神、天空,圣书下卷代表着他的肉体、大地。他的精神一直"无比明亮",肉体则有

---

1 "圣书下卷"即大地,即肉体。"肮脏而快乐"指堕落而不去追逐理想的状态。"受伤的翅膀"指追求理想的信念受到损害。
2 指精神世界变得更加萎靡,这种伤害又要由肉体来承受。
3 指灵与肉分隔已远,这种感觉就像肢体被劈开一样空空荡荡。

时会"肮脏而快乐",精神也因此会责备肉体,发出雷霆之怒。

  这本是一本美好的圣书,但无奈现在已经十分荒凉、空空荡荡,就算上卷与下卷合在一起,也已经无济于事,灵与肉无法合力,就仿佛肢体"重又劈开"。

  2月究竟是下雪还是下雨,海子已经毫无把握。他只能继续等待着黎明的到来,或许还能等到命运的拯救。

  诗的第二节与其他部分不是很相合,内容上虽然一致,但是意象上并无深意,而且与本诗的体系较为脱离。这大概是因为海子当时的心境很不稳定。

四姐妹

荒凉的山冈上站着四姐妹
所有的风只向她们吹 [1]
所有的日子都为她们破碎

空气中的一棵麦子 [2]
高举到我的头顶
我身在这荒芜的山冈
怀念我空空的房间,落满灰尘 [3]

我爱过的这糊涂的四姐妹啊 [4]
光芒四射的四姐妹
夜里我头枕卷册和神州 [5]
想起蓝色远方的四姐妹
我爱过的这糊涂的四姐妹啊
像爱着我亲手写下的四首诗
我的美丽的结伴而行的四姐妹

---

1 象征海子所有的愿望只对她们施放。
2 象征我的灵魂。
3 暗指我追随四姐妹来到山冈,抛弃了原有的生活。
4 四姐妹没有选择我,所以是"糊涂的"。
5 "卷册和神州",暗指为四姐妹写过的诗、走过的路途。

比命运女神还要多出一个[1]

赶着美丽苍白的奶牛　走向月亮形的山峰

到了二月，你是从哪里来的[2]

天上滚过春天的雷，你是从哪里来的

不和陌生人一起来

不和运货马车一起来

不和鸟群一起来[3]

四姐妹抱着这一棵

一棵空气中的麦子

抱着昨天的大雪，今天的雨水

明日的粮食与灰烬[4]

这是绝望的麦子

请告诉四姐妹：这是绝望的麦子

永远是这样

风后面是风

天空上面是天空

---

1 暗指四姐妹更深地主宰了我的命运，比命运女神还要深入。"命运女神"，指希腊神话中的命运三女神，克罗托、拉刻西斯、阿特洛波斯。

2 这是山峰上的四姐妹对前来寻找她们的海子的问话。以下几句亦是如此。

3 指海子前来寻找四姐妹历尽了千辛万苦，没有结伴，没有搭车，也没有飞翔的能力。

4 既指这棵"麦子"路途的艰难，也暗指他昨天的绝望、今天的悲伤、明日的心如死灰。

道路前面还是道路[1]

1989.2.23

→ 评析

海子在离世前一个月写的这首《四姐妹》，可算是他对自己感情生活作的一次小小的总结和回顾。

理想的爱情，是海子生命中十分重要的部分，仿佛寄托了海子"所有的日子""所有的风"。为了追逐爱情，海子写下诗歌卷册，走过万里神州，也放弃了正常的生活，以至于房间"空空的"，"落满灰尘"。

尽管海子清楚地认识到，四姐妹早已远去，她们"赶着美丽苍白的奶牛　走向月亮形的山峰"，但出于他一贯的幻想惯性，海子还是想象了一个场景——他千辛万苦地找到四姐妹，四姐妹十分心疼地对他说："到了二月，你是从哪里来的……"

在幻想中，四姐妹了解他的苦难，知道他一路上没有陌生人、运货马车、鸟群相伴，知道他千辛万苦，也愿意抱着他，感受他的一切。

不过，绝望还是清醒地告诉他：

　　风后面是风
　　天空上面是天空

---

[1] 隐喻愿望永不休止，向上的追逐永不休止，要走的路也永无尽头。

道路前面还是道路

海子对感情生活的这次总结和回顾,在他的诗歌中是仅有的一次。1988年年底,海子仍然受到西藏之旅中的感情受挫的影响,这时他又接收到前女友B的信息,几经折磨,他写下一批诗歌。在终于得到了确定的绝望的结果后,他写下了这一首诗,以回顾的形式对他所有的感情进行了告别。

四年多的感情经历,"四姐妹"曾带来无限的美好,使此刻的海子精疲力竭,使他只剩下一个"空空的房间",使他变成了"绝望的麦子"。他对着远方四姐妹的影子作最后的倾诉。毕竟,他不愿意不辞而别。

拂晓

苍茫的拂晓，黎明
穿上你好久没穿的旧裙子[1]，跟我走
夜的女儿，朝霞的姐妹，黎明
穿过这些山峰，坐落
在这些粗笨的远方和近处
穿过大地的头颅[2]
和河畔这些无人问津的稀疏的荒草
跟我走吧，黎明

你是太阳之火顶端
青色的烟飘渺不定[3]
你就是深夜里刚刚消失又骤然升起的歌声[4]
你穿着一件昨夜弄脏的衣裙走向今天[5]

你嘴里叼着光芒和刀子，披散下的头发遮住

---

1 "旧裙子"，指拂晓时的天色。
2 "大地的头颅"，指钻地而出的野花或者果实。
3 预示拂晓之后是太阳的喷薄而出，所以拂晓是"太阳之火顶端"，即"青色的烟"。
4 "歌声"即光，光在深夜里消失，又在拂晓时升起。
5 "衣裙"指拂晓时的天色。它被黑夜"染黑了"，所以是"昨夜弄脏的"。

眼睛、乳房和面容[1]

提着包袱，渡过肮脏的日子，跟我走吧
这鲜血的包袱一路喧闹
一路喧闹，不得安宁[2]
带上你褐色的地母的乳房跟我走吧[3]
哪怕包袱里只有地瓜，乳房里只有水土[4]
悄悄沿着这原始的大地走去
肮脏的大河在尽头猛然将我们推向海洋[5]

苍茫的拂晓，原始的女人
原始的日子中原始的母亲
陌生的妻子披着鱼皮
在海上遨游着产籽的女儿[6]

敲打着船壳　海洋的埋葬

1　拟人的形象。"眼睛""乳房""面容"都被遮住，只剩下嘴里叼着刀子的样子，意在突出拂晓的决心。
2　"鲜血的包袱"，指太阳仿佛被拂晓装在包袱里，逐渐洒出日出的红色。"一路喧闹"，指将黎明之光洒向世界的过程会很辛苦。
3　指以大地为给养。
4　就算包袱里没有太阳只有地瓜，大地乳房里没有养分只有水和土。
5　沿着大地和大河向前传播，黎明之光会遍洒大海。
6　以上是三种女人的形象，"母亲"是等待者，"妻子"是行动者，"女儿"是播种者。三个阶段的女性的形象，象征着拂晓之光一步一步地传播开来。

太平洋上没有一口钟和一棵梅树
没有一枝梅花在太平洋上开放[1]
只有镇子中央
废弃不用的土和石头
堆成的荒凉山坡

跟我走吧，黎明
所有的你都是同一个你[2]
　我难以分辨
　谁是你　谁是真正的你
　谁又再一次是你[3]
　绝望的只是你
　永不离开的你
　不在天地间消失

所有的你都默默包扎着死去的你
年老丑陋的女王，这黑夜内部无穷无尽的母亲女王[4]
我早就说过，断头流血的是太阳

1　"钟"象征着警醒世人的声音，"梅花"象征着火把和流血。这一节指在海洋上进行黎明之光的传播也是孤独而困难重重的。
2　每一天的黎明都是黎明，所以是"所有的你都是同一个你"。
3　指哪一个黎明才是真正的永久的黎明。
4　"母亲女王"即黑夜，这节诗指拂晓将黑夜推翻。上文也曾提到，拂晓是"夜的女儿"。

所有的你都默默流向同一个方向
断头台是山脉全部的地方[1]
跟我走吧，抛掷头颅，洒尽热血，黎明
新的一天正在来临

1989.2.24

➜ 评析

拂晓是黑夜的女儿，她以革命的决心推翻了黑夜。海子便与她结伴而去，穿过大地和荒草，乘着歌声，走向大海。

拂晓是苍茫的，这使人感慨的苍茫来自过去的黑夜。曾经弄脏的衣裙，曾经被遮掩的光芒和刀子，曾经的镇子、梅花……拂晓激活了沉睡的生命，又给生命注入了新的热情，正如海子一直盼念的那样。

太阳是断掉的头颅，山脉是太阳的断头台，黎明时的红色是太阳的血。这样的意象散布在海子的很多诗里，包括长诗《太阳·断头篇》。它们的出现，又残酷，又激烈，表达了海子在战士状态时所具有的热情和信念。

海子在几天的时间里一口气写了三首《黎明》，写他对黎明的呼唤。这首诗被命名为《拂晓》，表示黎明已经来接上他，他也拿出勇气和热情继续前行。

---

1 太阳像是一颗断掉流血的头颅，山脉就像是太阳的断头台。

黎明（之三）

黎明手捧亲生儿子的鲜血的杯子
捧着我，光明的孪生兄弟 [1]
走在古波斯的高原地带
神圣经典的原野 [2]
太阳的光明像洪水一样漫上两岸的平原
抽出剑刃般光芒的麦子 [3]
走遍印度和西藏
从那儿我长途跋涉　走遍印度和西藏
在雪山，乱石和狮子之间寻求
天空的女儿和诗
波斯高原也是我流放前故乡的山巅

采纳我光明言辞的高原之地
田野全是粮食和谷仓 [4]
覆盖着深深的怀着怨恨

---

1 日出之时，大地、山峰上的光都是红色的，这就是本句诗中的"鲜血"，黎明准备像泼水一样将它泼洒到人间。它总是伴随着光明产生，所以是"光明的孪生兄弟"。
2 象征智慧的发源地。
3 指麦芒在闪光。
4 此处既有精神上的肯定，又有物质上的供给。

和祝福的黑暗母亲[1]

地母啊，你的夜晚全归你

你的黑暗全归你，黎明就给我吧

让少女佩戴花朵般鲜嫩的嘴唇

让少女为我佩戴火焰般的嘴唇[2]

让原始黑夜的头盖骨掀开

让神从我头盖骨中站立

一片战场上血红的光明冲上了天空

火中之火，

他有一个粗糙的名字：太阳

和革命，她有一个赤裸的身体

在行走和幻灭[3]

1987.9.26 夜草稿

1989.3.1 夜改

➡ **评析**

1989 年 2 月 21 日，海子写了《黎明（之一）》；2 月 22 日，他写了《黎明（之二）》；2 月 23 日，他写了《四姐妹》。这三首诗，

---

1 母亲的执意离别，便是怨恨；无法挽留之后，便是祝福。母亲代表亲情的形象，因为这种亲情阻碍了诗人去追逐理想，黑暗便指母亲给诗人带来的压抑感受。
2 "黎明"和"少女"，代表重生和希望，是诗人的精神支柱。
3 此处太阳的战士形象，是诗人幻想中所希望自己的样子。"赤裸的身体"，指自己的怯懦和黑暗的情绪，它们将无可遮掩，逐渐消失幻灭。

时间相近，气势更加贯通，《黎明（之一）》和《四姐妹》的结尾也很类似，这三首诗更像是三部曲。

这首《黎明（之三）》，初稿写于1987年9月26日。到了1989年3月1日，海子重新改写了它。在气质上，它和《黎明》系列的前两首，不是很一致。

这是一首描写以血献祭的诗，可以称得上是理想狂想曲。这首诗里不再有怯懦和犹疑，只有情感的爆发。

《黎明（之一）》写的是绝望，《黎明（之二）》写的是空，而《黎明（之三）》写的却是爆发的革命。写于1989年2月24日的《拂晓》，写出了推翻黑夜的信念和继续前行的决心，更像是这首诗的前奏。

月全食

我的爱人住在县城的伞中[1]

我的爱人住在贫穷山区的伞中,双手捧着我的鲜血[2]

一把斧子浸在我自己的鲜血中[3]

火把头朝下在海水中燃烧[4]

我的愚蠢而残酷的青春

是同胞兄弟和九个魔鬼[5]

他一直走到黑暗和空虚的深处[6]

火光明亮,我像一条河流将血红的头颅举起

又喧哗着,放到了海水下面

大海的波浪,回到尘土中去

草原上的天空,回到尘土中去[7]

---

1 指"我的爱人"一直处在县城生活的状态中,没有和外界的交流。根据下文可知,本诗中,"我"指诗人自己的灵魂,而"我的爱人"指诗人自己的肉体。

2 指我的生命全部投入肉体中,也即是说,没有灵魂的生活。"鲜血",隐喻生命的热情。

3 指我生命的热情被一把斧子砍斫、戕害。"鲜血",隐喻生命的热情。"斧子",根据下文可知,代表世俗的现实生活。

4 喻指诗人对理想的追逐犹如飞蛾扑火一般悲壮。

5 指天上的太阳和被后羿射落的九个太阳,喻指诗人的理想像天上的十个太阳那般宏大。本诗的诗题是"月",太阳是其同胞兄弟。

6 指作者青春燃尽,即是"月全食"的状态。这一句是第一节的总结。

7 指诗人追寻理想的决心和热情不断地生成,最终又彻底沉寂。

我将你们美丽的骨头带到村头

挂上妻子们的脖子[1]

我的庄园在山顶上越来越寂静

寂静！我随身携带的万年的闪电[2]

暴君，宝剑和伞[3]

混沌中的嘴和剑、鼓、脊椎[4]

暴君双手捧着宝剑，头颅和梅花[5]

在早晨灿烂，信任我的肋骨[6]

天生就是父亲的我[7]

回到尘土中去吧

将被废弃不用

黑色的鸟群，内部团结[8]

---

1. 指诗人的决心和热情已经死去，将被人们永久怀念。"美丽的骨头"，指诗人的决心和热情的遗骸。"妻子们"，指世人。按照诗人的理想，这些热情和决心应该传播到人们心中，世人应当"嫁"给它们，所以称之为"妻子"。
2. 指诗人选择死亡，他的理想也随之寂静。"万年的闪电"，指诗人的理想。
3. 指诗人有进攻和防御的武器。"暴君"，指诗人，他追逐理想像一个粗暴的国王。
4. 这些都是暴君的装备。"嘴"，指写诗、抒情。"剑"，指决心。"鼓"，指勇气。"脊椎"，指信念。
5. 暗指诗人割下头颅赴死，有梅花为其送行。
6. 暗指诗人如此坚忍不拔，在死后将获得黎明一样的重生。"我的肋骨"，指诗人坚韧的精神。
7. 指我生来有传承文化的使命。
8. 指世人的无知像黑夜一样牢固。"黑色的鸟群"，指无知的世人。

内部团结的黑夜
在草原的天空上,黑色羽毛下黑色的肉
黑色的肉有一颗暗红色的星[1]
一群鸟比一只鸟更加孤独[2]

鸟群的父亲,鸟群唯一的父亲[3]
铁打的人[4]也在忍受生活
铁打的人也在风雨飘摇
所有的道路都通向天堂
只是要度过路上的痛苦时光
那一天我正走在路上
两边的荒草,比人还高

遥远的路程是我生命的一部分
有一半是在群山上伴着羊群和雨雪,独自一人守候黎明
有一半下到海底看守那些废弃不用的石头和火
那些神秘的母亲们[5]

---

1 指世人之中有诗人的存在。"暗红色的星",指诗人。
2 指诗人是孤独的,但在本质上,无知的世人有更大的孤独。"一群鸟",指世人。"一只鸟",指诗人。
3 指诗人自己,有传承、传播等使命之人。
4 "铁打的人",指诗人自己,并暗示自己快要打熬不住了。
5 即上一句"废弃不用的石头和火"。人类文化的开端即是石器和用火,所以称之为"母亲"。

我看见这景色中只有我自己被上帝废弃不用

我构成我自己,用一个人形,血肉用花朵与火包围着空虚的混沌

我看见我的斧子闪现着人类劳动的光辉

也有疲倦和灰尘[1]

遥远的路程

作为国王我不能忍受

我在这遥远的路程上

我自己的牺牲

我不能忍受太多的秘密

这些全都是你的[2]

潮湿的冬天双手捧给你的

这个全身是雨滴的爱人

这个在闪电中心生活的暴君

也看见姐妹们正在启程[3]

1989.1 草稿

1989.3.9 删

---

1 指人类用斧子劳动并获取口粮,这是伟大的,但我已经厌倦。"斧子",指代人类世俗的现实生活。

2 指诗人的灵魂不能忍受现实生活的痛苦,它们应当由肉体来承担。"我",指诗人的灵魂。"你",指诗人的肉体。此处仿佛是灵魂与肉体分开的对话。"秘密",即上文中的疲倦、牺牲等心理活动,即诗人承受的痛苦。

3 暗指灵魂要离开肉体了。"姐妹们",指追逐理想的灵魂。

➜ 评析

诗中开头写"我的爱人",结尾也写"全身是水滴的爱人",但实际上,这并不是一首情诗。

在本诗中,海子的灵魂从肉体中分离出来,并打算永久地分离出来,但又依依不舍。灵魂便称肉体为"我的爱人",就像难舍难分的情侣在告别时那样。

本诗以诗人的灵魂为视角,从诗人的肉体开始写起。

第一节写了肉体愚蠢而残酷的"县城状态",第二节写肉体的努力终于归于沉寂,第三节写肉体的死亡。前三节比较明晰地描述了海子的肉体在尘世间抗争并失败的过程,是本诗的第一部分。

第四、五节,是本诗的第二部分,叙述了世人和诗人的关系。鸟群代表的世人是黑色的、无知的、更加孤独的,却因固执而无可救药;诗人是启蒙者,是父亲,是黑色中的星,却也因长期的痛苦而难以忍受下去。这一部分,写的是海子的肉体在人群中抗争并失败的过程。

接下来的四节,是本诗的第三部分。遥远的路程,本来也包括在尘世中的种种忍受,只是,此时的海子已经忍受得太多了。他更担心"被上帝废弃不用",于是他决心踏上新的征程,将尘世间的一切都留给自己的肉体。灵魂和肉体的分离,意味着死亡。

月亮,一直是海子寄托情感之处。当他在尘世中遇到痛苦和迷惑,便写诗给月亮,从中获得智慧和勇气。

而海子此时的状态却像是"月全食":尘世的路途仿佛已经到了尽头,再也没有可以倾诉的窗口,再也没有精神的寄托之所,一切都是那么黑暗。

全诗的第一节对月全食进行了明确的抒写。诗人一直在懵懂的县城状态中生活，心中也怀有十个太阳那般璀璨的理想，可惜没有正确的路径，他只能"火把头朝下在海水中燃烧"，从而渐渐"一直走到黑暗和空虚的深处"——也即是"月全食"。

后面的部分，笔墨虽然没有第一节的明晰，但每一处写的也都是情感无处寄托的"月全食"：寂静的庄园、被废弃不用的父亲、比人还高的荒草、空虚的混沌的人形……

日落时分的部落

日落时分的部落[1]
晚霞映着血红的皇后[2]

夜晚的血,梦中的火
照亮了破碎的城市
北京啊,你城门四面打开,内部空空
在太平洋的中央你眼看就要海水灭顶[3]

海水照亮这破碎的城,北京
你这日落时分的部落凄凉而尖锐[4]
皇后带走了所有的蜜蜂[5]
这样的日子谁能忍受

日落时分的部落,血污涂遍全身[6]

---

1 "部落",指北京城。因此时诗人的"皇后"已经离去了,所以北京城像部落一样荒凉。
2 指落日,又隐喻将要离去的恋人。
3 指北京城仿佛要被整个太平洋倾覆、淹没。
4 "凄凉"指景象,"尖锐"指内心的呼唤声。
5 指再也没有人欣赏我了。给花朵授粉的蜜蜂,象征欣赏我的人。
6 指落日红色的光播洒下来,就像是血污一般。

在草原尽头,染红了遥远的秋天
她传下这些灾难,传下这些子孙[1]
躲避灾难,或迎着灾难走去

1989.3.11

➜ 评析

恋人离开了,海子的北京就变成了凄凉而尖锐的部落。

诗中还有两个细节——一是太平洋,一是秋天的草原——透露了这首诗是写给 B 的。B 是海子的来自草原的恋人,此时她要飞越太平洋到异国他乡。

当前两人的状态自然是失恋的状态,这对海子无疑是一场灾难。不过,海子仍然抱着要与她生儿育女的决心,"躲避灾难,或迎着灾难走去"。

海子曾在《四姐妹》等诗中对 B 进行了最后的告别,但在此时,他的心意又发生了变化,他仿佛又有了无限的决心。

---

[1] 指她与我生儿育女、繁衍家族的可能性,即我继续追求这段感情的决心。

春天

春天的时刻上登天空[1]
舔着十指上的鲜血
春天空空荡荡
培养欲望　鼓吹死亡

风是这样大
尘土这样强暴
再也不愿从事埋葬[2]
多少头颅破土而出[3]

春天，残酷的春天
每一只手，每一位神
都鲜血淋淋
撕裂了大地胸膛[4]

太阳啊

1　暗指升天、死亡。
2　指大风将强暴的尘土刮起来，使原来被埋葬的东西暴露出来。
3　指春芽破土。
4　指好似有神明的手来强力地促使万物破土生长，就像是撕裂了大地的胸膛。

你那愚蠢的儿子呢[1]
他去了何方
天空如此辽阔

烧死在悲痛的表面[2]
大海啊
这阳光闪烁
的悲痛表面

秋天的儿子
他去了何方
千秋万代中那唯一的儿子
去了何方?

女儿内心充满仇恨和寒冷[3]
想念你,爱着你,但看不见你
她没有你就像天空没有边缘
天空空空荡荡,一派生机[4]
我们无可奈何

---

1 "愚蠢的儿子",指诗人自己。诗人追随太阳,所以称为太阳之子。
2 暗指诗人因为追逐太阳而被烧死了。
3 "女儿"指有着同样理想的恋人,可称是太阳之女,因为被诗人抛下而心生怨恨、感到寒冷。
4 指女儿感到一无所有,此时万物生长一派生机,更加重了她的悲伤。

我们无法生活在悲痛的中心

天空上的光明

你照亮我们

给我们温暖的生命

但我们不是为你而活着

我们活着只为了自我

也只有短暂的一个春天的早晨[1]

愿你将我宽恕[2]

愿你在这原始的中心[3]安宁而幸福地居住

你坐在太阳中央把斧子越磨越亮，放着光明

愿你在一个宁静的早晨将我宽恕

将我收起在一个光明的中心[4]

愿我在这个宁静的早晨随你而去

忘却所有的诗歌

我会在中心安宁地居住，就像你一样

把他的斧子[5]越磨越亮，吃，劳动，舞蹈

沉浸于太阳的光明

---

[1] 指我们生命短暂，要抓住唯一的机会。
[2] 因为诗人想要结束生命，所以希望获得宽恕。"你"，指理想之神。
[3] "原始的中心"，指太阳。
[4] 暗示诗人要以死亡来追随。
[5] "他的斧子"指太阳发出的金光。"他"，即太阳。"斧子"，即光明。

在羊群踩出的道上是羊群的灵魂蜂拥而过
在豹子踩出的道上是豹子的灵魂蜂拥而过
哪儿有我们人类的通道
有着锐利感觉的斧子
像光芒　在我胸口
越磨越亮

太阳的波浪
隐隐作痛
我进入太阳
粗糙而光明[1]

那前一个夜晚
人类携带妻子
疯狂奔跑四散
这是春天
这是最后的春天
他们去了何方？

天空辽阔

---

[1] 指我通过死亡进入太阳。因为是通过死亡进入的，所以"粗糙"；因为和太阳融为一体，所以"光明"。

低垂黄昏

人类破碎

我内心混沌一片

我面对着春天

我就是她的鲜血和黑暗[1]

我内心浑浊而宁静

我在这里粗糙而光明

大地啊

你过去埋葬了我

今天又使我复活[2]

和春天一起

沉默在我内部

天空之火在我内部

吹向旷野

旷野自己照亮

在最后的时刻　海底[3]

1　因为我死了，献出了血液，所以我是春天的"鲜血"；因为春天时万物生长，而我却选择了死亡，所以我是春天的"黑暗"。
2　指大地过去给我牵绊，使我无法追逐理想，所以是"埋葬了我"；而今天我在大地上死亡，得以追随理想，所以又"复活"了。
3　指在死亡之前的一刻，仍然没有获得解脱，就像是在海底一样。

在最后的黎明之前　他们去了何方？

1987.7 草稿
1988.2 二稿
1989.3 三稿

➡ 评析

这首诗的初稿写于 1987 年 7 月，当时并不是春天，可能是海子对春天带来的生长有着强烈的渴望使他写下了这首诗。而在随后的 1988 年 2 月和 1989 年 3 月，海子真正处于春天之时，看到万物生长，他才有了切实的感受。尤其是在 1989 年的春天，海子意识到，只有死亡才是自己的生长之路。

诗中穿插着写了三个内容：海子的死亡、恋人的空虚和悲痛、人类的迷失。

海子对死亡的感情也是曲折、复杂的。一方面，他感到死亡才是自己的出路；另一方面，他感到死亡是一种放弃，所以请求宽恕。

对恋人的空虚和悲痛，海子表示了遗憾，但他更多的是在进行感召。他坚定地认为，对志同道合的人来说，只有死亡才是追逐理想的最好的方式。

对人类的迷失，诗中两次提到"他们去了何方"，这是出于海子对人类一直的关心。

整首诗中穿插了恋人和人类，在结构上稍显凌乱。但此时海子对死亡已经十分笃定，全诗在这方面是一气贯通的。

春天,十个海子

春天,十个海子全部复活[1]
在光明的景色中
嘲笑这一个野蛮而悲伤的海子[2]
你这么长久地沉睡究竟为了什么?

春天,十个海子低低地怒吼
围着你和我[3]跳舞,唱歌
扯乱你的黑头发,骑上你飞奔而去,尘土飞扬[4]
你被劈开的疼痛在大地弥漫[5]

在春天,野蛮而悲伤的海子
就剩下这一个,最后一个
这是一个黑夜的孩子,沉浸于冬天,倾心死亡[6]

---

1 "十个海子"指的是幻念中海子的十个分身,他们可以自由地追求理想。
2 指尘世中的海子。"野蛮",与文明相对,指不开化、不能追求理想的状态。"悲伤",指沉睡的海子无法"醒来"、无法追逐理想,而感到悲伤。
3 指尘世中海子的灵魂(你)和肉体(我)。
4 指十个理想的海子唤醒了尘世中海子的灵魂,去往远方。"你",指尘世中海子的灵魂,是一个类似于马的形象。
5 指尘世中海子被劈成灵魂和肉体,灵肉分离是疼痛的。
6 指尘世中的海子一直经历着黑夜笼罩的痛苦,一直生活在冷酷的环境里(沉浸于冬天),所以倾心于以死亡的方式获得灵肉分离。

不能自拔,热爱着空虚而寒冷的乡村[1]

那里的谷物高高堆起,遮住了窗户[2]
它们把一半用于一家六口人的嘴,吃和胃
一半用于农业,他们自己的繁殖[3]
大风从东刮到西,从北刮到南,无视黑夜和黎明[4]
你所说的曙光究竟是什么意思[5]

1989.3.14 凌晨 3 点—4 点

➜ 评析

这首诗是海子最后的诗作之一,其中最感人的是海子极其挣扎的心路历程。

久在绝望之中的海子,首先幻化出"十个海子"——即他的理想而光明的状态——仿佛过去曾经有过十个前辈成功地破茧成蝶,而他们能够把自己拯救出来。

---

1. 指尘世中的海子在情感上一直被故乡束缚。"乡村"即养育海子的故乡,因为对它怀有强烈的感情,海子无法决绝地脱离它,但它又是海子追寻理想的羁绊,只会使海子感到"空虚而寒冷"。
2. 指尘世生活在物质上是丰收的,却遮住了代表精神追求的窗户。
3. 粮食全部用来吃和繁殖,暗指它们不能作为去往远方的口粮。这层意思在《黑夜的献诗》中也有体现,而且更加明显。
4. 指村庄里混沌而没有追求的思想(大风)席卷四方,使全体陷入无知,既看不到黑夜的痛苦,也看不到黎明的可贵。
5. 一语双关,既是懵懂的村民对海子的质问,也是海子对理想的质问,即对这种看不见希望的生活的怀疑。

"十个海子"的设定来自《山海经》中的十个太阳,代表着无限的光明灿烂。海子在《太阳·断头篇》中,还专门写了"十日并出的日子"。

不过,拯救却是徒然的,十个海子对这一个海子只有嘲笑。毕竟,打破"沉睡"的状况,还是要靠自己的努力。

大概是海子对自己的状态有着长久的不满和自卑,以至于丧失了自信,在理想的"十个海子"面前感到了无比羞愧。尽管是在幻念里,他却觉得无法得到拯救。

其次,尘世中的海子又有了"你"和"我"的分别,一个是渴求救赎的灵魂,一个是沉重痛苦的肉身。如果将肉身舍弃、牺牲,灵魂就会心无旁骛,和"十个海子"飞奔而去。

跳舞、唱歌、"扯乱你的黑头发"、"骑上你飞奔而去"、使"劈开的疼痛在大地弥漫"……这是一个类似于献祭的场景,明确显示了海子牺牲肉身的打算和决心。

再次,海子对自己进行了剖析,认为自己是无法被拯救的"最后一个",也明确地谈到自己的弱点——热爱寒冷而空虚的村庄。

最后,海子对村庄的"寒冷而空虚"进行了摹写:追求生存而无视理想,全部的生活只是吃和繁殖,无知的思想是无望的根源。

本诗中,海子重申了自己"倾心死亡"的决心。

桃花开放

秋天的火把断了　是别的花在开放

冬天的火把是梅花[1]

现在是春天的火把

被砍断

悬在空中

寂静的

抽搐四肢[2]

罩住一棵树　树林根深叶茂　花朵悬在空中[3]

零散的抒情小诗像桃树　散放在山丘上[4]

桃花抽搐四肢倒在我身上

桃花开放

从月亮飞出来的马[5]

---

1 "花"是季节之魂,是季节的火把,"秋天"是丰收的时节,由果实代替花来开放,所以是"火把断了""别的花在开放"。

2 指桃花的开放像是一个个火把,但又像是凭空长出来的,和树干没有紧密相连,所以是"被砍断"。

3 "罩住一棵树"和"花朵悬在空中"一样,都是形容桃花与树干的分离关系。

4 此处是倒装,正常的语序应当是"桃树像零散的抒情小诗"。映入诗人眼帘的首先是抒情小诗的形象,其次才是桃树的形象,所以用了这样反客为主的写法。

5 "月亮"是海子的精神投射,"飞出来的马"象征海子,此处表达了海子被太阳及桃花征服、引领的感受。

钉在太阳那轰轰隆隆的春天的本上[1]

1987 草稿
1989.3.14 改

→ **评析**

桃花虽然是不那么自如的、被砍断的状态,然而它毕竟是火把,是太阳所催生的,其中的热情和力量仍然感召了海子。

秋天的火把已经断了,冬天的火把是梅花,开得艰苦,而春天的火把也悬在空中,似乎被砍断。如此的现状,就更需要海子站出来,投身于太阳的事业之中。

---

1 此处的文字可能有误,"春天的本"疑为"春天的车"。

你和桃花

旷野上头发在十分疲倦地飘动
像太阳飞过花园时留下的阳光 [1]

温暖而又有些冰凉的桃花 [2]
红色堆积的叛乱的脑髓 [3]

部落的桃花,水的桃花,美丽的女奴隶啊 [4]
你的头发在十分疲倦地飘动
你脱下像灯火一样的裙子 [5],内部空空
一年又一年,埋在落脚生根的地方 [6]

刀在山顶上呼喊"波浪"
你就是桃花,层层的波浪

---

1 指一片片桃树林的桃花瓣在风中形成波浪,就像旷野的头发在飘动。而它们火红的颜色就像是太阳留下的阳光。
2 指桃花看起来是温暖的颜色,自身却是冰凉的。
3 把红色堆积的桃花比作脑髓,指桃花"革命""反叛"的思想已经根深蒂固,仿佛是天生的。
4 指部落和水才是主角,桃花虽然美丽,却像奴隶一样没有发言权。
5 指漂亮的像灯火一样的花瓣。
6 指一年又一年花瓣飘零。

我就是波浪和灯光中的刀[1]

旷野上　一把刀的头发像灯光明亮
刀的头发在十分疲倦地飘动
那就是桃花,我们在愤怒的河谷滋生的欲望
围着夕阳下建设简陋的家乡[2]

桃花,像石头从血中生长[3]
一个火红的烧毁天空的座位[4]
坐着一千个美丽的女奴[5],坐着一千个你

1987 草稿
1989.3.14 改

➡ 评析

整首诗的核心是"火红"。阳光、桃花(旷野上的头发)、灯光、夕阳、血,它们都有火红的颜色,亦即反叛的气质。

---

1 指我被桃花的涌动和热烈包围着。"波浪",指众多的桃花像层层波浪一样涌动。"灯光",指桃花的花瓣像灯光一样躁动、喧嚣、"叛乱"。
2 指我们正在建设的家乡很"简陋",我们便滋生出"叛乱"、革命的欲望。火一样的桃花,就是这种欲望的表现。"愤怒的河谷",即家乡,即上文中的"部落"和"水",由于"简陋"而使人心生愤怒。
3 指桃花的一片血红色的花瓣中,蕴藏着石头一样的精神。
4 指开遍了火红的桃花的大地,作势要烧毁天空。
5 "美丽的女奴",指桃花,与上文相对应。

桃花是火红的，这种气质，就像是太阳专门留给她的阳光。旷野（大地）是火红的，因为桃花在大地上掀起了波浪，使大地有了火红的头发。天空不是火红的，所以，桃花要"像石头从血中生长"，要"烧毁天空"。这就是桃花天生的气质，是"红色堆积的叛乱的脑髓"。

不过，桃花的状况并不是很好。

部落和水是"简陋的家乡"，要使我们屈从于这种简陋安逸的生活，桃花就像女奴一样，毫无希望，青春一直都在凋谢，一年又一年，"脱下像灯火一样的裙子"，"内部空空"，却还要在此落地生根，无处可去，只能疲倦地飘动着。

而我就是那把打破现实的刀。我在山顶上振臂一呼，呼喊着"波浪"，桃花则声势四起，"像石头从血中生长"，被我将反叛的热血激发出来。告别"简陋的家乡"，告别女奴的身份，告别疲倦，使自己愤怒的欲望随性滋生，连天空也要烧毁，这就是太阳给我们留下的火红的气质，火红的血。

诗题是《你和桃花》。海子站在桃花波浪中，感受到"你"，也感受到桃花，感受到桃花就是太阳反叛的精神，而这也是"你"带给海子的热烈。

桃花时节

桃花开放
太阳的头盖骨一动一动,火焰和手从头中伸出[1]
一群群野兽舔着火焰　刃[2]
走向没落的河谷尽头
割开血口子。他们会把水变成火的美丽身躯[3]

水在此刻是悬挂在空气的火焰[4]
但在更深的地方仍然是水
翅膀血红,富于侵略[5]
那就是独眼巨人[6]的桃花时节
独眼巨人怀抱一片桃林

他看见的　全是大地在滔滔不绝地纵火[7]

---

1 指桃花就像是太阳的头盖骨,火红的颜色就像是火焰和手。
2 指桃花开放的桃树。"野兽",指树干,树干上开满桃花,就像野兽舔着火焰和刃。
3 指桃树一直长到河边,在水中投下桃花火一样的身影。
4 指水中满是桃花的影子,仿佛悬在空气中。
5 指桃树林。作势要飞,所以称之为"翅膀血红",遍地生长,所以称之为"富于侵略"。
6 "独眼巨人"固执、容易感情冲动,代表诗人自己。
7 指大地上的桃花在滔滔不绝地开放。

他在一只燃烧的胃的底部[1]
与桃花骤然相遇
互为食物和王妻[2]
在断头台上疯狂地吐火[3]

乳房吐火
挂在陆地上[4]

从笨重天空跌落的[5]
撞在陆地上　撞碎了头撞烂了四肢
在春天　在亿万人民中间　在群兽吐火的地方
她们产生了幻觉
群兽吐火长出了花朵
群兽一排排　肉包着骨　长成树林[6]
吐火就是花朵　多么美丽的景色

1　指开满了桃花的河谷。
2　指互相尊重对方为王，愿意为对方献身。
3　指视死如归，不计生死，拼命地燃烧自己。
4　指大地上到处都是红色的桃花。"乳房吐火"，指红色的桃花。
5　指桃花。
6　指一排排桃树长成桃树林。"群兽"，指树干。"肉包着骨"，指桃花（肉）包着树干（骨）。

你在一种较为短暂的情形下完成太阳和地狱[1]
内在的火，寒冷无声地燃烧[2]
生出了河流两岸大地之上的姐妹
朝霞和晚霞

无声的在山峦间飘荡
我俩在高原　在命运三姐妹[3]无声的织机织出的牧场上相遇

1987 初稿

1988 初改

1988 底再改

1989.3.14 再改

➡ 评析

海子的桃花系列诗歌，写的都是桃花火一般的热烈，以此来隐喻爱情。

在本诗中，桃花不顾时间的短暂，也不顾自己会跌落，"撞碎了头撞烂了四肢"，坚持燃烧，坚持"吐火"，最后催生出火一样的姐妹——朝霞和晚霞。这是桃花系列诗歌中抒情最热烈的一首。

1　指在短暂的时间内桃花就完成了"吐火"和陨落的过程。"太阳"，指桃花开放。"地狱"，指桃花陨落。

2　指桃花开放。其力量微弱，所以是寒冷的。

3　即希腊神话中的命运三女神，克洛托、拉刻西斯、阿特洛波斯。克洛托掌管未来和纺织生命之线；拉刻西斯负责决定生命之线的长短；阿特洛波斯掌管死亡，负责切断生命之线。

诗的最后一句，点出了恋人在命运中相遇的主题。

本诗在 1987 年即完成初稿，又经过三次改动，最后成形。在此过程中，海子的心态应该发生过多次变化，不过，诗中浓烈的热情却丝毫没有迟滞之处。

"互为食物和王妻""在断头台上疯狂地吐火"，如此不顾一切的热恋，正是海子一直想要得到的结果。

桃树林

内脏外的太阳[1]
照着内脏内的太阳[2]
寂静
血红
九个公主[3]
九个发疯的公主身体内部的黑夜
也这样寂静，血红

桃树林，你的黑铁[4]已染上了谁的血
打碎了灯，打碎了头颅，打碎了女人流血的月亮[5]
他的内脏抱住太阳

什么是黑夜？
黑夜的前面首先是什么？
黑夜的后面又紧跟着什么？紧跟着谁？

---

1 指桃林外的太阳。"内脏"，即桃林。
2 指桃林内的太阳，即桃花。
3 指被后羿射下来的九个太阳。它们并不是最后胜利的那个太阳，所以下文中称之为"发疯的"，而且内部有"黑夜"。
4 "黑铁"，指树干。
5 指桃花开放和流血相仿。

内脏外的太阳

照着寂静的稻麦，

田野上圆润的裸体

少女的黄金[1]在内部流淌

1988 草稿；1989.3.15 改

➜ 评析

本诗的主题是"打通"。本诗的诗眼在于第三节的四个问句：

什么是黑夜？

黑夜的前面首先是什么？

黑夜的后面又紧跟着什么？紧跟着谁？

答案是不言而喻的：黑夜的前面首先是光明，后面也紧跟着光明，所以，什么是黑夜？黑夜是光明与光明之间暂时的阻碍。

如果在时间上能把黑夜前后打通，那么，黑夜也就不存在了。

在空间上也是如此。

桃树林的外部是太阳，内部也是太阳（桃花），如果它们能够相通，一切就像稻麦一样，"少女的黄金在内部流淌"。

桃花的热烈当然值得赞颂，不过，和太阳的相通才会获得真正的收获。最后一节提及的稻麦，可以作为桃花的榜样。

---

[1] "少女的黄金"，指阳光。

桃花

曙光中黄金的车子上 [1]
血红的，爆炸裂开的
太阳私生的女儿 [2]
在迟钝的流着血
像一个起义集团内部 [3]
草原上野蛮荒凉的弯刀 [4]

1989.3.15

➜ 评析

在海子最后的岁月里，他将自己的希望、太阳的精神，投射到桃花上，写了很多关于桃花的诗。诗中，桃花是太阳和他自己的代言，正如这首诗里所写的，是"太阳私生的女儿"。

不过，海子十分现实地意识到，就算桃花流着血、有着快要爆炸的决心，它的力量依然是那么微不足道。这种反叛的精神显得十分野蛮，却又十分荒凉。

在桃花系列诗歌中，其他的作品都是由以前的旧作修改而成，

---

1 "黄金的车子"指早晨的日光，传说太阳神阿波罗驾乘黄金战车开启一天的行程。
2 "太阳私生的女儿"，指桃花。"血红"，指桃花的颜色。"爆裂炸开"，指桃花的形态。
3 指世间万物都充满着反叛的力量，像一个起义集团，而桃花是其中的一员。
4 "野蛮"指桃花有力量，"荒凉"指这股力量却非常薄弱。

主题和思想上自然带着以前的影子，而这首诗是唯一一首新写成的诗，它所体现出来的感情最贴近海子当时的状态。

　　这也是海子给世界留下的最后一首诗。没过多久，他的肉身就像一把"野蛮荒凉的弯刀"，永远离开了这个世界。

跋

海子离开我们已经三十年了,在这看似并不久远的时间里,整个社会发生了极大的变化。在当下,解构主义——消解权威、民间语文、病毒狂欢——大行其道,似乎整个社会的重心都已经被碎片和拼接取代。像海子这样以个人英雄主义的诗歌写作,意图苦苦构建一个庞大的体系,在今天已经难得一见了。

相比其他的诗人,海子是幸运的,他也确实流行于这个时代。但是,海子的流行中也包含着碎片化和拼接化的误读的结果,他的诗歌中个人抒情的部分,被断章取义地拿来作为小布尔乔亚的生活点缀。事实上,海子是一个极其传统的人。他不断汲取着传统文化的养分，并以扛旗手自居；他背负着传统文化的精神内涵，在此基础之上，他构建出一个全新的世界——屈原、李白、杜甫等伟大诗人亦是如此。海子的热烈的抒情，若是割裂于他所构建的宏大的体系，便会黯然失色。

我在六年前，受到某种神秘力量的驱动，开始系统性地研读海子的作品。随着研究的不断深入，我越发感慨海子诗歌王国的宏大和深邃，同时也更加感叹："竟然还有这么多秘密的财宝不为人知。"

这项挖掘整理的工作不知不觉做了六年（2013—2019），与海子写作的跨度（1983—1989）恰好相互呼应。这本书完成之时，距离海子离开我们正好三十周年，似乎冥冥中存在着某种定数。

海子以他的诗歌和人生共同完成了一首大诗、一部交响曲，我有幸用我的评注工作与他产生了深切的共鸣。

陈可抒　2019年1月15日